MANFRED MEGERLE

Seepest

BODENSEE KRIMI

emons:

FSC
www.fsc.org
MIX
Papier aus verantwortungsvollen Quellen
FSC® C083411

Umschlagmotiv: Heribert Stragholz
Umschlaggestaltung: Tobias Doetsch
Druck und Bindung: CPI – Clausen & Bosse, Leck
Printed in Germany 2011
ISBN 978-3-89705-818-7
Bodensee Krimi
Originalausgabe

Für Carin und Ulrich

»See, Himmel, See. Milder Glanz:
Ein Hügel besänftigt den andern.
Hier werden keine Kriege geschmiedet,
hier wettert kein Sturm,
hier wiegt, was leicht ist.«

Werner Dürrson

»In der Wirtschaft geht es nicht gnädiger zu
als in der Schlacht im Teutoburger Wald.«

Friedrich Dürrenmatt

Prolog

Schuld ist immer relativ. Hätte man die beiden Männer in dieser Nacht nach ihrem Tun gefragt – sie wären sich keiner Schuld bewusst gewesen. Warum auch? Sie machten ihren Job, alles andere ging sie nichts an. Hauptsache, die Kasse stimmte.

Pünktlich wie ausgemacht übernahmen sie die Motorjacht in Wasserburg. Sie lag am Ende eines Steges, unbeleuchtet, in der Dunkelheit kaum auszumachen. Davor, wie ein drohender Schatten, eine reglose Gestalt, mit beiden Armen einen Aktenkoffer an sich pressend.

»Na endlich«, knurrte der Schatten ungehalten. Ohne weitere Erklärung drehte er sich um und schwang sich in das auf und ab tanzende Boot. Sein Hauptaugenmerk schien ausschließlich dem Koffer zu gelten, gerade so, als enthielte der die Kronjuwelen des englischen Königshauses. Kaum an Bord, stellte er ihn vorsichtig in Reichweite ab. Wortlos folgten ihm die beiden Männer.

Der Schatten überzeugte sich, dass niemand in der Nähe war, bevor er sich den beiden Männern zuwandte.

»Okay, ihr wisst, was ihr zu tun habt«, begann er mit gedämpfter Stimme. »Bevor ihr startet, kurz ein paar Worte zum Boot. Zunächst zur Steuerung und zu den Motoren –«

Noch ehe er sich in Einzelheiten verlieren konnte, fiel ihm der größere der beiden Männer ins Wort: »Geschenkt, wir sind schließlich keine Anfänger. Zeig uns einfach die Pumpe und den Tankeinfüllstutzen.«

Als hätte jemand auf einen Aus-Knopf gedrückt, fiel der Schattenmann unvermittelt in eine Art Starre. Widerspruch schien er nicht gewohnt zu sein. Plötzlich lag eine kleine Maglite in seiner Hand, und ihr Strahl huschte über das Gesicht des Fragestellers.

»Keine Anfänger, eh?«, entgegnete er kalt. Indigniert starrte er auf den Irokesenkamm, der den schwarzen, vor Gel glänzenden Schopf seines Gegenübers krönte. »Dann betet zu Gott, dass heute Nacht alles klappt, sonst möchte ich nicht in eurer Haut stecken, Freunde!«, zischte er.

Die unverhohlene Drohung schien den Irokesen nicht sonderlich zu beeindrucken. »Wenn du meinst! Bisher jedenfalls haben wir unsere Jobs noch immer ohne göttlichen Beistand geschafft. Und jetzt nimm endlich diese verdammte Funzel aus meinem Gesicht.«

Da ihm der Schattenmann nicht schnell genug reagierte, schlug er kurzerhand dessen Arm nach unten. Als hätte er nur darauf gewartet, schnellte unvermittelt die Rechte des Schattenmannes nach vorn, umfasste das Handgelenk des Irokesen und presste es wie mit einem Schraubstock zusammen.

»Mach das nie wieder«, zischte er.

Während der Irokese verzweifelt den stählernen Griff zu lockern suchte, folgte sein klein gewachsener Partner verwundert der Auseinandersetzung. Er war es denn auch, der den Koffer in Sicherheit brachte, bevor dieser in dem wogenden Hin und Her vom Tisch zu fallen drohte. Verblüfft wiegte er das Behältnis eine Weile in den Händen. Schließlich hob er den Kopf und sah fragend auf den Schattenmann.

»Teufel noch mal, ist das Ding aber schwer!« Der Argwohn in seiner Stimme war nicht zu überhören.

Da endlich ließ der Schattenmann seinen Gegner los, hastig riss er den Koffer an sich und trug ihn in die Kabine, während der Irokese sein schmerzendes Handgelenk rieb.

Dem Kleingewachsenen schien der Koffer noch immer keine Ruhe zu lassen. Unsicher grinsend entblößte er ein lückenhaftes Gebiss. »Sind wohl Goldbarren drin?«, fragte er lauernd und deutete auf den Koffer.

»So was Ähnliches. Euer Salär, wie verlangt in kleinen Scheinen. Oder arbeitet ihr jetzt für Gotteslohn?«

Der Kleingewachsene verzog das Gesicht. »Das hättest wohl gerne«, sagte er und lachte meckernd, wurde jedoch sofort wieder ernst. »Und wie kommen wir an den Code?« Trotz der Dunkelheit war ihm das Zahlenschloss am Griff des Koffers nicht entgangen.

»Keine Sorge, den geb ich euch telefonisch durch, sobald ihr eure Mission erledigt habt.«

Wenig später – der Schattenmann war kaum von Bord gegangen – legte die Jacht endlich ab, nahm Fahrt auf und wurde mit jeder Sekunde schneller, bis sie laut röhrend durch die nachtschwarzen Wel-

len pflügte, nach Westen, in Richtung Überlingen. Die beiden Männer duckten sich tief hinter die Windschutzscheibe, um möglichst wenig von der feinen Gischt und dem eisigen Novemberwind abzubekommen. Kaum schafften es die beiden Wischerblätter, die Scheibe frei zu halten.

Auf der rechten Seite zogen die Lichter von Langenargen, wenig später von Friedrichshafen und Immenstaad vorbei. Erst als Meersburg querab lag, drosselten sie die Geschwindigkeit. Kurz darauf hatten sie die ihnen angewiesene Zielkoordinate erreicht: in Sichtweite der Insel Mainau, direkt am Übergang des Obersees in den Überlinger See. Vor ihnen, kaum fünfhundert Meter entfernt, die in warmes Licht getauchte Fassade des gräflichen Schlosses.

Der Wind hatte noch zugenommen, er blies nun aus Osten und sorgte für schaumgekrönte Wellen. Besser hätten sie es nicht treffen können. Der Irokese sah auf die Uhr. Kurz vor neun. Sie lagen gut in der Zeit. Nun würden sie dem Großmaul beweisen, dass sie ihr Geld wirklich wert waren.

Es lief alles wie am Schnürchen. Nachdem sie sich davon überzeugt hatten, dass kein anderes Boot in der Nähe lag, löschten sie ihre Positionslichter. Der Irokese schraubte den Deckel des Tankeinfüllstutzens ab und führte vorsichtig den Schlauch der Handpumpe in den Tank.

»Eine Handpumpe? Das ist ja wie in der Steinzeit hier!«, hatte er sich noch im Beisein des Schattenmannes mokiert. Natürlich wusste er so gut wie jeder andere, dass sie unnötiges Aufsehen vermeiden mussten. Das Brummen einer Motorpumpe wäre meilenweit zu hören gewesen. Doch das arrogante Gehabe dieses Lackaffen brachte ihn einfach auf die Palme, er wusste selbst nicht, warum.

Der Schattenmann hatte nur hämisch gegrinst und geantwortet: »Na und, was gibt's daran auszusetzen – ihr habt doch zwei Hände?« Allein dafür hätte ihm der Irokese am liebsten die Fresse poliert.

Gewaltsam lenkte er seine Gedanken in eine andere Richtung, versuchte, sich auf den Job zu konzentrieren. Vor ihnen lag eine schweißtreibende Dreiviertelstunde. Abwechselnd musste jeder von ihnen für jeweils fünf Minuten den Pumpenschwengel betätigen, während der andere Wache hielt. Liter um Liter ergoss sich der Tankinhalt ihres Bootes in den See. Die Pumpe arbeitete geräuschlos, le-

diglich am Auslauf erklang hin und wieder ein schmatzender Laut. Der Ölgestank jedoch war alles durchdringend. Mehrfach war der Irokese nahe daran, sich zu übergeben. Nur ein Tuch, das er vor Mund und Nase presste, konnte den Brechreiz etwas mildern. Hin und wieder legten sie eine kurze Pause ein, in der sie sich in die trockene, windgeschützte Kabine zurückzogen und den Füllstandsanzeiger kontrollierten. Den Angaben des Instruments zufolge fasste der Tank dreihundertvierzig Liter. Mit jeder Minute, die sie pumpten, ging die Nadel weiter zurück, zeigte irgendwann zweihundertfünfzig, dann zweihundert, schließlich nur noch etwas mehr als hundertfünfzig Liter an.

Zweihundert Liter hatten sie in den See zu pumpen. In dieser Hinsicht war ihre Vorgabe unmissverständlich gewesen. Knapp zwanzig Liter fehlten noch, die würde der Kleine auch allein schaffen. Höchste Zeit also, dem Schattenmann Vollzug zu melden. Im Gegenzug würden sie die Nummer für das Zahlenschloss erhalten und mit der Kohle so rasch als möglich die Fliege machen. Wenn man von dem wichtigtuerischen Gehabe ihres Auftraggebers einmal absah, dann war es ein recht einträglicher Job gewesen. Zehntausend für jeden von ihnen – für nur fünf Stunden Arbeit! So eine Gelegenheit bekamen sie nicht alle Tage.

Der Irokese zog sein Handy hervor und tippte die Nummer ein, die ihm der Lackaffe genannt hatte. Endlose Sekunden verstrichen. Schon fürchtete er, auf einer Mailbox zu landen, als die Verbindung doch noch zustande kam.

»Ja?«

Trotz des herablassenden Tonfalls gelang es dem Irokesen, sich zurückzuhalten. »Auftrag ausgeführt, keine besonderen Vorkommnisse«, meldete er betont neutral.

»Und wer garantiert mir, dass das stimmt?«, kam es misstrauisch zurück.

»Überzeug dich halt selbst. Aber dazu musst du deinen Arsch hierher bewegen«, entgegnete der Irokese ungerührt.

Kurzes Zögern. »Sorry, hab im Augenblick leider keine Zeit.«

»Scheiß drauf. Nenn mir endlich die Nummer des Zahlenschlosses, damit wir hier wegkommen.«

Da war es wieder, das kaum merkliche Zögern. Wollte ihn der Kerl etwa ins Bockshorn jagen?

»Na gut, dann will ich mal nicht so sein. Kannst du dir vier Ziffern merken?«

»Nun red schon!«

»Eins … null … drei … sieben.«

Kaum war die letzte Zahl verhallt, kappte der Irokese die Verbindung.

Na also, geht doch, grinste er zufrieden. Mit hochgerecktem Daumen bedeutete er dem Kleinen, die Arbeit einzustellen. Es hatte sich ausgepumpt!

Gemeinsam begaben sie sich in die Kabine.

»Was wirst du mit der Kohle anfangen?«, wollte der Irokese beiläufig wissen, während er den Koffer aufstellte.

»Na was schon? Meine Schulden bezahlen, eine Frau aufreißen … oder besser noch zwei, so richtig stramme, du weißt schon. Na ja, und der Rest ergibt sich.«

Gespannt sah er zu, wie sich der Zeigefinger des Irokesen auf die Eins legte. Es folgte die Null, dann die Drei …

»Nun mach schon. Ich will endlich die Kohle sehen«, drängte der Kleine.

Entschlossen drückte der Irokese die Sieben, als ein greller Blitz den Koffer zerriss und mit ihm das Boot und die beiden Männer. Im Bruchteil einer Sekunde hatte sich alles um sie herum in nichts aufgelöst.

Minuten später trieben nur noch ein paar Trümmer auf dem See. Gnädig bedeckten die Wellen das nasse Grab.

1

Franzi Reichmann bekam ganz große Augen.

»Meine Fresse, das darf doch nicht wahr sein!« Lauthals lachte sie auf, ehe sie fortfuhr: »Der unerschrockene Leo Wolf, der gefürchtete Rächer der Enterbten, zeigt Nerven – nein, dass ich das noch erleben darf!« Sie griff nach ihrem Glas und versuchte mühsam, ihr Kichern zu unterdrücken.

»Pst, nicht so laut!«, mahnte Leo Wolf. Beunruhigt sah er sich um. Das fehlte noch, dass Franzi mit ihrem völlig unangebrachten Heiterkeitsausbruch andere Gäste an ihren Tisch lockte.

Seine Sorge erwies sich jedoch als unbegründet. Ringsum wurden Hände geschüttelt und Küsschen verteilt, wurde lautstark gelacht und debattiert, standen Gruppen und Grüppchen über den Saal verstreut und tauschten … ja, was tauschten Rechtsmediziner, forensische Toxikologen, Chemiker, Biologen und Gerichtspsychiater eigentlich aus? Zu welcher Gruppe sich Wolf auch gesellte: Er verstand immer nur Bahnhof. Rings um ihn herum wimmelte es geradezu von medizinischen Fachtermini, die er nicht verstand.

Während er langsam an seinen verwaisten Tisch zurückkehrte – Franzi war, noch immer kichernd, in Richtung Waschraum entschwunden –, war ihm, als könnte er in der Menge der Tagungsteilnehmer ein bekanntes Gesicht entdecken. Vage flackerte eine Erinnerung in ihm auf, doch er war sich nicht sicher. Sei's drum, im Augenblick hatte er anderes im Kopf.

Welcher Teufel hatte ihn nur geritten, als er im Frühsommer Franzi Reichmanns Drängen nachgegeben hatte, bei der Herbsttagung der deutschen Gesellschaft für Rechtsmedizin als Gastredner aufzutreten?

»Kommen Sie, Leo, ein paar Sätze werden Sie wohl noch zusammenbringen«, hatte sie seine Ausflüchte abgetan. »Sie mit Ihrer Erfahrung! Vergessen Sie nicht: Kriminalisten und Rechtsmediziner waren schon immer Glieder ein und derselben Kette. Außerdem hat Inzucht noch nie jemandem gutgetan, da macht unser Berufsstand keine Ausnahme.« Als Reaktion auf Wolfs konsternierten Gesichtsausdruck hatte sie schnell hinzugefügt: »Entschuldigen Sie meine rüde Wortwahl, Leo. Was ich meine, ist, dass wir bei Tagungen wie dieser immer auch auf Impulse von außen angewiesen sind. Was läge da näher, als einen erfahrenen Kriminalisten zu Wort kommen zu lassen? Sie, Leo, kennen beide Seiten der Medaille: Einerseits führen Sie unserem Berufsstand Arbeit zu, andererseits profitieren Sie auch von dessen Ergebnissen. Ein Geben und Nehmen also. Stimmt's oder hab ich recht? Da fällt mir ein: Kennen Sie eigentlich den Unterschied zwischen einem Internisten, einem Chirurgen, einem Psychiater und einem Pathologen? Na?«

Wolf, dem nicht nach Witzen zumute gewesen war, hatte nur wenig Lust verspürt, sich eine geistreiche Antwort auszudenken. »Fragen Sie mich morgen danach, Franzi, im Augenblick hab ich andere Sorgen.«

»Ich verrat's Ihnen trotzdem. Also: Der Internist hat Ahnung, kann aber nichts. Der Chirurg hat keine Ahnung, kann aber alles. Der Psychiater hat keine Ahnung und kann nichts, hat aber für alles Verständnis.« Hier hatte sie eine kurze Pause eingelegt und ihn erwartungsvoll angesehen.

»Na ... und was ist mit dem Pathologen?«, hatte er lustlos nachgehakt.

»Ach kommen Sie, Leo ... das liegt doch auf der Hand.«

Nachdem Wolf auch weiterhin kein Anzeichen von Interesse anzusehen war, hatte sie hörbar geseufzt. »Sie machen's einem wirklich nicht leicht. Also passen Sie auf: Der Pathologe weiß alles, kann alles, kommt aber immer zu spät. Gut, was? ... Nun geben Sie's schon zu!«

Sein etwas gezwungenes Lächeln war damals offenbar nicht die von ihr erhoffte Reaktion gewesen. Um die letzten Reste seiner Skepsis auszuräumen, hatte sie angefügt: »Sehen Sie's doch mal so, Leo: Wir machen uns einen angenehmen Abend im Comturey-Keller auf der Mainau, und ich verspreche Ihnen, dass Sie es dort nur mit angenehmen Kollegen zu tun haben werden. Sowieso sind von unserem Verband nur die Mitglieder der Regionalgruppe Süd geladen, deren Vorsitz ich ausübe. Sie werden an meiner Seite sitzen – was soll Ihnen also schon groß passieren?«

Ja, damals schien das alles noch in weiter Ferne. Außerdem, er gab es unumwunden zu, hatte ihm ihre Anfrage sogar ein bisschen geschmeichelt. Letztendlich hatte er zugestimmt – um die ganze Angelegenheit sogleich zu vergessen. Bis vor zwei Wochen. Da war er in seinem Kalender auf den ominösen Eintrag »Tagung mit Franzi« gestoßen und hatte sich mit Grausen an sein Versprechen erinnert.

Nicht dass er etwas gegen Rechtsmediziner im Allgemeinen oder deren Jahrestagungen im Besonderen gehabt hätte – wohl aber gegen den verabredeten Auftritt als Redner. Voller Hektik hatte er begonnen, Material zu sammeln. Wenn sich das Ganze schon nicht verhindern ließ, dann wollte er die versammelten Koryphäen wenigstens mit spektakulären Fällen beeindrucken, die das Wechselspiel zwischen Ermittlern und Rechtsmedizin nachdrücklich belegten. Ein mehrseitiges Redemanuskript war die Folge gewesen, dessen Entstehung ihn einige schlaflose Nächte gekostet hatte. Wann immer sich danach eine Gelegenheit bot, hatte er an dem Text gefeilt, ihn korrigiert und erweitert und vor einer imaginären Hörerschaft halblaut vorgetragen.

Zwar hielt er die ausgewählten Fallbeispiele für überaus beeindruckend, zumal er sie mit zahllosen Fakten untermauert hatte. Würde er sie aber auch fesselnd vortragen können? Oder würden die vielen auf ihn gerichteten Augenpaare ihn so sehr hemmen, dass er sich verhedderte? Allein bei dem Gedanken daran brach ihm der Schweiß aus. Fahrig lockerte er den Knoten seiner Krawatte – eine Leihgabe seines Freundes und Vorgesetzten Ernst Sommer, denn er selbst besaß seit Jahr und Tag keinen Binder mehr – und öffnete den obersten Hemdknopf.

In diesem Augenblick kehrte auch Franzi Reichmann an ihren Tisch zurück. Kopfschüttelnd blieb sie vor ihm stehen, die Hände in die Hüfte gestemmt, den Mund zu einem breiten Lächeln verzogen.

»Also, ohne Ihr Barett kommen Sie mir immer noch total fremd vor, Leo. Fast wie amputiert, wissen Sie das?«

Wolf überging ihre Bemerkung. Noch immer hatte er das ungläubige Gesicht vor Augen, das sie gemacht hatte, als sie sich vor knapp einer Stunde getroffen hatten. Und er konnte es ihr nicht einmal verdenken. Wenn jemand Jahr und Tag mit einer so ausgefallenen Kopfbedeckung herumlief wie er, dann waren die Mitmenschen zu Recht erstaunt, ihm plötzlich barhäuptig zu begegnen. Dabei war sie kein modischer Gag, sondern sollte lediglich eine Kahlstelle auf seinem Kopf verdecken, die er sich vor einigen Jahren bei der Festnahme eines Messerstechers zugezogen hatte und die seitdem die Blicke förmlich auf sich zog. Da hatte sich das Barett als äußerst hilfreich erwiesen, zumal es seinem Faible für alles Frankophile entsprach. Doch schnell war ihm aufgegangen, dass er mit diesem Ding auf dem Haupt unmöglich hier auftreten konnte – man hätte sich vermutlich eins gegrinst und ihn einen weltfremden Sonderling genannt. Zum Glück war sein Friseur kreativ genug gewesen, ihm zu diesem Anlass ein passendes Haarteil zu basteln. »Diesen einen Abend wird's wohl halten«, hatte der Figaro bemerkt, als er sein Kunstwerk auf die Kahlstelle geklebt und mit ein paar Kammstrichen geschickt kaschiert hatte.

Beruhigend legte Franzi ihre linke Hand auf Wolfs Arm – für ihn der Beginn der sich ankündigenden Katastrophe.

»Kopf hoch, Leo, Sie schaffen das«, flüsterte sie, »schließlich sind Sie exzellent präpariert. Außerdem hab ich Sie bewusst ans Programmende gesetzt, da sind viele Teilnehmer mit dem Kopf schon ganz woanders. Und vergessen Sie nicht, ich bin auch noch da. Nur soufflieren kann ich Ihnen nicht, aber das wird auch nicht nötig sein. Sie werden sehen, wenn Sie erst mal da vorn stehen«, sie wies unbestimmt in Richtung des Rednerpultes, »dann ist das Lampenfieber wie weggeblasen, das geht uns allen so.«

»Ihr Wort in Gottes Ohr«, nickte Wolf mit trockenem Mund.

Franzi Reichmann erhob sich, klopfte mit einem Messer an ihr Glas und erklärte so die Pause für beendet. Ohne Eile nahmen die anwesenden Gäste ihre Plätze ein. Das allgemeine Gemurmel erstarb und machte erwartungsvoller Stille Platz.

»Liebe Kolleginnen und Kollegen. Nachdem wir die Pflicht – damit meine ich das wie gewohnt üppige kalt-warme Büfett – erfolgreich gemeistert und uns anschließend ein bisschen die Füße vertreten haben, kommen wir nun zur Kür des heutigen Abends – und damit meine ich den Vortrag unseres angekündigten Gastredners, Hauptkommissar Leo Wolf von der Kripo Überlingen. Als Leiter des Dezernates 1 ist er verantwortlicher – und ganz nebenbei auch außerordentlich erfolgreicher – Ermittler bei Kapitalverbrechen, Selbsttötungen und Bränden. Er weiß also, wovon er redet. Lassen Sie uns hören, was er zum Wechselspiel unserer Berufsstände zu sagen hat. Begrüßen Sie mit mir Hauptkommissar Leo Wolf.«

Unauffällig stupste sie Wolf mit dem Fuß an, ehe sie in den aufkommenden Beifall einfiel und sich wieder setzte.

So fühlt sie sich also an, die Stunde der Wahrheit, dachte Wolf. Ab jetzt gibt es kein Zurück mehr. Mechanisch erhob er sich von seinem Stuhl und knöpfte seine Jacke zu. Mit schweren Beinen trat er den Gang zum Rednerpult an. Doch merkwürdig: Je näher er ihm kam, desto schwächer wurde seine Angst, desto freier fühlte er sich. Sollte Franzi am Ende doch recht behalten? War ihre Prophezeiung, das Lampenfieber löse sich in Luft auf, sobald man erst einmal da vorn stand, nicht nur ein billiger Trost gewesen?

In seiner grenzenlosen Erleichterung entging ihm zunächst sogar das heftige Winken und Räuspern, mit dem Franzi Reichmann ihn während seines Ganges auf sich aufmerksam zu machen suchte. Mit ausgestrecktem Arm hielt sie ihm sein Manuskript hin. Er hatte es auf dem Tisch liegen lassen – vergessen, wie sie glaubte. Natürlich konnte sie nicht wissen, dass er seine Rede soeben spontan »umgeschrieben« hatte. Warum, so hatte er sich gefragt, sollte er diesen Herrschaften Fälle aus Lehrbüchern vortragen? Warum nicht aus dem eigenen Fundus schöpfen? Gab es nicht mehr als genug spektakuläre Fälle, die sein Dezernat in enger Zusammenarbeit mit der Rechtsmedizin zum Abschluss gebracht hatte? Er machte verstohlen eine abwehrende Handbewegung in ihre Richtung und setzte seinen Weg fort.

Dann stand er vor dem Auditorium. Gefasst legte er seine Hände auf das Rednerpult, auf dem ein hilfreicher Geist ein Glas Wasser für ihn bereitgestellt hatte. Nur flüchtig nahm er das Leselämpchen wahr, das ohne die geringste Notwendigkeit die Platte des Pultes mit nichts als seinen Händen darauf erhellte.

Beinahe wäre ihm angesichts der vielen auf ihn gerichteten Augenpaare doch noch das Herz in die Hose gerutscht. Stattdessen zwang er sich zur Ruhe und musterte der Reihe nach die ihm am nächsten sitzenden Gäste. Dabei streifte sein Blick auch Franzi Reichmann, die ihn nervös ansah. Mit einem leichten Kopfnicken suchte er sie zu beruhigen. Inzwischen war er sich seiner Sache sicher; er wusste, wie er es anzupacken hatte. Er zog das Mikrofon näher zu sich heran und holte noch einmal tief Luft.

»Meine sehr verehrten Damen, meine Herren, verehrte Frau Vorsitzende ...«

Aus dem Publikum war verhaltenes Lachen zu hören.

»Verzeihen Sie, eine schlechte Angewohnheit, wir sind ja hier nicht vor Gericht ...« Mit einem Lächeln versuchte er den Eindruck zu erwecken, als habe er mit einem bewussten Versprecher die Zuhörer zu erheitern versucht. »Ich wollte natürlich sagen: Verehrte Frau Dr. Reichmann! Lassen Sie mich Ihnen zunächst für die Einladung danken. Ich will gerne hoffen ... nein, ich bin mir sicher, dass heute Abend mehr als nur das wirklich exzellente Büfett an uns hängen bleibt.« Dieser Satz löste erneut Heiterkeit im Saal aus.

Wolf sah die ersten Klippen umschifft und leitete zum Thema seines Vortrags über. »Zu Recht hat Frau Dr. Reichmann das Wechselspiel unserer Berufsstände angesprochen. Oder sollten wir besser sagen: die gegenseitige Abhängigkeit? Ohne die die Aufklärung vieler Straftaten heute nicht mehr denkbar wäre. Ich möchte das an einem Fall aufzeigen, der sich vor etwa einem Jahr hier bei uns in der Bodenseeregion zugetragen und weit über die Landesgrenzen hinaus Aufsehen erregt hat. Einige von Ihnen werden sich vielleicht noch daran erinnern. Alles begann mit einem Suizid. Ein zweiundfünfzigjähriger Mann hatte sich an einem Baum erhängt. Die äußeren Umstände, die ärztliche Untersuchung und die Überprüfung seiner persönlichen Verhältnisse ließen an einer Selbsttötung keine Zweifel aufkommen. Einen Tag später kam ein weiterer Mann zu Tode. Mitten auf dem See, genauer gesagt auf der Fähre zwischen Meersburg und Konstanz, erlag er einem Angina-Pectoris-Anfall. Wie die Ermittlungen ergaben, hatte er sein Nitrospray zwar bei sich, doch das Fläschchen war leer. So viel zur Vorgeschichte –«

Unversehens wurde Wolf unterbrochen. Ein Mann, der Kleidung nach ein Ober des Comturey-Kellers, war von draußen in den Saal gestürzt, hatte diesen, ohne einen Blick nach rechts oder links zu werfen, in aller Eile durchquert und war durch die seitliche Pendeltür in die Küche verschwunden. Dort riefen aufgeregte Stimmen durcheinander, ein Gerenne setzte ein, Türen klatschten.

Wolf, der nicht gewillt war, sich durch den Zwischenfall aus dem Konzept bringen zu lassen, fuhr mit erhobener Stimme fort: »Gut eine Woche nach diesen beiden Todesfällen konnten wir einer Bande das Handwerk legen, die mit der illegalen Entsorgung von hochtoxischem Müll Millionen machte. Ihre Masche war ebenso raffiniert wie einfach: Mithilfe einer extra zu diesem Zweck gegründeten Bauunternehmung ließ sie das Zeug in den Betonfundamenten großer Neubauten verschwinden. Aus den Augen, aus dem Sinn ... oder, das trifft's noch besser: Nach uns die Sintflut!«

An dieser Stelle hielt Wolf eine kleine Pause für angebracht. Er griff nach dem Wasserglas und trank einen Schluck, ehe er den Blick erneut auf seine Hörerschaft richtete. »Nun fragen Sie sich zu Recht, wie dieses Umweltvergehen mit den eingangs geschilderten Todesfällen zusammenhängt. Da will ich Sie nicht länger auf die Folter spannen, zumal nun endlich die Wechselwirkung mit der Rechtsmedizin ins Spiel kommt. Jeder von Ihnen dürfte Fälle kennen, bei denen eigentlich alles klar zu sein scheint – wo einen aber trotzdem das unbestimmte Gefühl beschleicht, irgendetwas übersehen zu haben. Aus einem solchen Gefühl heraus ...«

Abermals wurde er unterbrochen, diesmal von einem gellenden Martinshorn. Offenbar war ein Streifenwagen vor dem seeseitigen Ausgang des Comturey-Kellers vorgefahren. Blaulicht flackerte aufgeregt durch die Scheiben der Eingangstüren, um plötzlich, gleichzeitig mit dem Martinshorn, abzubrechen. Gleich darauf wurde einer der Türflügel aufgerissen, und zwei Streifenpolizisten drängten in den Saal. Angesichts der festlichen Gesellschaft blieben sie wie angewurzelt stehen und sahen sich ratlos an, ehe sie mit einer halblaut gemurmelten Entschuldigung den Rückzug antraten.

Wolf hatte keine Ahnung, was dahintersteckte, und ehrlich gesagt interessierte es ihn auch nicht – zumindest nicht in diesem Moment. Er hatte nur ein Ziel: Er wollte diese verdammte Rede endlich hinter sich bringen. Mit einem vernehmlichen Räuspern versuchte er, die Aufmerksamkeit des Auditoriums wieder auf sich zu lenken.

»Ich muss mich für meine Kollegen vom Streifendienst entschuldigen, meine Damen und Herren. Sie haben sich offenbar in der Tür geirrt – oder hat vielleicht jemand den Zwischenfall inszeniert, um die Spannung im Saal zu steigern?« Zufrieden registrierte er das allgemeine Schmunzeln ringsum. »Lassen Sie mich nun auf die Aufklärung unserer beiden scheinbar natürlichen Todesfälle zurückkommen. Zuerst der Suizid. Obwohl es also nach Prüfen aller Umstände an der Selbsttötung keinerlei begründete Zweifel gab, beantragten wir eine Obduktion der Leiche. Und siehe da: Frau Dr. Reichmann, unterstützt von einer Armee winzig kleiner Helfer, stieß bei der Untersuchung des Mageninhalts auf einen merkwürdigen Umstand. Kaum hatte sie ihre Taufliegen auf den Speisebrei angesetzt, da streckten sie auch schon alle sechse von sich. Um es kurz zu machen: Der Tod des Mannes war nicht durch Erhängen, sondern durch die Verabreichung eines hochtoxischen Insektenvernichtungsmittels herbeigeführt worden. Diese Erkenntnis setzte eine Maschinerie in Gang, an deren Ende insgesamt sechs Tote und die Festnahme besagter Bande von Umweltsündern stand. Deren Krakenarme reichten bis in höchste Ämter von Politik und Wirtschaft und sogar der Kriminalpolizei. Und es war dem Zusammenspiel von Gerichtsmedizin und Ermittlungsbehörden zu verdanken, dass dieser kriminellen Vereinigung das Handwerk gelegt werden konnte – von der dadurch abgewehrten gesundheitlichen Bedrohung der Bevölkerung durch die vielen Tonnen Giftmüll, die als tickende Zeitbombe in Betonfundamenten lagerten und mit großem Aufwand herausgeholt und entsorgt werden mussten, einmal ganz abgesehen.«

Geschafft, dachte Wolf. Jetzt ein Gläschen Pastis, dazu eine Gitanes und das Glück wäre vollkommen. Doch das musste bis zum Ende der Veranstaltung warten.

Zudem bahnte sich erst mal eine neue Störung an, diesmal in Gestalt des schwarz gewandeten Servicechefs. Im Stechschritt eilte er auf Franzi Reichmann zu und flüsterte ihr mit vorgehaltener Hand ein paar Worte ins Ohr. Erstaunt hob sie die Augenbrauen. Während der Servicechef bereits wieder in die Küche entschwebte, trat sie zu Wolf ans Rednerpult und informierte ihn über das soeben Gehörte. Sein Gesicht nahm einen ernsten Ausdruck an. Dann nickte er ihr kurz zu, bevor er im Stechschritt zu seinem Platz eilte, nach seinem Barett griff und, ohne nach rechts oder links zu blicken, dem Ausgang zustrebte.

Franzi Reichmann, mit neunundfünfzig Jahren nur wenig jünger als Wolf und seiner Einschätzung nach trotz ihrer bescheidenen Körpergröße von knapp eins sechzig beruflich wie privat ein Teufelsweib, zog das Mikrofon tief zu sich herunter. »Meine lieben Kolleginnen und Kollegen. Leider musste uns Hauptkommissar Wolf überstürzt verlassen, er wurde zu einem dringenden Einsatz gerufen. Lassen Sie uns ...« Ihre weiteren Worte gingen im aufkommenden Gemurmel unter. Wolfs ungewöhnlicher Abgang und die Unterbrechungen, vor allem die mit Blaulicht vorgefahrenen Uniformierten, boten Anlass zu allerlei Spekulationen.

Am liebsten hätte Franzi Reichmann eine Pause angesetzt, doch es war ratsam, die Leute im Saal festzuhalten, um Wolfs Ermittlungen nicht zu behindern. Energisch klopfte sie an das Mikrofon, bevor sie sich mit erhobener Stimme Gehör verschaffte. »Bitte lassen Sie uns nun zum nächsten Punkt der Tagesordnung kommen, der Wahl des neuen Vorstandes ...«

***

Kurz bevor Leo Wolf den Ausgang erreichte, setzte er sein Barett auf. Endlich war er wieder er selbst!

In der begreiflichen Eile hatte er übersehen, dass ihm einer der Gäste unauffällig gefolgt war. Gerade als er ins Freie trat, schob sich eine schlanke Gestalt neben ihn.

»Alle Achtung, Herr Wolf, Sie haben sich wacker geschlagen«, bemerkte sie mit anerkennendem Lächeln.

»Sie hier, Frau Winter?«, entfuhr es dem überraschten Wolf. Er war für einen kurzen Moment stehen geblieben, um sich trotz des steifen Ostwinds eine Gitanes anzuzünden.

»Sagen Sie's ruhig: Ein Unglück kommt selten allein.«

»Tut mir leid, aber für Small Talk hab ich jetzt keine Zeit«, fertigte er sie kurz angebunden ab und schritt auf die beiden Uniformierten zu, die ihn vor dem Streifenwagen erwarteten. Grüßend legten sie die Hand an die Mütze.

»Was genau ist passiert?«, fragte er und paffte an seiner Zigarette.

»Draußen auf dem See soll sich eine Explosion ereignet haben«, informierte ihn einer der beiden. »Genau dort, zwischen der Mainau und Unteruhldingen, Entfernung circa fünf null null.« Er deutete auf die Lichter am gegenüberliegenden Ufer.

»Ich nehme an, die Wapo ist verständigt?«, fragte Wolf.

»Ja. Die Kollegen müssten bereits vor Ort sein.« In der Tat schienen da draußen, nur schwach erkennbar, die Positionslichter eines Bootes der Wasserschutzpolizei auf und ab zu tanzen.

»Wer hat euch verständigt?«

Anstelle einer Antwort wandte sich der Uniformierte in Richtung Bootssteg. »Kommen Sie bitte mal zu uns?«, rief er in die Dunkelheit hinein.

Eine Gestalt löste sich vom Geländer des Steges, ein untersetzter, weiß gekleideter Mann. Im Näherkommen warf er seine brennende Zigarette weg.

»Das ist Herr Rivelli«, erklärte der Kollege vom Streifendienst. »Salvatore Rivelli. Er gibt an, Augenzeuge gewesen zu sein.«

Wolf kannte den Mann: Es war der Oberkellner, der eine knappe Viertelstunde zuvor aufgeregt durch den Saal gestürmt war.

»Guten Abend, ich bin Kommissar Wolf«, stellte er sich vor. »Würden Sie mir erzählen, was Sie gesehen haben? Möglichst genau, bitte.«

»Aber ja, wenn Sie wollen. Mussen wissen, hab ich Zigarettenpause gemacht, eh. Steh hier so rum und schaue auf See hinaus, gibt da draußen plötzlich Stichflamme, mordsgroße Stichflamme … und Knall, lauten Knall. Genau dort …« Rivelli deutete zielsicher nach Nordosten. »Ware Boot gewese.«

»Was für ein Boot? Ein Segler, eine Motorjacht?«

»Motorjacht, glaub ich. Ja, war eine Motorjacht.«

»Sind Sie sicher?«

»*Sí*, ganz sicher.«

»Konnten Sie sonst noch etwas erkennen? Die Farbe des Bootes zum Beispiel, die Beschriftung der Segel, die Form der Aufbauten, Menschen?«

»Nein, nichts. War zu weit weg.«

»War außer dem Knall noch etwas anderes zu hören?«

»Nein, *Commissario*, nichts.«

»Und Sie haben auch nur *eine* Explosion und *eine* Stichflamme bemerkt – nicht etwa mehrere kurz hintereinander?«

»War nur eine.«

»Und wo genau, sagen Sie, soll die Explosion sich ereignet haben?«

Erneut stach Rivellis Arm in Richtung Nordosten.

»Da sind Sie ganz sicher?«, vergewisserte sich Wolf noch einmal. Mit Angaben von Zeugen, die eine exakte Richtung oder Tatzeit betrafen, hatte er so seine Erfahrungen.

»Sehen Sie drüben die angestrahlte Kirchturm? Ist Kirchturm von Unteruhldingen, eh, hat Schwager Hochzeit gemacht, war schöne Festa ...«

»Ja, und was ist damit?«

»Genau davor war der Blitz.«

»Gut. Sie haben dann Ihre Zigarette gelöscht und sind zurück ins Restaurant gelaufen, richtig?«

»Habe Zigarette fallen gelassen, bin wie D-Zug – sagt man so? – zu meine Chef gerannt. Der hat Polizei gerufen.«

»Der Anruf erreichte die Leitstelle in Konstanz um zweiundzwanzig Uhr achtundvierzig«, warf der Kollege vom Streifendienst ein.

»Haben wir die Personalien von Herrn Rivelli?« Als der Kollege nickte, entließ Wolf den Oberkellner mit den Worten: »Gut, das wär's dann im Moment. Ich nehme an, Sie werden im Saal gebraucht.«

Bereits im Weggehen, drehte sich der Mann noch einmal um.

»Äh, *Commissario*, da war noch was. Als ich auf See gucke, nach Explosion, da hab ich Mann gesehen. Stand hier vorne, rechts von die Steg, gucke mit Fernglas auf Wasser hinaus. Frag ich ihn: Haben Sie den Blitze gesehen, eh? Aber der Mann geht schnell weg, ist fast gerannt ...«

»Würden Sie den Mann wiedererkennen?«, fragte Wolf.

»Leider, *Commissario*, war zu dunkel, ging zu schnell.«

»Größe, Figur, Alter, Kleidung ... irgendwas?«

Rivelli zuckte bedauernd die Achseln.

»Gut. Dann danke ich Ihnen, Herr Rivelli.«

Erleichtert ging der Kellner in den Comturey-Keller zurück.

»Was halten Sie davon? Ist irgendwie merkwürdig, nicht?«, brummte einer der Streifenbeamten.

»Merkwürdig ist vor allem der Kerl mit dem Fernglas«, antwortete Wolf nachdenklich. »Hörte sich fast an, als habe er auf die Explosion gewartet.«

Das Funkgerät im Streifenwagen quäkte. Einer der beiden Uniformierten nahm den Hörer ab und meldete sich, ehe er ihn an Wolf weiterreichte. »Die Wapo.«

Nach einer kurzen Begrüßung erfuhr Wolf, dass der Polizeikreuzer den Unglücksort erreicht hatte. »Hier schwimmen jede Menge Trümmer herum«, meldete der Kollege der Wasserschutzpolizei.

»Überlebende?«, wollte Wolf wissen.

»Keine. Scheint so, als wäre der Kahn mit Mann und Maus abgesoffen.«

»Welche Tiefe habt ihr da draußen?«

»Fünfundzwanzig Meter, vielleicht etwas mehr. Sieht so aus, als hätte das Wrack Treibstoff verloren. Die Wasseroberfläche schimmert in allen Regenbogenfarben. Wir stellen gerade fest, um welche Menge es sich handelt. Übrigens – unser zweites Boot müsste gleich bei euch anlegen. Die picken dich auf, dann kannst du dir die Bescherung hier selbst ansehen.«

»Ja, ich seh's, die Kollegen trudeln gerade ein. Bin in wenigen Minuten bei euch. Ende.«

Karin Winter, die sich die ganze Zeit über in der Nähe aufgehalten und jedes Wort mitgehört hatte, trat wieder neben ihn. »Nehmen Sie mich mit, Herr Wolf?«, fragte sie keck.

»Sonst noch was?«, wies Wolf ihr Ansinnen barsch zurück und sprang mit einem gewaltigen Satz an Bord des Schiffes, das, ohne festgemacht zu haben, sofort seewärts beidrehte und schnell Fahrt aufnahm.

Während Karin Winter ihr Handy hervorholte und eine Kurzwahltaste drückte, stieg Wolf die Treppe zum Steuerhaus hoch. Als er die Brücke erreichte, nickte ihm Schiffsführer Geza Horvath kurz zu. Trotz der Nachtkühle hatte der breitschultrige Mann mit dem kantigen Gesicht seine Jacke abgelegt. Hemdsärmelig tigerte er vor dem Steuerpult auf und ab, dabei wild gestikulierend in ein Mobiltelefon sprechend. Mit den Worten »Moment noch, jetzt kannst du's ihm selber sagen« nahm er das Gerät vom Ohr und reichte es an Wolf weiter.

Was die Kollegen vom zweiten Boot zu berichten hatten, klang wenig verheißungsvoll: »Die Verschmutzung ist größer als ursprünglich angenommen. Ein dünner Film, vermutlich ausgelaufener Dieseltreibstoff. Wir haben zu wenig Licht, deshalb warten wir auf euch.«

»Klingt nicht gut. Was könnt ihr tun?«

»Verdammt wenig, ehrlich gesagt. Wenn es wirklich Diesel ist, helfen weder Ölsperren noch Absaugen. Dann haben wir ein Problem. Zunächst brauchen wir eine Analyse, damit wir wissen, um was genau es sich handelt. Ein LKA-Spezialist ist bereits unterwegs. Auch die Feuerwehren von Unteruhldingen, Überlingen und Konstanz sind verständigt.«

»Ein Ölteppich direkt vor der Mainau – das wird die Bernadottes aber gar nicht freuen«, meinte Wolf mehr zu sich selbst.

»Dazu noch der verdammte Ostwind ... Der treibt die Suppe direkt auf die Insel zu. Wenn du mich fragst: eine Katastrophe!«

***

Jörg Matuschek musste an sich halten, um nicht aus der Haut zu fahren. Wie konnte ein gebildeter Mensch, Doktor der Jurisprudenz zumal und seit gut einem halben Jahr Richter am Amtsgericht Überlingen, nur einen solchen Stuss verzapfen! Am liebsten hätte Matuschek die Karten auf den Tisch geknallt, wäre aufgestanden und weggegangen. Wenn schon binokeln, dann, bitte schön, mit angenehmeren Partnern. Doch in seiner Position war das leichter gesagt als getan. Als Chefredakteur des »Seekurier« war er auf Kontakte angewiesen, auch und gerade zur hohen Gerichtsbarkeit. Eine Zeitung lebte nun mal von Informationen, und die wurden ihnen selten genug auf einem silbernen Tablett serviert – da mussten schon mal Opfer gebracht werden. Also schluckte er seinen Ärger hinunter und vertiefte sich seufzend in das Blatt auf seiner Hand, das, einem akkurat aufgereihten Fächer gleich, über seine Chancen im nächsten Spiel entschied.

Heinz Bäumlisberger, dem dritten Mann in der Runde, schien Matuscheks Seufzer nicht entgangen zu sein, denn er sah verlegen vor sich auf die Tischplatte. Er war es, der den heutigen Binokelabend angeregt und Richter Settele dazu eingeladen hatte – eine bedauerliche Fehleinschätzung, wie sich eben gezeigt hatte. Ganz sicher sah Bäumlisberger das ebenso.

Sie hatten sich um einundzwanzig Uhr im »Walker« verabredet, dem In-Café direkt an der belebten Überlinger Seepromenade. In gewisser Weise gehörte Matuschek dort bereits zum Inventar, ein Status freilich, den er bei einer ganzen Reihe weiterer Lokale genoss – und den er, da machte er sich nichts vor, vor allem seinem Job als Zeitungsmacher verdankte.

Die ersten Spiele hatte Bäumlisberger gewonnen. Von Mal zu Mal war der Richter mürrischer geworden. Als Matuschek – mit einem Seitenblick zum Nebentisch – die Trinkfestigkeit der heutigen Jugend ansprach, war Settele unvermittelt aus der Haut gefahren.

»Na und, ist das ein Wunder?«, hatte er gehöhnt. »Das kommt davon, wenn man den Jungen alles durchgehen lässt! Rücksicht, Anstand, Mäßigung ... das sind doch heutzutage Worte ohne Wert. Da gehört mit harter Hand durchgegriffen, stattdessen wird die Brut nur noch mehr verzogen ...«

Betreten hatten sich Matuschek und Bäumlisberger angeblickt, nur mit Mühe war es ihnen gelungen, den aufgebrachten Settele zu besänftigen. Wenig später hatte der in gewohnt näselndem Ton verkündet: »Jetzt lasst uns endlich weitermachen«, gerade so, als wäre nichts gewesen. Mit gespitztem Mund hatte er seine Karten geordnet, bevor er nun, ohne seine Mitspieler auch nur eines Blickes zu würdigen, ein selbstzufriedenes Lächeln aufsetzte.

»Wer kommt raus?«, fragte er und strich sich mit der Rechten über die schlohweißen Haare.

»Sie«, antwortete Bäumlisberger kurz angebunden.

Er hatte kaum ausgesprochen, da knallte der Richter die erste Karte auf den Tisch. Gleichzeitig klingelte Matuscheks Telefon. Vorwurfsvoll sahen ihn die beiden anderen an, doch die Störung kam Matuschek nicht mal ungelegen. Er hatte, zumindest für heute, die Lust am Binokeln verloren. Kurz entschlossen nahm er das Handy und nannte seinen Namen.

»Entschuldige die späte Störung, Jörg, aber es ist dringend«, überfiel ihn eine aufgeregte Frauenstimme. »Ich hab nur eine Frage: Wo hast du dein Boot liegen?«

Es dauerte eine Sekunde, bis Matuschek die Anruferin erkannte. »Was soll die Frage, Karin? Hat das nicht Zeit bis morgen?«

»Nun komm schon … oder willst du auf eine gute Geschichte verzichten? Dann mach aber später nicht mich dafür verantwortlich …«

»Was für eine Geschichte?«

»Kann ich noch nicht genau sagen. Jedenfalls ist zwischen der Mainau und Unteruhldingen etwas im Gange. Offenbar ist dort eine Jacht in die Luft geflogen.«

»Woher hast du das schon wieder? Solltest du nicht eigentlich im Comturey-Keller sitzen … bei diesen Leichenfledderern?« Matuschek stand auf und entfernte sich ein paar Schritte, die vorwurfsvollen Mienen seiner Mitspieler ignorierend.

»War ich. Bis eben. Dann wurde Wolf –«

»Welcher Wolf? Doch nicht dein Hauptkommissar? Was macht der denn da?«

»Verdammt noch mal, er ist nicht *mein* Hauptkommissar …«

»Jetzt krieg dich wieder ein. Red weiter.«

Karin Winter holte tief Luft, ehe sie fortfuhr: »Also: Wolf hat auf dieser Tagung eine Gastrede gehalten, da wurde er plötzlich zu einem Einsatz gerufen. Er ist jetzt auf dem See, auf einem Boot der Wasserschutzpolizei.«

Matuschek musste grinsen. »Er hat abgelehnt, dich mitzunehmen, richtig? Und jetzt versuchst du, doch noch einen Logenplatz zu bekommen.« Er wurde wieder ernst. »Tut mir leid, Karin, aber das mit meinem Boot kannst du dir abschminken, das liegt bereits auf dem Trockenen.«

»Verdammte Scheiße, was soll ich denn jetzt tun? Es muss doch eine Möglichkeit geben, auf den See hinauszukommen!«

Matuschek ließ sie einige Sekunden zappeln.

»Vielleicht gibt es tatsächlich eine Möglichkeit«, sagte er dann. »Wo bist du gerade … ich meine, wo genau?«

»An einem der Bootsstege auf der Mainau.«

»Hmm … Pass auf, ich versuch's bei einem Freund in Konstanz, möglicherweise kann der dich dort abholen. Kann allerdings etwas dauern. Lass auf alle Fälle dein Handy an, ich melde mich, so rasch es geht.«

***

Langsam, aber sicher wurde das ganze Ausmaß der Katastrophe offenbar. Die Kollegen von der Wasserschutzpolizei schätzten die betroffene Fläche auf gut einen Quadratkilometer. Zum Glück war der Wind etwas abgeflaut. Noch immer aber trieb die in allen Regenbogenfarben schillernde Treibstoffdecke auf die Mainau zu, wenn auch inzwischen mit verminderter Geschwindigkeit. Nicht auszudenken, was für Folgen es hätte, würde das übel riechende Zeug tatsächlich das Inselufer erreichen.

Doch die drohende Umweltkatastrophe war nur *ein* Aspekt des mysteriösen Vorfalls. Kaum minder brisant war die Tatsache, dass da unten auf dem Seegrund ein Boot lag, das die ganze Malaise überhaupt erst ausgelöst hatte. Was mochte sich an Bord dieses Schiffes ereignet haben? Was hatte zu der verheerenden Explosion geführt? Und vor allem: Wie viele Opfer hatte es gegeben? Wolf zwang sich dennoch, sein Augenmerk auf das Nächstliegende zu richten.

»Wann könnt ihr endlich gegen den ausgelaufenen Treibstoff vorgehen?«, fragte er den neben ihm stehenden Geza Horvath. Sie hatten inzwischen die Brücke verlassen und starrten dem Suchscheinwerfer hinterher, stets in der Erwartung, einen leblos auf dem Wasser treibenden menschlichen Körper zu entdecken. Doch das Licht erfasste nur auf und ab tanzende Trümmerteile.

»Frag mich was Leichteres, Leo. Wir müssen auf die Feuerwehren warten, die haben Spezialisten und die erforderliche Ausrüstung an Bord. Drei Boote sind bereits unterwegs, sie werden in wenigen Minuten zu uns stoßen. Allerdings …«

»Allerdings?«

»Nun, nach meiner Erfahrung lässt sich mit drei Booten wenig ausrichten, dafür ist die betroffene Fläche einfach zu groß. Für Ölsperren sowieso, aber auch für Ölbinder. Bis der ausgebracht ist, hat das Zeug längst die Insel erreicht.«

»Sollen wir einen Heli anfordern?«

»Daran führt wohl kein Weg vorbei. Schadflächen dieses Ausmaßes lassen sich nur aus der Luft schnell und wirkungsvoll bekämpfen. Das Dumme ist: Uns läuft die Zeit davon. Vor sieben Uhr in der Früh ist wegen der schlechten Lichtverhältnisse an einen Heli-Einsatz nicht zu denken. Jetzt haben wir ein Uhr dreißig. Das sind noch fünfeinhalb Stunden. Zu lange, wenn du mich fragst.«

Wolf, inzwischen zum Umfallen müde, ergänzte mit nachdenklicher Miene: »Die Explosion des Bootes muss den Tank aufgerissen haben, wo sonst sollte der ganze Treibstoff herkommen? Ich würde gar zu gerne wissen, was den Knall ausgelöst hat. Wie hat es wohl zu dem Unfall kommen können?«

In diesem Augenblick fegte eine Bö über das Boot hinweg; Wolf musste mit beiden Händen sein Barett festhalten.

»Falls es überhaupt ein Unfall war«, gab Horvath zu bedenken. »Wenigstens können wir davon ausgehen, dass der zerstörte Bootstank inzwischen leer ist. Schließlich ist Diesel leichter als Wasser, treibt also nach oben. Dafür übersteigt die Ausdehnung von Diesel die von Schweröl um ein Mehrfaches. Da vorne kommen übrigens die Feuerwehrboote.«

Wolf nickte. Sie waren mit ihren blinkenden Blaulichtern schwerlich zu übersehen. »Hoffentlich haben sie einen Taucher dabei«, knurrte er. »Ich muss endlich wissen, wie's da unten aussieht.«

Kaum hatte Horvath den Wehren die genaue Lage durchgegeben, als der Ausruf eines Kollegen ihre Aufmerksamkeit auf das Radar lenkte.

»Seht euch das an!« Der am Schirm stehende Beamte wies auf einen schwachen, unscheinbaren Lichtpunkt. »Könnte sich um ein kleines Motorboot handeln«, erläuterte er, »Entfernung dreihundert. Läuft direkt auf uns zu ... Jetzt drosseln sie die Geschwindigkeit.«

»Genaue Position?«

Der Radarmann hatte sie kaum genannt, da schwenkte der Suchscheinwerfer auch schon in die angegebene Richtung und erfasste, etwa zweihundert Meter voraus, ein kleines Kabinenboot. Dessen Skipper schien für Begrüßungen dieser Art wenig übrigzuhaben. Abrupt riss er das Steuer herum und versuchte, sich aus dem Staub zu machen.

»Den schnappen wir uns«, ordnete Horvath an. »Volle Fahrt voraus. Wenn wir dran sind, steuerbord längsseits gehen.«

»Volle Fahrt voraus, steuerbord längsseits gehen«, wiederholte der Mann am Steuer.

Sie waren bereits bis auf zwanzig, dreißig Meter heran, da flammten an Bord des Kabinenbootes mehrere Blitze auf. »Das darf doch nicht wahr sein! Die machen Bilder von uns«, schimpfte der aufgebrachte Horvath. Wütend hob er sein Megafon und wies die Verfolgten an, beizudrehen. Tatsächlich verlor das Boot dann auch recht schnell an Fahrt, bis es schließlich auf der Stelle tanzte.

Während der blau-weiße Kreuzer der Wasserschutzpolizei sich längsseits legte, folgte Wolf, dem nichts Gutes schwante, dem Schiffsführer an die Steuerbordreling. Trotz ihrer wasserdichten Jacke und der über den Kopf gezogenen Kapuze glaubte er, die Gestalt hinter der Kamera erkannt zu haben. Er sollte recht behalten.

»Vor Ihnen ist man wohl nirgends sicher?«, schnauzte er aufgebracht, als er Karin Winter ins Gesicht blickte.

»So einfach lasse ich mich nicht abwimmeln, Herr Wolf, das sollten Sie wissen«, antwortete sie wenig beeindruckt und versuchte, ihre Digitalkamera unauffällig in einer Tasche verschwinden zu lassen.

»Wer Sie auch sein mögen: Ich muss Sie auffordern, diesen Seeabschnitt umgehend zu verlassen«, machte Horvath dem Geplänkel ein Ende.

»Und warum sollten wir das tun? Das hier ist ein freies Gewässer«, begehrte der Mann hinter dem Steuer auf, der sich bisher im Hintergrund gehalten hatte.

»Ja, ja, und wir leben in einem freien Land ... Erzählen Sie mir was Neues.«

»Das beantwortet meine Frage nicht.«

»Dann will ich Ihnen eine klare Antwort geben: Weil aus ermittlungstaktischen Gründen jeder öffentliche Bootsverkehr in einem Radius von zwei Kilometern ab sofort untersagt ist.«

»Was ermitteln Sie denn?«, wollte Karin Winter wissen und setzte ein entwaffnendes Lächeln auf.

Horvath zeigte jedoch wenig Neigung, sich auf eine Diskussion einzulassen. »Tut mir leid. Wenn Sie nicht sofort von hier verschwinden, lasse ich Sie nach ...«, er warf einen kurzen Blick auf das Kennzeichen des Bootes, »nach Konstanz zurückeskortieren. Außerdem mache ich Sie darauf aufmerksam, dass Ihnen Ihre Bootslizenz entzogen werden kann. Also?«

»Ja, ja, ist ja gut, wir beugen uns der Gewalt. Ich prophezeie Ihnen aber schon jetzt, dass Sie einige Bootslizenzen werden entziehen müssen, meine Herren. Wir sind nur so eine Art Vorhut. Bald werden meine Kollegen von Presse, Funk und Fernsehen hier einfallen.«

Wolf, der Karin Winter nur allzu gut kannte, wurde hellhörig. »Was wollen Sie damit sagen?«

»Ich habe inzwischen mit unserer Nachtredaktion telefoniert. Kurz vor Mitternacht ging dort die Meldung ein, vor der Mainau sei ein größeres Boot gesunken, präziser gesagt: explodiert. Und Sie glauben doch nicht im Ernst, dass der ›Seekurier‹ als einziger Medienbetrieb etwas davon erfahren hat?«

Schlagartig war Wolfs Müdigkeit wie weggeblasen, wenigstens für den Moment. Wenn die Winter recht behielt, wären die Augen der gesamten Bodenseeregion schon bald auf seinen Fall und die Ermittlungsfortschritte gerichtet.

Das konnte ja heiter werden.

2

Anders als die Kollegen von der Wasserschutzpolizei, die ihrem Dienstplan entsprechend den regulären Nachtdienst absolvierten, und anders als die Männer auf den Feuerwehrbooten, die vor ihrem Einsatz wenigstens eine Mütze voll Schlaf hatten nehmen können, war Wolf seit nunmehr zwanzig Stunden auf den Beinen – von der außergewöhnlichen Anspannung während der Tagung ganz zu schweigen. Da war es kein Wunder, dass der Körper seinen Tribut gefordert hatte und er vor einer guten Stunde im Sitzen eingenickt war. Die Kollegen hatten ihn schlafen lassen. Bei dem, was zu tun war, hätte er ihnen ohnehin nicht helfen können.

Die Kommandanten der drei Feuerwehren waren übereingekommen, die Mainau vorerst mit einer Ölsperre zu sichern – zweifellos ein Kompromiss, mit dem man das Schlimmste so lange zu verhindern suchte, bis die Lichtverhältnisse den Einsatz des Hubschraubers erlaubten. Die fieberhaft arbeitenden Rettungskräfte hofften inständig, dass Wind und Strömung so lange mitspielten.

Da die beiden Polizeikreuzer nicht in die Errichtung der Sperren eingebunden waren, hatte man die Taucher mitsamt ihrer technischen Ausrüstung kurzerhand auf eines dieser Boote verbracht.

Zwischenzeitlich hatte ein Sonargerät das gesunkene Boot geortet – oder vielmehr das, was von ihm übrig war. Es lag in vierundzwanzig Metern Tiefe auf dem Grund des Sees. Bereits beim ersten Tauchgang wurden in dem Wrack die Leichen zweier Männer entdeckt, allerdings in einer Weise zwischen Trümmerteilen eingeklemmt, dass ohne Schweißgerät nicht an eine Bergung zu denken war.

Die während des Tauchgangs gedrehten Videobilder bestätigten, dass der Treibstofftank wie vermutet aufgerissen und der gesamte Tankinhalt ausgelaufen war. Obwohl keine Schiffspapiere gefunden worden waren, hatte die Wapo anhand des Jachtnamens den genauen Bootstyp und damit das Fassungsvermögen des Tanks ermitteln können. Der Kahn war in der Lage gewesen, vollgetankt dreihundertzwanzig Liter Dieselöl auf dem See spazieren zu fahren – genug, um einen Ölteppich von vier bis sechs Quadratkilometern Ausdehnung zu verursachen.

Hinweise auf die Ursache der Explosion wurden zunächst nicht gefunden. Was das anbelangte, würde Wolf sich bis zur Hebung des Wracks gedulden müssen. Da wartete noch ein hartes Stück Arbeit auf ihn und sein Team, schließlich hing von der Klärung der Schuldfrage eine Menge ab: als Erstes die Anklageerhebung und der Prozess gegen die Verursacher der Explosion, sofern sie sich ermitteln ließen; dann die langwierigen Auseinandersetzungen mit der Versicherungsgesellschaft und den Anrainern und ganz zuletzt – so sicher wie das Amen in der Kirche – immense Schadenersatzforderungen. Aber wenigstens damit würde er nichts mehr zu tun haben.

***

Es war zum Heulen – wo hatte sie nur diese verdammte Nummer abgelegt? Seit Matuscheks Freund sie wieder auf der Mainau abgesetzt hatte, durchwühlte Karin ihr Telefonverzeichnis. Vergeblich! Hatte sie die Nummer vielleicht doch gelöscht? Wenn ja, dann ganz bestimmt nicht aus Versehen. Wieso auch? Der Kerl war eine einzige Enttäuschung gewesen, von jetzt auf nachher hatte sie die Verbindung zu ihm abgebrochen. Nicht im Traum hätte sie sich vorstellen können, dass ausgerechnet er – und nur er! – einmal zum Hoffnungsträger der ganzen Bodenseeregion werden könnte. Die Vorstellung wäre ihr ebenso absurd erschienen wie die Möglichkeit eines die Mainau bedrohenden Ölteppichs.

Man sieht sich eben immer zweimal im Leben, dachte Karin säuerlich.

Ein gutes halbes Jahr lag die Sache nun zurück. Sie hatte für einen Artikel über heimische Unternehmen recherchiert, unter denen die Biotecc AG zweifellos eine Spitzenstellung einnahm. Mit über achthundert Beschäftigten zählte das börsennotierte Unternehmen zu den renommiertesten Betrieben am westlichen Bodensee. Das weitläufige Werksgelände lag direkt am Seeufer, halbwegs in der Mitte zwischen Überlingen und Nußdorf – ein Witz, wenn man es recht bedachte. Was hätte sich aus dem Riesenareal nicht alles machen lassen! Doch damals, gleich nach Kriegsende, als Erich Rottmann in einem Schuppen neben dem elterlichen Wohnhaus seine ersten Versuche unternahm, galten andere Prioritäten. Und heute? Wie ein Krake hatte sich die Biotecc AG am Seeufer ausgebreitet, nichts hatte ihr ungezügeltes Wachstum zu bremsen vermocht. Längst galt Rottmanns Firma als Vorzeigebetrieb, der zeitweilig sogar die Baseler Chemieriesen das Fürchten lehrte.

Gleich zu Beginn ihrer Recherchen war sie an die Firmenleitung herangetreten und hatte eine Einladung zur Werksbesichtigung erhalten. Ohne den geringsten Vorbehalt – abgesehen von einem Fotografierverbot, wofür Karin jedoch Verständnis gezeigt hatte. Einer der Direktoren hatte sie durch die Labors und Fertigungshallen geführt, ehe er sie mit der Inhaberfamilie zusammenbrachte. Zwar hatte sich CEO Erich Rottmann bereits nach wenigen Minuten wieder ausgeklinkt und mit ihm ein weiteres Mitglied des Führungstriumvirats, Rottmanns Schwägerin Ulla Gauß-Rottmann. Doch geblieben war Rottmanns Neffe, der überaus charmante wie gut aussehende Alexander Rottmann, von seinen Freunden kurz Alex genannt, der nicht nur das Amt eines Geschäftsführers bekleidete, sondern Biotecc zu *dem* Innovator in der Branche gemacht hatte, wie gut informierte Insider Karin versichert hatten.

Schnell hatte ihr Alexander Rottmann die anfängliche Befangenheit genommen. »Sie wollen Informationen, Karin – ich darf Sie doch Karin nennen, ja? –, und die sollen Sie auch haben, und zwar aus erster Hand«, hatte er gesagt und sie ohne Umschweife für den folgenden Samstag auf sein Boot eingeladen. »Wir sind schließlich an einer guten Presse interessiert. Und wenn wir schon miteinander reden, dann doch wenigstens in angenehmer Umgebung, oder? Ich nehme an, Sie verstehen ein bisschen was vom Segeln?« Auf ihr zögerliches Nicken hin hatte er gelacht. »Keine Angst, es kann Ihnen nichts passieren, ich bin ja bei Ihnen. Und bringen Sie etwas Hunger mit. Es gibt Lammrücken in Salbeikruste ... oder stehen Sie eher auf etwas Deftigeres, zum Beispiel Tafelspitz mit Rotkohl und Bouillonkartoffeln?«

Dazu hatte er sein charmantestes Lächeln aufgesetzt, dieser Schuft – und natürlich war sie seinem männlichen Charme umgehend erlegen.

Nervös hatte sie dem Samstag entgegengefiebert. Einer seiner Mitarbeiter hatte sie mit einem Firmenwagen abgeholt und zum Boot gebracht. Sie erinnerte sich noch gut an diesen Mann, weniger wegen seines Namens – »Dieter Leschek« klang nicht gerade ausgefallen – als wegen seines höflichen, zurückhaltenden Benehmens, auch wenn es in krassem Widerspruch zu den dünnen blonden Haaren stand, die er streng nach hinten gekämmt und zu einem Pferdeschwanz zusammengebunden trug. Und noch etwas hatte sich ihr eingeprägt: Er zog ständig die Nase hoch.

Das Boot war eine Wucht gewesen. Mit seinem grünen Rumpf und den grünen Segeln – im Farbton passend zum Biotecc-Logo – wirkte es wie das verkleinerte Abbild der legendären »Alexander von Humboldt«, die jahrelang im Dienste der Beck's-Brauerei über das Meer und die Mattscheiben flimmerte.

Bei recht steifem Südwind waren sie bis nach Wasserburg gesegelt, vorbei an Meersburg, Friedrichshafen und Langenargen. Direkt vor der Halbinsel hatten sie Anker geworfen, im Blickfeld die malerische St.-Georgs-Kirche mit ihrem Barockzwiebelturm. Alex hatte es sich nicht nehmen lassen, das Essen selbst aufzutragen. Später ging es, an Bad Schachen vorbei, nach Lindau hinüber. Als Alex allen Ernstes einen Landgang mit Besuch der Spielbank vorschlug, hatte sie energisch den Kopf geschüttelt. Lachend hatte er gewendet und Kurs nach Überlingen genommen.

Kein Zweifel, Karin war beeindruckt – am meisten aber von Alex Rottmann. Er hatte ganz offen um sie geworben, zumindest hatte sie es so empfunden. Doch je mehr er sich ins Zeug legte, desto unsicherer wurde sie. Sobald ein Gespräch auch nur entfernt ins Persönliche abzugleiten drohte, führte sie es umgehend auf den eigentlichen Grund ihrer Anwesenheit zurück: die Recherchen zu ihrem Biotecc-Report. Da fühlte sie sich sicher, da konnte sie mitreden.

Wie sich herausstellte, sprach Alex Rottmann viel und gerne über die Erfolge »seines« Unternehmens. Und noch lieber über seine Arbeit. Ein Projekt schien ihm besonders am Herzen zu liegen: die Entwicklung eines Präparats, mit dem sich die verheerenden Folgen von Ölunfällen erfolgreich bekämpfen ließen. Und genau das war der Grund, warum sie ihn jetzt, nach dem Schiffsuntergang vor der Mainau, dringend sprechen wollte.

Die verhängnisvollen Folgen von Erdöl und dessen Derivaten, die in größeren Mengen in ein Gewässer gelangten, waren allgemein bekannt. Mindestens ebenso bekannt war aber auch, dass es dagegen bis heute kein wirkungsvolles Gegenmittel gab. Oder vielleicht doch? Alex hatte ihr gegenüber erwähnt, dass die Entwickler bei Biotecc bereits einige vielversprechende Versuche durchgeführt hatten. Vielleicht war das Zeug ja schon einsatzbereit, und es fehlte nur noch ein geeigneter Testfall?

Der einzige Weg, es herauszubekommen, führte über Alex Rottmann. Wie würde er reagieren, wenn sie ihn darauf ansprach? Flüchtig rief Karin sich das Ende ihrer »Beziehung« in Erinnerung – falls man ihre Bekanntschaft überhaupt so nennen konnte. Sie hatte während des Segeltörns die Nasszelle unter Deck aufgesucht und war bei der Suche nach einem Toilettentuch in einer Schublade auf Lippenstifte, mehrere Damenslips und einen Tanga gestoßen, in trauter Gemeinschaft mit einer reichhaltigen Auswahl an Präservativen. Hatte sie Alex anfänglich noch zugutegehalten, das Zeug könne von Gott weiß wem stammen – ziemlich sicher wurde das Boot auch von anderen Mitgliedern des Rottmann-Clans benutzt –, so wurde sie bereits einen Tag später eines Besseren belehrt. Mehr oder weniger zufällig beobachtete sie, wie Alex Rottmann in Begleitung zweier gut gebauter und äußerst sparsam bekleideter Blondinen die Jacht bestieg und mit ihnen in aller Öffentlichkeit Zärtlichkeiten austauschte.

So schnell sie anfänglich seinem Charme erlegen war, so schnell fand sie danach in die Realität zurück. Der Kerl war jedenfalls nicht nur ein arrivierter Unternehmer, sondern ganz offensichtlich auch ein erfolgreicher Frauenheld. Tapfer hatte Karin ihre Enttäuschung hinuntergeschluckt und sich in ihre Arbeit gestürzt. Vier Tage später war ihr Artikel über Biotecc erschienen, und sie hatte sich bei seinen zahlreichen Anrufen betont reserviert gegeben – so lange, bis sein Interesse schließlich erlahmt war. Natürlich ließen sich in den Wochen und Monaten danach gelegentliche Treffs nicht vermeiden, dazu waren beide zu stark in der

Öffentlichkeit engagiert. Zu mehr als einigen belanglosen Worten war es dabei jedoch nicht gekommen.

Doch merkwürdig: Je mehr sie ihm die kalte Schulter zeigte, desto stärker schien er zu entflammen.

Wie würde er wohl auf ihren Anruf reagieren? Der Gedanke daran brachte sie wieder in die Gegenwart zurück. Noch einmal ging sie ihr Telefonverzeichnis durch. Zu ihrer Überraschung wurde sie diesmal fündig – und bekam prompt einen roten Kopf: Seine Telefonnummer war weder unter »Biotecc« noch unter »Rottmann« oder »Alex« gespeichert. Sie hatte sie – wie peinlich – unter »Lexi« abgelegt.

Sie sah auf die Uhr. Zwei Stunden nach Mitternacht … eine zutiefst unchristliche Zeit, um jemanden anzurufen, zumal wenn es sich bei dem Angerufenen um einen zurückgewiesenen Liebhaber handelte. Schnell schob sie ihre Bedenken jedoch beiseite. Hier ging es ja wohl um etwas mehr als verschmähte Liebe! Und sollte Alexander Rottmann sich die Störung seiner Nachtruhe – Karin bezweifelte, dass er diesen Begriff überhaupt kannte – verbitten, dann hatte sie es wenigstens versucht. Sie könnte sich in dem Fall am Morgen immer noch an eines der Biotecc-Labors oder an die Vertriebsabteilung wenden und sie mit Verweis auf die prekäre Lage vor der Mainau um Mithilfe bitten – falls die sich überschlagenden Meldungen in Presse und Rundfunk das bis dahin nicht längst besorgt hatten.

Sie wählte Alex' Nummer. Es klingelte und klingelte. Doch niemand hob ab.

***

Karin Winters Voraussage hatte sich als zutreffend erwiesen: Bis fünf Uhr wurden nicht weniger als sechs Boote mit Medienleuten aufgebracht; einige von ihnen konnten erst nach heftigen Wortwechseln und unter Androhung einer Strafanzeige zur Umkehr bewegt werden. Natürlich fotografierte und filmte die hartgesottene Reportermeute trotzdem auf Teufel komm raus, ohne dass die Polizisten etwas dagegen hätten unternehmen können – noch war der Seeabschnitt ja nicht offiziell gesperrt.

Mitten in diesem Trubel erwachte Wolf aus seinem traumlosen

Schlaf. Zwar fühlte er sich – dank schmerzender Gelenke und verspannter Muskeln – anfangs wie gerädert, doch konnte er, anders als zuvor, nun wieder klar denken und sich artikulieren. Ein Becher Kaffee, den ein mitfühlender Kollege ungefragt vor ihm abstellte, tat ein Übriges; überdies wärmte er Wolfs klamme Finger.

Horvath hastete an ihm vorüber. »Na, Leo, wieder unter den Lebenden?«, rief er ihm zu, ehe er durch die Tür nach draußen verschwand.

Wolf hielt es nicht mehr länger auf seinem Platz, schnell trank er seine Tasse leer und folgte ihm. An Deck könnte er sich eine Gitanes anstecken – da fiel ihm ein, dass er damit vielleicht das ganze Boot in die Luft jagen würde.

Er platzte mitten in eine Auseinandersetzung, die Horvath vom Vordeck aus mit einem besonders hartnäckigen Reporter führte. Was dem glatzköpfigen Zeitungsmann an körperlicher Statur fehlte, versuchte er durch Lautstärke und wilde Gestik wettzumachen.

»Ihr könnt uns nicht wegschicken, dafür habt ihr keine gesetzliche Handhabe«, bellte er zu ihnen herüber, während der hinter ihm stehende Fotograf pausenlos auf den Auslöser drückte. »Die Öffentlichkeit hat ein Recht darauf, zu erfahren, was hier vorgeht. Oder soll da etwas vertuscht werden?«

»Soso, die Öffentlichkeit. Wie selbstlos!«, dröhnte Horvath ironisch. Der Vorwurf der Vertuschung schien an ihm abzuprallen. Ruhig, aber bestimmt wandte er sich an den dritten Mann, der scheinbar unbeteiligt hinter dem Ruder stand und dem vermutlich das Boot gehörte. »Ich fordere Sie noch einmal auf, sich unverzüglich zu entfernen. Sie behindern polizeiliche Ermittlungen. Falls Sie dieser Aufforderung nicht Folge leisten, wird das Konsequenzen für Sie haben.«

Der Mann am Steuer hatte verstanden: Als Bootseigner hätte er die Folgen auszubaden. Das schien ihm der nächtliche Ausflug nicht wert zu sein, mochte man ihn auch noch so gut bezahlen. Mit einem Schulterzucken drehte er am Steuerrad und zog den Gashebel raus, schon setzte sich das Boot in Richtung Überlingen in Fahrt.

Der Reporter bekam einen roten Kopf. »Das ist Willkür, ist das, reine Willkür!«, brüllte er zu ihnen herüber, kaum dass er das aus seiner Sicht schmähliche Einknicken des Bootsbesitzers bemerkt hatte. »Ich will sofort Ihren Namen wissen. Was Sie machen, ist Beschneidung der Pressefreiheit! Hier ist offenes Seegebiet, hier können wir uns aufhalten, solange wir wollen. Am besten, Sie machen sich schon mal auf eine saftige Dienstaufsichtsbeschwerde gefasst ...« Der Rest des Satzes ging im Lärm des aufheulenden Bootsmotors und im Rauschen von Wind und Wellen unter.

»Tun Sie, was Sie nicht lassen können«, rief ihm Horvath noch hinterher.

»Wo er recht hat, hat er recht – und das weißt du auch«, brummte Wolf.

»Natürlich weiß ich das«, antwortete Horvath ungewollt scharf, »aber was soll ich tun? Vor einer Stunde erst habe ich den diensthabenden Staatsanwalt erreicht. Er wollte sich das nächstbeste Boot schnappen und herauskommen. Und? Kannst du ihn sehen? Das Gebiet hier gehört gesperrt und Ölalarm ausgerufen ... Soll ich das etwa auf meine Kappe nehmen?«

»Ja, ja, die Staatsanwälte! Immer wenn du schnell einen brauchst, bist du verratzt. Ich höre jetzt schon den Aufschrei der betroffenen Bootsbesitzer, wenn wir diesen Seeabschnitt als gesperrt erklären ...«

»Auf keinen Fall ohne Rückendeckung von oben, denn spätestens dann dürfte es hier vor Gaffern nur so wimmeln.«

»Wie weit ist die Feuerwehr?«

»Die haben zur Insel hin Ölsperren errichtet. Ob's was bringt, steht auf einem anderen Blatt. Wir stehen vor einer völlig neuen Situation, schließlich gab es einen Ölteppich dieses Ausmaßes am Bodensee noch nie. Zum Glück hat der Wind inzwischen gedreht, das verschafft uns wenigstens eine kleine Verschnaufpause. Was danach kommt, steht in den Sternen.« Aus Horvaths Miene sprach höchste Besorgnis.

Wolf dämmerte erst allmählich, was er damit sagen wollte. »Ihr versprecht euch nichts mehr von dem geplanten Helikoptereinsatz, stimmt's?«, fragte er stirnrunzelnd.

Der Schiffsführer zögerte mit seiner Antwort. »Wenn du meine persönliche Meinung hören willst: Für mich ist das allenfalls eine Alibiaktion, nicht mehr. Vor zehn Minuten hat die Einsatzzentrale die Katze aus dem Sack gelassen: Sie haben nichts, was den Ölfilm effektiv neutralisieren könnte – und schon gar nicht in der benötigten Menge.«

***

Auch während der Heimfahrt nach Überlingen hatte Karin versucht, Alexander Rottmann über seinen Privatanschluss zu erreichen. Vergeblich. Ohne sich auszuziehen, war sie in ihrer Wohnung aufs Bett gefallen – und von einer Sekunde auf die andere eingeschlafen.

Unruhig hatte sie sich hin und her gewälzt, bis sie, von wirren Träumen geplagt, in die Höhe schreckte. Benommen starrte sie auf die Leuchtziffern ihres Weckers: kurz nach fünf. Also hatte sie nicht mal zwei Stunden geschlafen. Sie machte Licht, um aufzustehen, als ihr die Ereignisse der vergangenen Nacht wieder einfielen. Was mochte da draußen auf dem See inzwischen passiert sein? Hatte die Feuerwehr die Katastrophe noch einmal abwenden können, oder war gegen die Ölpest tatsächlich kein Kraut gewachsen? Hatte sie die Mainau bereits erreicht? Erneut kam ihr Biotecc in den Sinn. Ohne lange zu überlegen, griff sie zum Telefon und drückte die Wahlwiederholung. Noch immer nichts! Der Ruf ging zwar ab, doch niemand meldete sich.

Wütend schüttelte sie den Kopf. »Playboy«, schimpfte sie leise. Konnte Alex nicht wenigstens diese eine verdammte Nacht im eigenen Bett verbringen? Doch so schnell ihr Zorn auch entflammt war, so schnell legte er sich wieder. Wie hätte er die Ereignisse draußen auf dem See vorhersehen sollen?

Da an Schlaf ohnehin nicht mehr zu denken war, begab sie sich in die Küche, schaltete das Radio ein und setzte Kaffee auf. Danach zog sie sich um und machte sich frisch. Zu einer gründlichen »Restauration« fehlte ihr die Zeit. Jetzt schon hörte sie die Kollegen lästern, kaum dass sie ihr in den Redaktionsräumen begegneten: »Wohl versumpft gestern, was? Scheint ja hoch hergegangen zu sein. Und ich dachte immer, Pathologen seien Sauertöpfe!«

Bis dahin allerdings würde noch einiges Rheinwasser den See durchfließen.

***

Erneut hatte sich der Wind gedreht. Er kam jetzt, wenn auch abgeschwächt, genau aus Nordost. Das bedeutete: Der stinkende Ölfilm trieb erneut auf die Mainau zu.

Endlich hatte sich auch Staatsanwalt Dr. Schneidewind eingefunden. Mit mürrischer Miene ließ er sich die Lage erklären, ehe er das Gehörte zusammenfasste: »Wenn ich Sie recht verstehe, meine Herren, dann hat die Feuerwehr den Ölteppich zur Mainau hin durch eine Sperre abgesichert … wie lang etwa? Ich meine, wie lang ist die Sperre?«

»Neunhundert Meter. Mehr Material stand für den Moment nicht zur Verfügung. Nachschub ist angefordert, müsste in Kürze eintreffen«, gab Horvath Auskunft.

»Neunhundert Meter? Donnerwetter. Aber weiter im Text: Mit Beginn der Morgendämmerung …«, er sah kurz auf die Uhr, »also in etwa zwei Stunden, soll der Hubschrauber eintreffen und den Ölteppich mit einem chemischen Stoff besprühen, von dem Sie, meine Herren, sich nach Lage der Dinge jedoch keine durchschlagende Wirkung versprechen. Ist es so?«

»So ist es. Ich halte den Helikoptereinsatz für reinen Aktionismus, Herr Staatsanwalt.«

Ungeduldig winkte Schneidewind ab. »Fatalismus bringt uns aber auch nicht weiter. Nehmen wir an, Sie hätten recht mit Ihrer Annahme. Das würde bedeuten, dass wir genauso gut die Hände in den Schoß legen und einfach abwarten könnten, bis sich das Zeug irgendwann einmal von selbst absenkt, mit allen ökologischen Folgen für den Seegrund und das Inselufer. Der Schaden, der daraus entstehen könnte, wäre immens. Ich brauche Sie wohl nicht daran zu erinnern, dass die Mainau eines der bedeutendsten touristischen Ziele der Region darstellt.«

»Sie werden's nicht glauben, aber das ist uns bekannt, Herr Staatsanwalt«, entgegnete Wolf mit erhobenen Augenbrauen. »Worauf wollen Sie hinaus?«

Schneidewind fasste ihn scharf ins Auge, ehe er mit einer Gegenfrage antwortete. »Ist eigentlich die gräfliche Familie schon verständigt worden?«

Wolf und Horvath sahen sich wie zwei ertappte Schüler an.

»Von uns nicht«, entgegnete Wolf zerknirscht.

»Ah ja! Und darf man fragen, weshalb nicht? Sie sind seit Stunden am Einsatzort und halten es nicht für nötig, die Hauptbetroffenen über das Desaster zu informieren? Ich muss schon sagen, meine Herren! Womöglich haben Sie auch das befallene Seegebiet noch nicht sperren lassen, hab ich recht?«

Noch ehe Horvath das verdaut hatte, kam Wolfs scharf formulierte Antwort: »Wir sind es gewohnt, solche Anordnungen einvernehmlich mit der Staatsanwaltschaft zu treffen – sofern sie anwesend ist. Da Sie inzwischen eingetroffen sind, werden Sie das sicher übernehmen wollen, nicht wahr? Mich müssen Sie nun entschuldigen, nach zweiundzwanzig Stunden habe ich mir endlich eine Mütze Schlaf verdient.«

***

Fernes Rauschen drang aus dem Hörer, gepaart mit einem hohen, an- und abschwellenden Sirren, dann schien die Leitung zu stehen. Wie aus dem Off erklang Erich Rottmanns sonore Stimme.

»Alex, kannst du mich hören?«

»Klar und deutlich. Wie kommt ihr voran?« Alex lehnte sich, die Beine auf dem Schreibtisch übereinandergelegt und mit der rechten Hand einen silbernen Drehbleistift jonglierend, ganz entspannt zurück. Er genoss diese Haltung umso mehr, da er wusste, wie sehr »der General« sie verabscheute. So pflegte er seinen Onkel, den Biotecc-Boss, bisweilen zu nennen, und zwar englisch ausgesprochen, also »Dscheneräll«.

»Geht so. Du kennst unsere Partner in den Staaten. Sind harte Brocken. Na ja, das Meeting ist gleich zu Ende, in zwei Stunden sitze ich in der Maschine nach London. Doch ich muss über etwas anderes mit dir reden. Wie ich erfahre, hast du dein Lieblingsprojekt noch immer nicht aufgegeben.«

»Wer sagt das?«

»Spielt das eine Rolle? Soweit ich mich erinnere, waren wir übereingekommen, dass du die Finger von diesem ›FuelEx‹ lässt.«

»Du meinst FE.23. Und von einem Übereinkommen kann keine Rede sein, lieber Onkel. Du hast, wie so häufig, eine Anordnung erlassen …«

»Aus gutem Grund. Es gibt wahrhaft dringendere Aufgaben. Was soll ich zum Beispiel unseren amerikanischen Partnern erzählen, wenn sie mich nach dem Stand der neuen Kunststoffadditive fragen? Soll ich sagen, mein Herr Neffe zieht es vor, seine Hobbys zu pflegen, einer Utopie nachzujagen?«

Alex stieß ein heiseres Lachen aus. »Von wegen Utopie! Es gibt hier eine ganz realistische Entwicklung ...«

»Ich weiß, ich weiß, der Ölteppich vor der Mainau. Ich bin zwar im Moment in Houston, aber deshalb noch lange nicht aus der Welt.«

Alex nahm die Beine vom Tisch und setzte sich aufrecht hin. Offenbar hatte er den Alten unterschätzt.

»Ich sehe, deine Informanten arbeiten schnell und zuverlässig. Gratuliere! Tatsache ist aber, dass die Tests der letzten Versuchsreihe ausgesprochen positiv verlaufen sind. Ich würde sie sogar als so gut wie abgeschlossen bezeichnen. Wir könnten in Kürze über ein neues, hochinteressantes und vor allen Dingen marktfähiges Produkt verfügen ... ach, was sag ich: über eine echte Cashcow!«

»Dein Optimismus in Ehren, aber ich halte das Ergebnis für viel zu unausgereift, um damit jetzt schon an den Markt zu gehen. Was ist mit der Umweltverträglichkeitsprüfung? Den Serientests bezüglich Nebenwirkungen? Den Untersuchungen über mögliche Langzeitfolgen? Darüber hinaus scheinst du nach meiner Einschätzung die Bedeutung eines solchen ›Produktes‹ für unser Portfolio maßlos zu überschätzen.«

Alex wusste durchaus, wie weit er gehen durfte. Die Entscheidung über ein neues Forschungsprojekt oblag noch immer und ausschließlich dem Biotecc-Gründer. Noch, fügte er in Gedanken hinzu. Aus diesem Grund war – jedenfalls im Augenblick – an eine Fortsetzung der Arbeiten ohne Erich Rottmanns Einverständnis nicht zu denken. Dennoch wagte er einen letzten Versuch. »Denk doch nur mal an die Publicity, Onkel Erich. Ich sehe schon die Schlagzeilen vor mir: ›Mainau von Ölteppich bedroht. Biotecc verhindert Umweltkatastrophe‹. Das brächte uns schlagartig in die Weltpresse.«

»Komm mir bloß nicht damit! Was ist, wenn deine Rettungsaktion nicht nach Plan verläuft, wenn irgendetwas schiefgeht? Dann sind wir *auch* in den Schlagzeilen, aber wie! Nein, das Risiko ist mir viel zu hoch. Im Übrigen haben wir bedeutend dringendere Projekte, und deshalb wird die Weiterarbeit an dem Zeug eingestellt.«

»Aber …«

»Tut mir leid, meine Antwort ist endgültig!« Kaum war das letzte Wort verklungen, war die Leitung tot.

Alex legte resigniert den Hörer auf. Dann stahl sich plötzlich ein Lächeln in sein Gesicht. Eigentlich konnte er mit dem Verlauf des Gespräches ganz zufrieden sein. Wie hatte die Anordnung des Alten gelautet? Die Weiterarbeit an FE.23 war einzustellen. Punkt! Von einem Testeinsatz des neuen Mittels hatte er nichts gesagt.

Wetten, dass er seine Meinung nach einer erfolgreichen Rettungsaktion vor der Mainau ändern würde? Nichts überzeugte schließlich mehr als ein satter Erfolg. Und für den würde er schon sorgen.

***

Karin nippte an ihrer Kaffeetasse – und verbrannte sich prompt die Lippen. Dieser Montag schien unter keinem guten Stern zu stehen. Ohne die Musikberieselung aus dem Radio wahrzunehmen, ließ sie sich die Ereignisse des gestrigen Abends noch einmal durch den Kopf gehen und machte sich Notizen.

Möglicherweise handelte es sich nur um einen Bootsunfall, verursacht durch eine bedauerliche, wenn auch folgenschwere Verkettung unglücklicher Umstände, deren Auswirkungen nichtsdestotrotz reichlich Stoff für einen Artikel bieten würden. Aber vielleicht steckte auch mehr dahinter? Die Presse war extrem schnell informiert worden, in der Redaktion hatte man schließlich schon Bescheid gewusst, als Wolf noch nicht mal auf dem Wasser war. Sie nahm sich vor, später in der Redaktion die Aufzeichnung des eingegangenen Anrufs anzuhören.

Ärgerlich, dass sich Wolf so verdammt zugeknöpft gezeigt hatte. Bei etwas mehr Entgegenkommen seinerseits wäre sie sicher schon ein ganzes Stück weiter. Wie kam er überhaupt dazu, sie wie eine x-beliebige Reporterin zu behandeln, der man nicht über den Weg trauen konnte – ausgerechnet sie, die seinen Ermittlungen mehr als einmal auf die Sprünge geholfen hatte! Sie nahm sich vor, bei der Weitergabe von Informationen künftig zurückhaltender zu sein. Sollte er doch sehen, wo er blieb, der Herr Hauptkommissar.

In diesem Augenblick wurde die Musik im Radio von einer Nachrichtensprecherin abgelöst: »*Wir unterbrechen nun unsere Morgenmusik für eine wichtige Sondermeldung. Kurz vor Mitternacht sank unter noch ungeklärten Umständen auf dem Bodensee, unmittelbar vor der Insel Mainau, eine Motorjacht. An der Unglücksstelle trat Dieseltreibstoff aus, der nach Aussage der ermittelnden Behörden zu einem Ölfilm von der Ausdehnung mehrerer Fußballfelder führte. Das betroffene Seegebiet wurde weiträumig gesperrt. Alle Bootsführer werden aufgefordert, den Anordnungen der Wasserschutzpolizei Folge zu leisten. Nach Aussage des leitenden Staatsanwaltes konnte die Ursache des Unglücks noch nicht ermittelt werden. Wir melden uns, sobald uns neue Informationen vorliegen. Und nun setzen wir unser Programm fort …*«

Karin Winter rümpfte die Nase. Wie … das sollte alles gewesen sein? Ein bisschen mehr Hintergrundinformation hätte sie schon erwartet. Andererseits konnte die Polizei ihr Wissen ja schlecht hinausposaunen. Falls sie überhaupt über welches verfügte.

Aber die Klärung der Hintergründe war im Augenblick ohnehin zweitrangig. Alle Anstrengungen mussten zunächst der schadlosen Beseitigung des Ölfilms gelten. Sie schielte auf die Uhr. Gleich sechs. Vielleicht hatte ja Alex inzwischen wieder in seine Kemenate zurückgefunden? Wenn nicht, würde sie es bei Biotecc versuchen.

Zum wiederholten Mal wählte sie seine Nummer – und war nicht wenig erstaunt, als sich eine jugendliche Frauenstimme meldete. Mehr als ein knappes »Ja bitte?« brachte sie jedoch nicht über die Lippen.

Karin konnte es partout nicht ausstehen, wenn sich ein Angerufener nicht mit Namen meldete. »Hat dieser Anschluss auch einen Namen?«, fragte sie spitz.

Ihr forscher Ton schien der Frau am anderen Ende der Leitung einen Moment lang die Sprache zu verschlagen. »Äh … hier ist der Privatanschluss von Alexander Rottmann, mein Name ist Heidelinde Damerow. Wen darf ich melden?«

Das also war sie, Alex' aktuelle Flamme. Heidelinde … wie niedlich. Aber irgendwie passte das zu ihm.

»Hier ist Karin Winter vom ›Seekurier‹. Bitte verbinden Sie mich mit Alex Rottmann, es ist dringend.«

Kurze Pause. »Äh … tut mir leid, aber das geht jetzt nicht.«

»Und ob das geht. Sagen Sie ihm einfach, ich rufe wegen FE.23 an, er weiß dann schon.«

»Wie … Sie kennen FE.23?«

»Junge Frau, wenn Sie wüssten, was ich von Ihrem Alex alles kenne. Allerdings hab ich im Augenblick wenig Zeit für Fragen. Was ich brauche, sind Antworten, und die möglichst vorgestern, verstehen Sie?«

»Ja, aber … ich weiß nicht …«

»Jetzt hören Sie mir mal gut zu, meine Liebe: Sie wissen vielleicht nicht, was da draußen vor der Mainau gerade abläuft. Aber ich verspreche Ihnen eines: Wenn Sie nicht sofort Ihren Hintern heben und mich bei Ihrem Alex melden, dann werde ich persönlich dafür sorgen –«

»Ja, hab schon verstanden. Er ist gerade in Sachen FE.23 unterwegs und wollte unter keinen Umständen gestört werden. Aber ich werde sehen, ob ich ihn loseisen kann.«

»Moment mal … er ist in Sachen FE.23 unterwegs?« Karin schluckte. Sollte sie diese Heidelinde falsch eingeordnet haben? »Was soll das heißen?«

»Nun, er ist draußen in der … aber das darf ich Ihnen eigentlich gar nicht sagen. Deshalb ist ja auch sein Telefon auf mein Büro umgestellt. Hier spinnen im Moment alle. Einen Augenblick, ich werde versuchen, ihn zu erreichen. Bitte bleiben Sie dran.«

Mozarts »Kleine Nachtmusik« zog an Karins Ohr vorbei, interessant verjazzt. Dann war Heidelinde Damerow wieder dran.

»Frau Winter, hören Sie? Ich habe Herrn Rottmann erreicht und soll Ihnen sagen, Sie möchten unbedingt vorbeikommen, wenn Sie können. Melden Sie sich einfach beim Pförtner, der lässt Sie dann umgehend zu Herrn Rottmann bringen.«

Eine Stunde später erhob sich der Helikopter in die Lüfte, und Karin brachte ihre Digitalkamera in Anschlag, in gespannter Erwartung der Bilder, die sich ihr bieten würden.

Erst aus der Luft war das wahre Ausmaß des Ölteppichs zu erkennen, dessen Ränder die Wasserschutzpolizei mit kleinen, blinkenden Bojen markiert hatte. In geringer Höhe überflog der Biotecc-Hubschrauber die betroffene Fläche.

»Ich werde jetzt wenden, dann fährt die Hydraulik die Sprüharme aus, mit denen wir das FE.23 auf den Ölteppich ausbringen«, erklärte Alex, der selbst hinter dem Steuerknüppel saß. Seine Stimme klang merkwürdig blechern aus Karins Kopfhörern, die gleichzeitig als Gehörschutz dienten. Die Rolle des Kopiloten hatte der ewig schniefende Leschek übernommen. Er war es auch, der Karin beim Pförtner abgeholt und zum Hubschrauber geführt hatte, an dem Alex Rottmann gerade eine letzte Kontrolle der zwischen den Kufen des Helis montierten FE.23-Tanks vornahm.

Karin war anfänglich durchaus skeptisch gewesen, ob sie die Einladung überhaupt annehmen sollte. Doch die Aussicht auf Informationen aus erster Hand hatte den Ausschlag gegeben. Alex hatte sie ganz unbefangen begrüßt, und nur wenig später hatte sie sich, von einem strammen Gurt in den hinteren Sitz gepresst, in der Kabine des stark vibrierenden Fluggerätes wiedergefunden.

Auf ihre Frage, weshalb er ihr erlaubte, mitzukommen, hatte er anfangs nur hintergründig gelächelt, sich schließlich aber doch noch zu einer Erklärung bequemt: »Keine Hintergedanken, ehrlich – außer dem, dass wir es natürlich gerne sähen, wenn unser Engagement in der Öffentlichkeit gebührend gewürdigt würde. Am liebsten vom ›Seekurier‹, noch dazu, wo ich dessen Schreiberin überaus schätze ... äh, als investigative Reporterin, meine ich.« Sein Grinsen war noch eine Nuance breiter geworden. »Nennen wir es doch einfach Öffentlichkeitsarbeit für Biotecc, einverstanden?«

Karin hatte eine spitze Antwort auf der Zunge gelegen, doch die Worte waren ihr im Hals stecken geblieben, als die Maschine abhob, sich steil zur Seite neigte und nach einer engen Kehre ihren Ausgangspunkt erreichte. Von dem Moment an hatte die Sicht auf den Bodensee ihre gesamte Aufmerksamkeit beansprucht.

Bahn um Bahn überflogen sie nun in geringer Höhe die von dem Ölfilm bedeckte Fläche, dabei aus den Düsen der Sprüharme eine weißliche Wolke ausstoßend, die sich wie Raureif über den unruhigen Seespiegel legte und irgendwie an einen gigantischen

Zuckerguss erinnerte, ehe das Wasser seine ursprüngliche Färbung zurückgewann – nun aber, oh Wunder, frei von irisierenden Farbschlieren.

»Treibt ihr so nicht den Teufel mit dem Beelzebub aus?«, fragte Karin argwöhnisch und setzte für einen kurzen Augenblick ihre Kamera ab.

»Könnte man meinen ... oberflächlich betrachtet«, quäkte Alex' Stimme über die Bordfunkanlage. »Aber ich versichere dir, FE.23 ist absolut umweltverträglich. Es verändert die hydromorphologische Struktur der Mineralölmoleküle, indem es, laienhaft ausgedrückt, deren Verkettung aufbricht. Die Moleküle zerfallen in ihre Einzelbausteine und sinken auf den Seeboden ab, wo sie keinerlei Schaden mehr anrichten. Toll, was?«

»Das funktioniert wirklich?«

»Allerdings. Und zwar bei Süß- und bei Salzwasser.«

»Und wer hat den FE.23-Einsatz genehmigt? Ich meine, ihr werdet das Zeug ja wohl kaum auf eigene Verantwortung ausbringen, oder?«

»Richtig gedacht«, bestätigte Alex. »Du kannst dir gar nicht vorstellen, wer vor solchen Einsätzen alles gefragt sein will. Das geht los bei den Natur- und Gewässerschutzbehörden, gefolgt von den zuständigen Umwelt- und Tourismusverbänden, dann natürlich alle möglichen politischen Instanzen wie die Landratsämter oder die staatlichen Wasserschutzämter bis hinauf zum Regierungspräsidium. Und die Tatsache, dass der Bodensee als Trinkwasserreservoir genutzt wird, macht unsere Mission auch nicht gerade einfacher, wie du dir denken kannst. Immerhin werden von hier aus vier Millionen Menschen mit Trinkwasser versorgt, da muss man doppelt vorsichtig sein.«

»Moment mal ... wie habt ihr das alles in so kurzer Zeit auf die Reihe gekriegt?«

»Ganz einfach: Wir haben uns die unteren Instanzen gespart und uns gleich ans Regierungspräsidium gewandt.«

»Montagmorgens um sechs?«

»Wofür gibt es eine Notfallbereitschaft? Die hat die Verantwortlichen aus den Betten getrommelt. Ob du's glaubst oder nicht: Eine Dreiviertelstunde später hatten wir die Genehmigung. Wenigstens dieses eine Mal sind die Korinthenkacker über ihren

Schatten gesprungen. Die Aussicht auf ölverschmutzte Mainau-Ufer scheint ihnen Feuer unterm Hintern gemacht zu haben.«

Erneut flog Alex eine enge Kurve, um die nächste Bahn in Angriff zu nehmen, während Leschek stoisch die Instrumente im Auge behielt und die Hydraulik betätigte, welche die Düsen mit dem FE.23 versorgte. Beim Einsteigen hatte Karin rein zufällig einen Blick unter sein Jackett erhascht. Kein Zweifel, Leschek trug eine Waffe, vermutlich in einem Schulterholster. Nun war ihr auch klar, warum er Alex Rottmann nicht von der Seite wich: Ganz offensichtlich fungierte er als dessen Bodyguard.

Doch so aufschlussreich diese Beobachtung auch war, so schnell hatte Karin sie wieder verdrängt. Inzwischen beschäftigte sie nämlich eine weit spannendere Frage. »Sag mal, wie habt ihr eigentlich von dem Ölunfall vor der Mainau erfahren? Und vor allem um welche Uhrzeit?«

Gespannt beobachtete sie Alex' Profil.

»Warum fragst du? Ist das wichtig?«

»Wird sich noch herausstellen. Also?«

»Durch einen Anruf. Aber ich verstehe den Sinn der Frage nicht ...« Er runzelte die Stirn.

»Ach komm schon, Alex, lass dir nicht jedes Wort aus der Nase ziehen. Wer hat euch angerufen?«

»Na wer wohl?«, fragte er leicht genervt. »Die Feuerwehr. Aber frag mich nicht nach der Uhrzeit. Ich war gerade eingeschlafen ... hatte eine anstrengende Nacht hinter mir.« Er lächelte, als schwelge er in Erinnerungen.

Na gut, dann eben nicht, du Blödmann, dachte Karin und ließ es dabei bewenden.

3

Stöhnend wälzte sich Wolf im Bett hin und her, sein Atem ging flach, die Lippen zuckten. Es schien, als kämpfte er gegen einen unsichtbaren Feind, der sich wie eine Zentnerlast auf ihn legte und ihn zu erdrücken drohte – bis ein durchdringendes Jaulen den Spuk jäh beendete. Sein Kopf fuhr hoch, mit aufgerissenen Augen starrte er um sich. Es dauerte ein paar Sekunden, bis er in die Wirklichkeit zurückfand. Langsam entspannten sich seine Züge und machten einem befreiten Lächeln Platz.

Ihm war nun klar, wer den Alptraum ausgelöst hatte. Es war Fiona, seine Katze. Sie musste, wie so oft, auf sein Bett gesprungen sein, um den Rest der Nacht zusammengerollt wie eine Schneckennudel auf seinem Bauch zu verschlafen, in unregelmäßigen Abständen dezente Schnarchlaute ausstoßend. Woher sollte das blöde Katzenvieh auch wissen, was es mit seiner Zutraulichkeit anrichtete? Fiona hatte sich in seine Träume gedrängt, und so war es passiert: Er hatte sie mit einer allzu heftigen Armbewegung ungewollt vom Bett gefegt und war aufgewacht.

Derweil saß die Geschasste in sicherer Entfernung auf dem Boden und tat beleidigt.

»Du hast ja recht, Fiona. Eigentlich kannst du nichts dafür«, entschuldigte sich Wolf mitfühlend und klopfte mehrmals mit der Hand auf die Bettdecke, um sie zur Rückkehr zu bewegen. Doch ihr Verlangen nach menschlicher Nähe schien fürs Erste gestillt; sichtlich enttäuscht trollte sie sich in die Küche, um teilnahmslos auf ihren leeren Fressnapf zu starren.

Erleichtert schwang Wolf die Beine aus dem Bett und schlüpfte in seine Hausschuhe. Ein Blick auf die Uhr ließ ihn innehalten. Es war erst kurz nach acht. Verdammt, er hatte gerade mal drei Stunden geschlafen! Aber war das ein Wunder nach dieser Nacht?

Brummend lief er in die Küche und schaltete das Radio an. Ein argentinischer Schlagerfuzzi sang »Guantaname-e-ra«, Schmalz troff über die wehrlose Hörerschaft. »Dudelfunk«, knurrte Wolf abfällig und zog eine Grimasse. Seine Kniegelenke schmerzten, wie jeden Morgen. Diese verfluchte Arthrose. Doch er wollte sich nicht beklagen, er wusste, es gab Schlimmeres. Blocher zum Beispiel, der Kollege vom Einbruchsdezernat, hatte gerade einen Bandscheibenvorfall gehabt. Und das im zarten Alter von sechsundvierzig, das musste man sich mal vorstellen!

Wolf versuchte, sich auf seine allmorgendlichen Verrichtungen zu konzentrieren. Als Erstes galt es, Fiona zu versorgen. Sie fiel mit einer solchen Gier über ihr Fressen her, dass Wolf zu fürchten begann, der Napf müsse dran glauben.

Noch während er den Kaffee aufsetzte, kündigte der SWR eine Sondermeldung an. Gespannt drehte er lauter.

»Wie soeben gemeldet wird, konnte der Ölfilm auf dem Überlinger See, der sich der Insel Mainau bereits bis auf zehn Meter genähert hatte, am frühen Morgen erfolgreich bekämpft werden. Dabei kam ein neuartiger Wirkstoff zum Einsatz, der in Kürze unter der Bezeichnung FE.23 auf den Markt kommen soll. Er wurde in den Labors der Überlinger Biotecc AG entwickelt. Ein Bergungsschiff ist derzeit mit dem Heben der Motorjacht beschäftigt, deren Explosion nach Aussage eines Augenzeugen den Ölunfall ausgelöst hatte. Eine ausführliche Darstellung aller Vorgänge hören Sie in den SWR-Nachrichten um halb neun. Und nun setzen wir unsere Sendung ›Musik am Morgen‹ fort …«

»Wie schön«, brummte Wolf ungehalten und drehte den Kasten ab. Wenn die Dinge tatsächlich so lagen, musste er bald wieder auf den See hinaus. Er wollte dabei sein, wenn das Boot gehoben wurde. Eigenartig, dass ihn die Kollegen noch nicht angerufen hatten.

Der Gedanke war noch nicht zu Ende gedacht, als sein Telefon schellte. Doch nicht die Wapo war dran, sondern seine Mitarbeiterin Jo Louredo. Vorsichtig fragte sie an, wann mit ihm zu rechnen sei, sie würden förmlich in Arbeit ersticken. Ach ja, und ob er schon von den Vorkommnissen auf dem See gehört habe?

»Ich werde gegen neun da sein«, erwiderte er kurz angebunden, ohne auf den zweiten Teil ihrer Frage einzugehen.

Er wollte schon auflegen, als Jo noch etwas nachschob.

»Nur damit Sie nachher nicht erschrecken, Chef: Unser neuer Kollege ist da.«

»Kollege?«

»Dieser Praktikant. Wissen Sie nicht mehr?«

Er erinnerte sich dunkel an einen Anruf des Personalamtes. Dort hatte die Polizei-Fachhochschule in Villingen-Schwenningen wegen eines Praktikantenplatzes angefragt. Der Bewerber hatte den ausdrücklichen Wunsch geäußert, nach Überlingen, wenn möglich in das erste Dezernat, zu kommen. Ein Kommissaranwärter, männlich, zweiundzwanzig Jahre alt. Mehr hatte Wolf leider nicht erfahren. Ist ja nur für drei Monate, hatte er sich eingeredet, zugestimmt und das Telefonat gleich darauf wieder vergessen.

»Ausgerechnet jetzt«, seufzte er ergeben und legte auf. Zu spät fiel ihm ein, dass er noch nicht mal den Namen des jungen Mannes kannte.

Es war kurz vor neun, als Wolf hinter der Polizeidirektion von seinem Fahrrad stieg. Er war grantig, und man sah es ihm an. Wäre dieser Morgen ein Fisch gewesen, er hätte ihn ohne Umschweife wieder ins Wasser zurückgeworfen. Nicht etwa, weil er sich wegen der frostigen Temperaturen klamme Finger und eine rote Nase geholt hatte. Nein, was ihn ärgerte, war etwas anderes: Sein rechtes Hosenbein war gleich hinter Nußdorf, seinem Wohnort, in die Kette geraten. Nur mit Mühe hatte er einen Sturz verhindern können. Nun musste das gute Stück in die Reinigung – falls es überhaupt noch zu gebrauchen war.

Verhalten fluchend legte er seinen Drahtesel an die Kette und machte sich auf den Weg in den zweiten Stock, in dem sich die Räume des D1 befanden. Ohne groß nachzudenken, nahm er die Treppe. So alt, dass er für läppische zwei Etagen den Aufzug brauchte, war er schließlich noch lange nicht! Und sollte er die Treppe mal nicht mehr packen ... tja, dann müsste er wohl doch auf seine geliebten Gitanes verzichten. Ein grauenhafter Gedanke, dem er nicht lange nachhängen wollte.

Stattdessen versuchte er, sich auf die Vorgänge der vergangenen Nacht zu konzentrieren. Wieder und wieder kam ihm die Radiomeldung in den Sinn. Wenn stimmte, was der SWR-Moderator verzapft hatte, dann war es gelungen, die drohenden ökologischen Folgen der Bootsexplosion gerade noch mal abzuwenden. Dank Biotecc. Blieb die Frage nach der Ursache des Desasters. Und nach der Schuld. Da würde noch ein hartes Stück Arbeit auf sie zukommen. Immerhin war die Hoffnung nicht ganz unbegründet, dass sich bei Hebung des Bootes alles aufklären würde. Wenn nicht …

Auf dem ersten Treppenabsatz stockte sein Fuß. Hatte er nicht in der Kantine ein paar Wurstsemmeln mitnehmen wollen? Wieder einmal war sein Kühlschrank zu Hause gähnend leer gewesen, sodass das Frühstück mangels Masse hatte ausfallen müssen. Eine Tasse Kaffee, dazu eine Gitanes, das war alles, was sein Haushalt an diesem Morgen hergegeben hatte. Nicht sonderlich bekömmlich und schon gar nicht auf Dauer. Womöglich hing das Kribbeln in seinem Magen damit zusammen?

Es half alles nichts, er musste noch einmal umkehren.

Wenig später nahm er die Treppe erneut in Angriff, diesmal mit einer prall gefüllten Tüte in der Hand, aus der es verlockend nach warmem Leberkäs roch. Etwas außer Atem erreichte er den zweiten Stock.

Wie jeden Morgen würde er zunächst bei Jo vorbeischauen, bevor er sich in sein Büro gleich nebenan verzog. Auf diese Weise bekam sie nicht nur mit, dass er im Haus war – sie konnte ihn auch gleich mit den neuesten Informationen versorgen, falls es schon welche gab. Als er eintrat, sprach Jo gerade am Telefon und hob nur flüchtig die Hand.

Wolfs Blick fiel auf einen jungen Mann, der sich am zweiten Schreibtisch im Zimmer niedergelassen hatte und mit zusammengekniffenen Augen auf einem Blatt herumkritzelte. Dabei hob er immer wieder den Kopf und taxierte Jo.

Wolfs Interesse war geweckt. Er trat näher – und war bass erstaunt. Bei dem »Gekritzel« handelte es sich zweifellos um ein Porträt. Eines, das Jo verblüffend ähnlich sah.

Hat Talent, der Junge, dachte Wolf bei sich und wollte bereits wieder den Raum verlassen, als sich der Zeichner von seinem Stuhl erhob und Wolf die Rechte entgegenstreckte.

»Guten Morgen, Herr Hauptkommissar.«

Wer zum Teufel war der Kerl?

Ach ja, der Praktikant. Wieder so einer, der ihm die Zeit stehlen würde. Niemand konnte von ihm verlangen, dass er darüber in Begeisterung ausbrach. Entsprechend mürrisch erwiderte er den Gruß.

»Kommissaranwärter, männlich, zweiundzwanzig Jahre – mehr weiß ich im Augenblick nicht von dir. Vielleicht verrätst du mir deinen Namen?« Dabei starrte er auf seine buschigen Augenbrauen, die in seltsamem Kontrast zu den hellblauen Augen standen.

Während er noch überlegte, wo er diese Kombination schon einmal gesehen hatte, legte Jo den Hörer auf und gesellte sich zu ihnen.

»Chef, darf ich bekannt machen: Das ist Arne Rösch. Kommt aus Freiburg und will uns während der nächsten drei Monate ein bisschen über die Schulter schauen.«

»Nennen Sie mich einfach Terry. Sie sind also gewissermaßen mein Coach«, fuhr Arne Rösch an Wolf gerichtet dazwischen und steckte sich den Bleistift hinters Ohr.

Wolf lag eine geharnischte Antwort auf den Lippen, doch er schluckte sie hinunter. »Wieso Terry?«, fragte er stattdessen.

»Also, das ist, weil ich nicht mehr aus den Fängen lasse, was ich mal gepackt habe, sagt man ... Wie ein Terrier, sie verstehen?«

»Verstehe«, meinte Wolf und nickte ernsthaft. Dann wandte er sich an Jo. »Was Neues?«

»Nichts, Chef. Mir reicht bereits das Alte. Aber der Tag ist ja noch jung.« Sie sah auf seine Beine. »Ts, ts, ich seh schon, Ihre Hose ist mal wieder in die Kette geraten, und das trotz der Klammern! Wie haben Sie das wieder hingekriegt? Sie können die Dinger jetzt übrigens abnehmen.«

»Sieht nicht besonders sexy aus, was?« Wolf bückte sich schnaufend und zog die Klammern ab, wobei er einen schnellen Seitenblick auf den Praktikanten warf. »Was gibt's da zu grinsen?«, fragte er und fügte übergangslos hinzu: »Ich hoffe, du kannst mit dem Computer umgehen, wir müssen zusammen ein Protokoll aufsetzen.« Schon wollte er in sein Büro vorausgehen, als ihn ein Zuruf von Jo zurückhielt.

»Geht leider nicht, Chef. Gerade hat die Wapo angerufen. Sie sollen sofort rauskommen, der Kahn würde gehoben – was immer das heißen soll.«

»Keine Einzelheiten?«

»Nein. Sie wüssten Bescheid.« Als Wolf nur schweigend auf seiner Unterlippe kaute, hakte sie nach: »Hängt das mit der Sache auf dem See zusammen?«

Statt auf ihre Frage einzugehen, wurde Wolf plötzlich geschäftig. »Später«, winkte er ab und ging zur Tür. »Ihr kommt mit«, rief er über die Schulter zurück. »Die Einzelheiten erzähl ich euch auf dem Weg zur Schiffsanlegestelle.«

Entgeistert blickte Jo ihm nach. »Ja, aber ... was ist mit den laufenden Fällen?«

»Bleiben erst mal liegen. Ich werde von unterwegs aus Sommer verständigen. Zuvor will ich noch der Spurensicherung Beine machen, die müssen draußen zwei Leichen in Empfang nehmen und das Wrack untersuchen. Auf geht's!«

Er verließ den Raum und hastete den Flur entlang. Jo und Terry angelten rasch ihre Jacken, um ihn nicht aus den Augen zu verlieren.

»Cool! Ist ja voll die Action hier«, rief Terry grinsend. Der Einstand schien ganz nach seinem Geschmack.

Karin Winters Prophezeiung war inzwischen bittere Realität geworden. Kaum hatten sie die Schiffsanlegestelle an der Promenade erreicht, wurden sie von wartenden Reportern umringt. Blitze zuckten, Fragen hagelten auf sie nieder, eine Fernsehreporterin moderierte vor laufender Kamera ein paar einleitende Worte, um sich anschließend mit ausgefahrenen Ellenbogen und mit dem angenommenen Recht des Quotenstärkeren zu Wolf durchzudrängen. Doch der wehrte ab.

»Herrschaften, ihr müsst uns Zeit lassen. Wir wissen im Augenblick nicht viel mehr als ihr. Wartet einfach unsere Rückkehr ab«, rief er mit erhobenen Händen.

»Gern, wenn Sie uns verraten, wo Sie bei Ihrer Rückkehr anlegen werden«, versuchte jemand in seinem Rücken die Rufe zu übertönen. Wolf, dem die Stimme bekannt vorkam, wandte sich um. Und tatsächlich, er kannte den Mann: Es war der klein gewachsene Zeitungsreporter, mit dem sich vergangene Nacht der Schiffsführer gekabbelt hatte.

Wolf hatte allerdings nicht die Absicht, den Diskurs zu vertiefen. Abgeschirmt von Jo und Terry gelang es ihm, auf das am Steg wartende Beiboot zu entkommen. Kaum waren ihm seine beiden Mitarbeiter nachgesprungen, legte es auch schon ab.

Nur wenige Minuten später hatten sie die Unglücksstelle erreicht. Der Wind hatte sich gelegt, es war wolkig, aber trocken, von einigen kurzen Schauern abgesehen. Die Überfahrt in dem Beiboot hatte keine Probleme bereitet. Kurz war Wolfs Blick über die Mainau geglitten, hatte flüchtig den Comturey-Keller und den barocken Schlossbau gestreift. Wann war er das letzte Mal dort spazieren gewesen? Vor einem halben Jahr – oder lag es länger zurück? Eine Schande, wenn man bedachte, wie sehr er die Blumeninsel und ihr mediterranes Flair mochte!

Im Augenblick allerdings musste er die Mainau links liegen lassen: Sie hatten soeben den Ort des Geschehens erreicht.

Wolf wollte anfangs seinen Augen kaum trauen. Die Szenerie hier draußen hatte sich völlig verändert. Bereits bei der Anfahrt war ihm aufgefallen, dass der Ölfilm auf der Wasseroberfläche verschwunden war. Wie weggezaubert, nichts war mehr zu sehen von den schillernden Schlieren. Und nichts mehr zu riechen! Na ja, *fast* nichts. Ganz offensichtlich hatte man mit Biotecc auf das richtige Pferd gesetzt, die Leute in den Labors dort schienen ihr Handwerk zu verstehen.

Die Zahl der Boote im Sperrgebiet hatte erheblich zugenommen. Alles, was im Katastrophenschutz Rang und Namen hatte, war vertreten: die deutsche und die Schweizer Wasserschutzpolizei, die Feuerwehren der umliegenden Gemeinden, das Technische Hilfswerk und die DLRG, ja sogar ein Boot der Wasserwacht vom Roten Kreuz. Wie Küken um eine Glucke scharten sie sich um das Bergungsschiff, dessen hoch aufragender Kran zweifellos den Mittelpunkt der Armada bildete.

Zielsicher steuerte der Beamte, der sie abgeholt hatte, den Überlinger Polizeikreuzer an, der direkt neben dem Bergungsschiff festgemacht hatte. Ein Laufsteg verband die beiden Decks miteinander.

Das Überwechseln auf das tiefer liegende Heck des Kreuzers ging ohne Schwierigkeiten vonstatten.

»Hallo, Leo«, grinste Horvath, der die Neuankömmlinge bereits erwartet hatte. Lässig tippte er an seine Mütze, ehe er Jo und Terry die Hand reichte.

»Ich staune – du noch immer hier?«, flachste Wolf. »Schindest wohl Überstunden, was?«

»Du glaubst doch nicht, dass ich jetzt nach Hause gehe – ausgerechnet jetzt, wo's spannend wird?« Er deutete auf das Bergungsschiff, über dessen Deck geschäftige Männer eilten. Laut schallten Kommandos hin und her, Motoren brummten, und langsam, unendlich langsam setzte sich eine Winde in Bewegung und begann, ein daumendickes Stahlseil aufzurollen, gefühlvoll gesteuert von einem der Bergungsspezialisten. Offenbar waren sie genau im richtigen Moment gekommen.

»Gleich taucht das Wrack auf«, erklärte Horvath und starrte wie die anderen Umstehenden gebannt auf den Kran, dessen Ausleger auf die volle Länge ausgefahren war, sodass er das Heck des Schiffes um einige Meter überragte. Über ihn lief das Seil, an dem die Taucher auf dem Seegrund das verunglückte Boot vertäut hatten und das über quietschende Umlenkrollen zu der Winde führte.

»Das Wrack kann mir vorerst gestohlen bleiben. Was mich interessiert, sind die beiden Leichen«, murmelte Wolf und kramte in seinen Taschen nach einer Gitanes. Jetzt darf man hier ja wohl wieder gefahrlos rauchen, ohne dass einem alles um die Ohren fliegt, dachte er. Andererseits, der Teufel war ein Eichhörnchen ... Wenn Treibstoff im Spiel war, konnte man gar nicht vorsichtig genug sein. Wäre nicht das erste Mal, dass sich Rückstände durch offenes Feuer entzündet hätten. Mit einem Seufzen steckte er die Packung wieder ein.

Endlos zogen sich die Sekunden hin. Wolf fürchtete bereits, das Wrack könnte sich auf dem Weg nach oben von den Trossen gelöst haben. Fahrig rückte er sein Barett zurecht, jeden Augenblick damit rechnend, das abgerissene Seilende am Kran baumeln zu sehen. Doch nichts dergleichen geschah. Stattdessen kam plötzlich ein gewaltiger stählerner Haken in Sicht, von dem aus, zum Zerreißen gespannt, mehrere Ketten ins Wasser führten. An ihnen musste das Wrack hängen. Und tatsächlich: Nur wenige Augenblicke später hoben sich die ersten Aufbauten aus dem Wasser – oder das, was einmal Aufbauten gewesen waren.

***

Irritiert hob Matuscheks »Neue« den Kopf, als Karin im Stechschritt an ihr vorübereilte. Erst vor Kurzem hatte er die hübsche Dunkelhaarige mit den Mandelaugen in sein Vorzimmer geholt, nachdem ihre Vorgängerin Monika Bächle Knall auf Fall ausgeschieden war – der Verwicklung in einen spektakulären Erpressungsfall wegen. »Jörg erwartet mich«, rief Karin ihr zu, dann verschwand sie auch schon in Matuscheks Büro. Der hob bei ihrem Eintritt nur kurz den Kopf, ohne seine Tätigkeit zu unterbrechen. In wenigen Minuten würde die morgendliche Redaktionskonferenz beginnen, bis dahin musste er seine Unterlagen zusammengestellt haben.

»Du siehst etwas verorgelt aus, meine Liebe«, bemerkte er süffisant. »Hast wohl eine anstrengende Nacht hinter dir, was?«

Karin machte eine wegwerfende Handbewegung. Sie nahm seinen schnoddrigen Umgangston als das, was er war: ein Ventil gegen den Stress im aufreibenden Zeitungsgeschäft.

»So kann nur einer reden, der den Schlaf des Gerechten schläft, während andere unter Einsatz Ihres Lebens die Welt zu retten versuchen.«

Matuschek verzog keine Miene. Er schloss seine Mappe und hob den Blick. »Bitte lass uns zur Sache kommen. Was ist so wichtig, dass es nicht bis nach der RK warten kann?«

»Ich werde an der Redaktionskonferenz nicht teilnehmen.«

Matuschek reagierte überrascht. »Wieso? Hat das etwas mit den nächtlichen Vorgängen auf dem See zu tun? Du weißt schon, dass der Ölteppich am frühen Morgen erfolgreich neutralisiert wurde, oder? Aus der Luft, wie man hört.«

»Weiß ich. Ich bin mitgeflogen.«

»Wie ... du warst in diesem Hubschrauber? Wie hast du das angestellt?« Plötzlich flog ein Leuchten über sein Gesicht. »Ah, schon klar. Alex Rottmann! Hab ich recht?«

»Ja«, antwortete sie gedehnt, »aber nicht so, wie du denkst. Die Verbindung ist rein geschäftlich. Wenigstens von meiner Seite.«

»Und, hast du Fotos?«

»Klar.«

»Sehr gut. Wie geht's jetzt weiter?«

»Deshalb bin ich hier. Ich brauche eine Assistentin, ehe mir die Sache über den Kopf wächst. Wen kann ich haben?«

Matuschek nahm seine Mappe und setzte sich damit in Richtung Tür in Bewegung. »Ich bin sicher, wir finden jemanden. Lass uns heute Nachmittag darüber reden, ja?«

»Manu!«

»Wie bitte?«

»Ich will Manu.«

»Wer soll das sein?«

»Manuela Knapp. Die Rothaarige mit den Sommersprossen.«

Erstaunt zog Matuschek die Augenbrauen hoch. »Diese aufmüpfige Volontärin? Warum gerade die? Aber bitte, wenn du dich mit der vorlauten Göre herumärgern willst. Nur sag hinterher nicht, ich hätte sie dir aufgedrängt.«

Er hatte bereits den Türgriff in der Hand, als ihm noch etwas einfiel: »Was meinst du mit ›ehe dir die Sache über den Kopf wächst‹? Ich denke, es handelt sich um einen ganz normalen Bootsunfall? Mit tragischem Ausgang zwar, man munkelt von zwei Leichen. Trotzdem: Was soll da noch nachkommen?«

»Aber, aber, Jörg ... wo bleibt dein gesundes Misstrauen?«, antwortete Karin spöttisch. »Hast du schon vergessen, dass irgendjemand in der Nacht die Medien alarmiert hat – zu einem Zeitpunkt, als noch niemand von einem Ölteppich auch nur entfernt etwas ahnte?«

»Wie ... du meinst ...« Matuschek ließ das Ende des Satzes in der Luft hängen und kaute nachdenklich auf seiner Unterlippe.

Doch Karin winkte ab. »Für eine klare Meinung ist es noch zu früh. Mein Bauchgefühl sagt mir, da ist was im Busch, darum muss ich mir jetzt erst mal Wolf vorknöpfen.« Übergangslos fügte sie hinzu: »Was ist nun mit Manu?«

Matuschek setzte sich wieder in Bewegung. »Okay. Du kannst sie haben«, rief er und hob grüßend die Hand. »Aber ich will ständig auf dem Laufenden gehalten werden, hörst du?«

***

Wolf war erschüttert. Dieser Trümmerhaufen sollte einmal ein Motorboot gewesen sein? Kaum vorstellbar. Rudyard Kipling kam ihm in den Sinn: »Jene Ansammlung von ausgesuchtem Elend, die wir ein Schiff nennen«, hatte er geschrieben. Auch die Gesichter der Umstehenden spiegelten ungläubiges Staunen. Zwar hatte jeder von der Explosion gewusst, doch keiner schien mit Schäden dieses Ausmaßes gerechnet zu haben.

Offenbar hatte sich der große Knall in der Mitte des Bootes ereignet. Hier waren die Seitenwände vollständig aufgerissen, nur der Kiel schien die vordere und die hintere Bootshälfte noch zusammenzuhalten. Da die Taucher ihre Trossen an Bug und Heck angebracht hatten, war der Rumpf in der Mitte regelrecht zusammengeklappt. Spanten und Wandungen hingen wirr durcheinander, bildeten mit zerbrochenen Planken, geborstenen Fenstern und Teilen der Inneneinrichtung ein einziges Chaos, von Kabeln und Seilen wie Spinnfäden durchzogen.

Minutenlang platschten wahre Sturzbäche an Seewasser aus dem Wrack, vereinten sich mit tausend größeren und kleineren Rinnsalen – als wäre der Bootskörper ein gigantisches Sieb. Kaum zu glauben, dass sich in diesem Trümmerhaufen die Überreste zweier menschlicher Körper befinden sollten.

Mitten in die herrschende Sprachlosigkeit hinein klingelte Wolfs Handy. Er war nicht sonderlich erstaunt, als sich Karin Winter meldete.

»Ich störe Sie nur ungern, Herr Wolf –«

»Was ich entschieden bezweifle. Tut mir leid, Frau Winter, aber ich bin im Moment beschäftigt. Vielleicht heute Nachmittag?« Er wollte die Verbindung kappen, doch wieder einmal hatte er die Hartnäckigkeit der Journalistin unterschätzt.

»Ich verstehe ja, dass in diesem Moment Ihre ganze Aufmerksamkeit diesem Ungetüm von Wrack gilt«, fuhr sie unbeirrt fort, »trotzdem –«

»Moment mal ... soll das heißen, Sie sehen uns zu?« Er schaute sich um und erkannte in Sichtweite einige kleinere Boote. Wolf hätte seine Oma darauf verwettet, dass in einem von ihnen die Winter saß, ihr Teleobjektiv auf das triefende Wrack gerichtet.

Nur mit Mühe konnte er ein Grinsen unterdrücken. Vor so viel Frechheit musste man einfach kapitulieren.

»Ich bekenne mich schuldig, Euer Ehren«, gab sie sich zerknirscht, »aber Sie wissen ja, unsereins lebt nun mal von spannenden Geschichten – je spannender, desto besser. Und immerhin verspricht dieser Fall genau das zu werden ...«

»Holla, Frau Winter! Was bringt Sie dazu, von einem Fall zu reden? Wieso schließen Sie ein Unglück von vornherein aus?«

»Das will ich Ihnen sagen: Wie sonst wäre es zu erklären, dass der anonyme Anrufer, der kurz nach Mitternacht die Medien über die Explosion informierte, bereits von der sich anbahnenden Umweltkatastrophe wusste?«

Wolf stutzte. »Wie darf ich das verstehen?«

»Überlegen Sie selbst: Vom Ufer aus war der Ölteppich garantiert nicht zu sehen. Und doch sprach der Anrufer nicht nur von der Explosion, sondern auch davon, dass sie eine große Menge Öl freigesetzt habe. Ich habe mir die Aufzeichnung heute Morgen selbst angehört ... Hallo, Herr Wolf, sind Sie noch da?«

»Äh, na klar. Ich brauche wohl nicht zu fragen, ob der Anrufer seinen Namen genannt hat?«

»Wäre der Anruf dann anonym erfolgt?«

»Richtig ... Anrufe dieser Art werden also bei Ihnen mitgeschnitten?«

Karin Winter lachte belustigt auf. »Ich habe gewusst, dass Sie danach fragen würden. Aber sicher werden sie das. Ich habe sogar eine CD mit der Stimme drauf für Sie dabei. Und da eine Hand bekanntlich die andere wäscht, hab ich mir gedacht ...«

»... bei dieser Gelegenheit aus der Nähe ein paar Bilder von dem gehobenen Boot zu schießen, ich weiß. Aber so läuft das nicht, Frau Winter. Sie würden mich damit in Teufels Küche bringen.« Er überlegte kurz. »Ich mache Ihnen einen anderen Vorschlag: Bringen Sie mir die Scheibe heute Nachmittag ins Aquarium. Dann werd ich sehen, was ich für Sie tun kann. Okay?«

»Aquarium« nannten die Überlinger ihre Polizeidirektion. Seinen Spitznamen verdankte der hochmoderne Neubau seiner Rundumverglasung, die den Beamten und Angestellten im Sommer eine gewisse Tropentauglichkeit abverlangte.

Karin stieß einen Seufzer aus. »Sie sind schon ein verdammt harter Brocken! Also gut, dann bis heute Nachmittag. Ich zähle auf Sie.« Damit war die Verbindung unterbrochen.

Wolf ärgerte sich über sich selbst, während er sein Handy einsteckte. Warum musste er immer so ein Geschiss um die Winter machen? Das Einfachste wäre gewesen, sie abblitzen zu lassen, sich ihre Einmischungsversuche zu verbitten. Nichts lag ihm ferner, als dem »Seekurier« Informationen zuzuspielen – immerhin hatte er zu Zeitungen ein eher gespaltenes Verhältnis. Lange genug hatten sie ihm mit schlechten Nachrichten das Frühstück vermiest, sodass er sie nach dem Tod seiner Frau kurzerhand abbestellt hatte. Für ihn taugten sie allenfalls als billiges Einwickelpapier.

Doch er musste sich korrigieren – so einfach lagen die Dinge leider nicht. Hatten er und seine Kollegen nicht mehr als einmal von Karin Winters Recherchen profitiert? Er brauchte nur an den Fall der Giftmüllmafia zu denken. Ohne die Winter und ihre unkonventionellen Recherchemethoden hätten sie da ganz schön alt ausgesehen. Sie betrieb ihr Geschäft höchst professionell. Nicht ein einziges Mal war sie ihm in den Rücken gefallen, hatte sich peinlich genau an alle Absprachen gehalten, selbst dann noch, als sie mit ihrem Insiderwissen hätte punkten können.

Ein weiteres kam hinzu: Er verhehlte nicht, dass sie ihn auch als Frau interessierte – nicht nur ihres Äußeren wegen. Lange Zeit hatte er sich über solche Dinge erhaben gefühlt. Und doch …

Und doch was? Spätestens an diesem Punkt pflegte er dichtzumachen. Erotische Anwandlungen in seinem Alter? Lächerlich! Die Winter hatte wahrlich andere Qualitäten. Mutterwitz zum Beispiel und Schlagfertigkeit, gepaart mit Tatkraft und Stehvermögen. Und überhaupt …

Ein plötzliches Kreischen riss Wolf aus seinen Gedanken. Der Kran hatte das Wrack auf der stählernen Plattform abgesetzt, die das Heck des Bergungsschiffes an drei Seiten überragte. Schon eilten Männer in blauen Overalls herbei, schoben Balken und Keile unter den zerstörten Rumpf, um ihn abzustützen und seine Lage zu stabilisieren. Vorsorglich wurden die Seile noch nicht gelöst, vermutlich, um eine Gefährdung der Ermittler von vornherein auszuschließen.

Wolf sah sich nach seinen Leuten um. Schließlich entdeckte er Jo und den Neuen an der freien, dem Bergungsschiff abgewandten Reling des Polizeikreuzers. Sie waren den soeben eingetroffenen Kriminaltechnikern behilflich, ihre umfangreiche Ausrüstung an Bord zu hieven. Mit einem Wink teilte er Jo seine Absicht mit, auf das Bergungsschiff hinüberzuwechseln.

Als Erstes kletterten die beiden Kriminaltechniker der Polizeidirektion Überlingen in das Wrack – selbstverständlich unter Einhaltung aller Vorsichtsmaßnahmen, schließlich musste eine weitere Beschädigung des Bootsrumpfes ebenso vermieden werden wie die Veränderung oder gar Zerstörung wichtiger Spuren. Es folgte ein Sprengstoffexperte des LKA, der erst wenige Minuten zuvor an Bord gekommen war.

Eine gute halbe Stunde lang bewegte sich das Trio in den weißen Einweganzügen – im Fachjargon treffend »Schneemänner« genannt – scheinbar ziellos hin und her. In Wahrheit nahmen sie jeden Winkel, jedes Trümmerteil sorgsam in Augenschein, fotografierten oder machten Einträge in Listen, tauschten sich halblaut untereinander aus oder teilten in kurzen Abständen ihre Beobachtungen einem Diktiergerät mit. Mehrfach war Wolf nahe daran, die Kollegen zu sich heranzurufen und zu einer ersten Einschätzung zu bewegen oder wenigstens die beiden Leichname aus dem Wrack herausschaffen zu lassen, um endlich mit seinen eigenen Ermittlungen starten zu können. Stattdessen war er zur totalen Untätigkeit verdammt. Je mehr Zeit verstrich, desto zermürbender empfand er das Nichtstun. Alle paar Minuten rückte er sein Barett zurecht oder ertappte sich dabei, wie er die Packung mit den Gitanes aus einer Tasche zog, nur um sie nach kurzem Zögern wieder einzustecken, frustriert und von Mal zu Mal mürrischer. Nicht viel anders erging es dem ungeduldig auf und ab gehenden Horvath und dem dick eingemummten Brandsachverständigen. Wie Wolf warteten sie auf die ersten Ergebnisse der Schneemänner und darauf, endlich selbst das Wrack betreten zu können.

Selbst zwischen Jo und Terry wollte keine Unterhaltung zustande kommen, weshalb es die beiden vorzogen, in regelmäßigen Abständen das Wrack zu umrunden und hin und wieder einen Blick in dessen Inneres zu werfen. Irgendwann drehte Jo allein ihre Kreise, Terry war und blieb verschwunden.

Dann endlich schien Bewegung in die Szene zu kommen. Nach kurzer Beratung entstiegen die drei Ermittler dem Wrack, voran Mayer zwo, der Leiter der Überlinger Spurensicherung. Er schleppte zwei rote Kunststoffboxen mit sich, die er vorsichtig auf dem Boden abstellte, bevor er die Umstehenden heranwinkte.

»Ich brauche wohl nicht zu betonen«, begann Mayer zwo, »dass die Ergebnisse, die wir jetzt vorstellen, nur vorläufig sind. Sämtliche Spuren müssen noch gründlich gegengecheckt beziehungsweise im Labor kriminaltechnisch untersucht werden. Zunächst zur Ursache der Explosion. Es hat sich gezeigt, dass die Detonation durch eine Sprengladung herbeigeführt wurde. Unter anderem haben wir Reste eines Hartschalen-Handkoffers gefunden, der vermutlich als Sprengstoffbehälter fungierte.«

Wolf zog die Luft zwischen den Zähnen ein. Er hatte es geahnt, aber bis jetzt nicht wahrhaben wollen.

»Ein Unfall ist also definitiv ausgeschlossen?«, fragte er sicherheitshalber noch einmal nach.

Mayer zwo nickte. »Tut mir leid, Leo, aber da kommt eine Menge Arbeit auf euch zu. Zum Sprengstoff selbst kann uns der Kollege vom LKA, Hauptkommissar Rupert Werz, Näheres sagen. Bitte, Rupert.«

Der LKA-Mann, ein bebrillter Mittvierziger mit ausgeprägter Stirnglatze, hob den Kopf und räusperte sich, ehe er zu sprechen begann. »So wie's aussieht, haben wir es hier mit ANNM zu tun, auch unter dem Namen Kinepak bekannt. Dabei handelt es sich um eine Ammonium-Nitrat-Verbindung, wie sie, wenn auch in anderer Zusammensetzung, bei der Düngemittelherstellung zum Einsatz kommt. Das meist illegal hergestellte Zeug ist deutlich stärker als Dynamit, mit hoher Zuverlässigkeit zündfähig, dabei sicher in der Handhabung und gleichzeitig unempfindlich gegen Erschütterungen. Die Zündung muss jedoch über eine Sprengkapsel erfolgen, in der Regel wird sie über einen eingebauten elektrischen Zünder ausgelöst.«

»Was ist mit einer Fernzündung?«, wollte Wolf wissen.

»Halte ich für unwahrscheinlich. Vermutlich wurde der Sprengsatz von einem der beiden Männer gezündet, die bei der Explosion ums Leben kamen, zum Beispiel durch eine bestimmte Position des Koffergriffes oder durch ein Zahlenschloss.«

Mit einem Nicken deutete er an, dass er seine Ausführungen für beendet hielt. Erneut ergriff nun Mayer zwo das Wort. »So viel also zum Sprengstoff. Der Koffer muss übrigens in der Kabine detoniert sein, darauf lassen sowohl die Beschädigungen im Kabinenbereich wie auch der Zustand der Leichen schließen. Sehen nicht besonders appetitlich aus, die beiden, am besten erspart ihr euch den Anblick. Eine genaue Personenbeschreibung findet ihr in unserem schriftlichen Bericht, der euch bis heute Abend zugehen wird. Vorab nur so viel: Bei einem der Männer handelt es sich um einen südländischen Typ, vermutlich um einen Araber. Der zweite ist eher unauffällig, vom Typus her Mitteleuropäer, würde ich sagen. Was die Männer bei sich trugen, haben wir in diesen beiden roten Boxen hier gesammelt. Ihr Inhalt dürfte vor allem für dich interessant sein, Leo. Und um weiteren Fragen gleich zuvorzukommen: Keiner der beiden hatte Ausweispapiere bei sich, möglicherweise wurde das Zeug bei der Explosion pulverisiert. Auch bei Kreditkarten und Handys Fehlanzeige. Eine schnelle Identifizierung könnte also schwierig werden.«

Erstmals ergriff nun sein Überlinger Kollege das Wort. »Einen Ansatz bieten allenfalls die Schiffspapiere, deren Überreste sich ebenfalls in einer der Boxen befinden.« Er nahm die beiden Kästen hoch und übergab sie Wolf. »Das Boot wurde bei einem Vermieter in Bregenz gechartert. Wie gesagt, es fanden sich keinerlei persönliche Papiere, dafür massenhaft Fingerabdrücke. Ach ja, und die Codekarte zu einem Hotelzimmer in Ludwigshafen.«

Wolf, der in der Zwischenzeit eine der Boxen oberflächlich durchgesehen hatte, wandte sich noch einmal an den Sprengstoffexperten. »Lässt sich zur Stärke der Sprengladung Genaueres sagen?«

»Nun, damit hättest du bequem auch ein Geschäftshaus in die Luft jagen können. Sie entsprach gut und gerne zwei Kilo Dynamit, grob geschätzt.«

»Donnerwetter, da hat sich jemand nicht mit Halbheiten begnügt. Eine letzte Frage noch zum Sprengstoff, zur Sprengkapsel und zum Zünder: Gibt es da irgendetwas Auffälliges … ich meine, ein gewisses Muster, eine Art Handschrift?«

»Schön wär's. Nein, leider nicht, zumindest *noch* nicht.«

»Dass der Tank durch die Wucht der Explosion zerrissen wurde, habt ihr ja bereits von den Tauchern erfahren«, fügte Mayer zwo hinzu. »Was genau sich im Tank befand, wird das Labor feststellen. Vielleicht lässt sich ja auf diesem Weg die Tankstelle beziehungsweise der betankende Hafen ermitteln.«

»Gab es sonst noch irgendetwas Auffälliges an Bord?«

»Nichts, was nicht Standard bei Jachten dieser Größe und Bauart wäre. Außer vielleicht einer Handpumpe, wie sie zum Abpumpen von Flüssigkeiten verwendet wird.«

»Eine Handpumpe?«, fragte Jo mit hochgezogenen Augenbrauen. »Lässt sich mit so einem Ding auch Dieseltreibstoff pumpen?«

»Im Prinzip schon. Auch das wird die Laboruntersuchung zweifelsfrei ergeben. Warum fragst du?«

»Ooch ... war nur so 'ne Idee, nichts Bestimmtes.«

»Na gut. Wohin lassen wir die beiden Leichname schaffen?«

»Zur gerichtsmedizinischen Untersuchung ins Kreiskrankenhaus Überlingen«, antwortete Wolf.

»Gut, Leute, das war's. Wir sind dann wieder bei der Arbeit.«

Während sich die drei Schneemänner zurück in das Wrack begaben, gingen Wolf und Jo ein paar Schritte zur Seite.

»Sag mal, wo ist eigentlich unser Greenhorn abgeblieben?«, wollte Wolf wissen.

»Jetzt fangen Sie auch noch an.«

»Womit?«

»Denglisch zu reden. Terry labert mir damit schon die Hucke voll.«

»Das beantwortet meine Frage nicht.«

Jo schnaufte laut, ehe sie zögernd antwortete: »Terry hat sich etwas zurückgezogen.« Als sie merkte, dass Wolf absolut nichts verstand, fügte sie hinzu: »Okay – wenn Sie's genau wissen wollen: Er steht hinten am Heck und füttert die Fische.«

»Er kotzt? Warum denn das?«

»Hat durch einen Spalt einen Blick auf die beiden Leichen erhascht, dabei ist ihm übel geworden. Kann ich verstehen, mir ging's bei meiner ersten Leiche genauso. Obwohl die nicht annähernd so übel aussah wie die in dem Wrack hier.«

»Hol ihn her, wir gehen von Bord.«

»Lassen Sie mich raten: Ludwigshafen?«

»Du sagst es. Wollen uns mal das Zimmer der beiden Männer ansehen.«

***

Alex Rottmann war rundum zufrieden. Vom Fenster seines elegant eingerichteten Büros aus sah er dem wegfahrenden Fernsehteam nach. Seine Rechnung war aufgegangen. Wochenlang hatte er auf diesen Tag hingearbeitet, jetzt hatte es sich ausgezahlt. Da mochte der General sich noch so sehr echauffieren – spätestens nach diesem Interview würde FE.23 in aller Munde sein. Und von da aus, da hegte Alex nicht den geringsten Zweifel, war es nur noch ein kurzer Weg in die Köpfe der Männer, die weltweit für die Förderung und den Transport von Erdöl verantwortlich zeichneten.

Ein Milliardengeschäft winkte!

»Erstaunlich, wie die Fernsehheinis auf das Zeug abgefahren sind«, wunderte sich Schorsch Blattner, der neben ihm am Fenster stand und seine Krawatte lockerte. Die Scheinwerfer schienen ihm ordentlich eingeheizt zu haben.

Alex bedachte ihn mit einem spöttischen Blick. »Siehst du, das ist der Unterschied zwischen politischer Theorie und industrieller Praxis. Wir verstehen eben etwas von unserem Geschäft.«

»Im Unterschied zu uns Politikern, meinst du; sprich's ruhig aus.« Blattner lachte etwas gekünstelt. »Na ja, jeder so, wie er kann, meinst du nicht?«

Was für ein selbstgefälliger Arsch, dachte Alex und wandte sich ab, als fürchte er, Blattner könne seine Gedanken lesen. Er kannte Schorsch Blattner seit gut vier Jahren, genauer gesagt seit Biotecc dessen Wahlkampf für Berlin finanziert hatte. Und er wusste nicht erst seit heute, dass der kantige Allgäuer sein Geld durchaus wert war. Ein kurzer Anruf heute früh hatte genügt, schon stand er auf der Matte. Auch vor der Kamera hatte er eine gute Figur abgegeben. Besonders sein staatstragend vorgebrachter Hinweis auf die millionenschweren Biotecc-Forschungsprojekte und ihre segensreichen Auswirkungen auf die Region würden ihre Wirkung auf die Fernsehzuschauer nicht verfehlen – das musste selbst der General einsehen. Doch damit nicht genug: Getrost konnte davon ausgegangen werden, dass der SWR den Beitrag auch anderen Sendern zur Verfügung stellen würde. Zumindest deutschland-, wenn nicht gar europaweite Präsenz war ihnen also sicher.

Den Gedanken an den alten Rottmann verdrängte Alex aber schnell wieder. Jetzt mussten sie erst mal den Erfolg begießen.

»Heidelinde, wo bleibt der Schampus, es gibt was zu feiern«, rief er durch die halb geöffnete Tür seiner Sekretärin zu.

»Sofort, Herr Rottmann.«

Kurz darauf erklang ein »Plopp«, dann klirrten Gläser, und Heidelinde Damerow erschien mit einem fein ziselierten Silbertablett, auf dem zwei schlanke Kelche standen.

Blattner hob bedauernd die Hände. »Nicht für mich, Leute, tut mir leid«, wehrte er ab und reichte Alex die Hand. »Du weißt, ich helfe gerne, aber ich muss dringend zurück. Du verstehst das sicher. Hab die Bude voller Landräte, die fordern mal wieder meinen Kopf.« Er lachte dröhnend, während er seine Krawatte festzog und das Büro verließ.

Alex war über seinen Abgang nicht gram. Er nahm eines der Gläser und hob es hoch. »Auf dich, Lindchen. Ist ja super gelaufen heute.« Und als sei es die natürlichste Sache der Welt, legte er seine linke Hand auf Heidelinde Damerows Po und zog sie näher zu sich heran.

Mit einer Drehung entschlüpfte sie ihm. »Lass das! Es ist vorbei, das solltest du respektieren.« Mit hocherhobenem Kopf stolzierte sie hinaus.

»Dann eben nicht«, rief er ihr mürrisch nach und trank das Glas in einem Zug leer. Wenn es ihm nicht zu theatralisch vorgekommen wäre, hätte er es anschließend an die Wand geworfen.

Noch einmal ließ er die Ereignisse des Morgens Revue passieren. Alles hatte mit dem Anruf der Feuerwehr begonnen. In dürren Worten hatte der Mann die Katastrophe beschrieben und angefügt, sie hätten von einem Gegenmittel gehört und ob nicht Biotecc ... Dem Mann war fast die Spucke weggeblieben, als Alex seine Frage ohne Umschweife bejaht und schnelle Hilfe zugesichert hatte.

Sofort hatten sie die ebenso aufwendige wie unumgängliche Genehmigungsprozedur eingeleitet. Noch während die Gespräche mit den Behörden liefen, ließ er Leschek kommen, hieß ihn die Sprühtanks füllen und unter den Heli hängen. Dass sich just in diesem Moment Karin Winter meldete, war ein Geschenk des Himmels. So wurde die Bewährungsprobe von FE.23 ganz ohne sein Zutun schlagzeilenträchtig dokumentiert und der Öffentlichkeit zugeführt. Was wollte man mehr?

Den Kontakt zur SWR-Nachrichtenredaktion hatte er selbst aufgenommen, kaum dass der Hubschrauber wieder gelandet war.

Dort hatte er offene Türen eingerannt und einem umgehend anberaumten Fernsehinterview gerne zugestimmt. Kein Wunder: Zu diesem Zeitpunkt war der Ölteppich vor der Mainau bereits zur Top-Nachrichtenmeldung avanciert.

Voll Euphorie wollte er nach dem zweiten Glas greifen, als unvermittelt Lindchen vor ihm stand. Er musste ihr Klopfen total überhört haben.

»Was ist denn noch?«, herrschte er sie an.

»Sie haben eine E-Mail erhalten«, verkündete sie förmlich. »Wenn Sie bitte gleich nachsehen wollen.«

Alex stutzte. »Ach – sind wir jetzt wieder per Sie, oder was?«

»Ich möchte es so«, erwiderte sie mit fester Stimme, und bedeutungsschwanger fügte sie hinzu: »Die E-Mail kommt übrigens von Ihrem Onkel.«

Mit einem Schlag war seine Euphorie verflogen. Eine E-Mail vom General? Der war doch längst auf dem Rückflug, irgendwo zwischen New York und London? Voll dunkler Ahnungen ging er zu seinem Notebook und öffnete das Mailprogramm. Ja, da war eine Nachricht, wenige Zeilen nur.

»Du hast bzgl. FE.23 meine Anordnungen missachtet. Ich erwarte, dass du dich nach meiner Rückkehr zur Verfügung hältst. ER«

Keine Anrede, kein Gruß, nur das obligatorische ER für Erich Rottmann. ER! Fehlte nur noch, dass er »von Gottes Gnaden« dahinterschrieb.

Alex zwang sich zur Ruhe, versuchte, die neue Sachlage zu analysieren. Der General war wütend. Was sollte er tun?

Im Grunde war die Lösung ganz einfach: Er musste ihn dazu bringen, sich mit seinem Standpunkt auseinanderzusetzen, vor allem aber auf die überaus positive Resonanz in den Medien hinweisen. Natürlich hatte er, vorsichtig gesagt, eine Anordnung seines Onkels umgangen. Aber letztendlich zählten nur Ergebnisse – oder etwa nicht? Und die konnten sich wahrhaftig sehen lassen.

Im Übrigen … seine Mutter war ja auch noch da. Sie würde die Wogen sicher glätten, falls der General wider Erwarten auf stur schalten sollte.

Blieb nur noch ein Punkt, der ihn jedoch zunehmend beunruhigte: Wo befand sich die undichte Stelle im Unternehmen? Wer informierte den General während dessen Abwesenheit über interne Geschehnisse?

Das musste geklärt werden. Je schneller, desto besser.

***

Kurz nach elf waren sie wieder in Überlingen. Wolf hatte den Kollegen an der Pinne des Beibootes gebeten, sie direkt an der Schiffslände abzusetzen. Nur wenige Schritte entfernt befand sich ihr Wagen, und sie vermieden ein erneutes Zusammentreffen mit den aufdringlichen Reportern, die rings um den Mantelhafen, den Liegeplatz der kleinen Wapo-Flotte, auf Opfer lauerten.

Wolfs Rechnung ging auf. Die Anlegestelle schräg gegenüber der Greth war um diese Jahreszeit so gut wie menschenleer. Eilig verließen sie das Boot, das sofort wieder ablegte und in Richtung Mainau entschwand.

Wolf steckte sich, kaum dass er den Fuß an Land gesetzt hatte, eine seiner gefürchteten filterlosen Gitanes an und nahm ein paar tiefe Züge. Als sie ihr Fahrzeug erreichten, schnippte er den angerauchten Glimmstängel auf den Boden und drückte Jo die Wagenschlüssel in die Hand. »Du fährst«, erklärte er lakonisch und ließ sich auf den Beifahrersitz fallen.

»Ich kann doch fahren«, bot sich Terry an.

Wolf winkte ab, wenn auch mit leidender Miene, schließlich wusste er nur zu gut, was ihn mit Jo am Steuer erwartete. Sie hatte das Zeug zu einer Rallyefahrerin. Die Art, wie sie aus einem Motor das Letzte herausholte und bei Kurven grundsätzlich die Ideallinie suchte, jagte ihm kalte Schauer über den Rücken. Andererseits gewannen sie auf diese Weise oft kostbare Zeit, ein Faktor, der nicht hoch genug eingeschätzt werden konnte. Dabei war es gleichgültig, ob sie sich auf dem Weg zu einem Tatort, einer Festnahme oder einer Vernehmung befanden.

So gesehen war es nicht weiter verwunderlich, dass ihr Wagen bereits zwanzig Minuten später auf dem Parkplatz des Ludwigshafener Seehotels ausrollte.

Mit wackligen Beinen entstieg Wolf dem Wagen, dicht gefolgt

von Jo. Er blieb kurz stehen, sortierte seine Glieder und schlug den Weg zum Hoteleingang ein. Auf halber Strecke fiel ihm auf, dass der Neue fehlte. Ungeduldig drehte er sich um, seine Augen zu Schlitzen verengt.

Jetzt erst kletterte Terry aus dem Wagen. Mit gesenktem Blick hielt er sich am Rahmen fest, bevor er tief Luft holte, die Tür zuschlug und sich zögernd in Bewegung setzte. Je näher er kam, desto blasser schien er zu werden.

Wolfs Ärger schwand, als es ihm wie Schuppen von den Augen fiel: Dem armen Jungen war übel. Kotzübel!

Jos Fahrstil hatte ein neues Opfer gefordert.

In einem Anflug von Mitgefühl sagte er: »Glaub mir, ich kann das nachvollziehen. Ging mir am Anfang genauso. Aber du wirst es überleben.« Grinsend klopfte er dem jungen Mann auf die Schulter.

»Tut mir leid«, entschuldigte sich Jo. Allerdings konnte auch sie sich das Lachen kaum verkneifen.

»Jetzt gelte ich in eurer Truppe wohl als Softie, was?«, murrte Terry und ließ die Mundwinkel hängen.

»Softie?«, echote Wolf und sah ratlos auf Jo.

»Weichei, Warmduscher, Beckenrandschwimmer«, dolmetschte sie.

»I wo«, tröstete Wolf den Neuen, »für deinen Zustand gibt es eine ganz einfache Erklärung: das Beifahrersyndrom.«

»Beifahrersyndrom?«

»Ja. Das liegt an Jos Fahrweise, da kann dein Körper nur mit Kotzen reagieren, noch dazu, wenn du hinten sitzt …«

»Chef!«, brauste Jo auf, schluckte ihren Protest aber sofort hinunter, denn sie hatten inzwischen die Rezeption erreicht.

Wolf hielt der Hotelangestellten seinen Dienstausweis hin, ehe er auf den Grund ihres Besuches zu sprechen kam. »Diese Codekarte hier gehört doch zu einem Ihrer Zimmer, ist das richtig?«, wollte er wissen.

Die junge Frau nickte. »Nummer 22, ein Doppelzimmer im Neubau, mit Seeblick und Balkon. Ist gerade von zwei Herren belegt, soviel ich weiß.« Misstrauisch geworden hakte sie nach: »Wie kommen Sie an die Karte?«

»Den beiden Herren ist leider etwas zugestoßen. Um genau zu

sein: Sie sind bei einem Unfall ums Leben gekommen. Wir ermitteln nun in dieser Sache und möchten uns gerne mal das Zimmer ansehen.«

Erschrocken legte die junge Frau die Hand vor den Mund. »Ums Leben gekommen? Beide? Mein Gott, das ist ja schrecklich.«

»Vielleicht können Sie uns die Namen der Männer nennen?«

Sie zögerte kurz, ehe sie einen Blick in das Reservierungsbuch warf. »Rolf Kauder und Ibrahim Abul«, las sie laut vor.

»Wann wurde das Zimmer an die Männer vermietet und für wie lange?«

Erneut zog sie das Buch zurate. »Vorgestern Abend haben sie eingecheckt. Morgen wollten sie wieder abreisen.«

»Ich nehme an, Sie haben sich die Pässe der beiden zeigen lassen?«

»Natürlich, was glauben Sie?«, entgegnete sie leicht pikiert. »Kommen Sie, ich bringe Sie hin.«

»Bitte bemühen Sie sich nicht, es reicht, wenn Sie uns den Weg beschreiben.«

»Sie müssen in den zweiten Stock. Der Lift liegt gleich gegenüber, Sie können aber auch die Treppe nehmen. Oben gehen Sie den Flur entlang bis zum nächsten Treppenhaus, das die alten Gebäude mit dem Neubau verbindet. Dort müssen Sie noch mal eine Etage höher und dann links. Das letzte Zimmer am Ende des Flurs ist die Nummer 22.«

Wolf bedankte sich und sie machten sich auf den Weg.

Nur wenig später erreichten sie den dritten Stock. Jo, die vorausging, ließ sich von Wolf die Codekarte geben. Als sie die Tür mit der Nummer 22 erreichten und sie die Codekarte in den Schlitz stecken wollte, hielt sie überrascht inne.

»Was ist?«, fragte Wolf ungeduldig.

»Es ist offen«, wisperte Jo über die Schulter zurück. Sie griff in ihre Manteltasche und brachte ein Paar Latexhandschuhe zum Vorschein, die sie sich rasch über die Hände zog. Damit fasste sie vorsichtig den Knauf an und drückte die Tür einen Spalt weit auf.

»So, Mädchen, nun lass mich mal«, knurrte Wolf kaum hörbar und schob Jo beiseite. Er sammelte sich kurz, ehe er mit dem rechten Fuß kräftig gegen die Tür trat und, seine Walter PPK in beidhändigem Anschlag, mit ein paar schnellen Schritten den Flur durchquerte. Jo und Terry, die ihm auf dem Fuße folgten, kontrollierten im Vorbeigehen Bad und Toilette.

Wie nicht anders zu erwarten, war das Zimmer leer. Sollte ihnen wirklich jemand zuvorgekommen sein, so war er längst über alle Berge. Die Balkontür stand offen, und der Vorhang blähte sich im Wind.

Jo und Terry traten nach draußen und sahen vom Balkon nach unten. »*No problem*, bei diesen Lianen hier«, bemerkte Terry. »Die laden ja förmlich zum Ab- oder Einsteigen ein.«

»Die Lianen sind Glyzinen, du Ignorant«, klärte Jo ihn auf. Dann beugte sie sich weit über die Brüstung. »Schau mal, da hängt was. Was könnte das sein?«

»Wo denn?«

»Da unten, das Gelbe zwischen den Zweigen. Kannst du's erkennen?«

»Moment, das haben wir gleich.« Noch ehe Jo etwas einwenden konnte, schwang sich Terry auf die Brüstung, prüfte kurz die Tragfähigkeit der fingerdicken, vielfach verschlungenen Zweige, ehe er sich an ihnen hinunterhangelte. »Ich hab's«, drang plötzlich seine Stimme zu ihnen hoch. »Scheint ein gelber Latexhandschuh zu sein. Ich geh ganz runter und sehe mich dort mal um.«

»Scheint wieder ganz der Alte zu sein«, brummte Wolf, ohne seine Tätigkeit zu unterbrechen. Inzwischen hatte er sich ebenfalls Latexhandschuhe übergezogen – weiße, wie bei der Kripo üblich – und durchsuchte zwei herumstehende Reisetaschen. »Ordnung scheint für die Typen ein Fremdwort gewesen zu sein«, schimpfte er abfällig.

»Stimmt. Offensichtlich haben wir es mit zwei Chaoten zu tun«, pflichtete Jo ihm bei, die wieder reingekommen war und kopfschüttelnd ihren Blick durch den Raum schweifen ließ. Überall lagen Kleidungsstücke, gebrauchte Handtücher und leere Flaschen herum; die Betten waren zerwühlt, der Aschenbecher auf dem Tisch quoll über.

Plötzlich hörten Wolf und Jo ein Geräusch hinter ihrem Rücken. Überrascht fuhren sie herum. Durch die Tür kam Terry hereinspaziert, mit spitzen Fingern sein Fundstück hochhaltend.

Kopfschüttelnd musterte er das Durcheinander. »Echt cool, die Bude«, kommentierte er.

»Steck das gelbe Ding hier rein«, forderte Wolf ihn auf. Er reichte Terry einen der Asservatenbeutel, von denen er ständig welche mit sich führte. »Hat man euch das auf der Polizeischule nicht beigebracht?«

Kommentarlos kam Terry der Aufforderung nach. Dann hob er den Kopf. »*By the way* –«

Ungehalten wurde er von Wolf unterbrochen: »Mensch Junge, red deutsch, wir sind hier nicht bei der CIA.«

»'tschuldigung ... also, was ich sagen wollte: Kaum hatte ich wieder festen Boden unter den Füßen, heulte vom Parkplatz her ein Motor auf. Ich renne zur Straße, aber leider zu spät, der Wagen war bereits losgefahren. Könnte unser Mann gewesen sein, so eilig, wie der es hatte.«

»Ein Mann also?«

»Da bin ich mir sicher.«

Teufel noch mal, das war mehr als ärgerlich, bedeutete es doch, dass sie den Eindringling nur um wenige Sekunden verfehlt hatten. Wolf hätte gar zu gerne gewusst, hinter was er her war.

»Irgendetwas erkannt?«, wollte Jo wissen. »Die Wagennummer? Oder wenigstens den Fahrzeugtyp?«

»Klein ... es war ein kleiner Wagen, ein Smart vielleicht. Ja, es war ein Smart.«

»Farbe?«

»Nun ... irgendwie hell.«

»Irgendwie hell«, äffte Jo ihn nach. »Geht's ein bisschen präziser, Herr Kollege?«

»Entschuldige mal, er war schon zu weit weg, außerdem ging alles so schnell.«

»Na gut, ist jetzt eh nicht mehr zu ändern«, lenkte Jo ein.

Sie hatte noch nicht ausgesprochen, als Terry ruckartig den Kopf hob. »Moment mal, jetzt kommt's mir wieder. Ich glaube, der Mann hatte eine Glatze. Ja, jetzt seh ich den kahlen Schädel direkt vor mir.«

»Wenigstens etwas«, unterbrach ihn Wolf und sah irritiert auf seine blitzenden blauen Augen mit den buschigen Augenbrauen. »Ruf die Spusi, Jo! Vielleicht hat der Kerl ja trotz der Handschuhe

Spuren hinterlassen.« Während Jo nach ihrem Handy griff, machte sich Wolf über die zweite Reisetasche her.

»Glauben Sie, dass *der* das Chaos hier angerichtet hat?«, fragte Terry zweifelnd.

»Wohl kaum. Das haben die Bewohner des Etablissements schon selbst besorgt. Jedenfalls sind wir gerade noch zur rechten Zeit gekommen.«

»Falls Sie damit sagen wollen, der Mann habe nicht gefunden, was er gesucht hat: Woraus folgern Sie das?«

»Hätten wir ihn dann noch angetroffen? Vergiss nicht, er war noch am Suchen, wir haben ihn verscheucht.«

»Hmm – auch wieder wahr.«

Wolf setzte die Untersuchung der beiden Taschen fort. Jo hatte sich in der Zwischenzeit die Betten vorgenommen, und Terry verzog sich ins Bad. Mehrere Minuten lang herrschte geschäftige Stille, bis Wolf einen überraschten Ruf ausstieß.

»Ei, was haben wir denn da?« Mit diesen Worten förderte er ein kleines, längliches Kunstlederetui zutage. »Na, wer sagt's denn! Ich fresse einen Besen, wenn das keine Autoschlüssel sind.«

Dann nahm er das Fundstück näher in Augenschein. »Muss sich der Aufschrift nach um einen Mietwagen handeln«, meinte er. »Auf dem Etui ist der Schriftzug Avis eingeprägt, zusammen mit einer Überlinger Telefonnummer. Kümmert ihr euch nachher darum? Papiere kann ich keine finden, liegen vielleicht im Wagen. Ah, hier ist ein weiterer Schlüssel. Könnte, der eingeprägten Nummer nach, zu einem Safe passen oder einem Schließfach.«

Da Terry offensichtlich noch im Bad beschäftigt war und Jo sich bäuchlings auf den Boden gelegt hatte, um einen Blick unter die Betten zu werfen, legte Wolf die Schlüssel neben sich auf den Tisch.

»Chef, hier unten liegt was, aber ich reiche nicht hin.«

»Musste eben wachsen … oder such dir einen Stock«, beschied Wolf sie. Er war mit der Durchsuchung der Taschen auf eventuelle Verstecke hinter dem Innenfutter oder unter doppeltem Boden beschäftigt.

Terry tauchte in der Badezimmertür auf, in der rechten Hand

eine Klobürste schwenkend, und legte sich neben Jo auf den Teppichboden. Nach mehrmaligem Stochern gelang es ihm, den fraglichen Gegenstand zu erreichen.

»Nur falls es Sie interessiert, Chef: Terry hat soeben ein Handy sichergestellt«, jubelte Jo.

»Ein Handy?« Plötzlich war Wolf ganz Ohr. Mobiltelefone waren wahre Fundgruben, wenn es um Tathintergründe, Tatbeteiligte und deren Aktionsradius ging. »Und – was sagt es uns?«, wollte er wissen. »Ich meine, gehörte es den beiden Männern, die hier gewohnt haben?«

Terry winkte enttäuscht ab. »Wenn Sie mich fragen, dann ist das Kästchen reif für den Müll. Muss ein Elefantenbulle draufgetreten sein.« In der Tat war das Display in tausend Teile zersprungen, auch das Gehäuse wies starke Beschädigungen auf.

»Na und?«, brummte Wolf und wandte sich wieder den Taschen zu. »Gebt das Ding zur KTU – ihr werdet staunen, was die da noch rausholen.«

Plötzlich hielt er ein Blatt Papier in der Hand. Kaum hatte er einen Blick darauf geworfen, zog er scharf die Luft durch die Zähne. »Auweia! Das hat uns gerade noch gefehlt!«, stieß er heiser hervor und ließ sich in einen der Stühle fallen. Fahrig holte er seine Rauchutensilien hervor, nahm sich eine Gitanes aus der Packung und zündete sie an, Jos vorwurfsvolle Blicke geflissentlich übersehend.

Noch einmal zog er an seiner Zigarette, ehe er den Text des Blattes langsam vorlas: »›Siehe, dies ist eine Warnung, und wer da will, der nehme zu seinem Herrn einen Weg ...‹« Er sah Jo und Terry herausfordernd an. »Na, was sagt ihr dazu?«

»Könnte aus der Bibel stammen, aus dem Alten Testament vielleicht«, versuchte sich Jo an einer Antwort.

»Könnte. Tut es aber nicht.«

Plötzlich bekam Jo große Augen. »Scheiße ... doch nicht etwa aus dem Koran?«

Wolfs rechter Zeigefinger stach in ihre Richtung. »Bingo.«

Nun konnte Terry nicht länger an sich halten. »Damit bekäme der Fall ja eine völlig neue Bedeutung. Wie kommen Sie ausgerechnet auf den Koran?«

Wolf reichte das Blatt an ihn weiter. »Ganz einfach: Ganz oben steht noch etwas anderes ... in arabischer Sprache, wenn ich mich nicht irre. Vermutlich die Übersetzung des deutschen Textes.«

»Auweia«, flüsterte Terry entgeistert.

Jos Bewertung fiel etwas nüchterner aus: »In dem Text ist recht schwammig von einer Warnung die Rede. Einer Warnung vor was? Und an wen gerichtet? Also ich würde dem Wisch keine große Bedeutung beimessen, zumal er keinerlei Hinweis auf den Verfasser enthält. Und falls ihr an eine Art Bekennerschreiben denkt: Pamphlete dieser Art werden normalerweise nicht versteckt, ganz im Gegenteil.«

»Schade. Ich dachte schon, wir hätten es mit einem Terroranschlag zu tun«, sagte Terry bedauernd und bekam vor Aufregung rote Ohren.

»Langsam, langsam, Leute, keine voreiligen Schlüsse«, winkte Wolf ab. Er ging kurz ins Bad und hielt seine halb gerauchte Zigarette unter den Wasserhahn, ehe er die Kippe in seine Schachtel zurücksteckte und in das Zimmer zurückkehrte. »Wahrscheinlich gibt es ja eine ganz harmlose Erklärung für diesen Wisch. Wie Jo ganz richtig bemerkt hat, steht nichts Konkretes drauf. Andererseits können wir einen Zusammenhang mit dem rätselhaften Anschlag auf das Boot nicht von vornherein ausschließen. Es wäre ja auch möglich, dass der Verfasser der Botschaft in dem arabischen Textteil enthalten ist. Wir brauchen zunächst mal eine genaue Analyse und Übersetzung.«

Jo wiegte den Kopf hin und her. »Sie wissen aber schon, was das bedeutet, Chef: Bei Verdacht auf eine terroristische Handlung müssten wir das LKA einschalten.«

»Aber ja, daran führt kein Weg vorbei. Sobald wir zurück sind, werde ich Goebbels informieren.«

»Goebbels?«, wiederholte Terry verständnislos.

»Der Chef meint Sonderermittler Hindemith«, erklärte Jo. »Ein LKA-Kollege, der vor Kurzem einen Fall als verdeckter Ermittler bei einer Gruppe von Pennern hatte. Die haben ihm den Spitznamen ›Goebbels‹ verpasst.«

Wolf beendete den Disput, indem er in die Hände klatschte. »Herrschaften, wir brechen ab. Du, Jo, versiegelst das Zimmer – keiner hat Zutritt, bevor die Spusi nicht alles auf den Kopf gestellt hat. Gib Terry schon mal die Autoschlüssel, er wird uns zurückfahren. Keine Einwände bitte, noch einmal können wir uns einen seekranken Kollegen nicht leisten – gerade jetzt, wo der Fall unsere gesamte Manpower fordert!«

Jo hätte die Anspielung auch ohne Wolfs Augenzwinkern verstanden. Terrys Angewohnheit, ständig und überall Anglizismen einzusetzen, ging ihnen beiden gehörig auf die Nerven.

»Wie machen wir weiter, Chef?«, wollte Jo wissen, nachdem sie sich davon überzeugt hatte, dass es am Fahrstil ihres jungen Kollegen kaum etwas auszusetzen gab.

»Wir werden uns die Aufgaben wohl oder übel teilen müssen ...«

»Sehr gut«, bemerkte Terry. »Teile und herrsche!«

Wolf sah ihn misstrauisch an.

»Stammt nicht von mir«, verteidigte sich Terry. »Hat in grauer Vorzeit ein gewisser Philipp von Makedonien von sich gegeben. Angeblich hat sich daran bis heute nichts geändert.«

»Na gut – solange du deine Sprüche auf Deutsch aufsagst.« Wolf zwang sich zu einem Lächeln. »Zurück zur Vorgehensweise. Wir werden wohl gleichzeitig auf mehreren Schienen fahren müssen. Du, Jo, versuchst, den Mietwagen und das Schließfach der beiden Hotelgäste ausfindig zu machen. Schaff aber zuvor das zerstörte Handy aus dem Hotelzimmer zur KTU; ich will wissen, auf wen der Anschluss gemeldet ist.«

»Würde mich wundern, wenn der Trümmerhaufen noch etwas hergibt. Aber gut, versuchen wir's.«

»Und besorg dir vom Provider eine Liste der ankommenden und abgehenden Anrufe – sagen wir über die letzten dreißig Tage, okay? Terry, du kümmerst dich um die ›Luisa‹ ...«

»Ah, die gesunkene Jacht.«

»Gratuliere, du hast ja besser aufgepasst, als ich dachte. Also: Ruf den Bregenzer Bootsvermieter an, hol alles aus ihm raus, was er über die Charterer weiß. Namen, Nationalität, Augenfarbe, Kreditkartennummer ... alles, was sie haben.«

»Ihre Religion nicht zu vergessen.«

»Von mir aus auch die.« Er sah auf die Uhr. »Ihr habt eineinhalb Stunden, das muss reichen. Um vierzehn Uhr treffen wir uns in meinem Büro. Ich werde in der Zwischenzeit den Chef unterrichten und das LKA mit ins Boot holen.«

Terry hob die Hand. »Äh, 'tschuldigung, Chef ... kann ich nach unserer Rückkehr noch schnell was zu essen besorgen? Mir hängt der Magen am großen Zeh.«

»Mach das – nicht dass es noch heißt, wir beuten unsere Praktikanten aus.«

»Am besten gehst du kurz in die Kantine«, riet ihm Jo grinsend, »da gibt's leckere Sachen. Zum Beispiel Lkw zum Take-away.«

»Hä?«

»Schon gut.«

4

»Kaffee, Leo?«

»Da hör ich mich nicht Nein sagen«, antwortete Wolf und brachte ein freudloses Lächeln zustande.

»Nimm Platz bitte. Dauert einen kleinen Moment, ich muss heute ohne Frau Bender auskommen.« Kriminalrat Ernst Sommer, Chef der Überlinger Kripo und als solcher Wolfs Vorgesetzter, schien darüber nicht sonderlich erfreut.

»Wegen der Schulung? Hab davon gehört«, nickte Wolf wissend. Das Beschaffungsamt hatte die Polizeidienststellen im Land im vergangenen Jahr nicht nur mit leistungsfähigeren Rechnern, sondern auch mit einer deutlich effektiveren Software beglückt, in die die Sekretariate und Schreibpools nun eingearbeitet werden mussten.

»Na ja, den einen Tag schaff ich auch ohne sie. Zum Glück kann man eingehende Anrufe auf einen anderen Apparat umstellen, nicht wahr?« Im Vorzimmer hantierte Sommer lautstark mit Kaffeegeschirr, ehe er fortfuhr: »Ein dicker Hund, diese Sache mit der Ölpest.«

»Glücklicherweise ohne nennenswerte Folgen – dank Biotecc und deren neuem Wundermittel.«

Sommer tauchte wieder auf, ein Tablett in den Händen. Er stellte Geschirr, Zucker und Milch auf den Tisch, ehe er nochmals verschwand und mit einer Warmhaltekanne und einer Dose dänischer Kekse zurückkehrte. Während er Platz nahm, goss Wolf den Kaffee ein.

»Wer hat Biotecc eigentlich ins Spiel gebracht?«, wollte Sommer wissen und angelte sich einen Notizblock.

»Irgendeiner bei der Feuerwehr hat von dem FE.23-Forschungsprojekt erfahren.«

»Das Wundermittel.«

»So kann man es nennen. Heute früh bei der Bergung des Wracks war der ausgelaufene Treibstoff wie weggeblasen. Keine Spur von Öl mehr auf der Wasseroberfläche, weder zu sehen noch zu riechen. Angeblich hat sich alles rückstandslos aufgelöst. Sollte sich diese Einschätzung bestätigen, werden darüber nicht nur die Leute von der Bodenseewasserversorgung erleichtert sein. Das war jetzt die gute Nachricht.«

Sommer setzte seine Tasse ab. »Okay. Und die schlechte?«

Als wollte Wolf ihn noch etwas schonen, nippte er erst mal an seiner Tasse, ehe er die Keksdose zu sich herüberzog und ein rundes Teilchen mit Schokoladenüberzug herauspickte. »Schlechte Nachrichten gibt's gleich mehrere. Was ich besonders beunruhigend finde, ist Folgendes: Ziemlich zeitgleich mit der Sprengung der Jacht wurden telefonisch führende Nachrichtenagenturen, Zeitungen und das Fernsehen über den Vorfall informiert – wohlgemerkt: die Medien, nicht die Rettungskräfte! Und die Umweltkatastrophe wurde dabei ebenfalls schon angekündigt.«

»Moment mal ... das hieße ja, das Boot wurde vorsätzlich in die Luft gejagt?«

»Davon können wir wohl ausgehen.« Ausführlich schilderte Wolf die vorläufigen Ergebnisse der Spurensicherung und des Sprengstoffexperten. Er schloss mit den Erkenntnissen, die sie bei der Durchsuchung des Hotelzimmers gewonnen hatten. »Und damit bin ich bei der zweiten schlechten Nachricht«, sagte er und legte den Zettel mit dem Korantext auf den Tisch.

Sommer beugte sich nach vorn, um den Text genauer in Augenschein zu nehmen.

»Du kannst den Wisch ruhig in die Hand nehmen, es ist eine Kopie«, brummte Wolf und griff noch einmal in die Keksdose. Diesmal mussten gleich drei der süßen Verführer dran glauben.

Wieder und wieder las Sommer den Text, bemüht, einen Sinn darin zu entdecken. Währenddessen labte sich Wolf am Inhalt der Dose. Er hatte seit dem Frühstück nichts mehr gegessen, und seine rhythmischen Kaugeräusche, die als Einziges die herrschende Stille unterbrachen, erinnerten an ein Mahlwerk.

Endlich schob Sommer das Pamphlet zur Seite. Er machte einen Vermerk auf seinem Notizblock, dann hob er den Kopf. »Was denkst du, wie ernst müssen wir das nehmen?«

»Ernst genug. Zumindest so lange, bis unsere Spezialisten den Wisch untersucht haben. Die Drohung ist zwar vage, sticht aber dennoch hervor. Und wenn ein Zusammenhang mit der versenkten Jacht besteht: Wer außer ein paar verqueren islamistischen Fundamentalisten sollte eine solche Spur legen – und aus welchem Grund?«

»Tja, aus welchem Grund ... hast du wenigstens eine Idee, was dahinterstecken könnte?«

»Frag mich was Leichteres. Erpressung, Vergeltung, Kampf um Vormacht unter rivalisierenden Gruppen, da gibt es tausend Möglichkeiten. Für Spekulationen ist es noch zu früh, und die Faktenlage ist dünner als dünn. Erst mal müssen wir die Auswertung der Spuren abwarten.«

»Du hast recht. Aber du weißt schon, was es bedeutet, sollten tatsächlich Islamisten dahinterstecken?«

»Klar. Wir müssen das LKA einschalten.«

»Genau. Wie willst du das Ganze angehen?«

»Ich würde es gerne über den kleinen Dienstweg versuchen. Was hältst du davon, wenn ich mich mit Goebbels ... ich meine natürlich, mit Hindemith in Verbindung setze? Er kommt aus der Region, bei ihm wissen wir, wie er tickt. Und er hat den Biss, den dieser Fall erfordert.«

»Mach das – und halt mich auf dem Laufenden, ja?« Er wollte noch etwas hinzufügen, als ihn ein Klopfen an der Tür unterbrach. Auf sein »Herein« erschien eine Kollegin vom Streifendienst.

»Entschuldigung, draußen wartet Frau Winter vom ›Seekurier‹ für den Herrn Hauptkommissar. Sie sagt, es sei wichtig.«

Wolf wandte den Kopf und sah Sommer an. Auf dessen Nicken hin rief er: »Herein mit ihr.«

Karin Winter wirkte nicht annähernd so agil und selbstsicher wie sonst, augenscheinlich waren die Ereignisse der vergangenen Nacht auch an ihr nicht spurlos vorübergegangen. Sommer bot ihr eine Tasse Kaffee an. Ihre Antwort war ein mattes Nicken. Während Sommer aus dem Vorzimmer eine weitere Tasse holte, ließ sie sich auf einen der freien Stühle fallen und zog eine silbern glänzende Scheibe aus ihrer Tasche.

»Hier, die CD mit der Stimme des anonymen Anrufers drauf. Vielleicht fangen Sie ja was damit an.«

Wolf griff danach. »Danke, Frau Winter.« Ganz in Gedanken zog er seine Zigaretten heraus und steckte sich eine zwischen die

Lippen. »Keine Angst, ich rauche sie kalt«, beschwichtigte er den zurückkehrenden Sommer, bevor dieser etwas einwenden konnte. Es war kein Geheimnis, dass Sommer Zigarettenrauch nicht ausstehen konnte. »Frau Winter hat uns einen Mitschnitt des anonymen Anrufs mitgebracht«, fuhr er fort und wies auf die CD.

»Nun, vielleicht ist sie ja bereits Schnee von gestern, und Sie sollten Ihre Aufmerksamkeit auf Wichtigeres lenken, meine Herren – nämlich das hier.«

Vorsichtig zog sie eine Klarsichthülle aus ihrer Tasche und hielt sie ihnen hin. Darin steckte ein DIN-A4-Blatt, das verdächtig dem Zettel glich, den Wolf und seine Leute in Ludwigshafen gefunden hatten.

Wolf griff wortlos nach der Klarsichthülle, auch Sommer enthielt sich eines Kommentars.

Karin Winter guckte irritiert. »Ich hatte zwar nicht angenommen, dass Sie sich vor Freude auf die Schenkel klopfen, meine Herren. Ein bisschen mehr Begeisterung hätte ich aber schon erwartet«, bemerkte sie mit kaum verhohlener Enttäuschung.

Wolf reichte die Hülle an Sommer weiter. »Fällt dir etwas auf, Ernst?«, fragte er.

Sommer zog angestrengt die Augenbrauen zusammen und musterte das Flugblatt. Dann lächelte er. »Ist ja kaum zu übersehen.«

»Nicht wahr?« Wolf wandte den Kopf und sah Karin Winter an. »Wir kennen dieses Pamphlet bereits.« Er nahm das Pendant von Sommers Schreibtisch und drückte es Karin Winter in die Hand. »In einem Punkt allerdings unterscheiden sich die beiden Versionen. Hier, sehen Sie selbst.«

Bereits nach wenigen Sekunden pfiff Karin durch die Zähne. »Auf den ersten Blick absolut identisch, nur dass der Text auf meiner Version mit einer Unterschrift abschließt. Allerdings habe ich von einer Gruppe mit dem Namen ›Islamisches Kalifat Khalilullah‹ noch nie gehört.«

»Trösten Sie sich, wir auch nicht.«

»Auf was bezieht sich Ihrer Meinung nach die Warnung in dem Text?«

Wolf zuckte mit den Schultern. »Auch in diesem Punkt müssen wir vorerst noch passen, tut uns leid.«

»Sie waren schon ergiebiger, Herr Wolf. Würden Sie mir denn

wenigstens zustimmen, wenn ich sage, dass die reichlich obskure Botschaft eine islamistische Handschrift trägt und höchstwahrscheinlich mit der Explosion der Motorjacht gestern Nacht zusammenhängt?«

»Ich gebe zu, man kann es so interpretieren. Allerdings ist das keineswegs sicher. Wie sind Sie an das Schriftstück gekommen?«

»Lag um zwölf in unserem Postkasten, der wird stündlich geleert. Und Sie? Ich meine, wo sind Sie fündig geworden?«

»Kein Kommentar«, winkte Wolf ab, und als Karin Winter bereits zu einer geharnischten Antwort ansetzte, fügte er schnell hinzu: »Im Augenblick wenigstens. Das müssen Sie verstehen.«

So leicht ließ sie sich jedoch nicht besänftigen. »Was soll das, Herr Wolf? Warum so zugeknöpft? Was muss ich denn noch tun, um zu beweisen, dass ich Ihre Ermittlungen unterstütze? Oder hätten Sie lieber, dass ich auf eigene Faust recherchiere, mein Wissen für mich behalte und Ihnen, wie die meisten Vertreter meiner Zunft, mit unqualifizierten Artikeln ins Handwerk pfusche? Wollen Sie das?«

»Nun übertreiben Sie aber, meine Liebe ...«

»Was der Hauptkommissar eigentlich sagen wollte, ist Folgendes«, mischte sich Sommer beschwichtigend ein. »Was würde Ihnen eine präzise Antwort auf Ihre Frage nützen, wenn Sie diese Antwort nicht verwenden können? Mal angenommen, es wäre uns gelungen, die Identität der beiden Explosionsopfer zu ermitteln –«

»Zwei Personen also. Männer, nehme ich an?«

Wolf und Sommer wechselten einen Blick. »Ja, so viel können wir Ihnen immerhin verraten«, antwortete Wolf etwas genervt.

»Wenn wir also«, fuhr Sommer fort, »die Identität und den letzten Aufenthaltsort der Männer ermittelt und dort Beweisstücke sichergestellt hätten, die uns möglicherweise wichtige Hinweise auf den Tathintergrund liefern. Was glauben Sie, was passiert, wenn diese Informationen zu früh an die Öffentlichkeit gelangen? Dann könnten wir uns eine rasche Aufklärung gleich abschminken, nicht wahr? Deshalb und nur deshalb ist Herr Wolf zu Recht zurückhaltend bei der Weitergabe von Ermittlungsergebnissen. Sie verstehen, was ich damit sagen will, Frau Winter?«

Wolf nickte zustimmend, ein feines Lächeln umspielte seinen

Mund. »Besser als Kriminalrat Sommer hätte ich es nicht ausdrücken können, Verehrteste.«

Nun schlug auch Karin Winter einen versöhnlichen Ton an. »Na sehn Sie, das hört sich doch gleich ganz anders an. Auf mich können Sie sich jedenfalls verlassen – genauso, wie ich mich auf Sie verlasse, Herr Wolf. Denn ich gehe davon aus, dass Ihnen meine Kooperationsbereitschaft auch in diesem Fall einen klitzekleinen Zeitvorsprung gegenüber meinen Kollegen wert sein wird, sollten Sie für die Öffentlichkeit geeignete Neuigkeiten haben, nicht wahr?« Bezaubernd lächelnd, als sei nichts gewesen, stand sie auf und griff nach ihrer Tasche. »Bitte bemühen Sie sich nicht, meine Herren, ich finde allein hinaus. Tschau dann! Und danke für den Kaffee.«

»Ihr Mitbringsel lassen Sie uns vorerst da, ja?«, bat Wolf und schwenkte das Schreiben, das sie mitgebracht hatte.

»Schenke ich Ihnen«, rief sie im Gehen über die Schulter zurück. »Passen Sie gut darauf auf, es ist das Original. Selbstverständlich hab ich Kopien davon.« Sprach's und schloss die Tür hinter sich.

»Uff«, ächzte Wolf erleichtert und blies die Backen auf. »Wie ich solche Nebenkriegsschauplätze liebe.« Unvermittelt nahm sein Gesicht einen grüblerischen Ausdruck an. »Ich frage mich allerdings schon, wieso das Schriftstück, das man dem ›Seekurier‹ zugespielt hat, im Unterschied zu unserer Version eine Unterschrift trägt.«

»Es hilft nichts, auch da müssen die Spezialisten ran. Am besten überlässt du mir je eine Kopie der beiden Exemplare. Ich kenne da einen Kollegen beim BKA, der ist mir noch einen Gefallen schuldig …«

»Kleiner Dienstweg, was?«, grinste Wolf.

»Der Mann ist Spezialist für Arabisch und Islamismus. Er soll uns den arabischen Text übersetzen und gleichzeitig eine Stellungnahme zu Inhalt und Aufmachung der beiden Blätter liefern. Währenddessen kann sich das Labor um die Originale kümmern. Okay?«

»Gute Idee. Alles Weitere wie besprochen. Ich halte dich auf dem Laufenden, insbesondere über das Ergebnis meines Telefonats mit Hindemith.«

»Tu das. Und vergiss im Augenblick alle anderen Fälle, die werde ich bei der Lagebesprechung heute Nachmittag an die Kollegen verteilen.«

Wolf war schon fast aus der Tür, als Sommer ihm hinterherrief: »Wie macht sich eigentlich dein Praktikant, Leo?«

»Geht so. Der Kerl nervt gewaltig, spricht mehr Englisch als Deutsch, aber das werd ich ihm schon noch austreiben. Und in drei Monaten sind wir ihn eh wieder los.«

***

Jos erster Gang nach der Rückkehr aus Ludwigshafen war der zu den Kollegen von der KTU gewesen. Die hatten das zerbrochene Handy, ohne mit der Wimper zu zucken, entgegengenommen.

»Leg's hierher«, hatte Mayer zwo bemerkt, kaum dass er Jos Ausführungen zu dem Beweisstück festgehalten hatte. »Wir kümmern uns drum, sobald wir Zeit haben.«

»Das ist zu spät«, wagte Jo einzuwenden, »schließlich geht es um mehr als nur ein Bagatelldelikt.«

»Also gut, weil du's bist: bis zum Wochenende. Versprochen.«

»Heute Abend!«

»Du spinnst …«, fuhr Mayer zwo auf, sein Gesicht nahm eine rötliche Färbung an. »Wie soll das gehen? Wir sind voll bis zur Halskrause.«

»Und ich hätte geschworen, du bist stocknüchtern«, gab Jo grinsend zurück.

Nur widerwillig rang sich Mayer zwo ein Lächeln ab. »Im Ernst, wir wissen nicht, wo anfangen. Und dann fehlt auch noch Helmholtz für ein paar Tage. Aber gut, ich will sehen, was sich machen lässt. Nur das mit heute Abend, das kannst du dir abschminken. Wenn wir Glück haben, morgen Vormittag. Und nun lass mich meine Arbeit machen. Grüß Leo von mir!«

Damit hatte er sie hinausbugsiert. Jo wusste, sie hatte das Menschenmögliche erreicht. Jetzt mussten sie eben Geduld haben. Zum Glück hatten sie ja noch einige andere Eisen im Feuer: die Schlüssel für den Mietwagen und das Schließfach zum Beispiel. Da wartete noch ein hartes Stück Arbeit auf sie. Schon während der Rückfahrt hatte sie sich gefragt, wie sie den gesuchten Wagen finden sollte. Auf welchem der abertausend Abstellplätze, die es in Überlingen gab, hatten Kauder und Abul den Mietwagen abgestellt? Schlimmer noch: Wer konnte sagen, ob die Karre überhaupt in Überlingen stand – und nicht etwa in Sipplingen, Ludwigshafen oder Konstanz, um nur ein paar der infrage kommenden Seeorte zu nennen?

Sie versuchte, dem Problem durch logisches Denken beizukommen. Fest stand, dass die beiden Männer bei Avis in Überlingen einen Wagen und in einem Hotel in Ludwigshafen ein Zimmer gemietet hatten – in welcher Reihenfolge, das war noch offen. Das Zimmer jedenfalls legte nahe, dass sie von außerhalb angereist waren, vermutlich mit der Bahn. Ziemlich sicher, überlegte sie weiter, hatten sie gleich bei ihrem Eintreffen in Überlingen den Wagen besorgt und waren damit nach Ludwigshafen gefahren.

Wichtig für ihre Recherchen war zunächst der genaue Zeitpunkt der Wagenbeschaffung und die Zahl der gefahrenen Kilometer; danach würde sich der zeitliche Ablauf relativ leicht bestimmen lassen. Also musste sie zuerst mit dem Autovermieter sprechen.

Danach würde sie sich auf die Suche nach dem Schließfach machen. Dieser Teil der Aufgabe schien ihr bei Weitem einfacher, schließlich hielt sich die Zahl der Schließfachanlagen in der Umgebung in Grenzen, und die Standorte waren leicht herauszubekommen: Zug- und Busbahnhöfe, Kauf- und Parkhäuser sowie herausragende touristische Ziele boten sich an – das müsste mit zwei, drei Telefonaten in Erfahrung zu bringen sein.

Fünfzehn Minuten später hatte Jo nicht nur eine von Terrys Brezeln verdrückt, sondern auch einige Telefonate geführt. Eine Angestellte des Autovermieters hatte ihr bestätigt, dass Rolf Kauder und Ibrahim Abul gestern gegen elf Uhr fünfundvierzig bei ihr einen hellgrauen Audi A3 mit dem Kennzeichen KA–AV, gefolgt von einer vierstelligen Nummer, gemietet hatten. Kauder hatte einen ordnungsgemäß ausgestellten Führerschein vorgelegt, nichts an den beiden war auffällig gewesen, außer dass sie sich relativ schweigsam verhalten hatten. Mit dem Kilometerstand, den man ihr nannte, konnte Jo zunächst wenig anfangen, da sie den aktuellen Stand nicht kannte, sprich den Wagen noch nicht gefunden hatte. Aus der Tatsache jedoch, dass der Wagen erst gestern übernommen worden war, ließ sich unschwer schließen, dass die beiden Männer wohl kaum eine große Strecke gefahren waren. Es sei denn … ja, es sei denn, sie hatten das Boot in Bregenz abgeholt und waren damit zur Mainau geschippert. In diesem Fall hätte sie verdammt schlechte Karten, dann müssten die Kollegen aus Bregenz eingeschaltet werden. Allerdings glaubte sie nicht recht daran. Warum sollten die beiden Männer dann ein Zimmer in Ludwigshafen mieten?

In dieser Sache konnte ihr auch Terry, von Wolf mit dem Kontakt zu den Bregenzer Bootsvermietern betraut, keine Begründung liefern; er hatte die Leute schlicht noch nicht erreicht – sie machten gerade Mittagspause.

Jo seufzte und beschloss, sich um das Schließfach zu kümmern.

***

Wolf hatte nach einigem Suchen Hindemiths Direktdurchwahl gefunden und gewählt. Während er auf die Verbindung wartete, peitschten Regentropfen ans Fenster, eine dunkle Wolke zog von Konstanz her über den See. Ungemütliches Schauerwetter.

»Hindemith.«

»Leo Wolf hier, hallo, Gerhard.«

»Du, Leo? Welche Überraschung. Sei gegrüßt, mein Alter.«

»Du weißt doch: Der Herr kommt stündlich, wie es in der Bibel heißt. Aber zugegeben, ich rufe aus einem bestimmten Anlass an …«

»Sag bloß, meine Freunde machen dir wieder Kummer?«

»Du meinst die Penner auf dem Münsterplatz? I wo, die sind bis heute erstaunlich zahm. Es ist, als bräuchten sie für Randale ihren Anführer Goebbels.«

Hindemith lachte schallend. »Das will ich hoffen. Also, wo ist die Kacke diesmal am Dampfen? Halt, lass mich raten: Es geht um die Jacht, die letzte Nacht vor der Mainau in die Luft geflogen ist, hab ich recht?«

»Woher weißt du?«, staunte Wolf.

»Unser Sprengstoffexperte hat mitermittelt, schon vergessen?«

»Stimmt ja. Um es kurz zu machen: Es besteht der begründete

Verdacht, dass an dem Anschlag eine Gruppe islamistischer Fundamentalisten beteiligt sein könnte. Du weißt, dass wir in solchen Fällen das LKA einschalten müssen. Ich dachte nun, wir könnten das vielleicht auf dem kleinen Dienstweg regeln …«

»Du meinst, die Sache so lange auf kleiner Flamme köcheln lassen, bis sich euer Verdacht erhärtet oder, noch besser, von selbst erledigt hat – verstehe ich dich recht?«

»So ist es.«

»Tja, tut mir leid, Leo, da muss ich dich enttäuschen. Ich mach morgen früh die Fliege, zwei Wochen Lehrgang in Freiburg. Stinkt mir gewaltig, aber was soll ich machen? Kollege Bretzinger vertritt mich so lange.«

»Auch das noch«, entfuhr es Wolf. Er kannte Ludwig Bretzinger von früheren Begegnungen. Der Mann war ein Griffelspitzer, wie er im Buche stand.

»Sag jetzt nichts«, fuhr Hindemith fort, »ich weiß, was du denkst. Aber so ist es nun mal, Befehl von oben. Ich kann dir allenfalls anbieten, euren Fall mit heutiger Faktenlage in den Info-Pool zu stellen. Er gilt dann beim LKA formal als erfasst, löst aber noch keine Aktivitäten aus. Sollte die Angelegenheit im Sande verlaufen, ist alles paletti, ansonsten hast du's mit Bretzinger zu tun, tut mir leid. Also?«

»Danke, so machen wir's.«

»Gut. Dann lass mal die Fakten hören.«

Wolf schilderte ihm den Hergang des Falles und was sie bereits unternommen hatten.

»Das heißt, außer diesem Flugblatt, das euch in zwei Versionen vorliegt, habt ihr im Augenblick nichts Konkretes in der Hand, richtig?«, vergewisserte sich Hindemith.

»So ist es. Die Spurenlage ist mehr als dürftig, vor allem, weil wir die beiden Männer aus dem Wrack noch nicht einschätzen können.«

»Habe verstanden. Ich brauche eine Kopie der beiden Flugblätter. Du sagst, ein Teil des Textes sei in Arabisch gedruckt?«

»Ja. Sommer hat eine Übersetzung angefordert, er kennt da einen BKA-Spezialisten.«

»Gut. Ich mache eine Notiz über die Sache und stelle sie, zusammen mit deinen Unterlagen, wie besprochen in den Info-Pool ein. Mehr kann ich im Augenblick nicht für dich tun. Von Bretzinger musst du aber bis auf Weiteres keine eigenmächtigen Einmischungsversuche fürchten. Der Kollege hat einen komplizierten Fall am Hals, Falschgeld und Devisenschmuggel. Beschäftigt ihn mehr, als ihm lieb ist.«

»Er wär auch das Letzte, was wir jetzt gebrauchen könnten«, seufzte Wolf und wechselte das Thema.

Der Rest des Gespräches verlor sich in Erinnerungen an Goebbels' Pennertage.

***

Jo war frustriert. Sie passierte gerade die Einfahrt zum Parkhaus Stadtmitte. Flüchtig sah sie auf die Uhr: schon nach halb zwei. In gut zwanzig Minuten musste sie zurück sein, und sie hatte noch nicht das Geringste erreicht. Es war zum Verrücktwerden!

Dabei schien zunächst alles so einfach zu sein. Sie hatte die Kollegen in Ludwigshafen angerufen und sich sagen lassen, dass es im ganzen Ort keine Schließfächer gab. Zudem hatte sie das Kennzeichen des Leihwagens durchgegeben und darum gebeten, postwendend zwei Mann auf die Suche zu schicken – aus Überlinger Sicht kein unbilliges Verlangen, schließlich war das idyllische Ludwigshafen ein überschaubarer Ort.

Danach hatte sie sich telefonisch mit dem Fachbereichsleiter Bürgerservice von der Hauptverwaltung der Stadt Überlingen in Verbindung gesetzt. Der war nicht im Geringsten erstaunt gewesen, als sie ihn nach den Standorten der Schließfachanlagen im Stadtgebiet und speziell beim Bahnhof gefragt hatte. Den Bahnhof könne sie schon mal vergessen, dort gäbe es keine, begann er seine Ausführungen. Dann hatte er ihr auf Anhieb fünf Adressen genannt. Vier davon hatte sie bereits abgeklappert – ergebnislos. In keiner der Anlagen hatte sich ein Fach mit der Nummer ihres Schlüssels befunden. Nun war das Parkhaus Stadtmitte in der Wiestorstraße ihre letzte Chance.

Jo stellte auf dem oberen Parkdeck ihren Dienstwagen ab und folgte den Schildern in Richtung Ausgang. Dort müsste sie, falls der Rathausmitarbeiter sie richtig informiert hatte, auf die Schließfächer stoßen.

Als sie endlich davorstand, wurde sie plötzlich unsicher. Das sollte eine Schließfachanlage sein? Es handelte sich um gerade mal acht ziemlich flache Boxen, aus Stahlblech gefertigt und von einem Stahlrohrrahmen umfasst. Die Türen der Fächer waren mit den üblichen Sicherheitsschlössern ausgerüstet, in die man eine Euromünze stecken musste, damit man sie öffnen, sein Gepäck einstellen und den Schlüssel abziehen konnte. Als Jo näher trat und die Fächer inspizierte, war ihre anfängliche Enttäuschung sogleich wieder vergessen. Auf den Türen waren die Nummern 301 bis 308 aufgemalt.

Mit fahrigen Händen suchte sie den Schlüssel heraus, den sie vor knapp drei Stunden in dem Hotelzimmer gefunden hatten. Er trug die eingeprägte Zahl 304.

Volltreffer!

Noch einmal holte sie tief Luft. Dann wählte sie die Tür mit der gleichen Ziffernfolge und führte den Schlüssel in das Schloss. Er passte. Erwartungsvoll drehte sie ihn um. Langsam, ganz langsam öffnete sie die Klappe – und starrte mit offenem Mund in das dunkle Fach.

***

Sosehr Alex Rottmann das öffentliche Interesse auch genoss, so erleichtert war er, den Hörer endlich aus der Hand legen zu können. Zwei geschlagene Stunden hatte er am Telefon gesessen, hatte neugierigen Reportern Rede und Antwort gestanden und teils aufrichtige, teils neidvolle Reverenzen entgegengenommen. Kaum hatte er einen Anrufer abgefertigt, stellte Heidelinde schon den nächsten durch – bis er die Schnauze gestrichen voll gehabt und alle nachfolgenden Gespräche an Paul Stratton delegiert hatte. Der steckte in dem Thema ebenso tief drin wie er. Und: Stratton konnte gut mit Medienvertretern umgehen, traf den richtigen Ton, ohne allzu viel auszuplaudern.

Er selbst wollte erst mal raus hier, brauchte Abstand, musste gründlich entspannen. Der Tag hatte noch früher als sonst begonnen; es würde ihn nicht wundern, wenn er auch später als sonst endete. Hatte ihm der General nicht Sanktionen nach seiner Rückkehr angedroht? Nicht dass Alex Rottmann sich davor fürchtete, beileibe nicht. In der Familie wurde selten etwas so heiß gegessen, wie der General es kochte. Trotzdem ...

Dieses »Trotzdem« gab den Ausschlag. Kurzerhand beschloss er, die nächsten Stunden auf dem Boot zu verbringen, in rundum angenehmer Gesellschaft, versteht sich. Das hatte er sich wahrhaftig verdient!

Schon malte er sich aus, welche seiner zahlreichen Gespielinnen ihm den Nachmittag versüßen würden, als ihm gerade noch rechtzeitig etwas Wichtiges einfiel: Vor seinem Abgang musste er wissen, wann genau mit der Rückkehr des Generals zu rechnen war. Und die Nachforschungen nach dem »Maulwurf« im Hause mussten umgehend aufgenommen werden. Als Geschäftsführer und Leiter der Entwicklungsabteilung – von seiner Position als Nummer zwei im Rottmann-Clan einmal ganz zu schweigen – fand er den Gedanken schlichtweg unerträglich, von einem willfährigen Speichellecker des Generals observiert zu werden. Umso mehr, als es im Fall der FE.23-Erprobung um die Zukunft des Unternehmens ging – eine Zukunft, für die der General, wie es schien, jeglichen Weitblick vermissen ließ.

Er drückte auf den Knopf der Gegensprechanlage. »Lindchen, kommst du mal?«

Gleich darauf streckte Heidelinde Damerow den Kopf zur Tür herein und fragte kühl: »Ja, Herr Rottmann?«

»Ich habe meine Notiz verlegt«, log er. »Wann genau ist mit der Ankunft meines Onkels zu rechnen?«

»Soweit ich weiß, trifft er um Mitternacht mit einem gecharterten Learjet in Friedrichshafen ein. Jacques holt ihn ab.«

Das deckte sich mit seinen Informationen. Alex verkniff sich die Frage, warum ihn Lindchen darüber nicht schon früher – und von sich aus! – in Kenntnis gesetzt hatte. Argwöhnisch sah er zu ihr hinüber – und plötzlich wurde ihm abwechselnd heiß und kalt. War es möglich, dass Heidelinde, auf deren Tisch alle Fäden seiner Forschungsprojekte zusammenliefen, die gesuchte undichte Stelle war? Hatte der General sie auf seine Seite gezogen, um ihn auf diesem Wege überwachen zu können? Zuzutrauen wäre es ihm. Andererseits: Je mehr er darüber nachdachte, desto unwahrscheinlicher schien es ihm. Lindchen? Für so was war sie nicht der Typ. Oder etwa doch? Zugegeben, schon seit Tagen verhielt sie sich etwas sperrig, aber er kannte die Gefühlswelt »seiner« Frauen – auch und gerade die von Heidelinde Damerow, er hatte sie schließlich über Wochen hinweg studiert. In ihren Augen hatte er als Mann und – weit schlimmer – als Liebhaber versagt. Das hatte bei ihr Enttäuschung verursacht, vielleicht sogar Hass – aber Verrat? Niemals! Nicht bei Lindchen.

Und wenn doch? Mit einer energischen Handbewegung versuchte er, seine Zweifel zu verscheuchen.

»So viel zum Thema Nachtlandeverbot«, sagte er in betont flapsigem Ton.

»Wundert Sie das – bei seinen Beziehungen?«, gab Heidelinde im Hinausgehen über die Schulter zurück.

Hörte er da so etwas wie Missbilligung heraus? Und wenn ja: Würde sie die äußern, wenn sie tatsächlich mit dem General gemeinsame Sache machte? Im ersten Augenblick konnte Alex seine Verblüffung kaum verhehlen. Damit hatte sie, wenn man's genau nahm, seine Einschätzung bestätigt, nicht vom General gekauft worden zu sein.

»Natürlich, du hast recht«, erwiderte er erleichtert. »Und jetzt geh und hol mir Leschek.«

Der schien im Vorzimmer bereits auf seinen Auftritt gewartet zu haben. »Was liegt an, Boss?« Mit diesen Worten verschränkte er die Arme vor der Brust und baute sich vor Alex' Schreibtisch auf.

»Du sollst mich nicht immer ›Boss‹ nennen, wie oft muss ich dir das noch sagen. Wir sind hier nicht im Wilden Westen.«

»Entschuldigung, Bo… äh, Chef, eine dumme Angewohnheit«, erwiderte Leschek lächelnd. Die Rüge schien an ihm abzuprallen.

Alex überzeugte sich davon, dass die Tür zum Vorzimmer geschlossen und die Gegensprechanlage ausgeschaltet war. Nachdem er wieder Platz genommen und die Beine übereinandergeschlagen hatte, fasste er Leschek scharf ins Auge.

»Du musst den Spion des Generals enttarnen«, erklärte er, jedes einzelne Wort betonend.

Überrascht zog Leschek die Augenbrauen hoch, bevor sich sein Gesicht zu einem Grinsen verzog. »Ist das ein dienstlicher Auftrag, Chef?«, fragte er schniefend.

»Was sonst?«

»Gut. Und wie ich Sie kenne, haben Sie auch schon einen Plan dazu, stimmt's?«

Nun war es an Alex, breit zu grinsen. »So ist es. Und ich bin sicher, er wird dir gefallen.«

»Ich bin ganz Ohr.«

»Ganz einfach: Wir bereiten einen neuen FE.23-Einsatz vor.«

Leschek wirkte konsterniert. »Ja, aber ... ich verstehe nicht ...«

»Was gibt's da viel zu verstehen? Du verbreitest – so ganz nebenbei – bei gewissen Leuten genau diese Nachricht. Nicht mehr und nicht weniger.«

»Und an welche Leute denken Sie da so?«

Alex schob ihm einen Zettel hin.

»Da stehen aber nur zwei Namen drauf«, wandte Leschek schniefend ein, nachdem er einen Blick auf die Notiz geworfen hatte.

Alex nickte. »Das reicht. Einer von ihnen ist unser Mann.«

Nachdenklich fuhr sich Leschek mit der Zungenspitze über die Lippen. »Also gut, ich informiere die beiden über den geplanten neuen Einsatz ... wie gesagt, so ganz nebenbei. Und dann ... was passiert dann?«

»Denk nach.«

Nach kurzem Überlegen hob Leschek den Kopf, ein Ausdruck des Verstehens glitt über sein Gesicht. »Ah, jetzt kapiere ich, Chef. Sie denken, unser Mann wird die Nachricht brühwarm dem General überbringen – und schwupp, haben wir ihn im Sack, nicht wahr? Verdammt raffiniert, das muss ich schon sagen. Allerdings ...«, er kratzte sich skeptisch hinter dem Ohr, »woher wissen wir, welcher der beiden Verdächtigen geplaudert hat?«

»Lass dir was einfallen. Erzähl meinetwegen dem einen, das Zielgebiet läge auf Schweizer Seite, während du beim Zweiten etwas über die Bregenzer Bucht fallen lässt. Aber merk dir, wem du was sagst, hörst du?«

Leschek schniefte erneut und nestelte mit der Rechten an seinem Pferdeschwanz herum, ehe er nickte. »Sie haben recht, so könnte es klappen.«

»Also, worauf wartest du noch? Ich verlass mich auf dich.«

Unter der Tür drehte sich Leschek noch einmal um. »Äh, was den General betrifft ... irgendwelche Änderungen?«

»Nein, alles wie bekannt. Ankunft gegen Mitternacht in Friedrichshafen. Jacques holt ihn ab.«

»Klar, Boss.«

Noch ehe ihn Alex erneut rüffeln konnte, war er draußen.

***

Hätte man Jo zuvor gefragt, was sie in dem Schließfach zu finden hoffte, so hätte sie wohl kaum eine Antwort gewusst. Auf alle Fälle mehr als das, was sie jetzt vor sich sah. Ein abgegriffener weißer DIN-A5-Briefumschlag, das war's denn auch schon.

Dieser Fall schien es wahrlich in sich zu haben. Kaum etwas lief so, wie sie es sich wünschten. Wäre ja auch zu schön gewesen! Zuweilen verglich sie ihre Arbeit mit der eines Sternekochs, der aus mehr als bescheidenen Zutaten ein leckeres Menü zaubern sollte, noch dazu ohne Rezept und in der steten Gefahr, von seinen Juroren – in ihrem Fall den Richtern des nachfolgenden Strafprozesses – verhackstückt zu werden.

Frustriert zog sie ihre Latexhandschuhe hervor und streifte sie über, bevor sie in das Fach griff und den Umschlag herausholte. Sie überzeugte sich davon, dass er unbeschriftet und die Klappe nur eingesteckt war, bevor sie ihn öffnete.

Außer einem Packen Geldscheine – nach Jos oberflächlicher Zählung etwa zehntausend Euro in Hunderterscheinen – enthielt der Umschlag zwei deutsche Reisepässe, ausgestellt auf die Namen Rolf Kauder und Ibrahim Abul. Das war alles.

Also waren zumindest die Namen der Männer echt. Wenigstens etwas! Jo blätterte die Pässe nur flüchtig durch, die waren ein Fall für die Spusi. Immerhin fiel ihr auf, dass Ibrahim Abul kurdischer Abstammung war.

Kaum hatte sie die Fundsachen wieder in die Hülle geschoben und diese in einen Klarsichtbeutel gesteckt, da griff sie sich plötzlich an die Stirn. Sie stand hier in einem Parkhaus. Was, fragte sie sich, wenn die Männer dort, wo sie ihre Wertsachen aufbewahrten, auch ihr Auto abgestellt hatten? Je länger sie darüber nachdachte, desto wahrscheinlicher schien es ihr. Zumindest wäre es einen Versuch wert, hier mit der Suche anzufangen.

Erneut sah sie auf die Uhr: noch zwölf Minuten bis zwei. Falls sie alle sechshundert Stellplätze abklappern musste, würde sie zu spät zur Lagebesprechung kommen. Was soll's, dachte sie, Wolf würde ihr schon nicht den Kopf abreißen, vor allem, wenn sie nicht mit leeren Händen kam. Sie überlegte kurz, ob sie ihn anrufen sollte, ließ es dann aber sein. Dazu wäre später immer noch Zeit, und womöglich zog er sie dann hier ab und schickte stattdessen einen Streifenwagen. Das fehlte noch!

Energisch schloss sie das Schließfach und warf eine neue Münze ein, ehe sie den Schlüssel abzog und ihn samt Umschlag in einer Plastikhülle in ihre Tasche steckte. Dann steuerte sie über das Treppenhaus die obere Parkebene an. Je weiter sie sich vom Eingangsbereich entfernte, desto weniger Menschen begegneten ihr – nichts Ungewöhnliches, da über die Mittagszeit meist alle Stellplätze belegt waren und demzufolge kaum neue Fahrzeuge einfuhren.

Trotz des Zeitdrucks wollte sie die Suche systematisch angehen. Im Klartext hieß das, jede Fahrzeugreihe abzuschreiten und sich jedes einzelne Nummernschild anzusehen. Sie würde in der oberen Ebene beginnen und sich sukzessive nach unten vorarbeiten. Vielleicht hatte sie ja Glück und wurde schneller fündig als erwartet.

Jos Geduld wurde auf eine harte Probe gestellt. Die Lichtverhältnisse ließen auf allen drei Ebenen doch arg zu wünschen übrig, vor allem in den etwas abgelegenen Bereichen, wo das ohnehin trübe Tageslicht völlig absoff und die Deckenlampen hoffnungslos überfordert waren.

Endlich konnte sie die obere Ebene abhaken. Mehrfach hatte sie zwischendurch Hoffnung geschöpft, wenn ein hellgrauer Audi in ihr Blickfeld geriet, doch entweder hatte der Typ oder das Kennzeichen nicht gestimmt. In der mittleren Ebene das gleiche Spiel. Allerdings hatte sie in der Zwischenzeit eine gewisse Routine entwickelt, sodass sie nun deutlich schneller vorankam. Doch so sehr sie auch auf die Schilder starrte, der gesuchte Wagen war nicht dabei.

Ein letztes Mal wechselte sie die Etage. Hier unten war nicht nur so gut wie kein Betrieb, es war auch noch deutlich dämmriger als oben. Sie startete wie gewohnt mit der rechten Wagenreihe.

Auch hier standen mehrere graue Audis und das eine oder andere Karlsruher Kennzeichen, aber Fehlanzeige. Der Mietwagen war nicht dabei. Sollte sie doch aufs falsche Pferd gesetzt haben?

Nur aus den Augenwinkeln bekam sie mit, wie unweit von ihr jemand an seiner Autotür hantierte. Der Statur nach handelte es sich um einen Mann, bekleidet mit einer dunklen unifarbenen Fleecejacke, deren Kapuze er über den Kopf gezogen hatte. Gerade stieß er eine halblaute Verwünschung aus, vermutlich klemmte die Tür, oder er hatte sich mit dem Schlüssel vertan. Sein Problem! Schon wollte sie weitergehen, als sie abrupt innehielt. Irgendetwas stimmte da nicht – aber was? Sie drehte den Kopf und sah genauer hin. Da plötzlich fiel es ihr wie Schuppen von den Augen – wieso hatte sie das nicht gleich bemerkt? Was der Mann da in der Hand hielt, war nicht etwa ein Autoschlüssel – es war ein schmales, längliches Werkzeug, vermutlich ein stabiler Schraubenzieher. Und er setzte ihn auch keineswegs in Höhe des Türschlosses an, sondern deutlich darüber, zwischen Türholm und Seitenscheibe.

Kein Zweifel: Der Mann wollte den Wagen nicht aufschließen, sondern auf*brechen*! Noch dazu gewissermaßen unter den Augen der Polizei. Da Jo aber nicht ganz ausschließen konnte, dass er sich aus Unachtsamkeit selbst ausgesperrt hatte, wollte sie ihm noch eine letzte Chance geben. »Darf ich fragen, was Sie da tun?«, rief sie ihm zu.

Statt einer Antwort hob er den Arm, und das Werkzeug flog in ihre Richtung. Jo konnte dem Wurfgeschoss gerade noch ausweichen. Durch die heftige Bewegung rutschte dem Mann die Kapuze vom Kopf, und für den Bruchteil einer Sekunde sah sie seinen kahlen Schädel, bevor er hinter den dicht stehenden Wagen verschwand.

Zwei Glatzköpfe an einem Tag? Jo war alarmiert.

»Polizei! Bleiben Sie stehen!«, rief sie dem Flüchtenden hinterher. Doch ihr Ruf kam zu spät. Sie wollte ihm bereits nacheilen, als sie etwas bemerkte. Ja, war sie denn mit Blindheit geschlagen? Da latschte sie alle drei Ebenen dieses verdammten Parkhauses ab, stierte sich die Augen nach einem hellgrauen Audi A4 mit Karlsruher Kennzeichen aus dem Kopf – und kapierte nicht, dass es sich bei dem Wagen, dessen Aufbruch sie eben verhindert hatte, um ebendiesen Audi handelte!

War es Zufall, dass der Typ ausgerechnet diesen Wagen gewählt hatte? Wohl kaum. Dieser Kerl hatte ebenso eine Glatze wie der Mann, den sie am Morgen in dem Hotelzimmer in Ludwigshafen überrascht hatten – vermutlich war es derselbe. Er musste also in den Fall verwickelt sein.

Ohne groß nachzudenken, zog sie ihre Dienstwaffe und lief ihm nach. Wo er aus ihrem Blickfeld verschwunden war, ging sie langsam die ganze Reihe parkender Autos entlang, kontrollierte Wagen für Wagen und legte sich verschiedentlich sogar auf den Boden, um zu sehen, ob er vielleicht unter eines der Autos gekrochen war – nichts. Sollte er unbemerkt die Seite gewechselt haben? In diesem Fall war er längst über alle Berge.

Am besten, sie rief Wolf an, er musste Verstärkung schicken. Allerdings durfte sie bis zu deren Eintreffen den Audi nicht aus den Augen lassen. Während Jo nach ihrem Handy griff und eine Kurzwahltaste drückte, versuchte sie, sich das Äußere des Täters ins Gedächtnis zu rufen. Der Mann war etwas kleiner als sie gewesen, geschätzte eins siebzig, schlank, aber seinen schnellen, katzenhaften Bewegungen zufolge gut trainiert. Er musste leichte Schuhe mit Gummisohlen tragen, anders war sein lautloses Verschwinden nicht zu erklären.

Weiter kam sie nicht – ihr Handy klingelte. »Wo steckst du?«, fragte Wolf anstelle einer Begrüßung.

»Im Parkhaus Stadtmitte, Chef, ich habe das Schließfach und den Mietwagen gefunden. Jemand hat gerade versucht, den Wagen aufzubrechen. Der Täter, männlich, knapp eins siebzig, dunkle Fleecejacke mit Kapuze, ist flüchtig. Ich brauche Verstärkung. Könnten Sie einen Streifenwagen schicken? Zur unteren Parkebene rechts hinten. Am besten verständigen Sie auch gleich die Spusi. Ich halte hier so lange die Stellung. Ach ja, der Täter war übrigens kahlköpfig.«

Wolf schien kurz zu stutzen, ehe er antwortete. »Verstanden. Sieh schon mal nach, ob du in dem Fahrzeug Beweismittel findest, und komm zurück in die Direktion, sobald die Streife eintrifft.«

Jo bestätigte, legte auf und schritt noch einmal die Wagenreihe ab, ohne den Audi aus den Augen zu lassen, doch nirgends gab es eine Bewegung oder sonst etwas Verdächtiges. Also lief sie zu dem Mietwagen zurück und inspizierte von außen Sitze und Ablagen. Sie waren leer, nichts lag herum. Dann zog sie wieder ihre Latexhandschuhe über, schloss die Beifahrertür auf und öffnete das Handschuhfach. Darin fand sie zwei in ein Tuch eingewickelte Handfeuerwaffen: eine Beretta Kaliber 7.65 und eine SIG Sauer P228, beide mit vollem Magazin. Die Seriennummern waren fachmännisch herausgeätzt worden.

Sie zückte ihr Handy und wählte Wolfs Nummer.

***

Der Mann in der dunklen Fleecejacke war keineswegs verschwunden, er lag, flach wie eine Flunder und nur wenige Meter von dem Audi entfernt, auf dem Dach eines abgestellten VW-Transporters, von wo aus er mit hämischem Grinsen Jos Suche nach ihm verfolgt hatte.

Er sah Jo zu dem Audi zurückgehen und registrierte verärgert, dass sie den Schlüssel für den Wagen aus der Tasche zog und mit der Durchsuchung des Innenraums begann. Als sie schließlich aus dem Handschuhfach zwei Waffen zutage förderte, konnte er nur mit Mühe einen Fluch unterdrücken.

Kein Zweifel, die Bullin hatte seine Pläne durchkreuzt. Höchste Zeit, dass er wegkam, bevor die angeforderte Verstärkung eintraf.

Wie ein Schatten ließ er sich von dem Fahrzeugdach gleiten und zog sich lautlos zurück. Ungesehen erreichte er die mittlere Ebene. Dort stieg er in seinen Smart und verließ das Parkhaus in Richtung Innenstadt.

***

Wolf hatte nach Jos Anruf den Hörer in der Hand behalten und eine dreistellige Nummer gewählt. Am anderen Ende meldete sich eine genervte Stimme: »Spurensicherung, Mayer zwo am Apparat. Bitte fassen Sie sich kurz.«

»Wolf hier. Ich weiß, dass ihr bis zum Hals in Arbeit steckt. Trotzdem musst du jemanden zum Parkhaus Stadtmitte schicken.« Er überhörte Mayers Stöhnen und schilderte ihm kurz, um was es ging, bevor er fortfuhr: »Ich habe die Kollegin Louredo abgezogen und dafür eine Streife hinbeordert, die deine Leute in Empfang nehmen wird. Wäre schön, wenn du uns auf dem Laufenden halten könntest.«

»Na sicher doch, wir haben ja sonst nichts zu tun. Ist dir klar, dass wir im Augenblick fast exklusiv für euer Dezernat arbeiten? Und ich weiß sehr gut, was du sagen willst, Leo: Der Tag hat vierundzwanzig Stunden, und wenn die nicht reichen, nehmen wir die Nacht hinzu. Aber ich sage dir, alles hat seine Grenzen. Allein mit meinen Überstunden könnte ich –«

»Was meinst du mit ›exklusiv‹?«, unterbrach Wolf sein Lamento.

»Das Hotelzimmer in Ludwigshafen zum Beispiel, in dem die angeblichen Islamisten hausten – haben wir das etwa nicht euch zu verdanken?«

»Ach das! Ich dachte, das wäre längst erledigt …« Als Mayer zwo hart zu atmen begann, fügte Wolf hastig hinzu: »Entschuldige, Herbert, sollte ein Witz sein. Aber jetzt mal im Ernst: Wer kümmert sich um Ludwigshafen – du hast doch schon jemanden vor Ort, oder?«

»Nein.«

Wolf glaubte, sich verhört zu haben. »Wie bitte?«

»Weil ich mich um Ludwigshafen selbst kümmern will, deshalb. Zusammen mit Westphal und Ott. Falls ich aus diesem Irrenhaus hier jemals rauskomme.«

»Wann, Herbert?«

Wieder hartes Atmen. »In einer Viertelstunde fahren wir los. Versprochen.«

»Na gut. Und wen kannst du nun zum Parkhaus schicken?«

»Den langen Hinrichs könnte ich abziehen.«

»Dann mach das bitte. Wann wird er dort sein?«

»Fährt in fünf Minuten los.«

»In Ordnung. Und wenn's dich tröstet: Bei uns ist die Lage ähnlich beschissen. Tut mir leid, Herbert, aber das Leben ist nun mal kein Wunschkonzert.«

Missmutig legte Wolf den Hörer auf. Für Haarspaltereien hatte er nicht viel übrig. Er schätzte Mayer zwo als exzellenten Forensiker, dem bei der Laborarbeit kaum einer das Wasser reichen konnte. Sein Hang zur Pedanterie jedoch ging Wolf bisweilen arg auf den Wecker – und nicht nur ihm.

Er sah auf die Uhr: schon zwei vorbei. Die Lagebesprechung würde sich um eine halbe oder Dreiviertelstunde nach hinten verschieben; nicht nur Jo fehlte, auch Terry war noch nicht zurück. Einen Augenblick lang spielte er mit dem Gedanken, sich einen Pastis zu genehmigen, als ihm etwas anderes einfiel. Wenn er sich beeilte, würde er es noch in die Pathologie des Kreiskrankenhauses schaffen. Vielleicht ließ sich ja Franzi Reichmann zu einer ersten Stellungnahme bewegen? Ohne groß zu überlegen, rückte er sein Barett zurecht, nahm den Mantel vom Haken und eilte über das Treppenhaus ins Erdgeschoss. Dort sagte er dem Kollegen am Empfangsschalter Bescheid, bevor er das Gebäude durch den Hinterausgang verließ.

Wie immer verspürte Wolf ein Kribbeln im Magen, als er die zweiflügelige Pendeltür zur Pathologie passierte. Vor allem der Geruch war es, der ihn fertigmachte. Es war, als prallte er gegen eine Wand.

»Komme gleich, Leo«, rief Franzi Reichmann aus einem der angrenzenden Labors. Obwohl Wolf mehr oder weniger geräuschlos den Raum betreten hatte, hatte sie ihn am Schritt erkannt.

Während er wartete, riskierte er einen Blick auf die Edelstahltische, die die Mitte des weiß gekachelten Raumes einnahmen. Unter grünem Tuch zeichneten sich auf zwei von ihnen die Silhouetten zweier menschlicher Körper ab. Wolf war sicher, dass es sich um die Explosionsopfer der »Luisa« handelte. Er widerstand der Versuchung, eine der Abdeckungen wegzuziehen. Nur zu gut wusste er, dass die Explosion die Körper übel zugerichtet hatte, diesen Anblick musste er sich wirklich nicht antun. Das, was ihn brennend interessierte, hätte er sowieso nicht erkannt, da musste er schon Franzi fragen.

»Hallo und willkommen, lieber Leo! Was treibt Sie in meine heiligen Hallen?«

Erschrocken fuhr Wolf herum. Wie aus dem Boden gewachsen stand die Gerichtsmedizinerin da und zog sich unter schmatzenden Geräuschen ein Paar blutbefleckte Latexhandschuhe von den Händen, um sie anschließend zielsicher in einen Abfalleimer zu werfen.

»Also, es ist so, Franzi …«, druckste Wolf herum.

»Die Antwort ist ›Nein‹. Oder denken Sie, ich kann hexen?«

»Wieso wissen Sie …?«

»Ach Leo, wie lange kennen wir uns nun schon? Zehn Jahre, fünfzehn Jahre? Sie sind bestimmt nicht gekommen, um mit mir über die Tagung im Comturey-Keller zu plaudern. Sie wollen etwas über meine beiden Neuzugänge hier wissen, hab ich recht?« Flüchtig deutete sie zu den Tischen hinüber, bevor sie kleinmädchenhaft kicherte. »Sie haben sich übrigens gestern Abend recht achtbar geschlagen. Ach, was sag ich: Sie waren großartig. Wie Sie das vorgetragen haben … ›Voll geil‹, würde ich sagen, wenn ich jünger wäre. Apropos vorgetragen: Hab ich Ihnen eigentlich *den* schon erzählt …?«

»Franzi, bitte! Ich hab jetzt weder die Zeit noch die Nerven, mir Witze anzuhören.«

Sie legte den Kopf schräg und sah ihn scharf an. »Leo, Leo! Gestern Abend waren Sie entschieden lockerer. Na ja, zwei Tote nach einer Bootsexplosion, dazu dieser Ölteppich, das nimmt einen vermutlich ganz schön mit … Also hören Sie, geht ganz schnell: Fragt der vorsitzende Richter: ›Erkennen Sie in dem Angeklagten den Mann wieder, der Ihnen Ihr Auto gestohlen hat?‹ Sagt der Zeuge zweifelnd: ›Nach der Rede des Herrn Verteidigers bin ich mir nicht mal mehr sicher, ob ich überhaupt ein Auto besessen habe!‹« Sie lachte hell auf. »Na, wie finden Sie den?«

»Wollen Sie damit etwa sagen …?«, tat Wolf gespielt empört, bevor er ebenfalls lachen musste. Doch schnell wurde er wieder ernst. »Was ist nun mit Ihren … äh, Neuzugängen? Lässt sich schon etwas sagen?«

»Sie sind gut! Ich habe die beiden vor knapp zwei Stunden erst hereinbekommen. Sie können von Glück sagen, dass ich zu diesem Zeitpunkt überhaupt noch hier war. Eigentlich müsste ich längst wieder in Tübingen sein.«

Sie ging zu einem der Tische und hob das grüne Laken an, bevor sie sich wieder Wolf zuwandte. »Ertrunken sind sie jedenfalls nicht, in der Lunge fand sich kein Wasser.«

»Was soll das heißen?«

»Dass sie schon tot waren, als der Kahn gesunken ist. Die durch die Explosion verursachten Verletzungen haben in beiden Fällen zum Tode geführt, etwas anderes kommt nicht infrage. Sie müssen sich zum Zeitpunkt der Explosion in unmittelbarer Nähe der Bombe aufgehalten haben. Tut mir leid, Leo, mehr kann ich Ihnen im Augenblick leider nicht sagen. Sie müssen schon meinen Bericht abwarten.«

»Bis jetzt passt alles ganz gut ins Bild«, sagte Wolf nachdenklich. »Sind Ihnen irgendwelche äußerlichen Merkmale aufgefallen, die zur Identifizierung der beiden Männer beitragen könnten? Tätowierungen, Operationswunden, alte Verletzungen, Zahnprothesen, so was in der Art?«

»Gut, dass Sie fragen«, antwortete sie gedehnt und wies auf den vor ihr liegenden Leichnam. »In der Tat bin ich bei dem größeren der beiden – dem mit den dunklen Haaren – auf zwei ältere Schussverletzungen gestoßen, eine am linken Bein und eine an der Hüfte. Hier, sehen Sie selbst.« Sie hob das Tuch, das den Körper des Mannes bedeckte.

Um sich den Anblick zu ersparen, hatte Wolf in weiser Voraussicht einen Notizblock herausgezogen, auf den er nun einige Stichwörter kritzelte. »So genau wollt ich's gar nicht wissen«, brummte er.

»Außerdem«, fuhr Franzi Reichmann fort, »weisen die Oberarme beider Opfer größere Tätowierungen auf, allerdings sind die Motive aus verständlichen Gründen nicht mehr komplett erhalten und daher nicht genau bestimmbar.«

In diesem Augenblick schwang die Pendeltür auf, und ein großer, dunkelhaariger Mann im schwarzen Wollmantel betrat den Saal. Staatsanwalt Schneidewind.

»Gut, dass ich Sie hier treffe, Wolf«, meinte er betont freundlich und reichte Franzi Reichmann und Wolf die Hand. Wie zufällig stellte er sich dabei mit dem Rücken zu den Seziertischen.

»Wusste gar nicht, dass wir verabredet waren, Herr Staatsanwalt«, brummte Wolf. Es wäre gelogen, ihr Verhältnis als herzlich zu bezeichnen, schon gar nicht nach dem nächtlichen Zusammentreffen draußen auf dem See. Schneidewinds überhebliche Art und speziell sein schneidiger Tonfall waren Wolf schon immer suspekt gewesen. Wie kam es, überlegte er, dass oftmals gerade gebildete Leute unter maßlos übersteigertem Selbstbewusstsein litten? Man brauchte sich diesen Mann nur anzuschauen – wie einem Modejournal entstiegen! Edles Tuch, gekonnt geschnitten, da stimmte selbst das kleinste Detail – abgesehen von der grellbunten Fliege, die Schneidewind unter dem Kinn spazieren führte und die Wolf stark an einen Clown erinnerte.

»Äh, verehrte Frau Dr. Reichmann, darf ich Ihnen ganz kurz den Hauptkommissar entführen?«, flötete Schneidewind jetzt. Die Frage war rein rhetorisch gemeint, denn ohne Franzis Antwort abzuwarten, fasste er Wolf am Ärmel und zog ihn zur Seite.

Die Retourkutsche ließ nicht lange auf sich warten.

»*Herr* Dr. Schneidewind, ich bin zwar mit dem Hauptkommissar noch nicht fertig, aber wenn's denn unbedingt sein muss!«, gab Franzi Reichmann lakonisch zurück. Dann fügte sie mit verschlagenem Blick hinzu: »Falls es um die beiden Explosionsopfer gehen sollte – die liegen hier hinter Ihnen. Werfen Sie ruhig einen Blick darauf.« Mit einer schnellen Bewegung schlug sie die Laken zurück.

»Äh, Sie irren sich, meine Liebe, deshalb bin ich nicht hier –«

»Nun lassen Sie's schon raus«, unterbrach ihn Wolf, der die Hand, die ihn mitzog, endlich abschütteln konnte.

»Also gut«, lenkte Schneidewind mit gezwungenem Lächeln ein; offenbar spürte er, dass er zu weit gegangen war. Verschwörerisch beugte er sich näher zu Wolf, wodurch er diesen zwang, den Atem anzuhalten, denn ganz im Gegensatz zu seinem gestylten Äußeren schien Schneidewind von Mundhygiene nicht viel zu halten. »Wie ich höre, gibt es in unserem Fall Indizien für die Beteiligung islamistischer Terroristen ...«

Wolf fuhr überrascht zurück. »Woher haben Sie das?«, fragte er.

»Wollen Sie das etwa in Abrede stellen?«, fragte Schneidewind lauernd.

»Hören Sie ...«

»Kriminalrat Sommer hat mich höchstpersönlich informiert. Aber spielt das eine Rolle? Wichtig ist doch nur eines, nämlich dass wir mit aller Härte –«

»Herr Dr. Schneidewind! Wenn Sommer Sie informiert hat, wie Sie sagen, dann wissen Sie auch, dass wir außer einem Flugblatt nichts in den Händen haben. Mit anderen Worten: Es ist eine Spur, allenfalls ein vager Anfangsverdacht, den wir selbstverständlich mit der gebotenen Dringlichkeit weiterverfolgen – mehr aber auch nicht.«

»Dringlichkeit ... genau das ist es. Ich verlange ... äh, nein, ich bitte Sie, diese Spur mit höchster Dringlichkeit weiterzuverfolgen. Wenn es sich um Terroristen handelt, werden sie es möglicherweise nicht bei diesem ersten Anschlag bewenden lassen.«

»Selbstverständlich beziehen wir das in unsere Ermittlungen mit ein. Allerdings gibt es noch eine Reihe weiterer Spuren, denen wir nachgehen müssen.« Wolf ließ sich nicht näher darüber aus, um welche Spuren es sich handelte.

»So? Na gut. Trotzdem, der Kampf gegen die islamistische Bedrohung hat höchste Priorität, mein lieber Wolf, da können Sie mit der Unterstützung aller Stellen bis hinauf zum Innenministerium rechnen. Sie verstehen, was ich meine?«

»Nein.«

»Wie?« Schneidewind machte ein Gesicht, als hätte er in eine Zitrone gebissen. »Äh ... ich dachte, ich hätte mich klar ausgedrückt.«

»Wir wissen durchaus selbst, was die Lage erfordert, Herr Staatsanwalt. Oder wollen Sie uns mangelnden Einsatz vorwerfen? Falls nicht, schlage ich vor, Sie lassen uns unsere Arbeit machen und wir reden weiter, sobald es neue Fakten gibt, einverstanden?«

Mit diesen Worten ließ er den verdutzten Schneidewind stehen und strebte der Pendeltür am Ausgang zu, nicht ohne sich mit einem Augenzwinkern von Franzi zu verabschieden.

5

Kurz nach Terry hatte sich auch Jo wieder in der Polizeidirektion eingefunden, gut vierzig Minuten nach dem von Wolf angesetzten Termin. Umso überraschter waren sie, dass der Chef nicht da war. So blieb ihnen wenigstens Zeit, sich mit Kaffee zu versorgen.

»Willst du zum Islam konvertieren?«, fragte Jo verblüfft, während sie ihren Rechner einschaltete und einen kurzen Blick auf Terrys Lektüre warf. Unschwer hatte sie aus dem grünen Einband auf eine Koran-Ausgabe geschlossen; die goldgeprägte, orientalisch anmutende Ornamentik auf dem Titel hatte sie darin bestärkt.

Als könne er sich nur schwer von seiner Lektüre lösen, hob Terry den Kopf. *»Why not?«,* erwiderte er mit breitem Grinsen. »Immerhin weist der Islam im Unterschied zu den anderen Weltreligionen der Frau die ihr gebührende Rolle zu, oder willst du das bestreiten?«

Beinahe hätte sich Jo an ihrem Kaffee verschluckt. »Aber sonst bist du gesund«, keilte sie zurück.

Im selben Augenblick wehte Wolf herein und mit ihm der kalte Rauch einer Gitanes. Natürlich blieb ihm die Spannung zwischen den beiden nicht verborgen, im Lauf der Jahre hatte er eine feine Nase für atmosphärische Störungen unter seinen Mitarbeitern entwickelt. »Vertragt euch, Kinder«, murrte er ungehalten, »wir haben keine Zeit für unnütze Kabbeleien. Und jetzt lasst uns in mein Büro umziehen.«

»Auch einen Kaffee, Chef?«, fragte Jo. Wolf nickte.

Wenig später saß er den beiden gegenüber und legte seine Unterlagen zurecht. »Wer fängt an?«, fragte er und faltete erwartungsvoll die Hände.

Jo sah auf ihre Notizen und hob die Hand. Bevor sie zu sprechen begann, beugte sie sich noch einmal zu Terry hinüber und presste ein abfälliges »Macho!« durch die Zähne.

»Zwei Dinge gleich vorweg«, begann sie sodann. »Erstens: Ich habe das Schließfach gefunden.« Mit wenigen Worten schilderte sie die vorausgegangene Suche, bevor sie Wolf den Klarsichtbeutel mit den Banknoten und den beiden Pässen zuschob. »Zehntausend Euro«, erklärte sie, als er fragend die Brauen hob. »Die Pässe gehören den beiden Explosionsopfern. Damit sind wenigstens deren Namen bestätigt. Kurze Zeit später stieß ich im selben Parkhaus auf den vermissten Mietwagen – und fand darin diese beiden Pistolen hier.« Sie legte die eingetüteten Waffen neben den ersten Beutel und fügte ergänzend hinzu: »Der Wagen steht inzwischen bei der KTU.«

Wolf, der gerade an seiner Tasse genippt und sich dabei die Lippen verbrannt hatte, fluchte: »Verdammt, dass das Zeug auch immer so heiß sein muss!« Er rieb sich den Mund. »Und was ist aus dem Autoknacker geworden?«

»Leider Fehlanzeige, Chef – der Typ war wie vom Erdboden verschluckt«, gab sich Jo zerknirscht.

»Trotzdem, gute Arbeit, Jo. Ich denke, bei den beiden Glatzköpfen handelt es sich um ein und denselben Mann.«

Jo nickte bestätigend. Mit wenigen Worten brachte sie auch Terry auf den neuesten Stand. Nachdenklich fuhr sie fort: »Die Frage ist nun: Hinter was ist der Kerl eigentlich her – und vor allem: in wessen Auftrag?«

Wolf lächelte schief. »Wenn wir das wüssten, hätten wir den Fall gelöst. Doch davon sind wir meilenweit entfernt. Genau genommen haben wir außer ein paar losen Fäden nichts in der Hand. Es ist zum Weinen.« Wieder schlürfte er von seinem Kaffee, allerdings ging er diesmal vorsichtiger zu Werke. Nachdem er die Tasse abgestellt hatte, sagte er: »Hören wir erst mal, was Terry in Erfahrung gebracht hat.« Auffordernd nickte er ihm zu.

»Tja, also ... ich sollte mich doch um den Bootsvermieter in Bregenz kümmern. Ich muss sagen, die Leute dort waren voll spacig ...«

Wolfs grimmiges Gesicht deutete Ärger an, weshalb sich Terry umgehend berichtigte: »... also richtig cool, wollte ich sagen. Der Verlust des Bootes schien sie nicht sonderlich zu schmerzen. Klar, ist wohl ein Fall für die Versicherung. Jedenfalls wurde es von einem einzelnen Mann gechartert und auch abgeholt. Die vorgelegten Papiere lauteten auf den Namen Marc Suhrbier, die Personenangaben aus dem Mietvertrag liegen uns vor. Wie üblich wurde eine Kaution von dreihundert Euro hinterlegt. Zur vorgesehenen Nutzung machte der Mann keine Angaben. Im Laufe des heutigen Tages sollte das Boot wieder zurückgebracht werden.«

»Haben wir eine Beschreibung des Mannes?«, wollte Wolf wissen.

»Viel besser, Chef: Ich habe gleich danach mit den Kollegen in Bregenz gesprochen und veranlasst – sorry: darum gebeten –, dass deren Zeichner nach den Angaben des Vermieters ein Phantombild anfertigt. Hier ist das Ergebnis, vor wenigen Minuten per E-Mail eingegangen.« Er schob einen DIN-A4-Ausdruck zu Wolf hinüber, um anschließend mit zufriedenem Gesichtsausdruck die Hände hinter dem Kopf zu verschränken und sich entspannt zurückzulehnen.

Jo erhob sich und trat hinter Wolf, gemeinsam starrten sie auf das Porträt. Es zeigte einen etwa dreißigjährigen Mann mit hellen, vermutlich blonden, schulterlangen Haaren. Sein Gesicht war schmal und kantig und die Nase platt, so als hätte sie mit der Faust eines Boxers Bekanntschaft gemacht.

»Noch nie gesehen, den Typ«, sagte Jo bestimmt und ging zu ihrem Stuhl zurück.

»Also keiner der beiden Männer von der Jacht?«, hakte Wolf nach.

»Mit Sicherheit nicht. Ich hab mir die Fotos in den Pässen genau angesehen.«

»Ich denke ebenso. Das bedeutet, wir haben es mit mindestens drei Personen zu tun«, überlegte Wolf: »Einmal mit den beiden Opfern, die unter Umständen gleichzeitig Täter gewesen sein könnten, und dann diesem Mann hier. Wissen wir, wann genau das Boot gechartert wurde?«

Terry kramte in seinen Unterlagen. »Hier, steht im Chartervertrag: gestern Nachmittag, vierzehn Uhr fünfunddreißig.«

Wolf machte sich eine Notiz, danach griff er wieder nach dem Ausdruck. Unschlüssig fuhr er sich mit der linken Hand über das Kinn, ehe er das Blatt an Jo weiterreichte. »Überprüf doch mal, ob gegen diesen Marc Suhrbier etwas vorliegt. Und nimm auch die beiden anderen unter die Lupe, Kauder und Abul.«

»Geht klar, Chef.«

Jo verließ den Raum, und Wolf wandte sich mit einem abschließenden »Sonst noch was?« an Terry.

»Eines noch: Laut Bootsvermieter hatte die Jacht bei der Abholung nur um die fünfzig Liter Diesel im Tank. Das ist ungewöhnlich, normalerweise werden die Boote mit vollem Tank übergeben. Da der Charterer es jedoch eilig hatte, wurde auf das Nachtanken beim Bootsvermieter verzichtet.«

»Das ist tatsächlich ungewöhnlich. Was könnte der Zweck dieser Übung gewesen sein? Überlegen wir mal: Die Strecke Bregenz–Mainau beträgt ziemlich genau fünfzig Kilometer. Selbst wenn wir für die einfache Fahrt einen Verbrauch von ... sagen wir fünfzehn Litern unterstellen, würden noch fünfunddreißig Liter verbleiben. Das ist viel zu wenig.«

»Versteh ich nicht.«

»Wie denn auch, wenn du die entscheidende Zahl nicht kennst. Nach Auskunft der Katastrophenleitstelle soll es sich nämlich bei dem ausgeflossenen Dieseltreibstoff gestern Nacht um mindestens zweihundert Liter gehandelt haben. Ergo: Die Leute haben nachgetankt.«

»Fragt sich bloß, wo.«

»Du wirst das rauskriegen.«

»Ich?« Terry zog ratlos die Augenbrauen hoch.

»Ja, du! Lass dir vom Wapo-Stützpunkt Überlingen die Nummern der Bootstankstellen aller Marinas zwischen Bregenz und Ludwigshafen nennen, zunächst mal nur vom Nordufer. Die rufst du eine nach der anderen an. In der Regel werden beim Tanken die Namen des Bootes und des Eigners oder Charterers festgehalten. Falls erforderlich, lässt du dir die Faxnummer geben und schickst ihnen das Phantombild. Es müsste mit dem Teufel zugehen, wenn wir den Leuten nicht auf die Spur kämen.«

»Und dann? Ich meine, was fangen wir mit der Info an?«

»Denk mal nach ... Vielleicht gelingt es uns ja, von den Bootsbewegungen ein zuverlässiges Zeitprofil zu erstellen. Wir könnten dann mit einiger Sicherheit die Abläufe und die Aufenthaltsorte der Täter bestimmen, richtig? Also, junger Mann, setz dich auf deinen Hintern und lass deinen Charme spielen.«

Alles andere als begeistert ging Terry nach nebenan, um die Wapo anzurufen und sich die Telefonnummern der Tankstationen nennen zu lassen. Gleich darauf klopfte jemand energisch an Wolfs Tür. Hannelore Bender streckte den Kopf herein. »Darf ich?«

»Duplizität der Ereignisse«, schmunzelte Wolf. »Ich wollte gerade zum Chef, wäre also ohnehin bei Ihnen vorbeigekommen. Was gibt's?« Er mochte Frau Bender, sie war eine überaus patente Person, die seit Jahren das Vorzimmer des Kripochefs »schmiss«.

»Das hier soll ich Ihnen vom Kriminalrat geben. Es handelt sich wohl um die Antwort des BKA wegen des Flugblatts.« Sie drückte Wolf ein paar DIN-A4-Bögen in die Hand. »Den Chef können Sie übrigens für die nächste halbe Stunde vergessen. Er hat Besuch.«

Wolf überfiel eine plötzliche Ahnung. »Lassen Sie mich raten: Schneidewind?«

Hannelore Bender bekam große Augen. »Sind Sie Hellseher?«

Wolf versuchte ein Grinsen. »Nein. Menschenkenner.«

»Verstehe.« Hannelore Bender kicherte vielsagend. »Ja, ja, unser Herrgott hat schon einen großen Tiergarten, nicht wahr? Also, ich muss dann wieder.«

Nachdenklich kramte Wolf seine Gitanes hervor und steckte sich eine an, bevor er sich in die Blätter vertiefte.

»Hatte ich also recht«, knurrte er höchst zufrieden. Die Übersetzung des arabischen Schriftblocks enthüllte keine neue Botschaft, sondern entsprach, wie von ihm vermutet, exakt dem deutschen Text. Nach Einschätzung des Sachverständigen beim BKA handelte es sich auch tatsächlich um einen Text aus dem Koran, nämlich um den neunzehnten Vers der dreiundsiebzigsten Sure mit dem Titel »Der Verhüllte« – was immer man sich darunter vorzustellen hatte. Die Sure, in der Muhammad von Gabriel angeredet wird, zähle zu den ältesten im Koran und könne als ernst zu nehmende, wenn auch unkonkrete Warnung eingestuft werden, stand da. Was den Absender der Botschaft, das Islamische Kalifat Khalilullah, angehe, so handle es sich bei dieser Gruppe nach noch ungesicherten Informationen um eine militante und gewaltbereite islamistische Organisation, die sich nach eigener Darstellung als »Arm Allahs« im Glaubenskrieg verstehe, bisher jedoch nicht als Urheber ausgeübter Anschläge aufgefallen sei.

Das Schreiben des Sachverständigen schloss: »So viel in aller

Eile vorab, vorbehaltlich der weiteren detaillierten Prüfung des Textes im Kontext mit uns bekannten relevanten Aufrufen beziehungsweise Aktionen.«

Enttäuscht ließ Wolf das Schreiben sinken. Was sollte er mit dieser Interpretation anfangen? Er erhob sich und trat ans Fenster. Draußen sah es inzwischen um einiges freundlicher aus. Seit Mittag hatten die Regenschauer nachgelassen, der Wind hatte sich gelegt, was die gefühlte Temperatur sicher um einige Grad erhöhte. Inzwischen setzte die Dämmerung ein, und der nahe Stadtgarten versank im Abendschatten.

Nach wie vor war es Wolf ein Rätsel, wieso von dem Flugblatt zwei verschiedene Ausführungen existierten. Warum in drei Teufels Namen trug die »Seekurier«-Fassung eine Unterschrift? Wo war der Zusammenhang mit der Bootsexplosion und der nachfolgenden Ölpest draußen auf dem See? Für Wolf machte der Text noch immer keinen Sinn; Adjektive wie »schwammig« und »unkonkret« schossen ihm durch den Kopf. Einen Moment lang war er sogar geneigt, das Schriftstück als Finte abzutun. Aber es half nichts: Bis zum Beweis des Gegenteils musste dem Wisch ihre volle Aufmerksamkeit gelten.

Ein Klopfen an der Tür riss ihn aus seinen Gedanken. Früher als gedacht meldeten sich Jo und Terry zurück. Das passte ihm gut, schließlich musste er noch nach Ludwigshafen fahren, und sei es nur, um dem überarbeiteten Mayer zwo etwas unter die Arme zu greifen.

»Schieß los!« Wolfs Aufforderung war an Jo gerichtet, die mit ihren lebhaften dunklen Augen und den seidig glänzenden Locken heute noch aparter als sonst wirkte.

»Zunächst zu Suhrbier«, begann sie ihre Ausführungen. »Ein Mensch dieses Namens existiert überhaupt nicht, zumindest nicht in Lindau, wo er den Papieren nach gemeldet ist. Daraufhin hab ich die Kollegen vom Betrugsdezernat eingeschaltet. Und jetzt kommt's: Suhrbiers Pass ist eindeutig gefälscht, und zwar –«

»Details bitte später, wir müssen rasch weiterkommen. Was ist mit Kauder und Abul?«

»Sind beide vorbestraft. Kauder wegen verschiedener kleinerer Betrügereien, die letzte vor vier Monaten, jeweils rechtskräftig verurteilt. Vor zwei Wochen mit Auflagen aus der Haft entlassen. Abul saß zweimal wegen bewaffneten Raubes in Tateinheit mit schwerer Körperverletzung ein. Insgesamt hat er dreieinhalb Jahre hinter Gittern verbracht. Das alles liegt nun fünf Jahre zurück, seitdem ist er sauber. Beide kommen übrigens aus Hamburg. Ich habe ihre Akten bei der dortigen Staatsanwaltschaft angefordert. Vielleicht sind wir nach deren Studium schlauer.«

»Die Sache wird immer verwirrender«, murmelte Wolf und sah auf die Uhr. »Oh, schon so spät. Ich muss weg, Leute, die Spusi nimmt das Hotelzimmer in Ludwigshafen auseinander. Vielleicht könntest du, Jo, in dieser Zeit das Internet nach diesem Kalifat durchforsten? Und jetzt noch rasch zu dir, Terry.«

»Um es kurz zu machen: Die ›Luisa‹ wurde gestern Nachmittag kurz vor sechzehn Uhr in Wasserburg vollgetankt. Von demselben Mann, der kurz zuvor in Bregenz das Boot gechartert hatte.«

»Oha! Sehr gut, Terry.« Wolf griff nach seinem Block und machte sich eine Notiz, bevor er sich erhob. »Wie gesagt, ich bin für den Rest des Tages weg. Gebt so rasch als möglich eine Fahndung nach diesem Suhrbier raus und schickt sein Phantombild an alle Zeitungen der Bodenseeregion und an den SWR. Außerdem sollten wir bis morgen früh wenigstens die vorläufigen Berichte der Gerichtsmedizin, der Spusi und der KTU auf dem Tisch haben, und zwar einschließlich der Auswertung des zertrümmerten Handys und der beiden Flugblätter. Kümmert euch darum.«

»Haben wir inzwischen eine Übersetzung des arabischen Textes?«, wollte Jo abschließend wissen.

»Richtig, hab ich ganz vergessen.« Mit wenigen Worten informierte Wolf seine Kollegen über die Vorabstellungnahme des BKA-Spezialisten.

»Tut mir leid, ich muss …« Er stand bereits unter der Tür, als er sich noch einmal umdrehte. »Wir setzen uns morgen früh Punkt acht zusammen. Schönen Abend noch.«

***

Kurz nach fünfzehn Uhr schloss Matuschek die nachmittägliche Redaktionskonferenz. Als eine der Ersten ging Karin Winter aus dem Besprechungsraum. Anders als sonst steuerte sie jedoch nicht gleich ihren Schreibtisch an, sondern trat etwas zur Seite, um die anderen Teilnehmer vorbeizulassen.

Sie musste nicht lange warten. Die junge Frau, die sie wenig später am Arm fasste und beiseitezog, sah erstaunt auf.

»Ich muss dich kurz sprechen, Manu«, sagte Karin halblaut. »Holen wir uns einen Kaffee?«

Während sie zu dem nahe stehenden Automaten gingen, betrachtete sie Manuela Knapp prüfend aus dem Augenwinkel. Die adrette, wenn auch zur Pummeligkeit neigende Zwanzigjährige mit dem offenen, stets wachen Gesicht trug ihr dunkles Haar zu einem Pferdeschwanz zusammengebunden, der bei jedem ihrer Schritte wie wild hin und her wippte. Anders als die meisten Kolleginnen kleidete sie sich betont zurückhaltend, um nicht zu sagen bieder, was ihr viele als mangelndes Interesse an den aktuellen modischen Strömungen auslegten. Karin glaubte, den wahren Grund zu kennen: Manu war schlicht und einfach klamm – kein Wunder bei dem, was der »Seekurier« seinen Volontären bezahlte.

Manus Vater, ein arrivierter Konstanzer Internist, hatte ihr bereits einen Studienplatz für Medizin in Marburg besorgt, als Manu zu seinem Entsetzen mit dem Wunsch herausgerückt war, die Journalistenlaufbahn einschlagen zu wollen. Davon war sie auch durch noch so viel Zureden nicht abzubringen gewesen, sodass der aufgebrachte Vater sie schließlich hinausgeworfen und alle Zahlungen an sie eingestellt hatte.

In den darauffolgenden Monaten hatte Manu die Beharrlichkeit, mit der sie ihre beruflichen Ziele verfolgte, immer wieder unter Beweis gestellt. Von Matuschek als Springerin eingesetzt, schrieb sie zunächst versuchsweise mal für dieses, mal für jenes Ressort und jobbte nebenbei für ihren Lebensunterhalt. Vor sechs Monaten schließlich hatte sie einen der begehrten Volontärsplätze ergattert und war Teil der festen Belegschaft geworden. Matuschek hatte offensichtlich aufs richtige Pferd gesetzt: Stets lieferte sie gut recherchierte, klar und schnörkellos formulierte Artikel ab.

Seitdem hatte sich Manu trotz ihrer unkomplizierten Art nicht nur Freunde gemacht. Zwar ließ sie an ihrer Loyalität und ihrem Eifer nie Zweifel aufkommen, doch anstatt ihren Vorgesetzten und Kollegen nach dem Mund zu reden, vertrat sie, um ihre Meinung gefragt, beharrlich ihre Auffassung. Das schmeckte naturgemäß nicht jedem.

Es war jedoch genau nach Karins Geschmack!

»Wie nimmst du ihn?« Manu deutete auf die Bedientasten des Kaffeeautomaten.

»Schwarz, ohne Zucker, bitte.«

»Genau wie ich«, sagte Manu nickend.

Kurz darauf hielten beide einen dampfenden Becher in der Hand.

»Um was geht's?«, wollte Manu wissen.

»Hast du die Berichterstattung über die Bootsexplosion gestern Nacht verfolgt?«

»Klar, und auch die über die Behebung dieser ominösen Ölpest.«

Fragend kniff Karin die Augen zusammen. »Was meinst du mit ›ominös‹?«

»Nun, nach meinem Dafürhalten ging da einiges nicht mit rechten Dingen zu.«

Karin fand die Richtigkeit ihrer Entscheidung bestätigt, sich Manu als Assistentin zu angeln. »Ich bin an der Sache dran«, erklärte sie, »und so wie's aussieht, könnte der Fall –«

»Also ein Fall!«, sagte Manu aufhorchend. Ihr Interesse an Karins Ausführungen schien geweckt.

»Ja, und es könnte erheblich mehr dahinterstecken, als wir momentan vermuten. Wenn dem wirklich so ist, kann ich die Recherchearbeit und alles, was dazugehört, unmöglich allein schaffen. Hast du Lust, einzusteigen?«

»Du … du meinst, ich könnte dir assistieren, versteh ich das richtig?« So etwas wie Gier glomm in Manus Augen auf.

»Ja. Matuschek ist einverstanden. Was hältst du davon?«

»Was ich davon halte? Wie kannst du nur fragen! Sag mir, was ich tun soll.«

Karin musste über den Eifer der Volontärin lächeln. »Lass es langsam angehen, noch wissen wir nicht, wie der Hase läuft. Ich schlage vor, du machst dich erst mal schlau. Lies alles, was dir unter die Finger kommt. Die komplette Berichterstattung, steht alles im Internet. Dann reden wir weiter, okay?«

»Einverstanden ... und danke. Ich fang sofort an. Ach ja, wo soll ich sitzen?«

»Nimm den freien Platz gleich hinter meinem Schreibtisch.«

***

Wie hatte er sich auf diesen Schmarrn nur einlassen können? Voller Zorn – und deutlich schneller als erlaubt – fuhr Wolf am nördlichen Seeufer entlang. Selbst in Sipplingen, wo seit Jahren Tempo dreißig galt, hatte er den Fuß kaum vom Gas genommen. In wenigen Minuten würde er Ludwigshafen erreichen. Das lauschige Strandbad fiel ihm wieder ein, in dem er so manchen Sommertag mit seiner Frau verbracht hatte – und nicht zuletzt die delikaten Egli- und Zanderfilets in der »Krone«. Noch jetzt lief ihm das Wasser im Munde zusammen, wenn er daran dachte.

Im Grunde war der heutige Tag bisher gar nicht schlecht gelaufen. Einige wichtige Fragen hatten sie bereits geklärt; und sollten sie bei der ersten Durchsicht des Ludwigshafener Hotelzimmers etwas übersehen haben, würde die Spürnase Mayer zwo es garantiert finden. So gesehen könnte er ganz entspannt sein, wenn ... ja, wenn da nicht die Öchsle wäre.

Hermine Öchsle, die eine Etage unter ihm wohnte, hatte Wolf am Wochenende abgepasst und ihn für heute Abend zu einem kleinen Imbiss geladen. Arglos hatte er zugesagt. Nicht nur, dass sie gelegentlich seine Wohnung auf Vordermann brachte – was ihm, wenn er ehrlich war, nicht ganz ungelegen kam –, sie war obendrein als gute Köchin bekannt, ein weiterer Grund, ihre Einladung anzunehmen.

»Betrachten Sie's als kleinen Ausgleich für Ihre aufopfernde Arbeit«, hatte sie erklärt und treuherzig mit den Augen geklimpert.

Jedenfalls hing ihre Einladung nun wie ein Damoklesschwert über ihm. Gestern noch hatte er in dieser Hinsicht nichts zu befürchten gehabt. Doch das sah inzwischen anders aus. Der Gedanke, beim Essen womöglich über den neuen Fall ausgefragt zu werden, ließ ihn regelrecht übellaunig werden. Zum Glück war es noch ein Weilchen hin, und zur Not konnte er immer noch eine dringende Observierung vorschieben und sich schnell wieder aus dem Staub machen.

Mit dem festen Vorsatz, Einladungen dieser Art künftig auszuschlagen, stellte er wenig später seinen Dienstwagen vor dem Hoteleingang ab. Unter der Tür stieß er mit drei weiß gekleideten Gestalten zusammen – den Kollegen von der Spurensicherung.

»Du kommst zu spät«, bemerkte Mayer zwo süffisant und eilte, ohne sich näher auszulassen, in Richtung Parkplatz davon. »Tut mir leid«, ergänzte er im Weggehen, »aber wir werden noch an einem anderen Tatort gebraucht.«

»Habt ihr was gefunden?«, rief ihm Wolf hinterher.

Unbestimmt winkte Mayer zwo ab, während er den Wagen aufschloss und seine Mitarbeiter ihre Kisten im Kofferraum verstauten. »Pipifax«, rief er, »nicht der Rede wert, zumal euch die Bewohner des Gelasses ja bereits bekannt sind.« Bevor er einstieg, setzte er hinzu: »In zwei, drei Tagen hast du meinen Bericht.«

»Ich brauch ihn aber morgen früh!«, brüllte Wolf zurück, doch seine Forderung verhallte ungehört. Alles Weitere ging im Geräusch durchdrehender Reifen und einer gewaltigen Staubwolke unter.

»Blödmann«, rief Wolf ihm mit hochrotem Kopf hinterher, um gleich darauf halblaut weiterzuknöttern: »Wer solche Kotzbrocken um sich hat, braucht keine Feinde mehr!« Kaum zu glauben: Früher war Mayer zwo ein richtig umgänglicher Kollege gewesen. Bis Stress und permanente Überforderung ihn zu einem Nervenbündel hatten werden lassen. Wolf nahm sich vor, über dieses Thema bei nächster Gelegenheit mit Sommer zu sprechen.

Doch erst musste er entscheiden, wie es weiterging. Sollte er stante pede nach Überlingen zurückkehren? Was gab es hier für ihn noch zu tun? Alle verwertbaren Spuren waren inzwischen gesichert. Gewiss, er könnte das Hotelpersonal befragen, doch mit welchem Ziel? Andererseits kam er auf diese Weise vielleicht an Informationen, die ihm halfen, die Wege der beiden Männer zu rekonstruieren?

Immerhin, sagte er sich, einen Versuch wäre es wert. Zum zweiten Mal an diesem Tag betrat er das Hotel.

Eine Viertelstunde später saß Wolf an einem Tisch im Frühstücksraum des Hotels und holte Block und Stift hervor.

Nachdem er an der Rezeption eine Aushilfskraft angetroffen

hatte, wurde auf sein Verlangen hin die verantwortliche Rezeptionistin geholt – dieselbe, mit der sie bereits am Vormittag zu tun gehabt hatten. Nach ihrer Aussage hatten Kauder und Abul am Sonntag um zwölf Uhr dreißig eingecheckt. Zum Beweis legte sie Wolf das Reservierungsbuch vor. Wolf notierte sich die Zeit, bevor er die junge Frau fragte, ob ihr an den Männern etwas aufgefallen sei. Die Antwort war ein klares Nein; weder äußerlich noch an ihrem Verhalten sei irgendetwas ungewöhnlich gewesen. Als Reisegepäck führten beide eine Segeltuchtasche mit sich, weitere Gepäckstücke hatte sie nicht bemerkt. Die Männer hatten zwei Übernachtungen gebucht und waren mit einem Wagen angereist.

In der Zwischenzeit hatte die Aushilfskraft den Hotelbesitzer alarmiert, der sich als Herr Fink vorstellte und Wolf der uneingeschränkten Unterstützung seines Hauses versicherte. Im Gegenzug bat er inständig um äußerste Diskretion bei den polizeilichen Nachforschungen. Wolf konnte ihn beschwichtigen.

Mit Zustimmung des Hoteliers hatte er sich in den um diese Zeit leeren Frühstücksraum zurückgezogen und wollte nun versuchen, die bisher bekannten Aktivitäten von Kauder und Abul in einen zeitlichen Zusammenhang zu bringen. Schon nach wenigen Minuten hatte er eine kurze Übersicht erstellt:

– Ankunft der beiden Männer in Überlingen	?
– Anmieten des Leihwagens in Überlingen	11.45 Uhr
– Einchecken in Ludwigshafener Hotel	12.30 Uhr
– Bootscharter in Bregenz	14.35 Uhr
– Volltanken des Bootes in Wasserburg	15.55 Uhr
– Auslaufen des Bootes in Wasserburg	?
– Explosion des Bootes vor der Mainau	22.45 Uhr

Zwei Positionen musste er offen lassen: die Ankunftszeit in Überlingen sowie die Abfahrtszeit in Wasserburg. Dass das Auto in Überlingen angemietet wurde, ließ vermuten, dass die beiden Männer mit öffentlichen Verkehrsmitteln an den Bodensee gereist waren. Wenn man nun ihren Wohnort Hamburg bedachte, dann konnte es sich eigentlich nur um eine Bahnfahrt handeln. Unterstellte man ferner, dass die Entfernung vom Bahnhof zur Avis-Niederlassung maximal fünf Minuten betrug, dann waren sie höchstwahrscheinlich spätestens um halb zwölf in Überlingen eingetroffen. Womöglich hatten die Männer vor der Abfahrt zwei Sitzplätzc gebucht. Es musste also abgeklärt werden, welche Zugverbindungen sonntagvormittags von Hamburg nach Überlingen bestanden und in welchem dieser Züge möglicherweise Platzkarten auf die Namen Kauder und Abul reserviert waren.

Um diese Punkte konnte sich Terry kümmern.

Die zweite noch offene Zeitangabe hingegen war ungleich schwerer zu bestimmen, wenn überhaupt. Eine Nonstop-Fahrt von Wasserburg zur Mainau mit einem Boot wie der »Luisa« dauerte circa eine Stunde. Die Männer könnten den Liegeplatz in Wasserburg gegen einundzwanzig Uhr fünfundvierzig verlassen haben – vorausgesetzt, der Kahn war gleich bei der Ankunft vor der Mainau in die Luft geflogen. Aber war er das wirklich? Sie hätten auch gleich nach dem Auftanken zur Mainau fahren können und wären dann vermutlich schon gegen siebzehn Uhr fünfzehn dort angekommen. In beiden Fällen waren zwischen dem Tanken und der Explosion fünfeinhalb Stunden vergangen, die Wolf nicht nachvollziehen konnte. Was war während dieser Zeit geschehen?

Diese Frage warf noch eine andere, weitaus gravierendere auf: Was hatte das Boot überhaupt in dem fraglichen Seegebiet verloren? Welchem Auftrag gingen die beiden Männer auf der »Luisa« nach – und wer hatte ihn erteilt? Denn dass es sich bei diesem Trip nicht um eine Vergnügungsfahrt handelte, lag auf der Hand.

Die in dem Wrack sichergestellte Handpumpe fiel ihm ein. War es möglich, dass mit ihr der Dieseltreibstoff auf den See ausgebracht wurde? Wolf konnte sich gut vorstellen, dass man damit bei einem Volumen von zweihundert Litern eine Weile beschäftigt wäre. Das würde auch erklären, warum das Boot vor der Abfahrt in Wasserburg vollgetankt worden war. In diesem Fall hätten sie es tatsächlich mit einem vorsätzlich durchgeführten – und vermutlich von langer Hand vorbereiteten – Anschlag auf ein hochsensibles Binnengewässer zu tun.

Das Ausbringen des Treibstoffs mit der Handpumpe dürfte nach seiner Schätzung eine gute Stunde in Anspruch genommen haben. Demnach hätte die »Luisa« ihre Fahrt zur Mainau spätestens um zwanzig Uhr dreißig antreten müssen. Die vollständige Zeitübersicht sähe, die Verwendung der Handpumpe zum Verursachen einer Umweltkatastrophe vorausgesetzt, folgendermaßen aus:

– Ankunft der beiden Männer in Überlingen	ca. 11.00 Uhr
– Anmieten des Leihwagens in Überlingen	11.45 Uhr
– Einchecken in Ludwigshafener Hotel	12.30 Uhr
– Boot in Bregenz gechartert (wer?)	14.35 Uhr
– Volltanken des Bootes in Wasserburg	15.55 Uhr
– Auslaufen des Bootes in Wasserburg	mindestens 20.30 Uhr
– Explosion des Bootes vor der Mainau	22.45 Uhr

Ungeklärt waren dann nur mehr die Aktivitäten der Männer während gut vier Stunden. Offen blieb außerdem die Frage, wann und wo sie das Boot bestiegen hatten. Während der Liegezeit in Wasserburg? Oder irgendwo im Raum Überlingen? Wolf hielt das eigentlich für unwahrscheinlich. Aber wenn sie das Boot in Wasserburg übernommen hatten, mussten die Männer Helfershelfer gehabt haben, wie sonst sollten sie bei dem ausgedünnten – und im Übrigen auch zeitraubenden – öffentlichen Verkehrsnetz am Sonntag dorthin gekommen sein? Ihr eigener Wagen war ja in Überlingen geblieben.

Er beschloss, diesen Punkt bis auf Weiteres auszuklammern, und überprüfte noch einmal die Daten auf seiner Tabelle. »Für den Anfang durchaus brauchbar«, brummte er. Das Einzige, was ihn an seinen Überlegungen störte, waren die vielen Konjunktive – Hypothesen, die auf »wäre«, »hätte« und »könnte« fußten, fand er mehr als fragwürdig.

Etwas anderes fiel ihm ein: Vielleicht hatte jemand während der vermutlich vierstündigen Liegezeit der »Luisa« in Wasserburg oder vor der Mainau eine Beobachtung gemacht, die ihnen weiterhalf. Diesen Punkt konnte Jo erledigen.

Er sah auf die Uhr. Wenn er sich beeilte, würde er sie und Terry noch in der Direktion erreichen. Gerade wollte er Jos Kurzwahltaste drücken, da wurde ihm bewusst, dass sie in der Sache heute ohnehin nicht mehr viel ausrichten konnte.

Als er sein Handy wieder einsteckte, sah er plötzlich den Hotelier auf sich zukommen.

»Darf ich Ihnen etwas zu trinken anbieten, Herr Kommissar?«, fragte Herr Fink.

»Nein danke, sehr freundlich«, lehnte Wolf zunächst ab. Doch warum eigentlich nicht? »Also, wenn ich's mir recht überlege ... einen Pastis vielleicht?«

Herr Fink machte ein betretenes Gesicht. »Jetzt erwischen Sie mich aber auf dem falschen Fuß, Herr Kommissar. Unser Haus ist zwar bestens bestückt, aber Pastis ... bedaure, bei Pastis muss ich leider passen. Etwas anderes vielleicht?«

»Nein danke. Aber trösten Sie sich, ich hab's mir fast gedacht«, winkte Wolf lächelnd ab. »Ist so eine Marotte von mir. Hab vor Jahren in Frankreich Gefallen an dem Zeug gefunden, seitdem lebe ich nach der Devise: Pastis oder nichts. Ich bin frankophil angehaucht, müssen Sie wissen.«

»Eigenartig«, sinnierte Herr Fink mit gerunzelter Stirn. »Die beiden Gäste, derentwegen Sie hier sind ... ich meine die beiden Toten ... die hatten einen ähnlich ausgefallenen Wunsch. Champagner. Nicht irgendeinen, nein. Geldermann musste es sein. Sie hatten sich eine Flasche davon für den späten Abend aufs Zimmer bestellt. Geldermann, nichts anderes! Weiß der Himmel, was die beiden mit dieser Marke verband.« Er schüttelte den Kopf. »Auf alle Fälle müssen sie was zu feiern gehabt haben.«

Wolf, der in der Zwischenzeit seine Utensilien eingesteckt hatte und langsam in Richtung Ausgang ging, war plötzlich hellhörig geworden. »Sagen Sie das noch mal ...«

»Geldermann.«

»Das meine ich nicht. Sie sagten ›für den späten Abend‹, richtig?«

Während Herr Fink noch verwundert nickte, blieb Wolf unvermittelt stehen. Ihm war eine Idee gekommen, vage noch und unausgegoren. Konnte es sein ...? Ach was! Er verwarf den Gedanken wieder, bis er abermals stehen blieb und sich dem Hotelier zuwandte.

»Diese beiden Männer haben doch am Sonntag gegen halb eins ihr Zimmer bezogen. Wissen Sie, ob sie im Haus gegessen haben? Zu Mittag, meine ich?«

»Nein, tut mir leid. Aber das lässt sich ganz leicht feststellen. Kommen Sie, begleiten Sie mich zum Restaurant. Der Service kann Ihre Frage sicher leicht beantworten.«

Das Restaurant erwies sich als überraschend gut besucht. Besonders die Tische, die zum Park und auf den See hinausgingen, schienen gefragt zu sein. Herr Fink war an die Theke getreten, wo er sich kurz mit einem der Ober unterhielt. Dann winkte er Wolf zu sich heran.

»Paul ist unser Oberkellner«, erklärte er und wies auf den älteren Mann mit schütteren Haaren, der Wolf mit einem dezenten Kopfnicken begrüßte. »Er hat gestern Mittag Dienst gehabt und kann Ihnen sicher weiterhelfen. Wenn Sie mich jetzt bitte entschuldigen wollen, Herr Kommissar, ich muss mich wieder den Gästen widmen. Vielleicht kommen Sie ja ein anderes Mal vorbei. Aber wenn ich ehrlich sein soll ... als Privatmann wär's mir lieber, Sie verstehen.« Augenzwinkernd ging er von dannen.

Mit einem dezenten Räuspern brachte sich der Ober in Erinnerung. »Sie wollen wissen, ob die beiden verunglückten Gäste gestern hier gegessen haben, hab ich das richtig verstanden?«

»So ist es«, nickte Wolf.

»Ja, sie haben. Ich habe sie selbst bedient.«

»Ist Ihnen irgendwas an den beiden aufgefallen? Waren sie nervös, schweigsam oder vielleicht eher ausgelassen?«

»Mir ist nichts aufgefallen, bedaure – außer dass sie sehr hungrig schienen.«

»Sie meinen, die hatten Kohldampf?«, entgegnete Wolf grinsend. Das gestelzte Gehabe der Hotelleute ging ihm langsam auf die Nerven.

Zu seiner Überraschung grinste Paul zurück. »So könnte man es ausdrücken, Herr Kommissar.«

Na also, geht doch, dachte Wolf und fuhr fort: »Wissen Sie noch, was die beiden bestellt haben?«

Paul blies die Backen auf. »Lassen Sie mich überlegen ... ich glaube, sie hatten ... oder nein, doch nicht ... Aber das haben wir gleich. Die Männer saßen an Tisch siebzehn. Ich lasse mir einfach eine Rechnungskopie ausdrucken. Bitte gedulden Sie sich einen Moment, ich bin gleich zurück.«

Kurz darauf drückte er Wolf einen Papierstreifen in die Hand.

Wolf verabschiedete sich und überließ Paul wieder seinen Gästen. Dann schlug er seinen Mantelkragen hoch und verließ das Hotel. Es hatte heftig zu regnen begonnen. Ziemlich durchnässt erreichte er seinen Wagen und ließ sich auf den Fahrersitz fallen.

Er holte erst mal tief Luft, schaltete die Innenbeleuchtung an und vertiefte sich in den Rechnungsbeleg. Mit zufriedenem Grunzen ließ er das Papier schließlich sinken.

»Tja, hat meine Ahnung mich also doch nicht getrogen!«, murmelte er. Langsam kurbelte er das Fenster herunter und zündete sich eine Zigarette an, bevor er den Motor startete und losfuhr.

6

Wie an jedem Spätnachmittag summte der Redaktionssaal des »Seekurier« wie ein Bienenstock. Während flinke Finger auf Tasten hämmerten, Telefone glühten und Zurufe hin und her flogen, blätterte Karin Winter gelassen in einer Ausgabe des Korans. Sie war die Hektik ringsum gewohnt, und solange keine Abgabetermine für ihre eigenen Beiträge drängten, konnte sie nichts und niemand aus der Ruhe bringen.

Sie unterbrach ihre Suche nach der Textstelle, die auf dem Flugblatt der Islamisten abgedruckt war, um sich kurz nach Manu umzuwenden.

»Kommst du klar?«, fragte sie ihre frischgebackene Assistentin.

»Natürlich. Bin beinahe durch.«

In diesem Augenblick zog ein kurzer Tumult im Eingangsbereich Karins Aufmerksamkeit auf sich. Offenbar wollten einige Mitarbeiter jemanden am Betreten des Redaktionssaales hindern, wenn auch ohne Erfolg. Denn unvermittelt schlüpfte ein Junge, nicht älter als zwölf Jahre, zwischen ihnen hindurch und rannte auf die Schreibtische zu.

»Post für Frau Winter«, rief er mit heller Knabenstimme und streckte ein weißes Kuvert in die Höhe. Leicht außer Atem machte er vor Manu Halt. »Sind Sie Frau Winter?«, wollte er wissen. Wortlos wies Manu einen Tisch weiter. Der Junge legte Karin das Kuvert hin und machte Anstalten, davonzulaufen.

»Stopp, mein Kleiner!«, rief Karin schneidend. Sie sprang auf und bekam ihn am Ärmel zu fassen, doch der Junge war nicht zu halten. Als er sich umdrehte, um zum Ausgang zu laufen, schlug er jedoch unvermittelt der Länge nach auf den Boden. Manu hatte ihm ein Bein gestellt. Schon zog sie den sich heftig Wehrenden hoch und versuchte, ihn zu beruhigen. Um sie herum hatte sich ein kleiner Auflauf gebildet.

Karin sah sich das Kuvert an. »SEEKURIER, FRAU WINTER«, stand in Druckbuchstaben auf der Vorderseite; einen Absender allerdings suchte sie vergebens. Der Briefumschlag enthielt fühlbar einen schmalen, länglichen Gegenstand von etwa einem halben Zentimeter Dicke.

»Kein Grund zur Panik«, rief sie ihren Kollegen zu. Noch immer neugierig begaben sie sich auf ihre Plätze. Mit spitzen Fingern hielt sie dem Jungen das Kuvert unter die Nase. »Was ist da drin?«, fragte sie scharf.

Sie erntete lediglich ein Schulterzucken.

»Na gut. Dann sag mir wenigstens, wer dich geschickt hat.«

»Darf ich nicht«, maulte er zurück.

Daraufhin änderte Karin ihre Taktik. Mit sanfter Stimme fragte sie: »Was hat er dir dafür gegeben? Na komm schon.« Als der Junge beharrlich schwieg, fuhr sie fort: »Ich geb dir noch fünf Euro dazu, wenn du's mir sagst. Wie heißt du eigentlich?«

Der Junge schlug die Augen zu Boden. »Kevin. Ich hab den Mann noch nie gesehen, ehrlich. Ich weiß nur, dass er keine Haare mehr hat ...«

»Du meinst, er hatte eine Glatze?«

»Genau. Er hat mir auf dem Landungsplatz den Brief in die Hand gedrückt und gesagt, ich solle ihn hier bei Ihnen abgeben. Dann hat er mir fünf Euro gegeben.«

»Also gut«, seufzte Karin und ließ ihn los. »Verrätst du mir auch deinen Nachnamen?«

»Klein. Kevin Klein.«

»Gut, Kevin, du kannst gehen.«

Der Junge schien seine Angst inzwischen verloren zu haben. Ungerührt hielt er die Hand auf. »Meine fünf Euro«, forderte er.

Karin drückte ihm den Schein in die Hand, nur mit Mühe konnte sie sich ein Grinsen verkneifen. Wortlos steckte der Junge das Geld in seine Hosentasche, bevor er sich abrupt umdrehte und hinausrannte – offenbar traute er dem Frieden doch nicht so ganz.

In der Zwischenzeit hatte Karin das Kuvert vorsichtig geöffnet. Einer jener länglichen USB-Sticks, wie sie heute zur externen Datenspeicherung in jedem Büro verwendet werden, rutschte heraus. Karin holte ein Tempotaschentuch aus ihrer Tasche, bevor sie die Kappe abnahm und den Stick in die passende USB-Schnittstelle ihres Notebooks steckte – bei anonym zugespielten Teilen konnte man schließlich nie wissen!

Auf dem Bildschirm erschien ein Fenster, das die gespeicherte Datei anzeigte. Kaum hatte Karin deren Namen erfasst, da wusste sie, dass ihre Vorsicht begründet war.

»Manu, kommst du mal?«, rief sie angespannt.

Gemeinsam starrten sie den Dateinamen an.

»Echt krass!«, flüsterte Manu beeindruckt. »›Im Namen Allahs, des Erbarmers‹«, las sie halblaut vor.

»Als ob ich's geahnt hätte!«, rief Karin triumphierend und öffnete die Datei. Fast zeitgleich mit dem Tastendruck ging ein Ruck durch die beiden Frauen.

»Dies ist die Botschaft des Islamischen Kalifats Khalilullah …«, stand da.

»Sind das nicht die Leute, von denen das Flugblatt stammt?«, krächzte Manu und wies mit zittrigem Finger auf die erste Zeile.

Karin nickte, ehe sie halblaut weiterlas: »›Zerstört die Lebensräume der Ungläubigen, der Gottlosen und Dekadenten, auf dass sie zu ihrem Schöpfer finden. Macht unbrauchbar ihre Gewässer und ihr Land ringsum, auf dass es sie Demut und Gottesfurcht lehre, so hilft uns Allah wider das ungläubige Volk.‹«

»Uff!«, stöhnte Manu und richtete sich auf. »Ich kann's kaum glauben. Was machen wir nun damit?«

»Du kopierst die Datei auf meine Festplatte. Und zieh zusätzlich eine externe Kopie. Ich versuche derweil, Kommissar Wolf zu erreichen.«

***

Wolf hatte sicher viele Stärken. Musikalität gehörte eindeutig nicht dazu. Nur gut, dass niemand hörte, wie er laut pfeifend nach Überlingen zurückfuhr. Gut auch, dass er die Scheiben seines Wagens geschlossen hatte – *seine* Fassung der »Marseillaise« hätte jedem zufällig am Straßenrand Stehenden kalte Schauer über den Rücken gejagt.

Während er mit spitzen Lippen die passenden Töne suchte und seine Linke den Takt auf dem Lenkrad schlug, durchquerte er Sipplingen und fuhr auf Goldbach zu; bereits in wenigen Minuten würde er Überlingen erreichen. Vergessen war der angestaute Frust über die Öchsle und Mayer zwo. Staatsanwalt Schneidewind konnte ihm sowieso gestohlen bleiben. Er versuchte, sich dessen Gesicht vorzustellen, wenn er ihn, ganz beiläufig, mit dem Ergebnis seiner Recherche konfrontierte. Schon wollte er lauthals in Lachen ausbrechen, als ein Klingeln seine Gedanken unterbrach.

»Hallo, Chef! Rufen Sie bitte die Winter zurück? Sie sagte, es sei dringend«, quäkte Jos Stimme aus der Freisprecheinrichtung. »Wo sind Sie gerade?«

»Auf der Rückfahrt von Ludwigshafen.«

»Dann stellen Sie doch mal Ihr Radio an. Jetzt hängt sich nämlich sogar die hohe Politik in unseren Fall.« Noch ehe er eine Frage stellen konnte, war die Verbindung bereits wieder unterbrochen.

»Das hab ich gern«, murrte Wolf mit gerunzelter Stirn. »Erst gackern und dann nicht legen!« Was sollte das Geschwätz von »hoher Politik«? Und warum sollte sie sich in den Fall reinhängen? Schließlich siegte die Neugier, und er drehte das Radio auf. Schon flogen ihm bedeutungsschwangere Sätze um die Ohren.

»... und wenn diese selbst ernannten Glaubenskrieger meinen, sich gefahrlos an unserer Landschaft, unseren Ressourcen, unseren Kulturgütern vergreifen zu können, Leute, bei denen es sich in Wahrheit um ganz gewöhnliche Kriminelle handelt und die nur ein Ziel kennen, nämlich mit ihren verquasten Ideen unser Land und unsere Bevölkerung in Angst und Schrecken zu versetzen, dann sage ich: Diese Leute haben sich geschnitten! Nicht mit uns, rufen wir ihnen zu, meine sehr verehrten Damen und Herren ...«

Als Wolf die Stimme erkannte, verzog er das Gesicht. Das war doch der Blattner-Schorsch, mehrheitlich gewählter Bundestagsabgeordneter der »sehr geehrten Damen und Herren« des Wahlkreises Bodensee.

Was sollte dieser Auftritt? Was trieb ihn dazu, in dieser Schärfe Stellung zu beziehen, wo die Ermittlungen doch gerade erst angelaufen waren und nicht einmal ansatzweise feststand, wer hinter dem Anschlag steckte? Woher wusste er überhaupt von der Islamistengruppe? Nach Wolfs Kenntnis waren bislang alle Informationen über die aufgetauchten Flugblätter bewusst zurückgehalten worden, wenigstens aufseiten der Polizei. War das Leck etwa beim »Seekurier« zu suchen?

»Deshalb rufe ich Ihnen zu«, fuhr der Blattner-Schorsch mit erhobener Stimme fort, *»lassen Sie sich von den Aktivitäten einiger fehlgeleiteter Islamisten, die für einen imaginären Gottesstaat kämpfen, keine Angst einjagen. Ich versichere Ihnen, die Ermittler unseres Polizeiapparates sind mit Hochdruck dabei, die Hintergründe des durch nichts zu rechtfertigenden Anschlages aufzudecken. Und sollten die mir vorliegenden Informationen zutreffen, meine sehr verehrten Damen und Herren, dann haben die Verursacher der Ölpest noch bei der Ausübung ihrer Tat …«*

Wolf hatte genug gehört, er schaltete das Radio aus. Dieser aalglatte Allgäuer würde sich noch mächtig wundern, wenn er erfuhr, hinter was er, Wolf, soeben gekommen war.

Kurz vor sechs erreichte er die Polizeidirektion in Überlingen. Er stellte den Dienstwagen ab und stieg auf sein Fahrrad um, als ihm einfiel, dass er zu Hause kein frisches Hemd mehr hatte. Da half alles nichts: Er musste noch schnell in der Wäscherei vorbei, um seine Hemden abzuholen – die Öchsle sollte keinen Grund haben, die Nase zu rümpfen. Wenigstens sparte er sich heute die Suche nach einem Parkplatz, sonst um diese Zeit ein schier unmögliches Unterfangen. Noch einmal sah er auf die Uhr, dann strampelte er los.

Den Rückruf bei Karin Winter hatte er längst vergessen.

Wolf hätte nicht gedacht, dass er es rechtzeitig schaffen würde. Doch o Wunder: Um Punkt sieben Uhr stand er vor der Öchsle'schen Tür, wenn auch abgekämpft und mit knurrendem Magen. Immerhin, alle wichtigen Dinge hatte er erledigt: Katze füttern, Post durchsehen, Anrufbeantworter kontrollieren, schließlich duschen und die Kleidung wechseln … Einen kurzen Moment lang hatte er sogar mit dem Gedanken gespielt, Sommers Krawatte umzubinden. Davon war er jedoch schnell wieder abgekommen. Mit Schlipsen wurde ihm nicht nur eng um den Hals, er kam sich auch reichlich gockelhaft vor – *overdressed*, um mit Terrys Worten zu reden.

Zu guter Letzt war ihm im Treppenhaus eingefallen, dass die Blumen noch in seiner Wohnung lagen – also lief er schnell noch einmal zurück. Nun stand der Veranstaltung nichts mehr im Wege. Zum Glück war das Blumenlädchen neben der Wäscherei noch offen gewesen, sonst würde er jetzt mit leeren Händen dastehen.

Entschlossen drückte er auf den Klingelknopf.

Von innen erklangen gedämpfte Schritte, dann wurde die Tür einen Spalt weit aufgezogen, und zwei misstrauische Augen starrten ihn an. Offenbar fiel die Prüfung zur Zufriedenheit aus. Die Vorlegekette klirrte, und gleich darauf schwang die Tür vollends auf. Mit ausgebreiteten Armen schwebte Hermine Öchsle auf ihn zu.

»Welche Freude, Herr Hauptkommissar!«, rief sie mit Stentorstimme, als käme sein Besuch total überraschend, und schüttelte ihm erst mal kräftig die Hand, bevor sie ihn in ihre Wohnung zog. Dann schloss sie die Tür und legte die Kette vor. Wolf überreichte ihr die Blumen, die sie mit einem Ausruf des Entzückens entgegennahm. Kurz darauf drückte sie ihm ein Glas mit perlendem Inhalt in die Hand und wies auf eine angelehnte Tür, hinter der sich nach Wolfs Kenntnis das Wohnzimmer befand. »Gehen Sie ruhig schon vor, Herr Hauptkommissar«, forderte sie ihn auf, »ich hole nur schnell eine Vase.«

Wolf war irritiert. Was sollte dieses ständige »Herr Hauptkommissar«? Sie redete ihn doch sonst immer mit seinem Namen an! Während er noch den Grund dafür suchte, öffnete er die Wohnzimmertür – und blieb wie angewurzelt stehen. Halluzinierte er oder hatte er sich im Raum geirrt? Schon wollte er, eine Entschuldigung murmelnd, den Rückwärtsgang einlegen, da spürte er von hinten einen Widerstand. Mit sanftem Druck wurde er in den Raum geschoben, dessen Mitte ein festlich gedeckter Tisch mit sechs Stühlen einnahm.

Vier der Stühle waren von stattlichen älteren Damen besetzt. »Guten Abend, Herr Hauptkommissar«, schallte es im Chor.

»Äh, ja ... guten Abend, die Damen«, stotterte Wolf.

Da endlich fiel es ihm wie Schuppen von den Augen. Diese vier Grazien waren der Grund, weshalb ihn die Öchsle so überschwänglich empfangen hatte; ihr lautes Getue sollte den Mitverschwörerinnen signalisieren: Der Erwartete ist eingetroffen! Ziemlich sicher hatte sie mit ihren »Verbindungen« zur Kripo geprahlt und den Freundinnen einen leibhaftigen Kriminalhauptkommissar versprochen. Wolf graute bei dem Gedanken, den Abend inmitten eines Zirkels weiblicher Amateurdetektive oder, schlimmer noch, verhinderter Krimiautorinnen verbringen zu müssen. Zähneknirschend schluckte er seinen Ärger hinunter, bemüht, gute Miene zum bösen Spiel zu machen. Das würde er der Öchsle noch heimzahlen – und er hatte auch schon eine Idee, wie er es anstellen könnte!

»Darf ich bekannt machen«, übernahm Frau Öchsle nun die Initiative: »Das sind meine Freundinnen Elvira, Helga, Marianne und –«

»... und ich bin Gräfin Lieselotte«, fiel ihr eine schlanke Schwarzhaarige ins Wort, die sich von ihrem Stuhl erhoben hatte und zu ihnen getreten war. Ihr Blick glitt kurz über Wolfs Kopfbedeckung, bevor sie sich näher an ihn heranschob.

Die Öchsle machte ein Gesicht, als hätte sie in eine Zitrone gebissen. »Genau, das ist unsere Gräfin«, ergänzte sie muffig und fügte mit Leidensmiene hinzu: »Sie gehört eigentlich nicht fest zu unserem Kreis, müssen Sie wissen ...«

»Ach, jetzt plötzlich?«, brauste die Gräfin auf. »Aber um deinen Champagner billig zu beschaffen, dafür bin ich recht, nicht wahr?«

Zickenkrieg – das hatte ja gerade noch gefehlt! Wolf war nahe daran, sich unter irgendeinem Vorwand zu verdrücken, da sprach ihn eine kleine Mollige mit roten Apfelbäckchen und Lachfältchen um Mund und Augen an – Helga, wenn er sich recht erinnerte.

»Also wenn ich da an Ihren letzten Fall denke, Herr Wolf, wo Sie ... also, wo Sie diese Sekte – wie hieß die doch gleich?«

»Du meinst Heaven's Gate«, nickte eine gut informierte, vollschlanke Brünette. Das musste Elvira sein – oder hieß sie Marianne? »Sie müssen Nachsicht mit uns üben, Herr Hauptkommissar«, fuhr sie fort, »aber in unserem Alter hat man es nicht mehr so mit dem ausländischen Kauderwelsch, stimmt's, Helga?«

Noch ehe Helga auf die versteckte Spitze etwas erwidern konnte, kam Frau Öchsle ins Zimmer zurück, eine silberne Platte vor sich herbalancierend, die sie soeben aus der Küche geholt hatte. »Herrschaften, bitte Platz zu nehmen. Das Horsd'œuvre!«, flötete sie mit gespitzten Lippen. »Süße Djerba-Datteln im Speckmantel und leckere Spießchen mit Mozzarellabällchen, Basilikum und Cocktailtomaten. Kommen Sie, Herr Wolf, Sie sitzen neben mir.«

Na endlich, dachte Wolf und nahm den ihm zugewiesenen Sitzplatz ein. Ungeniert packte er sich einige der Appetizer auf den Teller. Die Dinger sahen verlockend aus, und so rochen sie auch.

»Am schlimmsten fanden wir die Sache mit den Obdachlosen«, nahm Helga den Faden wieder auf. »Die armen Kerle. Mit Arsen vergiftet! Einfach schrecklich! Was muss das für ein Anblick gewesen sein, als Sie an den Tatort kamen und die Opfer so entstellt vor Ihnen lagen?«

Wolf ließ sich Zeit mit seiner Antwort. Erst als er den Rest seiner Djerba-Dattel samt Speckmantel verdrückt und das leere Holzspießchen zur Seite gelegt hatte, fasste er die Fragestellerin mit den Apfelbäckchen schärfer ins Auge. »Ach, wissen Sie, das gehört zu unserer Arbeit, wir sind diesen Anblick gewohnt. Zugegeben, der Umgang mit Leichen ist nicht gerade appetitlich. Ersparen Sie mir deshalb, ins Detail zu gehen, es ist zu grausig.«

»Nun kommen Sie schon, Herr Wolf ...«, bat Helga und legte bittend die Handflächen aneinander.

»Ja, das interessiert uns jetzt alle, Herr Hauptkommissar«, bekräftigte Frau Öchsle. »So leicht lassen wir uns nicht ins Bockshorn jagen, stimmt's, meine Lieben?«

Ringsum beifälliges Nicken.

Genau darauf hatte Wolf nur gewartet. »Also gut, wenn Sie darauf bestehen«, entgegnete er zögernd, als wolle er ihnen Unangenehmes ersparen. »Dann lassen Sie uns zunächst bei den Pennern bleiben, meine Damen. Mit Arsen vergiftet ... Wie sieht so jemand aus, fragen Sie?«

Er sah die Frauen der Reihe nach an. Sie schienen förmlich nach einer Antwort zu lechzen. Na gut, dann sollten wir die Herzchen nicht länger warten lassen, dachte er und fuhr in unverdächtigem Plauderton fort: »Arsen – oder, um genau zu sein, Arsentrioxid, eine besonders toxische Spielart – ist, wie Sie sicher wissen, sofort löslich und absolut geschmacks- und geruchsneutral. Doch auch wenn Sie von dem Gift zunächst nichts merken: Es wirkt todsicher – im wahrsten Sinne des Wortes. In der Tat müssen die Männer während ihrer letzten Stunden furchtbar gelitten haben.

Zerebrale Krämpfe und Beschwerden im Magen-Darm-Trakt wie Übelkeit, Erbrechen und Durchfälle wechseln einander ab, später kommen Koliken und Blutungen hinzu, im Endstadium schließlich Nieren- und Kreislaufversagen. Ein grausiger Tod, kann ich Ihnen versichern. Ich hoffe, ein solcher Anblick bleibt Ihnen erspart.«

Zu Wolfs Verwunderung waren die Frauen von seiner drastischen Schilderung nicht annähernd so geschockt wie erwartet. Okay, dann musste er eben schwerere Geschütze auffahren! Vielleicht würde die Geschichte von Otto passen? Er gehörte zur Gruppe der mit Arsen vergifteten Penner, wies aber gleichzeitig Merkmale einer Wasserleiche auf. Kein Wunder, man hatte ihn tot aus dem Gondelhafen gefischt.

Ja, da könnte was draus werden, dachte er, als die Gräfin unvermittelt herausplatzte: »Also ich finde Ihre Arbeit wahnsinnig aufregend, Herr Hauptkommissar!« Sie klimperte eifrig mit den Wimpern. »Was mich aber ganz besonders interessiert: Wie stellen Sie eigentlich bei einem Mordopfer den genauen Todeszeitpunkt fest? Ich denke, das dürfte bei der Rekonstruktion eines Tatverlaufs von eminenter Bedeutung sein, ist es nicht so?«

»Gute Frage«, nickte Wolf anerkennend und nippte an seinem Glas. So langsam fand er Gefallen an dem Spiel. Wie's aussah, waren die Damen auf Gruselgeschichten aus – also gut, dann sollten sie die auch bekommen. Während er noch überlegte, womit er seine Zuhörerinnen am ehesten schockieren konnte, lieferte ihm ausgerechnet Hermine Öchsle eine Steilvorlage.

»Natürlich kennen wir die üblichen Methoden«, winkte sie lässig ab, die Gräfin dabei mit einem kühlen Blick bedenkend, »beispielsweise die Körpertemperatur, den Grad der Totenstarre oder die Ausbildung von Totenflecken. Was aber ist, wenn der Todeszeitpunkt bereits Wochen oder Monate zurückliegt?« Reihum sah sie ihre Genossinnen an. Na, hab ich euch zu viel versprochen?, schien ihr Blick zu sagen.

Sie konnte nicht ahnen, wie dankbar Wolf ihr war. Sorgfältig legte er sich seine Antwort zurecht. »Nun, da Sie sich offenbar alle recht gut auskennen, haben Sie sicher auch schon von der ›Bodyfarm‹ gehört, meine Damen …«

Elvira begann hinter vorgehaltener Hand zu kichern. »Wer

hätte das nicht, Herr Kommissar? Erst vor drei Wochen war ich mit Helga und Marianne für zwei Wochen in Bad Dürrheim …«

»Dummerchen … der Herr Hauptkommissar meint doch keine Schönheitsfarm«, schalt sie Hermine Öchsle.

Nur mit Mühe konnte Wolf ein Schmunzeln unterdrücken. »In der Tat, die ›Bodyfarm‹ dient etwas anderen Zwecken. Dort werden nämlich Verwesungsversuche durchgeführt. Ja, Sie haben richtig gehört, meine Damen, Verwesungsversuche, und zwar an ausgelegten Leichen. Diese sogenannte Farm – sie ist in gewisser Weise eine Untereinheit der anthropologischen Abteilung der Universität Tennessee in den USA – wurde angelegt, um Leichen in späten Fäulnisstadien bis hin zum Skelett schneller und sicherer identifizieren zu können. Wie Sie bereits wissen, sind wir bei unseren Ermittlungen auf möglichst genaue Daten angewiesen. Dazu gehören unter anderem Alter, Geschlecht und Ethnie einer Person – und vor allen Dingen die Liegezeit. Gerade die lässt sich ziemlich genau an den Fäulnisstadien einer Leiche ablesen. Sie glauben ja gar nicht, was es für einen Kriminalisten auf dieser Farm an Spannendem zu entdecken gibt …«

»Mein Gott, das ist ja furchtbar«, flüsterte Helga und schüttelte sich.

»Ja, aber … das muss doch gottserbärmlich stinken«, warf die eher praktisch veranlagte Hermine Öchsle ein.

»Nun, eine empfindliche Nase dürfen Sie dort nicht haben. Leichen riechen nun mal; je länger sie liegen, desto stärker. Stellen Sie sich vor, es ist Sommer und es hat … sagen wir dreißig Grad Außentemperatur. Da liegt ein Toter im Freien, die Sonne brennt unbarmherzig auf den Körper – es wäre ein Wunder, wenn Sie diese Ausdünstungen nicht riechen würden. Andererseits …«

Abrupt stand Helga auf; polternd kippte ihr Stuhl nach hinten. Mit schnellen Trippelschritten eilte sie hinaus, bereits unter der Tür die Hand zum Mund führend. Auch dem Rest des Damenkränzchens schien nicht wohl in seiner Haut, die Gesichter jedenfalls wirkten längst nicht mehr rosig.

»Andererseits«, wiederholte Wolf ungerührt, »hört der Geruch natürlich irgendwann wieder auf, wenn alles Fleisch zersetzt ist. Jedenfalls lässt sich die Liegezeit einer Leiche gerade über die aktive Zersetzung durch Insekten bestimmen …«

»Insekten?«, stieß die Öchsle mit schriller Stimme hervor.

»Insekten und Maden«, nickte Wolf gemütlich. »Für die ist faulendes Gewebe geradezu eine Leibspeise ...«

Nun war es an Marianne, fluchtartig zu verschwinden.

»Speckkäfer und Goldfliegen zum Beispiel und all die anderen nützlichen Helfer ...«

In diesem Augenblick piepste ein Handy. Alle sahen sich an. Erst nach geraumer Zeit realisierte Wolf, dass das Piepsen aus seiner Jackentasche kam, und entschuldigte sich, bevor er das Gespräch annahm.

»Ah, Frau Winter. Sie schickt ...« Gerade noch rechtzeitig brach er ab. »Sie schickt der Himmel«, hatte er sagen wollen. »Sie haben *was* geschickt bekommen? – Was soll das heißen, eine Botschaft? – Um Gottes willen, lassen Sie alles, wo es ist. Ich bin in ein paar Minuten bei Ihnen. Ende.«

Wolf erhob sich abrupt und schob seinen Stuhl unter den Tisch, bedauernd hob er die Hände. »Tja, meine Damen, tut mir schrecklich leid, aber die Pflicht ruft. Dringender Einsatz. War schön, mit Ihnen zu plaudern. Wo trifft man heute noch derart interessierte und vor allem gut informierte Gesprächspartner. Vielen Dank noch mal ... und tschüss!«

Er war schon unter der Tür, als er sich umdrehte und noch einmal an den Tisch zurückkehrte, um sich mit gierigen Augen eine Djerba-Dattel im Speckmantel und eines der Spießchen zu greifen. »Superlecker, Frau Öchsle, ehrlich! Das macht Ihnen so schnell keiner nach. Also dann, nichts für ungut, meine Damen.«

Weg war er.

Im Hinausgehen schob Wolf sein Barett etwas zurück und kratzte sich am Haaransatz. Eines war sonnenklar: Künftig würde er lieber hungers sterben, als sich noch einmal auf eine solche Einladung einzulassen!

Erleichtert fingerte er seine Gitanes aus der Tasche und zündete sich eine an, bevor er leise pfeifend die Treppe hinabstieg. Als er die Haustür erreichte, sah er auf die Uhr: zehn vor acht. Wenn er für die Sache bei der Winter längstens eine Viertelstunde ansetzte, dann konnte er um halb neun in der »Krone« sitzen, einen Rostbraten mit Zwiebeln vor sich ... oder nein, doch lieber ein Eglifilet mit Petersilienkartoffeln und dazu ein Viertele Meersburger

Roten. Niemand würde ihn blöd anreden, und endlich könnte er seinen Gedanken nachhängen.

***

Die Hektik im Redaktionsbetrieb des »Seekurier« hatte nachgelassen, Punkt zwanzig Uhr waren die letzten Beiträge an die Technik gegangen. Karin Winter war eine der wenigen, die noch an ihrem Schreibtisch saßen; Manu hatte sie schon vor einer halben Stunde heimgeschickt. Sie hielt einen kleinen Spiegel in der Hand und zog sich die Lippen nach. Aus dem Nebenraum tönte die lauter werdende Stimme des Chefs vom Dienst. Er telefonierte, offenbar war er mit einer Headline im Lokalteil nicht einverstanden.

Wo Wolf nur blieb? Fünf Minuten wollte sie ihm noch geben.

Das Telefonat mit ihm ging ihr nicht aus dem Kopf. Wieso hatte er so seltsam reagiert? Es schien ihr, als wäre er völlig von der Rolle gewesen! Umso gespannter war sie auf seine Erklärung.

Endlich, um fünf nach acht, kam er angehastet.

»Tut mir ehrlich leid, Frau Winter, ich musste noch an der Tankstelle vorbei.«

»Kein Benzin mehr im Tank?«, fragte sie grinsend.

»Nein, kein Bier mehr im Kühlschrank. Aber egal, jetzt bin ich hier.«

»Und hier ist der Stick. Das Original. Der Umschlag, in dem wir das Ding bekommen haben, ist ebenfalls da drin. Ein Bote hat uns das Zeug gebracht.« Sie übergab ihm eine Hülle.

Ihre letzter Satz hatte Wolf aufhorchen lassen. »Was für ein Bote?«, wollte er wissen.

Karin winkte ab. »Können Sie vergessen. Irgendein Junge von der Straße, zwölf Jahre alt, Kevin Klein heißt er. Hat vom Absender fünf Euro bekommen, damit er uns die Sendung zustellt.«

»Das Übliche also«, knurrte Wolf. Er steckte die Hülle achtlos in die Tasche und machte Anstalten, sich zu verabschieden.

Karin war mehr als verblüfft. »Ja ... wie denn? Interessiert es Sie überhaupt nicht, was der Datenträger enthält?«

Nun war es an Wolf, abzuwinken. »Was soll er schon enthalten? Liebe Grüße vom Kalifat! Was sonst?« Er dachte kurz nach.

»Wissen Sie, Frau Winter: Mich interessiert nicht so sehr, was *drauf* ist. Ich will wissen, was *dran* ist! Fingerabdrücke, DNA-Spuren, das könnte uns vielleicht weiterhelfen. Natürlich kann ich Ihnen nicht verbieten, diese Botschaft hier zu veröffentlichen. Ich würde Ihnen allerdings abraten ... könnte sonst leicht sein, dass Sie schon morgen wieder zurückrudern müssen.«

Karin sah ihn scharf an. »Was soll das heißen? Sie verschweigen mir doch was, Herr Wolf!«

Wolf zuckte mit den Schultern. »Verschweigen kann ich nur etwas, was ich weiß, meine Liebe. Ich weiß aber nichts. Bestenfalls hab ich eine Vermutung. Aber es ist zu früh, darüber zu reden. Morgen vielleicht. Trotzdem vielen Dank.«

Er hob die Hand zum Gruß und ging davon. Nach wenigen Schritten drehte er sich noch einmal um. »Ach, eines noch«, sagte er in bester Columbo-Manier. »Haben Sie den Jungen nach dem Mann gefragt, der ihm den Auftrag erteilt hat?«

»Natürlich! Ich bin schließlich keine Anfängerin«, gab Karin gelassen zurück. »Aber Sie erwarten von einem Zwölfjährigen ja wohl keine brauchbare Personenbeschreibung, Herr Hauptkommissar. Viel mehr als das Äußere des Mannes schienen ihn die fünf Euro zu interessieren. Tut mir leid.«

»Schon gut ...«

»Eines ist ihm aber doch aufgefallen: Der Mann hatte offenbar eine Glatze.«

»Eine Glatze? Na sehen Sie, das ist doch schon was«, brummte Wolf. Ein letztes Mal hob er die Hand, kurz darauf war er verschwunden.

7

Eine halbe Stunde vor Mitternacht passierte der schwarze Mercedes CL 500 Coupé das lang gestreckte Abfertigungsgebäude des Bodensee-Airport. Wegen des Nachtlandeverbotes herrschte um diese Zeit so gut wie kein Verkehr. Zweihundert Meter weiter bog der Wagen von der Hauptstraße ab und folgte einem unscheinbaren Schild mit der Aufschrift »Vorfeld, Tor 3«. Vor einem mächtigen Stahltor kam er zum Stehen. Es versperrte die Zufahrt zu jenem Teil des Flughafens, der Geschäfts- und Privatmaschinen vorbehalten war. Rechts und links des Tores sicherte ein gut drei Meter hoher, stacheldrahtbewehrter Zaun das dahinterliegende Gelände. Entlang dieser Barriere wuchsen in gleichmäßigen Abständen Lichtmasten in die Höhe, die die freie Fläche zu beiden Seiten mit grellem Licht übergossen. Irgendwo weit hinten waren abgestellte Maschinen auszumachen.

Geräuschlos öffnete sich die Tür des Coupés, und eine hünenhafte, dunkel gekleidete Gestalt entstieg dem Wagen. Misstrauisch musterte der Mann die Umgebung. Die Sträucher, die die Zufahrt säumten, schienen ihm nicht zu behagen. Schließlich gab er sich einen Ruck und trat an das Tor, um nach kurzer Orientierung auf den Anmeldeknopf zu drücken.

»Ja bitte?«, quäkte eine blecherne Stimme. Sie kam aus einem kaum sichtbaren Lautsprecher direkt über dem Knopf. Dass im selben Augenblick an der Kamera links über ihm eine rote Leuchtdiode zu glimmen begann, entging dem Hünen nicht.

»Guten Abend. Jacques Studer von der Biotecc AG«, antwortete er mit unüberhörbar schweizerischem Zungenschlag. »Sagen Sie, wird die Maschine mit Herrn Rottmann an Bord planmäßig landen?«

»Ihre Identnummer bitte«, forderte die blecherne Stimme.

Studer rasselte eine sechsstellige Zahlen-Buchstaben-Kombination herunter, während er gleichmütig in die Kamera blickte.

»In Ordnung, Herr Studer. Herrn Rottmanns Maschine wird pünktlich um dreiundzwanzig Uhr fünfundfünfzig landen. Das

Tor wird um dreiundzwanzig Uhr fünfzig für Sie geöffnet. Bitte gedulden Sie sich so lange. Danke.«

Mit einem Knacken wurde der Lautsprecher abgeschaltet, die rote Leuchtdiode an der Kamera erlosch. Ohne Eile ging Studer zum Wagen zurück. Er setzte sich hinters Steuer, betätigte die Zentralverriegelung und stellte das Radio an.

Die ersten Töne waren kaum verklungen, als unvermittelt jemand an die Seitenscheibe pochte. Überrascht zuckte er zusammen. Für einen, dem Vorsicht in allen Lebenslagen zur zweiten Natur geworden war und der über außergewöhnlich scharfe Sinne verfügte, war das Pochen gleichbedeutend mit Hammerschlägen. Kein Geräusch, keine Bewegung, kein noch so flüchtiges Huschen hatte ihn gewarnt.

Verdammt! Das war das Letzte, was ihm passieren durfte – ausgerechnet ihm, der in der Branche als König der Bodyguards galt!

Doch Studer wäre nicht Studer gewesen, hätte er resigniert. Mit geübtem Auge taxierte er den Mann vor der Scheibe. Er wirkte schmächtig, auf keinen Fall sportlich – für Studer, den austrainierten Kickboxer, jedenfalls keine Gefahr. Zwar waren die Hände des Mannes außerhalb seines Blickfelds, doch es gab nicht den kleinsten Hinweis auf Gewaltbereitschaft.

Vorsichtshalber tastete Studer nach seiner Waffe, bevor er die Scheibe eine Handbreit herunterließ.

Dann ging alles Schlag auf Schlag. Schneller, als er es dem Schmächtigen jemals zugetraut hätte, hielt dieser wie hingezaubert eine Waffe in der Hand. Nur am Rande registrierte Studer, dass es sich um eine SIG Sauer handelte – mit Schalldämpfer! Er spürte den kalten Stahl an seiner Stirn im selben Augenblick, da ihn die Erkenntnis lähmte, ein toter Mann zu sein, noch bevor er die Scheibe würde schließen können.

»Ganz ruhig bleiben, Freundchen, dann ist alles okay«, beschied ihn der Schmächtige mit gleichmütiger Stimme. »Du öffnest jetzt die Wagentür und kommst mit erhobenen Händen heraus. Und bring gefälligst den Wagenschlüssel mit. Aber ich sag's dir nur einmal: Eine falsche Bewegung, und du bist ein toter Mann, kapiert?«

Während Studer verzweifelt nach einem Ausweg suchte, riss

der Schmächtige auch schon die Wagentür auf. »Beweg dich gefälligst«, rief er drängend. »Und denk an den Schlüssel.«

Als Studer der Aufforderung nicht schnell genug Folge leistete, fühlte er sich plötzlich am Sakko gepackt und unsanft aus dem Wagen gezerrt. Abermals spürte er die Waffe am Kopf. »Keine Mätzchen, ja?«, zischte sein Widersacher.

Er hatte den Wagen kaum verlassen, da ging der Schmächtige auf Distanz. Studers Größe und mächtiger Körperbau schienen ihm Respekt einzuflößen. Der Mann streckte die Hand aus. »Den Schlüssel, bitte!«

Studer tat, als käme er der Forderung nach. Doch ehe der Schmächtige danach greifen konnte, öffnete er kaum merklich Daumen und Zeigefinger. Klirrend fiel der Schlüssel zu Boden.

Für den Bruchteil einer Sekunde war der Schmächtige irritiert – und genau darauf hatte es Studer angelegt. Schnell wie der Blitz schossen seine Hände nach vorn, bekamen den Lauf der Waffe zu fassen und drückten ihn zur Seite. Gerade noch rechtzeitig, denn plötzlich machte es »plaff« – ein Schuss hatte sich gelöst. Studer zog das gestreckte Bein nach oben. Der Hieb landete auf dem Ohr des Schmächtigen, der wie ein gefällter Baum zur Seite stürzte und die Waffe fallen ließ.

Noch ehe er auf dem Boden aufschlug, bekam Studer ihn zu fassen, zog den halb betäubten zum Wagen und lehnte ihn an ein Hinterrad, um ihn nach Waffen und Papieren zu durchsuchen – als hinter ihm eine schnarrende Stimme ertönte.

»Lass gefälligst die Pfoten von meinem Kumpel ... streck sie lieber in die Höhe, aber ein bisschen plötzlich!«

Studer erstarrte mitten in der Bewegung und hob die Hände. »Darf ich aufstehen?«, fragte er ruhig.

»Darfst du. Aber langsam. Und nicht umdrehen«, befahl die Stimme. Studer tat wie ihm geheißen.

Währenddessen war der Schmächtige wieder zu sich gekommen. »Hast dir ja ganz schön Zeit gelassen, Doc«, krächzte er. Unter Stöhnen befühlte er sein Ohr, um gleich darauf einen lästerlichen Fluch auszustoßen. »Wart ab, du Fleischberg, das sollst du mir büßen«, rief er hasserfüllt und machte Anstalten, sich aufzurichten.

Im selben Augenblick vernahm Studer hinter sich ein Geräusch.

Trotz der Warnung wollte er sich umdrehen, doch es war bereits zu spät. Er spürte einen Einstich im linken Oberarm. Ehe er etwas unternehmen konnte, wurde ihm schwarz vor Augen, und er sank kraftlos in sich zusammen.

Pünktlich um dreiundzwanzig Uhr fünfzig fuhr das Tor zur Seite, und der schwarze Mercedes CL 500 Coupé setzte sich in Bewegung.

***

Erich Rottmann klappte sein Notebook zu. Mehr als sonst machte ihm diesmal der Jetlag zu schaffen. Heftig gähnend lehnte er sich in den lederbezogenen Sitz zurück und ließ den Blick durch die Kabine schweifen. Die Eleganz der Einrichtung beeindruckte ihn stets aufs Neue. Nicht zum ersten Mal stellte er sich die Frage, weshalb Biotecc nicht längst so einen Vogel besaß. Würde manches vereinfachen, vor allem das aufwendige Charterprozedere.

Ja, warum eigentlich nicht?

Seufzend schob er den Gedanken beiseite. Er musste sich auf Alex konzentrieren. Die FE.23-Sache duldete keinen Aufschub. Danach würde er sich langlegen und schlafen, einfach nur schlafen. Die letzten Tage waren die reinste Tortur gewesen.

Träge griff er nach dem Bordtelefon und wählte die Nummer des Cockpits.

»Was kann ich für Sie tun, Herr Rottmann?«

»Wann sind wir unten, Miller?«

»In genau acht Minuten.«

»Können Sie in Erfahrung bringen, ob mein Wagen schon da ist?«

»Sie werden bereits erwartet.«

»Danke.«

»Keine Ursache, Sir.«

***

Geräuschvoll rollte die Maschine aus, bis sie unmittelbar neben dem Mercedes zum Stehen kam. Die Triebwerke wurden abgeschaltet, und dröhnende Stille breitete sich aus, nur von der Hydraulik der wenig später herabklappenden Tür unterbrochen.

Erich Rottmann tauchte in der Türöffnung auf. Trotz seiner sechsundsechzig Jahre war er noch immer eine imposante Erscheinung. Ein schmaler Lederkoffer und sein locker über die Schulter geworfener Mantel waren alles, was er bei sich trug. Mit vor Müdigkeit schleppenden Schritten stieg er die Treppe herab. Als sein Blick auf die beiden Männer neben dem Wagen fiel, blieb er stehen.

»Wo ist Studer?«, fragte er misstrauisch.

Doc war alles andere als wohl in seiner Haut. Wenn er den Argwohn des Alten nicht schnell genug zerstreute, würde ihr mühsam errichtetes Lügengebäude wie ein Kartenhaus in sich zusammenfallen. »Schön, dass Sie wieder zurück sind, Herr Rottmann«, sagte er ausweichend. In diesem Moment erschienen die beiden Piloten in der Türöffnung, mit den Taschen und Koffern ihres Fluggastes beladen und offensichtlich erstaunt darüber, dass Rottmann noch immer die Treppe blockierte.

Doc, der sich inzwischen gesammelt hatte, fuhr fort: »Jacques Studer lässt sich entschuldigen, Herr Rottmann, ein dringender Termin. Es ginge um FE.23, Sie wüssten Bescheid. Wir sollen Sie einstweilen nach Hause fahren. Er selbst will so bald als möglich nachkommen.«

In Rottmanns Gesicht, anfangs noch voller Skepsis, spiegelte sich allmählich Verstehen wider. Er nickte grimmig. »FE.23 also! Dann wird er am Kniehorn nach dem Rechten sehen. Gut so.«

Doc zuckte mit den Schultern. »Tut mir leid, Herr Rottmann, mehr hat uns Jacques nicht verraten. Er war, wenn ich das so sagen darf, in dieser Sache etwas zugeknöpft. Dürfen wir Ihr Gepäck einladen?«

Tatsächlich setzte sich Rottmann wieder in Bewegung, die Piloten folgten.

Während Doc die Gepäckstücke in den Kofferraum lud, riss der Schmächtige devot die Wagentür auf und half Rottmann beim Einsteigen.

Doc war erleichtert – das hätte ihm gerade noch gefehlt, dass der Alte Sperenzchen machte. Es hätte ihren Auftrag schneller ruiniert als jeder Bodyguard. Rottmann sollte, ohne Aufsehen zu erregen, bei seiner Ankunft in Empfang genommen und anschließend in das vorbereitete Versteck geschafft werden. Weder die beiden Piloten noch die Vorfeldüberwachung im Tower durften auch nur die Spur eines Verdachtes schöpfen, wenn die Entführung gelingen sollte. Dass sowohl Studer als auch die Piloten sie gesehen hatten, würde keine Rolle spielen; schon in den frühen Morgenstunden des folgenden Tages würden er und der Schmächtige außer Landes sein.

Eine knappe Minute später durchfuhr der Wagen das Tor, das sich für ausfahrende Fahrzeuge automatisch öffnete.

***

»Verflucht noch mal«, brummte Alex verschlafen und tastete nach dem Telefon. Sein Blick streifte die Uhr: Wenige Minuten vor vier. Wenn das kein Grund war, den Anrufer zusammenzustauchen!

Im Augenblick fühlte er sich gar nicht gut. Euphorisch hatte er sich nach dem Hubschraubereinsatz und dem aufsehenerregenden Fernsehinterview für den Rest des Tages eine Auszeit genommen und sich auf die Jacht zurückgezogen. Offenbar hatte er es mit dem Feiern und dem Trinken doch etwas übertrieben. Vor einer knappen halben Stunde erst war er nach Hause gekommen und hatte sich, ohne sich auszuziehen, einfach aufs Bett geworfen. Die beiden Girlies waren aber auch zu anschmiegsam gewesen! Wie hatten sie doch gleich geheißen? Ach, egal, zum Schwelgen blieb ihm später noch Zeit; erst musste er sich des lästigen Anrufers erwehren.

Ein scharfes »Was ist denn?« sollte den Anrufer schrecken, doch es wurde bloß ein heiseres Krächzen daraus. Nichtsdestotrotz schien es Wirkung zu zeigen, denn sekundenlang blieb die Leitung tot. Schon glaubte Alex, das Klingeln nur geträumt zu haben, da riss ihn eine schrille Stimme endgültig aus dem Schlaf.

»Schön, dass man dich endlich erreicht. Wo warst du die ganze Nacht?«

»Ach, du bist's!«, stöhnte Alex und sank in die Kissen. »Wann nimmst du endlich zur Kenntnis, dass ich erwachsen bin? Oder muss ich meiner Mutter noch immer Rechenschaft ablegen, wie und wo ich meine Nächte verbringe?«

»Nein, musst du nicht. Aber dass du dein Handy eingeschaltet lässt, das kann ich schon verlangen. Ich –«

»Müssen wir das *jetzt* diskutieren?«, fiel ihr Alex ins Wort. »Ich bin hundemüde.«

»Erich ist verschwunden!«

»Na und? Er ist alt genug, er braucht keinen Aufpasser. Lass uns morgen früh –«

»Wir gehen davon aus, dass er entführt wurde.«

»Was, entführt? Was redest du da?« Er gähnte laut.

»Komm endlich zu dir!«, rief seine Mutter aufgebracht, bevor sie etwas ruhiger fortfuhr: »Erich wurde verabredungsgemäß am Flughafen erwartet und ist nach der Landung in seinen Wagen gestiegen.«

»Na, ist doch prima ... und weiter?«

»Er ist nicht zu Hause angekommen. Und Jacques hat den Wagen nicht gefahren.«

»Wie – nicht gefahren ... was soll das heißen? Wer dann? Woher weißt du das überhaupt?«

»Es war ausgemacht, dass Erich mich anruft, sobald er zu Hause eintrifft. Er drängte darauf, sofort nach seiner Rückkehr über das FE.23-Projekt zu sprechen ...«

»Oh ja, bin im Bilde, schließlich wollte er seine Wut vor allem an mir auslassen. Na und?«

»Nachdem er sich um zwei Uhr noch immer nicht gemeldet hatte, hab *ich* bei *ihm* angerufen. Hilde konnte sich sein Ausbleiben ebenfalls nicht erklären. Also hab ich beim Flughafen nachgefragt. Dort hat man mir versichert, die Maschine sei pünktlich um Mitternacht gelandet. Und nicht nur das: Eine Viertelstunde vor der Landung soll Erichs Wagen vor der Einfahrt zum Vorfeld bereitgestanden haben. Und jetzt rate mal, wer am Steuer saß.«

»Entschuldige, aber ich bin wirklich nicht zum Raten aufgelegt ... also sag schon, wer?«

»Jacques.«

»Moment mal ... sagtest du nicht gerade eben, er habe den Wagen nicht gefahren?«

»Verwirrend, das Ganze, ich weiß. Ich habe selbst eine Weile gebraucht, bis ich's kapiert hab. Fest steht jedenfalls, dass Jacques den Wagen zum Flughafen gefahren hat; ein Angestellter der Vorfeldsicherung hatte ihn auf der Kamera und hat mit ihm gesprochen. Fest steht aber auch, dass der Wagen von zwei den Piloten unbekannten Männern an die Maschine gefahren wurde und wenig später zusammen mit Erich das Flughafengelände verließ. Die Männer hatten behauptet, Jaques habe sie als seine Vertretung geschickt. Die Frage ist also: Was ist zwischen Jacques' Eintreffen und der Ankunft der Maschine passiert? Und wo ist Erich?«

»Hm … du hast recht, man könnte tatsächlich an Kidnapping denken.« Alex überlegte kurz. »Was ist mit Jacques? Der kann sich doch nicht in Luft aufgelöst haben?«

»Scheint aber so.«

»Ziemlich merkwürdig, in der Tat. Hast du die Polizei schon verständigt?«

»Nein, ich wollte erst mit dir sprechen. Ich denke aber, dass daran jetzt kein Weg mehr vorbeiführt. Ich kann nur hoffen, dass es noch nicht zu spät ist.«

Ihre Stimme war zuletzt irgendwie brüchig geworden, fast hörte sie sich ein bisschen weinerlich an. Das überraschte Alex. Ulla Gauß-Rottmann und Tränen? Das war wie Feuer und Wasser, geradezu unvereinbar! Nicht ohne Grund eilte seiner Mutter der Ruf einer beinharten Managerin voraus. Hart zu sich selbst, noch härter zu anderen – und normalerweise gegen jede menschliche Regung gefeit.

Es geschahen eben noch Zeichen und Wunder!

Während der folgenden Minute herrschte Schweigen. Alex versuchte, zu einem Entschluss zu kommen.

»Also, mein Vorschlag ist folgender«, sagte er schließlich: »Wir bemühen uns zunächst selbst, Licht ins Dunkel zu bringen. Ich trommle gleich ein paar Leute zusammen. Als Erstes werde ich mit Leschek zum Flughafen fahren. Vor Ort können wir uns sicher ein genaueres Bild darüber verschaffen, was passiert ist. Und so lange halten wir die Polizei aus der Geschichte raus, okay? Vielleicht gibt es ja doch eine ganz einfache Erklärung, dann hätten wir unnötigerweise die Öffentlichkeit mit hineingezogen, das wäre nicht so gut. Sollten wir bis … nun, sagen wir bis neun noch immer keine plausible Erklärung für sein Verschwinden haben, dann können wir immer noch die Polizei einschalten. Kannst du damit leben?«

»Also gut«, antwortete seine Mutter nach längerem Zögern. »Aber halt mich auf dem Laufenden.« Sie schien zu ihrem alten Ton zurückgefunden zu haben. Alles andere hätte Alex auch gewundert – Betroffenheit war schließlich nicht ihr Ding.

***

Es war kurz nach halb sechs, als es Wolf aus dem Bett drängte. Anders als gestern fühlte er sich an diesem Morgen fit und ausgeruht. Wie immer galt sein erster Blick dem Wetter – verständlich, schließlich musste er auch heute wieder mit dem Rad nach Überlingen strampeln. Es war trocken, der Himmel teilweise klar, das Außenthermometer vor dem Küchenfenster zeigte unglaubliche elf Grad plus.

Föhn!

Die allmorgendlichen Verrichtungen gingen ihm flott von der Hand. Schon um Viertel nach sechs bestieg er sein Rad, und dreißig Minuten später schloss er es gut gelaunt hinter der Polizeidirektion ab. Selbst die Tatsache, dass er wegen der vergessenen Brezeln auf halber Höhe der Treppe noch einmal umkehren musste, konnte sein Hochgefühl nur unwesentlich trüben. Heute würden sie, das fühlte er, ein entscheidendes Stück weiterkommen, zumal sich bei der »Lage« um acht bestimmt einige Wissenslücken schließen ließen.

Zunächst arbeitete er seine Post und die aufgelaufenen E-Mails ab, dann tippte er seinen Bericht über die gestrigen Ermittlungen in den Computer. Schließlich trudelten um Viertel vor acht die Kollegen im Nebenzimmer ein.

Jo streckte kurz den Kopf durch die Tür. »Kaffee?«, lautete ihr Morgengruß. Was für eine Frage!

Schlag acht versammelten sie sich um Wolfs Besprechungstisch, mit Schreibzeug und reichlich Papier bewaffnet. Jo hatte eine Warmhaltekanne mit frischem Kaffee in die Mitte gestellt, Wolf seine Tüte mit den Butterbrezeln danebengelegt.

Beim Anblick der Brezeln bekam Terry große Augen. »Oh, *thanks*!«, sagte er grinsend und griff entschlossen zu. Als Jo ihn tadelnd anblickte, meinte er nur achselzuckend: »*Sorry*, mein Frühstück ist heute ausgefallen.«

Kaum hatte Wolf seine Unterlagen geordnet und probeweise an seiner Tasse genippt, da klopfte er auch schon ungeduldig mit der Hand auf den Tisch. »So, Leute, wer fängt an?«

»Sie waren gestern Nachmittag doch noch in Ludwigshafen. Wie wär's, wenn Sie selbst den Anfang machen?«, schlug Jo ihm vor.

»Na gut«, sagte Wolf mit verschlagenem Blick. »Unter einer Bedingung: Du erzählst mir zuvor, zu welchen Erkenntnissen die KTU und die Gerichtsmedizin gekommen sind und was die Fahndung nach Suhrbier gebracht hat.«

»So viel zum Thema ›Dynamische Mitarbeiterführung‹«, maulte Jo verstimmt. Während sie noch ihren Papierstapel nach einer Akte durchwühlte, reckte Terry die rechte Hand nach oben.

»Also ich könnte etwas zu der Handpumpe von dem gesunkenen Boot beisteuern …«, meinte er zwischen zwei Bissen.

»Immer schön der Reihe nach«, wehrte Wolf ab und wandte sich erneut an Jo: »Also?«

Inzwischen hatte Jo die Akte gefunden. Sie schlug eine bestimmte Seite auf und platzierte sie vor Wolf.

»Das ist der Bericht der KTU. Wirklich relevant für uns sind vor allem zwei Punkte. Der erste betrifft das zertretene Handy – es gehörte Rolf Kauder. Leider war der Speicher völlig hinüber, doch es ließ sich immerhin der Provider ermitteln. Hier ist die Aufstellung der in den letzten beiden Tagen geführten Telefonate.«

»Sind die Gespräche und die Teilnehmer schon überprüft?«

»Wann denn? Da hätten wir eine Nachtschicht einlegen müssen, und ich hab eh schon mehr Überstunden, als ich jemals abfeiern kann.«

»Okay, war 'ne blöde Frage, entschuldige bitte.«

Wolf vertiefte sich eine Weile in das Blatt. Insgesamt waren elf Gespräche unter genauer Angabe von Nummer und Gesprächsdauer aufgelistet.

»Na bitte, passt doch«, äußerte er hochzufrieden, während er das Blatt an Jo zurückgab. Als die ihn nur verständnislos ansah, hob er abwehrend die Hand. »Später. Was ist mit dem zweiten Punkt?«

»Er betrifft die in dem Mietwagen gesicherten Spuren. Interessant ist hier vor allem eines: Die sichergestellten Waffen, Sie erinnern sich …«

»Aber ja doch – eine Beretta und eine SIG Sauer«, bestätigte Wolf.

»Korrekt. Trotz der herausgeätzten Seriennummern konnten sie zweifelsfrei einem Einbruch in ein Hamburger Waffengeschäft vor knapp drei Wochen zugeordnet werden. Wegen näherer Angaben habe ich gestern Abend die Kollegen in Hamburg angemailt, leider steht deren Antwort noch aus.«

»Was ist mit den Flugblättern?«

»Jede Menge Fingerabdrücke, aber keine Entsprechungen, weder im LKA- noch im BKA-Register. Andere Spuren Fehlanzeige. Was die Stimmanalyse des Anrufes angeht, der vom ›Seekurier‹ mitgeschnitten wurde: Die Stimme war verfremdet. Das Labor versucht gerade, das ursprüngliche Stimmprofil herauszufiltern. Und ehe Sie mich nach der Analyse des Sprengstoffs fragen, mit dem die ›Luisa‹ auf den Grund geschickt wurde: Sie ist noch nicht abgeschlossen, das Analyseverfahren ist sehr zeitaufwendig. Vermutlich stammt das Zeug aber aus Tschechien.«

»Gut. Bleibt noch Suhrbier.«

»Tja, Suhrbier.« Jo wedelte ratlos mit den Händen. »Der Mann ist wie vom Erdboden verschluckt. Auch auf die Veröffentlichung des Phantombildes ist noch nichts Brauchbares eingegangen, aber der Tag fängt ja erst an.« Jo hob die Schultern, um anzudeuten, dass sie mit ihren Ausführungen fertig war.

Auf Wolfs Wink hin ergriff Terry das Wort.

»Zu der Handpumpe, die auf der ›Luisa‹ gefunden wurde: Es handelt sich bei dem Fabrikat um ein gängiges Modell …«

»Woher willst du das wissen? Wir haben die Pumpe doch gar nicht zu Gesicht bekommen?«

»Ich schon. Hab mir das Ding bei der Technik unten angesehen. Also noch mal: Es handelt sich um ein Modell, das in allen Baumärkten und in Gartenbedarfshandlungen der Region angeboten wird. Die Geräte sind einfach konstruiert und zum Pumpen dickflüssiger Fördergüter wie Dieselöl durchaus geeignet, wie mir ausdrücklich versichert wurde. Die Frage ist nun: Sollen wir alle Geschäfte, die diese Dinger im Sortiment haben, abklappern?«

»Vorläufig nicht«, entschied Wolf.

Während Terry erleichtert aufatmete, schlürfte Wolf den für sein Empfinden noch immer zu heißen Kaffee und wandte sich dem neben ihm liegenden Papierstapel zu. Er fischte ein Blatt heraus, das er vor seine Kollegen hinlegte.

Jo zog die Augenbrauen hoch. »Was ist das?«, wollte sie wissen.

»Ich geb's ja zu, meine Klaue ist schwer lesbar, und zum Abtippen bin ich noch nicht gekommen«, erklärte Wolf. »Es ist eine Aufstellung. Der Versuch einer Rekonstruktion des Tagesablaufs von Kauder und Abul von ihrer Ankunft in Überlingen bis zur Explosion.«

Jo und Terry nickten verstehend. Höchst interessiert vertieften sie sich in die Liste, gingen mit Wolf zusammen Zeile um Zeile durch, wogen die einzelnen Positionen und Zeitangaben gegeneinander ab. Schließlich waren sie sich einig, dass die letzten Stunden der beiden Männer so oder zumindest so ähnlich abgelaufen sein mussten.

»Und was sagt uns das jetzt?«, fragte Terry einigermaßen ratlos.

»Nun, daraus lässt sich eine ganze Menge ableiten, finde ich. Wenn die ›Luisa‹ tatsächlich irgendwo mehrere Stunden vor Anker lag, in Wasserburg, vor der Mainau oder auf dem Weg dorthin, dann könnte jemand das Boot und die Leute darauf beobachtet haben.«

Während Wolfs Blicke noch immer auf Terry ruhten, spann Jo den Faden weiter: »Des Weiteren können wir ziemlich sicher davon ausgehen, dass wir es vermutlich mit mindestens vier Tatbeteiligten zu tun haben. So müssen wir neben Kauder und Abul den Mann hinzurechnen, der das Boot in Bregenz gechartert hat –«

»Also Suhrbier – oder wie immer er heißen mag«, warf Terry ein.

»Genau«, nickte Wolf.

»Und den Glatzkopf«, ergänzte Jo.

Wolf nickte abermals. »Du sagst es.«

»Das würde bedeuten, dass zumindest diese vier zum harten Kern des ominösen Kalifats gehören, richtig?« Herausfordernd sah Jo auf ihre beiden Kollegen.

»Langsam, langsam, Leute. Jetzt, denke ich, ist es an der Zeit, über meine gestrigen Nachforschungen in Ludwigshafen zu berichten. Ihr wisst, dass die Spusi sich tagsüber das Zimmer von Kauder und Abul vorgenommen hat. Leider ohne greifbares Ergebnis, wie ich vorwegnehmen muss –«

»Hätten sie mal die Spürnase Mayer zwo mitgenommen!«, warf Jo verärgert ein.

Wolf winkte ab. »Haben sie ja. Aber wo nichts ist, kann selbst ein Mayer zwo nichts finden. Insofern schien mein Ausflug für die Katz gewesen zu sein ... wenigstens zunächst.«

Wolfs Telefon klingelte. Ungehalten über die Unterbrechung riss er den Hörer ans Ohr und bellte seinen Namen. Nachdem er kurz zugehört hatte, beschied er den Anrufer rüde: »Tut mir leid, kein Kommentar. Warten Sie die Stellungnahme der Staatsanwaltschaft ab.«

»Presse!«, knötterte er abfällig, als er den Hörer zurücklegte. »Wo waren wir stehen geblieben?«

»Sie sagten, Ihr Ausflug sei *zunächst* für die Katz gewesen. Was meinten Sie damit?«

»Nun, ich bin dann eher zufällig doch noch auf einen höchst bedeutsamen Sachverhalt gestoßen.«

Erneut wurde er vom Klingeln des Telefons unterbrochen, wieder reagierte er ungehalten. Als er auflegte, hatte sich sein Gesicht verfinstert. »Wir sollten rasch zum Ende kommen, bevor Schneidewind eintrudelt«, knurrte er. »Bisher mussten wir die Möglichkeit in unsere Überlegungen einbeziehen, dass Kauder und Abul der Islamistenszene zuzurechnen sind, richtig? Zumindest legten der Sprengstoff auf dem Boot und die Flugblätter diesen Schluss nahe. Aber Muslime zählen bekanntlich zu den entschiedenen Verweigerern von Alkohol und Schweinefleisch, d'accord? Eine Bemerkung des Hotelbesitzers hat mich auf diesen Gedanken gebracht, und ich habe mir im Restaurant des Hotels die Verzehrbons von Kauder und Abul zeigen lassen. Was denkt ihr, was ich darauf gefunden habe?«

Ungläubig riss Jo die Augen auf. »Nein! Das darf nicht wahr sein!«

»Doch nicht etwa Alkohol und Schweinefleisch?«, fragte Terry feixend und hieb sich mit beiden Händen auf die Schenkel.

Wolf nickte. »Und nicht zu wenig.«

Jo kaute auf ihrer Unterlippe. »Das heißt also, dass die beiden gar keine Islamisten sind … äh, waren! Diese Flugblätter sollten uns auf eine falsche Fährte locken, sehe ich das richtig?«

»So ungefähr. Kann ich noch einen Kaffee haben?«

Während Jo, noch immer beeindruckt, nach der Kanne griff und nachschenkte, sagte Terry, an Wolf gewandt: »Irre ich mich, Chef, oder kommt da noch ein Big Bang?« Angesichts der steilen Falte zwischen Wolfs Augen setzte er hastig hinzu: »Äh, ich meine, Sie haben doch sicher noch was auf der Pfanne, stimmt's?«

Wolf schluckte seinen aufkommenden Groll über Terrys Denglisch hinunter, ehe er antwortete. »Es geht tatsächlich noch weiter. Auf der Rückfahrt habe ich bei der Winter vorbeigeschaut. Und jetzt haltet euch fest: Die ›Seekurier‹-Redaktion hat eine neue Botschaft erhalten, diesmal per Datenstick. Dreimal dürft ihr raten, wie der Absender lautet.«

»Islamisches Kalifat«, riefen Jo und Terry wie aus einem Mund.

Wolf nickte finster. Dann schob er Jo den Klarsichtbeutel mit dem Datenträger zu. »Das ist der Stick. Bitte gleich zur KTU. Die sollen ihn auf Fingerabdrücke oder andere Spuren untersuchen.«

»Okay. Und was ist darauf abgespeichert?«, wollte Jo wissen.

»Belanglos«, winkte Wolf ab.

»Das versteh ich jetzt nicht … wie passt das alles zusammen?«, wollte Terry wissen.

Währenddessen war Jo ein Licht aufgegangen. »Ganz einfach: Man will uns glauben machen, hinter der Ölpest und der Bootsexplosion stecke eine islamistische Gruppe. Auf diese Weise sollen wir von den wahren Tätern abgelenkt werden«, konstatierte Jo und sah fragend auf Wolf.

Der nickte zustimmend. »So ist es. Irgendjemand scheut keinen Aufwand, um uns auf eine falsche Fährte zu locken. Nur: wer? Und weshalb? Was soll dadurch verschleiert werden?«

Mitten im Satz ging unvermittelt die Tür auf, und Staatsanwalt Schneidewind rauschte herein. Zu Wolfs Erleichterung schien er jedoch keinen längeren Aufenthalt ins Auge gefasst zu haben, jedenfalls machte er keine Anstalten, seinen Mantel abzulegen. Ohne auch nur eine Sekunde an einen Gruß zu verschwenden, erklärte er: »Ich habe eben noch Ihren letzten Satz mitbekommen, mein lieber Wolf. Falls er sich auf die Verursacher der Ölpest bezog, so lautet die Antwort: Verwirrung zu stiften gehört zum Plan dieser Leute. Die wollen unser Land destabilisieren, ihre Botschaften sind doch unmissverständlich.«

Wolf, der wie seine beiden Kollegen sitzen geblieben war, zwang sich zu einem dünnen Lächeln. »Guten Morgen, Dr. Schneidewind. Entschuldigen Sie, dass wir Ihr Klopfen überhört haben. Darf ich fragen, welche Botschaften Sie meinen?«

Schneidewinds Gesicht lief leicht rötlich an. Bemüht, Autorität auszustrahlen, schnarrte er: »Das fragen Sie noch – wo es inzwischen die Spatzen von den Dächern pfeifen?«

»Entschuldigung ... was wird denn gepfiffen?«

Schneidewinds Gesicht wurde noch eine Nuance dunkler. »Sie wissen genau, wovon ich rede!«

»Aha! Dann verstehe ich Sie also recht: Ihr Verdacht – denn um mehr kann es sich ja derzeit nicht handeln – gründet sich noch immer auf die schwammige Warnung in jenem Flugblatt, ja? Oder sollten Ihnen inzwischen neuere Informationen vorliegen, die wir noch nicht kennen?«

»Hab mir gleich gedacht, dass Sie die Gefahr nicht ernst genug nehmen. Wieso schwammig? Wenn Sie die Mentalität dieser Leute etwas besser kennen würden, Wolf, dann wüssten Sie, dass die ihre Drohungen stets hinter blumigen Formulierungen verstecken. Erklären Sie mir lieber, was Sie in dieser Sache bisher unternommen haben. Die Öffentlichkeit hat ein Recht darauf, frühzeitig über drohende Gefahren informiert zu werden. Sie haben ja nicht die geringste Ahnung, wie wir in der Staatsanwaltschaft von den Medien bedrängt werden. Also – was können Sie mir berichten?«

»Leider nicht viel, Herr Staatsanwalt«, gab sich Wolf plötzlich konziliant. »Außer dass beim ›Seekurier‹ eine neue Botschaft eingegangen ist, die wir gerade untersuchen.«

Als Jo mit einem überraschten »Ja, aber ...« dazwischengehen wollte, wurde sie von Wolf brüsk unterbrochen; an die Adresse des Staatsanwalts gerichtet, schob er nach: »Sobald wir Genaueres wissen, werden Sie selbstverständlich informiert. Mehr lässt sich dazu im Augenblick leider nicht sagen.«

Schneidewind, dessen Blick zwischen Jo und Wolf hin- und

hergeirrt war, hakte nach: »Eine islamistische Botschaft, nehme ich an. In welcher Form, was enthält sie? So reden Sie schon.«

»Nun, es handelt sich um einen Datenträger, genauer: einen USB-Stick, offenbar von denselben Leuten übermittelt, denen wir auch die Flugblätter verdanken. Wie gesagt, wir sind mit Hochdruck um die Klärung der Hintergründe bemüht.«

»Das will ich hoffen, Wolf, das will ich hoffen. Vergeuden Sie nicht eine Sekunde! Und sobald Sie etwas Neues haben, will ich Bescheid wissen, habe ich mich deutlich genug ausgedrückt?«

Noch ehe Wolf etwas antworten konnte, war Schneidewind wieder draußen.

»Was war jetzt das?«, stammelte Jo, und auch Terry stand die Verblüffung ins Gesicht geschrieben.

Anstelle einer Antwort zog Wolf seine Gitanes heraus und schob sich eine zwischen die Lippen, bevor er sie seufzend wieder in die Schachtel zurücksteckte. Unschlüssig sah er seine beiden Kollegen an. »Tja, das hätte ich auch gerne gewusst. Bereits gestern hat sich Schneidewind so komisch geäußert, fast hatte ich den Eindruck, er wolle mich, bewusst oder unbewusst, auf die Islamistenschiene drängen. Und unser Mann im Bundestag, der Blattner-Schorsch, hat im Rundfunk hochoffiziell in dasselbe Horn gestoßen. Möchte gar zu gern wissen, warum?«

»Wieso haben Sie Schneidewind nicht gesagt, was Sie in Ludwigshafen herausgefunden haben? Das hätte ihn sicher überzeugt.«

»Vielleicht. Andererseits … ach, vergiss es! Vielleicht täusche ich mich ja auch, ich hoffe es sogar sehr. Jetzt lasst uns lieber darüber reden, wie wir weitermachen. Zwei Dinge sollten wir vorrangig abklären. Erstens: Hatten Kauder und Abul überhaupt irgendwelche Verbindungen zur Islamistenszene? Also setzt euch noch einmal umgehend mit Hamburg in Verbindung, notfalls sollen die Kollegen dort die Nachbarn befragen. Und das Zweite: Ich will endlich wissen, um welche Uhrzeit – genauer gesagt mit welchem Zug – die beiden in Überlingen eingetroffen sind. Zieht dabei nicht nur die Fahrpläne, sondern auch die Platzkartenreservierung zurate. Ach ja, was die Liegezeit der ›Luisa‹ betrifft: Vielleicht könnt ihr ja einen Zeugen auftreiben, der die Jacht und die Leute darauf beobachtet hat? Beginnt mit den Nachforschungen in Wasserburg. Und ein Letztes noch: Zu niemandem ein Sterbenswörtchen über unsere neuesten Erkenntnisse den Islamistenspuk betreffend, klar? Wir treffen uns wieder um elf. Noch irgendwelche Fragen?«

»Wo werden *Sie* sein – ich meine, wo können wir Sie im Falle eines Falles erreichen?«, wollte Jo wissen.

»Dezernatsleiterbesprechung beim Chef. Anschließend telefoniere ich mit Goebbels beziehungsweise seinem Vertreter wegen der Entwarnung in der Islamistensache.« Er sah auf die Uhr, dann stand er auf. »Ich muss, Leute, Sommer wartet nicht gerne.«

»Moment, Chef, eines muss ich noch ansprechen«, hielt Jo ihn zurück. »Wenn es sich bei der Sache tatsächlich um eine Finte handelt … in welche Richtung ermitteln wir dann weiter? Ich kann bis jetzt weder ein Motiv noch Hinweise auf einen anderen Täter als das Kalifat erkennen. Nichts als lose Fäden! Wir haben ein Boot, das in die Luft gesprengt wird. Wir haben zwei Tote, von denen wir nicht wissen, ob sie Täter oder Opfer oder vielleicht sogar beides sind. Und wir haben zwei geheimnisvolle und äußerst lebendige Verdächtige, über die wir so gut wie nichts wissen. Ohne den Verdacht auf einen Terrorakt suche ich vergeblich nach Schnittpunkten oder irgendeinem noch so klitzekleinen Tat- oder Täterhinweis! Wer, frage ich mich, könnte von der Explosion oder gar der Ölpest einen Nutzen haben? Wenn ich ehrlich sein soll, habe ich noch nie einen auch nur annähernd so verwirrenden Fall erlebt.«

»Wie wär's mit *›waiting for coincidence‹*?«, schlug Terry vor und übersetzte seinen Vorschlag angesichts der hochgezogenen Brauen seiner Kollegen umgehend in geläufiges Deutsch: »Warten auf einen Zufall, meine ich, auf einen Fehler der Täter … oder so.«

»Und wenn du noch so geschwollen daherredest«, polterte Wolf los, »Jo hat recht: Im Augenblick gleicht unsere Arbeit dem verzweifelten Versuch, einen Pudding an die Wand zu nageln.« Er machte erneut Anstalten, das Büro zu verlassen. Unter der Tür drehte er sich noch einmal um. »Vielleicht kann ich gegen Mittag einen Teil eurer Fragen beantworten. Warten wir's ab.«

***

Nachdenklich drückte Alex den Aus-Knopf, bevor er das Handy in die Innentasche seines Blazers gleiten ließ. Auch der dritte Anruf hatte nichts Neues gebracht. In wenigen Minuten würden sie den Flughafen erreichen, und noch immer war das spurlose Verschwinden des Generals ein Rätsel.

»Probleme?«, erkundigte sich Leschek, der am Steuer saß und wegen der hohen Geschwindigkeit den Blick nicht von der Fahrbahn wandte. Vor lauter Konzentration hatte er sogar das Schniefen eingestellt.

»Fahr auf den Personalparkplatz vor dem Verwaltungsgebäude«, bestimmte Alex. »Den Macker von der Vorfeldsicherung können wir vergessen, der ist inzwischen zu Hause. Wenigstens sind die beiden Piloten da.« Er sah auf die Uhr. »Aber wir müssen uns beeilen. Sie werden gerade für ihren nächsten Flug gebrieft, in längstens einer halben Stunde befinden sie sich wieder in der Luft.«

Ein Schild mit dem Hinweis »Zur Flughafenverwaltung« flog vorbei. Erst im letzten Moment erkannte Leschek die Ausfahrt und fuhr mit quietschenden Reifen rechts ab. Kurz darauf hielt der schwarze Firmen-Mercedes vor dem dreistöckigen Verwaltungsgebäude.

»Warte, bis ich mit den Piloten gesprochen habe«, wies Alex Leschek an, und als dieser nickte, fügte er hinzu: »Anschließend statte ich der Vorfeldsicherung einen kurzen Besuch ab. Ich will mir die Videoaufzeichnung ansehen.«

Fünf Minuten später saß er den beiden Piloten gegenüber, die den General in der Nacht nach Friedrichshafen geflogen hatten.

»Ehrlich gesagt verstehe ich nicht ganz, warum Sie hier sind«, erklärte der Chefpilot mit kaum wahrnehmbarem englischem Akzent. »Bei der Ankunft von Herrn Rottmann ist doch nichts schiefgelaufen.«

Sein Kollege nickte bestätigend. »Genau, zumal uns Frau Gauß-Rottmann in dieser Sache bereits befragt hat.«

»Nun, bis zur Abfahrt meines Onkels vom Flughafengelände ist offensichtlich alles wie geschmiert gelaufen, da haben Sie völlig recht. Das Dumme ist nur, dass der Wagen weder in der Firma noch am Wohnort meines Onkels angekommen ist. Das ist an sich nicht weiter beunruhigend«, fügte er in vertraulichem Tonfall hinzu, »mein Onkel trifft immer wieder mal spontane Entscheidungen, deren Sinnhaftigkeit … wie soll ich sagen … sich der Familie oftmals verschließt, wenn Sie verstehen, was ich meine.«

Ohne eine Miene zu verziehen, nickte der Chefpilot, sein Kollege lächelte wissend.

»Könnten Sie mir freundlicherweise die beiden Männer beschreiben, die meinen Onkel abgeholt haben?«, fuhr Alex fort. Als der Chefpilot erstaunt die Brauen hob, ergänzte er schnell: »Nur, um ganz sicherzugehen.«

Unschlüssig sahen sich die beiden an, ehe der Kopilot der Bitte nachkam.

»Wir hatten keinen Zweifel, dass die beiden Männer autorisiert waren«, ergänzte der Chefpilot. »Obwohl …« Hier brach er ab und schien kurz zu überlegen.

»Ja?«, ermunterte ihn Alex.

»Nun, Herr Rottmann wirkte anfangs etwas erstaunt«, erläuterte der Chefpilot. »Er hatte wohl einen anderen Fahrer erwartet. Einen gewissen Studer. Das hat aber doch nichts zu bedeuten, oder?«

Alex hob beschwichtigend die Hände. »Nein, nein, alles paletti. Trotzdem … es wäre außerordentlich hilfreich, zu erfahren, was genau besprochen wurde. Vielleicht lässt das ja auf den derzeitigen Aufenthaltsort meines Onkels schließen, und das würde uns doch sehr beruhigen.«

»Wenn ich mich recht erinnere, erklärte einer der beiden Männer Studers Abwesenheit damit, dass diesem ein dringender Termin dazwischengekommen sei … oder so ähnlich.«

»Welcher Art dieser Termin war, kam nicht zur Sprache?«

»Es ging um irgendein ›FI‹ oder ›FE‹ … mit einer Zahl dahinter«, glaubte sich der Kopilot zu erinnern. »Keine Ahnung, was gemeint war.«

»Es hieß nicht zufällig ›FE.23‹?«

»Doch, genau so hieß es!«

Mit einem Blick auf seine Uhr sprang der Chefpilot auf. »Tut uns leid, Herr Rottmann, aber der Flugplan drängt. Wir können ja telefonieren, falls noch etwas sein sollte, in Ordnung? Ach, am Nachmittag fliegen wir Friedrichshafen übrigens noch einmal an, so gegen vierzehn Uhr.« Er griff nach seiner Tasche. »Um das noch kurz abzuschließen: Herrn Rottmann schien die Erklärung einzuleuchten. Er erwähnte ein gewisses Kniehorn, da würde Studer wohl nach dem Rechten sehen. Keine Ahnung, was damit gemeint war. Jedenfalls stieg Ihr Onkel danach, ohne zu zögern, in den abholenden Wagen. Also dann, auf Wiedersehen, Herr Rottmann.«

Als Alex eine Viertelstunde später zum Auto zurückkehrte, riss Leschek eilfertig den Wagenschlag auf.

»Deute ich Ihren Gesichtsausdruck richtig und Sie haben etwas Brauchbares erfahren, Boss … äh, Chef?«, fragte er und zog die Nase hoch.

Alex ging nicht darauf ein. »Bring uns zum Tor, das aufs Vorfeld führt«, murmelte er abwesend. Während der Fahrt gab er in aller Kürze seine Unterhaltung mit den Piloten wider. »Seitdem gehen mir diese beiden Typen nicht mehr aus dem Kopf«, schloss er. »Wenn ich nur wüsste, wer dahintersteckt.«

Auch Leschek schien verunsichert. »Will uns da jemand verarschen?«

»Ich fürchte, das ist mehr als eine Verarsche!«

Nachdem Alex einige Zeit vor sich hingebrütet hatte, hob er unvermittelt den Kopf und sein Gesicht hellte sich auf. »Sagt dir der Begriff ›Kniehorn‹ etwas?«

»›Kniehorn‹? Was soll das sein?«, fragte Leschek nach kurzem Überlegen. Er bog gerade in die Hauptstraße ein, die in östlicher Richtung an den Abfertigungsgebäuden vorbeiführte.

Ohne darauf eine Antwort zu geben, wechselte Alex erneut das Thema. »Was genau hast du eigentlich den beiden potenziellen Maulwürfen gesagt?«

»Das wissen Sie doch! Was wir vereinbart hatten.«

»Geht's ein bisschen genauer?«

»Ich hab angedeutet, wir würden gerade einen neuen FE.23-Einsatz vorbereiten.«

»Weiter!«

»Nun, auf die obligatorische Gegenfrage, wo der Einsatz denn geplant sei, habe ich dem einen das Seegebiet um Romanshorn, dem anderen die Bregenzer Bucht genannt. War doch richtig so, oder?«

Unvermittelt begann Alex schallend zu lachen. »Jedenfalls hat es seinen Zweck erfüllt«, meinte er höchst zufrieden. Dabei schlug er Leschek von hinten kräftig auf die Schulter, sodass der um ein Haar das Steuer verriss. »Beim Kniehorn mündet nämlich die Bregenzer Ache in den See, verstehst du?«

»Hä?«

»Jetzt schalt doch mal dein Gehirn ein, Mann! Das Kniehorn ist eine Landzunge in der Bregenzer Bucht. Wenn der General also glaubt, dass Jacques am Kniehorn nach dem Rechten sieht – was mag das wohl heißen? ... Na? ... Was sagt uns das?«

Da endlich schien auch Leschek zu begreifen, sein Gesicht verklärte sich. »Ah, verstehe! Das soll heißen, wir wissen jetzt, wer der Maulwurf ist.« Er dachte kurz nach. »Aber Moment mal ... wieso Jacques, dem hab ich doch gar nichts gesagt?«

»Das ist schon in Ordnung«, antwortet Alex nachsichtig. »Der General wird ihn informiert haben. Jedenfalls hat der, dem du unseren FE.23-Plan gesteckt hast, die Sache brühwarm weitererzählt.«

»Sie haben recht! Ihr Plan ist aufgegangen, meine Anerkennung«, konstatierte Leschek schmeichlerisch. »Hoch gespielt – und hoch gewonnen.«

»No risk – no fun!«, sagte Alex und grinste diabolisch.

Knapp zwei Minuten später hielt der schwarze Firmen-Mercedes vor dem gewaltigen Stahltor mit der Nummer 3.

»Hier sehen wir uns gründlich um«, erklärte Alex.

Beim Aussteigen deutete Leschek zu der Kamera hoch und fragte: »Hatten die Leute von der Vorfeld-Kontrolle heute Nacht wirklich Studer auf dem Bildschirm?«

Alex nickte. »Es war eindeutig Studer, hab das Video vorhin selbst gesehen.«

»Aber wie ist das möglich? Wie kann vor dem Tor noch Studer am Steuer sitzen und wenige Minuten später zwei unbekannte Männer?«

»Gottverdammich, frag mich was Leichteres. Ich hoffe, hier einen Anhaltspunkt zu finden.«

Zunächst nahmen sie das Tor und die freie Fläche davor unter die Lupe, ehe sie, die Augen fest am Boden, den Zaun rechts und links des Tores ein Stück weit abschritten. Nichts. Am Tor trafen sie wieder zusammen.

Als Nächstes musste das dicht mit Büschen bewachsene Gelände beidseits der Zufahrt abgesucht werden. »Du links, ich rechts«, bestimmte Alex.

Sie hatten sich kaum getrennt, als von links ein alarmierender Ruf ertönte: »Chef, hierher, schnell!«

So rasch es ging, wechselte Alex die Seite, zwängte sich durch das dichte Gestrüpp und riss sich an einer wilden Brombeere die Hände auf. Dann sah er durch die Zweige Leschek dastehen, breitbeinig, in der Hüfte abgeknickt, mit den Händen auf ein dunkles, längliches Bündel zeigend, das am Boden lag.

Eine böse Ahnung beschlich Alex. Sollte das etwa Studer sein?

Es *war* Studer!

»Er scheint bewusstlos zu sein, aber ich kann auf Anhieb keine äußeren Verletzungen erkennen«, erklärte Leschek.

»Vermutlich ist er stark unterkühlt. Fass mit an, wir tragen ihn raus.«

»Sollten wir nicht einen Arzt ...?«, warf Leschek ein.

»Kein Arzt«, erklang da von unten eine brüchige Stimme. Während die beiden noch glaubten, sich verhört zu haben, geriet die Gestalt zu ihren Füßen in Bewegung. Studer versuchte vergeblich, sich aufzurichten, bis Alex und Leschek sich besannen und ihm unter die Arme griffen. Gemeinsam stellten sie den Zweieinhalbzentnermann auf die Beine.

Fast hätte Alex den Kopf geschüttelt. Was für ein Bild des Jammers! Diese Trauergestalt sollte Jacques Studer sein, Kraftprotz, Kickboxer, Bodyguard? Wer hatte es geschafft, diesen Hünen zu fällen und hier abzulegen wie einen Sack Müll? Und vor allem: *Wie* hatte er es geschafft?

Kaum fünf Minuten später hatten sie wieder gepflasterten Boden unter den Füßen. Mit jedem Schritt wurde die Last ein wenig leichter, und als sie den Wagen erreichten, schüttelte Studer seine beiden Helfer schließlich unwillig ab. Leschek öffnete die hintere Wagentür, und Studer ließ sich auf den Rücksitz fallen.

»Was ist passiert, Jacques?«, fragte Alex. Er hatte den Oberkörper in den Wagen gebeugt und stützte sich auf den Knien ab, um mit Studers Gesicht auf gleicher Höhe zu sein, doch der sah ihm abweisend in die Augen.

»Das müsstet ihr doch am besten wissen!«, stieß er hervor. Er griff sich mit beiden Händen an den Kopf, das Sprechen schien ihm Schmerzen zu bereiten.

Als hätten sie sich verhört, sahen sich Alex und Leschek an. Offenbar hatte Studer seine sieben Sinne noch immer nicht beisammen, anders war sein Ausspruch nicht zu erklären. Also hatte der Ärmste doch eins auf die Rübe gekriegt! Nur so ließ sich sein Zustand hinreichend erklären. Und dass er die halbe Nacht im Freien verbracht hatte – bei Temperaturen nur knapp über dem Gefrierpunkt! –, trug wohl auch dazu bei, selbst eine robuste Natur wie Jacques Studer ein Stück weit aus der Spur zu tragen.

Alex startete, bewusst langsam sprechend, einen neuen Versuch, den Mann zum Reden zu bringen. »Mein Onkel wurde von zwei Männern an der Maschine abgeholt. Bist du mit den beiden zusammengerasselt? Falls ja: Wer waren sie, wie haben sie dich ausgeschaltet?«

»Weiß nicht«, murmelte Studer, sein Kopf fiel auf die Brust. Schon fürchtete Alex, er würde aus dem Wagen kippen, als er sich noch einmal berappelte. Er hob den Kopf, sein Blick wurde klarer. »Spritze gekriegt«, nuschelte er in seinem Schweizer Akzent, »vermutlich ein … ein schnell wirkendes … Barbiturat.«

Alex gab Leschek mit der Hand ein Zeichen. »Setz ihn richtig rein und schnall ihn an, wir schaffen ihn in das Haus meines Onkels. Ich rufe Dr. Harm an, er soll ihn untersuchen. Wenn es wirklich ein Barbiturat war, dann bringt er ihn rasch wieder auf die Beine.«

***

Selten hatte Wolf das Ende der Dezernatsleiterbesprechung so herbeigesehnt wie jetzt. Die ganze Zeit schon war er nicht richtig bei der Sache. Zu viel ging ihm durch den Kopf, was ausschließlich seinen Fall betraf. Was, wenn die Täter die Pumpe wirklich zum Zwecke des Ausbringens von Dieselöl beschafft und eingesetzt hatten? Was, wenn das Kalifat tatsächlich nur eine Finte war? Und wer steckte dann dahinter? Wem nützte das Ganze? Was käme als Nächstes?

»Leo, bleibst du noch einen Moment?« Sommers Frage holte ihn in die Wirklichkeit zurück. Soeben hatte der letzte Kollege den Konferenzraum verlassen und die Tür hinter sich zugemacht.

»Setzen wir uns noch mal«, sagte Sommer und machte eine einladende Geste. »Noch einen Kaffee?«

Wolf winkte ab. »Danke, Ernst. Lass uns lieber gleich zur Sache kommen. Ich nehme an, es geht um Schneidewind?«

Sommer nickte bedrückt. »Er behauptet, euer Dezernat würde wichtigen Spuren nicht mit dem nötigen Druck nachgehen. Wie kommt er zu dieser Auffassung?«

»Weiß der Geier! Aus mir unerfindlichen Gründen scheint er sich auf die Islamistenspur eingeschossen zu haben. Damit meine ich …«

»Ich weiß, was du meinst, hab deinen Bericht gelesen. Weiter?«

»Ich bin mir jedenfalls absolut sicher, dass an dieser Spur nicht das Mindeste dran ist, dass uns die wahren Täter nur auf ein falsches Gleis locken wollen. Das wären nach meiner Kenntnis die ersten Islamisten, die für ein ausgeführtes Attentat Geld nehmen – das widerspräche ihrer Ideologie. Und noch was …«

Wolf erzählte, was er im Restaurant des Ludwigshafener Hotels herausgefunden hatte. Je länger seine Ausführungen dauerten, desto breiter grinste Sommer.

»Ich nehme an, Schneidewind weiß noch nichts davon, richtig?«

Wolf wand sich. »Nein … äh, ja – also er weiß es noch nicht«, bekannte er schließlich.

Sommers Miene war wieder ernst geworden. »Gibt's dafür einen Grund?«

»Diese Frage, mein lieber Ernst, hab ich mir selbst schon gestellt. Die Antwort ist … ach, ich kann es nicht erklären. Es hat jedenfalls nichts mit Schneidewinds rüdem Umgangston zu tun, falls du das meinst. An den hab ich mich längst gewöhnt. Nein, ich möchte nur gar zu gerne wissen, warum sich ein Staatsanwalt so vehement auf eine bestimmte Spur kapriziert. Kannst du mir das erklären?«

Sommer dachte kurz nach, ehe er eine beschwichtigende Handbewegung machte. »Auf alle Fälle müssen wir ihn über die neue Sachlage informieren. Eine Dauerfehde mit der Staatsanwaltschaft können wir uns nicht leisten. Sind wir uns da einig?«

Sommers Telefon klingelte. Er entschuldigte sich, bevor er das Gespräch annahm. Danach hörte er eine Minute lang hochkonzentriert zu, nur hin und wieder ein »Aha!« oder »Verstanden!« einwerfend, bevor er mit einem energischen »Bitte beruhigen Sie sich, Hauptkommissar Wolf wird gleich bei Ihnen sein!« den Hörer zurücklegte.

Als er sich wieder Wolf zuwandte, wirkte er höchst beunruhigt. »Du kennst doch Biotecc, draußen in Nußdorf?«

»Wer kennt die nicht? Vor allem, nachdem sie uns vor zwei Tagen vor einer Ölpest bewahrt haben.«

»Das eben war der junge Alex Rottmann. Erich Rottmann, sein Onkel und gleichzeitig der Oberboss des Unternehmens, wurde um Mitternacht entführt.«

»Um Mitternacht? Und wir erfahren erst jetzt davon, neun Stunden später?« Die Verwunderung in Wolfs Stimme war nicht zu überhören.

»Die Familie hat seit der planmäßigen Landung seines Flugzeugs in Ludwigshafen nichts von ihm gehört«, erläuterte Sommer, ohne auf Wolfs unterschwelligen Vorwurf einzugehen. »Ich habe gesagt, du würdest dich darum kümmern. Bitte lass alles stehen und liegen. Wir sprechen nach deiner Rückkehr weiter.«

Wolf war bereits auf dem Weg zur Tür. »Bin schon weg«, erwiderte er. »Ich werde Jo mitnehmen.«

Die Fahrt ins nahe Nußdorf dauerte gerade mal fünf Minuten. Unterwegs setzte Wolf die überraschte Jo ins Bild.

Nachdem sie das Werkstor durchfahren und den Wagen auf dem Gästeparkplatz abgestellt hatten, kam ein Mann auf sie zugelaufen.

»Guten Morgen! Hauptkommissar Wolf mit Begleitung, nehme ich an? Wenn Sie mir bitte folgen wollen. Herr und Frau Rottmann erwarten Sie bereits.« Er nickte ihnen flüchtig zu, bevor er sie zum Eingang des pompösen Verwaltungsgebäudes führte und nach Durchqueren der Halle in den Aufzug bat.

Während der Fahrt nutzte Wolf die Gelegenheit, ihren Begleiter unauffällig zu mustern. Der Mann war hochgewachsen, deutlich über eins achtzig, mit scharf geschnittenem Profil und drahtigem, muskulösem Körperbau. Die dünnen blonden Haare trug er streng nach hinten gekämmt und zu einem Pferdeschwanz zusammengebunden. Obwohl er anscheinend über geschliffene Umgangsformen verfügte, rechnete Wolf ihn nicht zu den höheren Chargen. Die vernarbten Wangen und sein ständiges Schniefen bestärkten ihn in seiner Meinung.

Die Begrüßung durch die Rottmanns fiel bemerkenswert kühl aus. Lag es an Wolfs skurriler Kopfbedeckung, die von beiden skeptisch beäugt wurde, oder war ihnen aus irgendeinem Umstand der Umgang mit Polizisten zuwider? Letzteres hätte Wolf durchaus verstanden. Entführungen stellten für alle Beteiligten eine Extremsituation dar. Sie wirbelten jede Menge Staub auf, noch dazu, wenn es sich bei dem Opfer um den Boss eines mächtigen Familienunternehmens handelte. Klar, dass sich solche Leute höchst ungern in die Karten blicken ließen.

»Danke, dass Sie gleich gekommen sind.« Die Stimme von Ulla Gauß-Rottmann ließ keinerlei Emotionen erkennen. Mit einer einladenden Armbewegung wies sie auf einen monströsen Konferenztisch, der nach Wolfs grober Schätzung gut dreißig Personen Platz bot und den Raum dominierte. Zu seiner Überraschung bezog ihr Wink auch den jungen Mann mit ein, der sie kurz zuvor auf dem Parkplatz abgeholt hatte.

Während sie ihre Plätze einnahmen, resümierte Wolf auf die Schnelle, was er in der Vergangenheit über die Biotecc-Chefin gehört und gelesen hatte. Es war herzlich wenig. In der Öffentlichkeit galt die Frau als arrogant und extrovertiert. Ein Blick auf ihre äußere Erscheinung schien das zu bestätigen: Sie war sorgfältig zurechtgemacht und mit jeder Menge teurem Schmuck behängt. Schnell wurde Wolf klar, weshalb ihr erst unlängst ein Reporter den Spitznamen »Barbie« angehängt hatte – die platinblonden Haare, hinten zu einem Knoten aufgesteckt, forderten förmlich dazu heraus. Sie war mit dem Bruder von Erich Rottmann verheiratet gewesen, der vor Jahresfrist überraschend das Zeitliche gesegnet hatte, angeblich aufgrund massiver Alkohol- und Tablettenprobleme. Seitdem teilte sie sich die Geschäftsführung des Unternehmens mit Erich Rottmann und ihrem Sohn Alex, was – schenkte man den Gerüchten Glauben – nicht selten in Hauen und Stechen endete.

Inzwischen saßen sie sich am Kopfende des gewaltigen Tisches gegenüber. Ulla ergriff als Erste das Wort.

»Ich denke, wir können uns lange Vorreden sparen, schließlich wissen wir alle, worum es geht. Vielmehr sollten wir unsere Anstrengungen darauf richten, die Täter zu fassen und Erich so schnell wie möglich freizubekommen – nicht wahr, Herr Kommissar?«

»Augenblick noch.« Anstelle einer Antwort wandte Wolf sich an den jungen Mann mit Pferdeschwanz: »Wer sind Sie, wenn ich fragen darf?«

»Oh, bitte entschuldigen Sie, Herr Kommissar«, mischte sich Alex Rottmann ein. »Das ist Dieter Leschek, einer meiner engsten Mitarbeiter. Wir haben ihn dazugeholt, weil er in die Nachforschungen über das Verschwinden meines Onkels involviert war, wie Sie gleich hören werden.«

»Ein Zeuge also«, sagte Wolf und nickte verstehend, während sich Jo Notizen machte. »Gut! Dann lassen Sie uns mit Herrn Rottmanns Ankunft in Friedrichshafen beginnen. Wenn ich das richtig verstanden habe, ist er wie vorgesehen um Mitternacht gelandet. Seitdem fehlt von ihm jede Spur, richtig? Ich hätte nun gerne gewusst: Wann haben Sie das erste Mal an eine Entführung gedacht, oder anders gefragt: Wodurch sind Sie misstrauisch geworden? Für eine Verspätung konnte es schließlich tausend Gründe geben, oder nicht?« Er blickte abwechselnd auf Alex Rottmann und dessen Mutter.

»Keinesfalls. Aber um das zu verstehen, müssten Sie meinen Schwager kennen«, antwortete Ulla Gauß-Rottmann. »Es war ausgemacht, dass Erich sofort nach seiner Rückkehr aus den USA mit mir und Alex Verbindung aufnimmt; ein dringender Sachverhalt war zu klären.«

»Um diese Zeit?«, staunte Jo.

»Warum nicht? Wir sind schließlich keine Beamten«, entgegnete sie spitz. »Nun müssen Sie wissen: Auf Erich ist hundertprozentig Verlass. Überspitzt formuliert könnte man sagen, er ist pünktlich bis zur Pingeligkeit. Als er sich bis drei Uhr nicht gemeldet hatte, rief ich zunächst seine Haushälterin und danach die Flughafenaufsicht an.« Sie schilderte kurz, was sie bei den Telefonaten erfahren hatte. »Daraufhin hab ich mich mit meinem Sohn beraten.«

»Vielleicht verstehen Sie jetzt, weshalb wir sofort an eine Entführung dachten«, fuhr Alex Rottmann fort. »Jedenfalls bin ich dann heute Morgen mit Herrn Leschek zum Flughafen gefahren –«

»Bitte der Reihe nach«, unterbrach ihn Jo: »Wie sollte Ihr Onkel denn vom Flughafen nach Hause kommen, wie war das organisiert?«

Alex Rottmann wirkte einen Moment lang unkonzentriert. Gleich darauf sammelte er sich aber wieder und beantwortete ihre Frage. Anschließend resümierte er seine Gespräche mit den Piloten und der Vorfeldsicherung.

»Etwas später haben wir Jacques Studer beim Tor zum Vorfeld gefunden. Nach seiner Aussage haben ihn die Täter mit einer Spritze außer Gefecht gesetzt, irgendein schnell wirkendes Barbiturat. Unser Arzt hat ihn wieder auf die Beine gebracht.«

Ungläubig riss Wolf die Augen auf. »Soll das heißen, Sie haben Studer weggebracht, ohne irgendjemanden zu alarmieren?«

»Na, was denken Sie? Der Mann brauchte dringend Hilfe, er war stark unterkühlt und –«

»Sie hätten einen Notarzt rufen und die Polizei verständigen müssen«, fuhr ihm Wolf ins Wort. »Wie sollen wir jetzt den genauen Tatverlauf rekonstruieren, von der Spurenlage einmal ganz abgesehen? Wann genau haben Sie Studer gefunden?«

»So gegen halb neun.«

»Halb neun? Uns haben Sie erst gegen zehn Uhr fünfundvierzig angerufen, mehr als zwei Stunden danach. Wieso so spät? Wo ist Herr Studer überhaupt?«

Alex Rottmann zögerte mit der Antwort. »Tut mir leid, diese Frage kann ich Ihnen beim besten Willen nicht beantworten. Jacques war plötzlich verschwunden. Er ist gegangen, ohne ein Wort zu sagen.«

»Merkwürdig … sehr merkwürdig«, antwortete Wolf gedehnt, bevor er Dieter Leschek ins Auge fasste. »Nur der Ordnung halber: Ich nehme an, Sie können den geschilderten Sachverhalt zur Gänze bestätigen?«

Um dessen Mund spielte ein spöttisches Lächeln. »Aber klar doch, zur Gänze!«, erwiderte er und zog die Nase hoch.

Wolf musterte ihn abschätzig, ohne eine Miene zu verziehen. In die so entstandene Pause hinein fragte Jo: »Wenn Sie mir bitte Fahrzeugtyp, Farbe und Kennzeichen des abholenden Wagens nennen würden. Wir müssen ihn zur Fahndung ausschreiben.«

Ulla Gauß-Rottmann diktierte ihr die Daten.

»Danke.« Jo erhob sich. »Ich gebe dann mal die Fahndung raus, Chef«. Sie holte ihr Handy hervor und drückte eine Kurzwahltaste, während sie ein paar Schritte zur Seite ging.

»Darf ich fragen, was Sie sonst noch zu unternehmen gedenken?«, fragte Ulla Gauß-Rottmann, inzwischen leicht genervt.

»Natürlich. Dazu komme ich gleich, Frau Gauß-Rottmann! Doch zuerst müssen wir uns ein genaueres Bild machen. Haben Sie eine Idee, wer hinter der Entführung stecken könnte? Hatte Herr Rottmann Gegner oder Neider, gab es Rivalitäten, Auseinandersetzungen, möglicherweise auch außerhalb des betrieblichen Umfeldes? Wurde er bedroht? Hat es während seiner Reise Probleme gegeben?«

Während Jo wieder an ihren Platz zurückkehrte, wechselte Ulla Gauß-Rottmann einen Blick mit ihrem Sohn. Beide zuckten mit den Schultern.

»Nichts von alledem, Herr Kommissar; jedenfalls nichts, was eine Entführung rechtfertigen würde«, antwortete sie bestimmt.

Alex Rottmann fügte hinzu: »Darüber haben wir uns selbst schon den Kopf zerbrochen. Wenn wir einen konkreten Verdacht hätten, und wäre er noch so vage, hätten wir es Ihnen längst gesagt. Nein, ich bin sicher, den Entführern geht es ausschließlich um ein Lösegeld.«

»Etwas anderes: Wir müssen Kontakt zu den Piloten aufnehmen, weil nur sie die beiden Entführer beschreiben können. Geben Sie uns bitte ihre Namen?«

Alex nannte sie ihm. »Zufällig fliegen die beiden Friedrichshafen heute Nachmittag noch einmal an. Wenn ich mich recht erinnere, ist die Landung für vierzehn Uhr vorgesehen.«

»Gut, wir werden dort sein. Nun, gnädige Frau, Sie haben gefragt, was wir zu unternehmen gedenken. Also: Zunächst einmal fahnden wir nach dem Wagen Ihres Schwagers. Er wird, sobald wir ihn gefunden haben, kriminaltechnisch untersucht, und ich versichere Ihnen, dass unsere Spezialisten auch nicht die kleinste Spur übersehen werden. Außerdem werden wir nach der Beschreibung der beiden Piloten Phantombilder anfertigen und die Täter zur Fahndung ausschreiben – übrigens nicht nur bundesweit, sondern auch in Österreich und der Schweiz. Da nach Ihrer Einschätzung eine Lösegeldforderung zu erwarten ist, sollten wir darüber hinaus eine Fangschaltung einrichten. Falls Sie damit einverstanden sind, schicken wir gleich zwei Techniker vorbei, die werden das erforderliche Equipment installieren.«

Irgendwo schrillte ein Mobiltelefon. Wolf brauchte eine Sekunde, bevor er registrierte, dass der Ton aus seiner Tasche kam. Er entschuldigte sich kurz und nahm das Gespräch entgegen. Zwei-, dreimal sagte er »Aha« oder »Verstanden«, dann drückte er die Aus-Taste. Sekunden verstrichen, ehe er sich wieder Ulla Gauß-Rottmann zuwandte.

»Sie haben sicher so etwas wie eine PR-Abteilung, oder irre ich mich?«

»Ja … aber ich verstehe nicht …«

»Gehe ich recht in der Annahme, dass Presseberichte über Ihr Unternehmen dort gesammelt und archiviert werden?«

»Ja, und?«

»Heute ist ein Artikel über Biotecc im ›Seekurier‹, er befasst sich mit der Bekämpfung der Ölpest und enthält ein Foto, das drei Personen beim Verlassen Ihres Hubschraubers zeigt. Ist es möglich, den Artikel hier kurz einzusehen?«

»Äh … ich verstehe immer noch nicht. Hat das was mit der Entführung zu tun?«

»Nur am Rande. Trotzdem … es wäre wichtig.«

Ulla Gauß-Rottmann schien unentschlossen. Schließlich gab sie mit einem flüchtigen Nicken ihr Einverständnis. Während Alex Rottmann daraufhin zu einem nahe stehenden Festnetzapparat ging, stand sie auf. »Mich brauchen Sie ja wohl nicht mehr«, bemerkte sie kühl und rauschte grußlos von dannen.

Wenig später brachte eine junge Frau den gewünschten Zeitungsausschnitt. Wolf beugte sich darüber und studierte das Bild. Endlich hob er den Kopf und fasste Dieter Leschek ins Auge. »Ich vermute, die Gestalt links außen neben Herrn Rottmann, das sind Sie.« Seine Frage klang wie eine Feststellung.

Nun beugten sich auch Dieter Leschek und Alex Rottmann über den Artikel. Irritiert sahen Sie anschließend zu Wolf hinüber.

»Ja, und?«, fragte Dieter Leschek verständnislos.

»Sind Sie's oder sind Sie's nicht?«

Als Dieter Leschek mit der Antwort zögerte, stellte Alex Rottmann unwirsch fest: »Sicher, er ist es. Was soll das Ganze? Herr

Leschek hat mir bei der Bekämpfung des Ölteppichs assistiert. Na und?«

Wolf sah Dieter Leschek unverwandt an. »Würden Sie uns verraten, wo Sie sich am vergangenen Sonntag gegen sechzehn Uhr aufgehalten haben?«

Unvermittelt sprang Alex Rottmann auf. »Das geht zu weit, Herr Kommissar! Entweder Sie lassen jetzt die Katze aus dem Sack, oder unser Gespräch ist beendet!« Er machte den Eindruck, als könne er sich nur mit Mühe beherrschen – ganz im Gegensatz zu Dieter Leschek, der sich von Wolfs Frage völlig unberührt zeigte. Auch Jo war der Auseinandersetzung mit steigender Verwunderung gefolgt. Kein Wunder, hatte Wolf doch bis jetzt noch keine Gelegenheit gefunden, sie über den Inhalt des Telefongesprächs in Kenntnis zu setzen.

»Warum die Aufregung, Herr Rottmann?«, meinte Wolf gelassen. »Ich hab lediglich gefragt, wo sich Ihr Mitarbeiter am Sonntag gegen sechzehn Uhr aufgehalten hat. Ich bin sicher, Herr Leschek hat nichts zu verbergen. Also, Herr Leschek?«

»Ich war in Basel. Sind Sie jetzt zufrieden?«

»Aber sicher. Ich nehme an, dafür gibt es Zeugen?«

»Darauf können Sie Gift nehmen. Jetzt aber mal Klartext: Worauf wollen Sie eigentlich hinaus?«

»Also schön, meine Herren, dann will ich Sie nicht länger auf die Folter spannen. Es hat sich ein Zeuge gemeldet, der Stein und Bein schwört, dass er Sie, Herr Leschek, zur fraglichen Zeit in Wasserburg gesehen hat … und zwar beim Betanken einer Motorjacht. Und wie der Zufall so spielt, handelt es sich um genau jene Jacht, die in der darauffolgenden Nacht vermutlich die Ölpest verursacht hat und untergegangen ist – die ›Luisa‹. Was sagen Sie dazu?«

Dieter Leschek gab sich gelassen. Achselzuckend erklärte er: »Ach Gott, was soll ich dazu sagen, Herr Kommissar? Der Mann hat sich geirrt! So einfach ist das.«

»Akzeptiert … sobald der von Ihnen ins Feld geführte Zeuge Ihr Alibi bestätigt.«

»Herrgott noch mal! Wollen Sie mich etwa in die Islamistenschublade stecken, oder was? Das ist doch idiotisch!« Nun schien auch Dieter Leschek kurz davor, die Beherrschung zu verlieren.

Beruhigend legte ihm Alex Rottmann die Hand auf den Arm. »Lass mal … irgendwo hat der Kommissar ja recht, der Sache nachzugehen.« Dann hob er den Kopf und wandte sich an Wolf: »Der Zeuge bin ich, Herr Kommissar. Ich habe Herrn Leschek am Sonntag gegen vierzehn Uhr nach Basel geschickt, um vertrauliche Unterlagen und Materialproben zu überbringen. Er war angewiesen, an Ort und Stelle die Überprüfung der Proben abzuwarten und mir die Expertise nach seiner Rückkehr persönlich auszuhändigen. Wenn ich mich recht erinnere, war er gegen achtzehn Uhr zurück. Natürlich stand ich währenddessen mit unserem Partner in Basel telefonisch in Kontakt, der hat mir den Ablauf bestätigt. Reicht das?«

»Würden Sie mir bitte noch den Namen Ihres Partners nennen?«

»Nein. Ich werde den Teufel tun und Beamten irgendeiner Behörde unsere geschäftlichen Aktivitäten auf die Nase binden. Fest steht jedenfalls, dass sich Ihr Zeuge geirrt hat! Im Übrigen scheinen Sie eines vergessen zu haben: Wir sitzen keinesfalls als Beteiligte an dieser Ölpest vor Ihnen, sondern als Opfer in einem Entführungsfall. Ich darf Sie außerdem daran erinnern, dass *wir* es waren, die gestern in der Frühe die Katastrophe im letzten Augenblick verhindert haben.«

Wolf erhob sich, Jo tat es ihm gleich. »Tja, meine Herren, mit unbequemen Fragen macht man sich keine Freunde, wir wissen das. Trotzdem, auch wenn sie manchmal überzogen scheinen: Wir müssen sie von Gesetzes wegen stellen. Nichts für ungut also! Was die Entführung Ihres Onkels angeht, halten wir Sie selbstverständlich über die weiteren Ermittlungen auf dem Laufenden. Und bitte vergessen Sie nicht: In spätestens einer Stunde werden die Kollegen die Fangschaltung bei Ihnen einrichten. Auf Wiedersehen!«

Nach wenigen Schritten drehte er sich noch einmal um. »Ach ja, fast hätte ich's vergessen: Herr Leschek, ich muss Sie bitten, sich bis auf Weiteres zu unserer Verfügung zu halten. Danke.«

»Dieser Zeuge, Chef, den Sie da plötzlich aus dem Hut gezaubert haben … der war doch wohl keine Finte, oder?«, fragte Jo, als sie in den Dienstwagen stiegen.

»Keineswegs. Vorhin am Telefon hat Terry mir mitgeteilt, dass sich ein Leser des ›Seekurier‹ bei ihm gemeldet hat. Der hat am Sonntag in Wasserburg zufällig mitgekriegt, wie im Hafen ein Mann die ›Luisa‹ betankte. Heute Morgen hat er zu seiner Überraschung diesen Mann wiedererkannt – auf dem Bild im ›Seekurier‹. Was hältst du davon?«

»Hm, schwer zu sagen. Auf den ersten Blick scheint Lescheks Alibi wasserdicht. Vielleicht hat sich der Anrufer ja wirklich getäuscht. Mich wundert jedenfalls nicht, dass Rottmann Ihre Fragen in den falschen Hals gekriegt hat. Plötzlich in die Nähe der Täter gerückt zu werden, kommt ihm sicher verdammt undankbar vor.«

»Trotzdem ... für ganz so dünnhäutig hätte ich ihn nicht gehalten.« Wolf überlegte kurz, ehe er weitersprach: »Mir ging gerade noch etwas anderes durch den Kopf: Basel ist doch Standort führender Chemie- und Pharmafirmen, nicht wahr?«

»Novartis, Roche, Syngenta, Ciba/BASF ...«, betete Jo herunter.

»Genau. Natürlich wäre es möglich – wenn nicht sogar wahrscheinlich –, dass Biotecc zu einigen dieser Unternehmen freundschaftliche Kontakte unterhält. Das würde dann Lescheks Fahrt nach Basel hinreichend erklären –«

»Eben«, fuhr ihm Jo ins Wort. »Warum soll es zwischen Biotecc und den Baseler Firmen keine Verbindung geben? Wahrscheinlich beauftragt Biotecc alle naselang irgendwelche Chemieunternehmen mit der Untersuchung bestimmter Substanzen. Deshalb können wir aber die Entführung und die Ölkatastrophe noch lange nicht in einen Topf werfen.«

»Da geb ich dir recht. Trotzdem muss die Frage erlaubt sein, wie es sein kann, dass sich Leschek zur selben Zeit in Wasserburg und in Basel aufhält. Beides geht nicht. Entweder unser Zeuge lügt – oder Leschek.«

»Im letzteren Falle wäre auch Alex Rottmann dran.«

»Du sagst es.« Er dachte kurz nach. »Sollte allerdings unser Zeuge danebenliegen, dann könnte auch etwas ganz anderes hinter der Sache stecken.« Grüblerisch sah er in die Luft.

»Wie ... Sie denken an so etwas wie *feindliche* Kontakte?«

»Warum nicht? Der Chemie- und Pharmamarkt soll das reinste Haifischbecken sein, da gönnt einer dem anderen nicht die Wurst aufs Brot – wie immer, wenn's um viel Geld geht.«

»Wollen Sie damit andeuten, dass wir es möglicherweise mit einem zweiten Tatkomplex zu tun haben? Wirtschaftskriminalität? Das fehlte gerade noch!«

»Zumindest können wir es nicht ausschließen. Wir wissen doch, wie das läuft: Sobald in einem Unternehmen Kurssteigerungen, höhere Gewinnmargen oder zusätzliche Tantiemen winken, verlieren die Leute plötzlich jedes Maß. Da werden auf Teufel komm raus Spione eingeschleust, Forschungsergebnisse geklaut, Patente umgangen und dergleichen mehr. Wer weiß, vielleicht hängt Rottmanns Entführung ja auch mit solchen Spielchen zusammen? Dann müssten die Ermittlungen erheblich ausgeweitet werden. Dafür brauchen wir allerdings Verstärkung, weshalb ich gleich nach unserer Rückkehr mit Sommer sprechen werde. Wir können uns ja schließlich nicht zerreißen.«

»Was ist mit der Überprüfung von Lescheks Alibi, Chef?«

»Finger weg! Solange sich keine neuen Verdachtsmomente ergeben, halten wir uns an Alex Rottmanns Aussage.« Wolfs Gesicht verzog sich zu einem süffisanten Lächeln. »Wir wollen doch nicht, dass Schneidewind einen Herzkasper bekommt, oder?«

8

Wie sehr der Glatzköpfige sich auch ins Zeug legen mochte – nach jedem Landgang benötigte er exakt zweiundvierzig Ruderschläge, bis er das kleine Beiboot an der Badeplattform der Motorjacht festmachen konnte. Auch diesmal war es nicht ein Schlag weniger.

Fünfmal hatte er die Überfahrt zwischen Uferweg und Jacht schon zurückgelegt: dreimal hin, zweimal zurück. Schon spürte er in den Oberarmen einen leichten Muskelkater. Gar zu gerne hätte er gewusst, weshalb sich der Boss nicht für einen leichter erreichbaren Liegeplatz entschieden hatte – in einer der unzähligen Marinas zum Beispiel, die ringsum wie Pilze aus dem Boden schossen. Für ihn wäre das tausendmal bequemer gewesen, und ihrer »Fracht« hätte es auch nicht geschadet.

Doch was kümmerte den Boss seine Befindlichkeit? Für ihn gab es andere, wichtigere Optionen. Auf alle Fälle hatte er ihm eingeschärft, jegliches Aufsehen zu vermeiden und die kostbare Fracht wie seinen Augapfel zu hüten, damit sie nicht in falsche Hände geriet. So gesehen war die Entscheidung für das einsame Südwestufer des Überlinger Sees vielleicht sogar richtig gewesen. Hierher, an den Arsch der Welt, würde sich kaum jemand verirren, schon gar nicht um diese Jahreszeit. Die zahlreichen Wanderfreaks, die im Sommer den lauschigen Uferweg von Bodman in Richtung Marienschlucht entlanggingen, zogen bis auf Weiteres andere Fleckchen vor. Bislang jedenfalls hatte er in diesem Uferabschnitt noch keine Menschenseele angetroffen. Hinzu kam, dass er den kleinen Suzuki-Jeep unweit des Fahrweges hatte verstecken können, sodass sich die Hin- und Herschlepperei in Grenzen hielt.

Ächzend hievte er die schwere Tasche an Deck, bevor er sich selbst hinaufschwang. Dann schloss er mit gemischten Gefühlen die Kabinentür auf. Nichts deutete darauf hin, dass während seiner Abwesenheit etwas vorgefallen wäre. Na ja, was sollte hier auch schon groß passieren? Überraschungsbesuche waren mehr als unwahrscheinlich, vermutlich würde sich nicht mal die Wasserschutzpolizei hierher verirren.

Ein abschließender Kontrollblick zurück zum Ufer fiel zu seiner Zufriedenheit aus. Zu Wasser und zu Lande alles paletti; außer ein paar Seevögeln und dem sanften Wellenschlag an den Rumpf des Bootes war nichts zu sehen oder zu hören.

Der Glatzköpfige stellte die Tasche ab und sperrte die Kabinentür auf. Befriedigt registrierte er, dass ihre wertvolle Fracht noch immer an derselben Stelle lag, an der er sie vor drei Stunden verlassen hatte.

Sein Kommen schien Rottmann geweckt zu haben. Schwer atmend richtete er den Oberkörper auf. Der Glatzköpfige nahm ihm die dunkle Augenbinde ab, bevor er ihm mit einem kräftigen Ruck das Klebeband vom Mund riss. Die Fesselung ließ er unangetastet, sie war zu kompliziert, um sie ohne triftigen Grund zu lösen. Immerhin schenkte sie dem Gefangenen ein Minimum an Bewegungsfreiheit, sodass er seine Notdurft alleine verrichten oder auch mal an einem Glas nippen konnte. Andererseits machte sie jeden Versuch zunichte, sich selbst zu befreien oder Alarm zu schlagen.

Da hatte der Boss sich wieder was einfallen lassen – alle Achtung! Dabei sah das Ganze so einfach aus: Beide Arme des Gefangenen hingen nach unten, der rechte vor dem Bauch, der linke über dem Hintern; durch den Schritt hindurch waren beide Handgelenke mit einer Schnur aneinandergefesselt. Anschließend war die Schnur nach oben geführt, als Schlinge um den Hals gelegt und dann verknotet worden. Bedauerlich, diese Vorsichtsmaßnahmen, aber unumgänglich. Immer noch besser, als wenn stattdessen ihm der Glatzkopf abgerissen würde – genau das blühte ihm nämlich, sollte seinem »Gast« etwas zustoßen.

Ohne Rottmann aus den Augen zu lassen, packte er die Tasche aus. Dann stellte er dem Mann ein Glas Wasser und einen Teller hin, auf dem sich ein paar belegte Brote befanden.

»So, nun wollen wir uns brav füttern lassen, wir müssen schließlich bei Kräften bleiben, nicht wahr, Herr Rottmann? Falls Sie Champagner und Kaviar vermissen – sorry, dafür reicht leider unsere Kriegskasse nicht.«

Mit diesen Worten ließ er Rottmann zuerst an dem Wasserglas

nippen, bevor er ihm eines der Schnittchen hinhielt. Doch anstatt den Mund zu öffnen und reinzubeißen, drehte Rottmann den Kopf zur Seite.

»Auch gut«, sagte der Glatzköpfige ungerührt und legte die Brotschnitte auf den Teller zurück. »›Wer nicht will, hat schon gehab‹, sagte meine Mutter immer. Dann eben beim nächsten Mal. Falls Sie auf die Toilette müssen: Tun Sie sich keinen Zwang an. Sie wissen ja, wie's geht.«

»Was zahlt man dir eigentlich für diesen Job?«, fragte Rottmann mit krächzender Stimme.

»Ich hab Ihnen schon mal gesagt, Sie sollen mich nicht duzen, da kann ich verdammt noch mal ungemütlich werden. Ich gehöre schließlich nicht zu Ihren Speichelleckern.«

»Also: Wie viel?«

»Zahlen? Für was?«

»Dafür, dass Sie mich hierhergeschleppt haben und auf mich aufpassen. Wie viel? Tausend? Fünftausend? Zehntausend?«

»Geben Sie sich keine Mühe.«

»Ich zahle Ihnen das Zehnfache.«

»Pff«, machte der Glatzköpfige nur und schickte sich an, die Kabine zu verlassen.

»Das Hundertfache!«, erhöhte Rottmann sein Angebot. »Dafür, dass Sie mich laufen lassen …«

»Ich bitte Sie, was soll ich mit dem Geld?«, winkte der Glatzköpfige desinteressiert ab. »Sobald ich mich auf den Handel einlasse, bin ich ein toter Mann.«

»Dann sagen Sie mir wenigstens, wie lange ich hier noch festgehalten werden soll.«

Ohne Rottmann eines weiteren Blickes zu würdigen, wandte der Glatzköpfige sich ab und stieg hinauf an Deck, wo er sich in aller Ruhe eine Zigarette anzündete und die Augen über das Seeufer schweifen ließ.

Als sein Handy klingelte, zuckte er zusammen. »Ja?«, meldete er sich zögernd. Schon nach kurzem Zuhören bildete sich eine steile Falte zwischen seinen Augenbrauen. »Wo bitte? Beim Haldenhof? Wieso gerade dort, da ist doch jetzt tote Hose?«

Eine ganze Weile hörte er nur zu, dann fragte er gepresst: »Und was ist, wenn ich nicht komme?« Abermals lauschte er den Worten des Anrufers, bis er hörbar die Luft ausstieß. »Also gut. Ich komme!« Damit unterbrach er die Verbindung.

Für einen kurzen Moment blieb er regungslos stehen. »Möchte gar zu gerne wissen, was Studer im Schilde führt«, brummte er kopfschüttelnd. Dann ging er wieder nach unten.

Dort hatte es Rottmann unterdessen in die Senkrechte geschafft. Er war zu der schmalen Tür gewankt, hinter der sich die Toilette befand. Nach seiner Rückkehr ließ er sich jetzt bäuchlings auf die Liege fallen.

»Leider muss ich Sie schon wieder verlassen, Herr Rottmann, dringende Geschäfte. Sie als Unternehmer werden das sicher verstehen. Bis heute Abend also.«

Der Glatzköpfige legte ihm erneut Knebel und Augenbinde an, verschloss die Kabinentür und verließ die Motorjacht in dem kleinen Beiboot, in dem er gekommen war.

***

Wolf hatte nach seiner Rückkehr aus Nußdorf umgehend Ernst Sommer angerufen, um ihn über den aktuellen Stand der Rottmann-Entführung zu informieren, als jemand ungeduldig an seine Bürotür klopfte. Fast zeitgleich wurde die Tür aufgerissen, Karin Winter stürmte herein und baute sich vor seinem Schreibtisch auf.

Unwillig über die Störung hob Wolf den Kopf. »Entschuldige, Ernst, aber ich muss kurz unterbrechen. Bin gleich wieder dran.« Er knallte den Hörer zurück auf die Gabel, um Karin Winter ins Gebet zu nehmen, doch die kam ihm zuvor.

»Sie spielen mit gezinkten Karten, Herr Wolf. Das hätte ich von Ihnen nicht gedacht … von Ihnen nicht!«

»Moment mal, wovon reden Sie denn da?« So streitbar hatte er Karin Winter noch nie erlebt, und obwohl ihm der Grund für ihre Erregung vollkommen abging, fand er doch, dass sie ihr außerordentlich gut stand.

»Das fragen Sie noch? Haben nicht Sie und Ihr feiner Freund Sommer mir gestern um die Mittagszeit so etwas wie Kooperation zugesichert? Und wollten Sie mir nicht gestern Abend erst die Beteiligung religiöser Extremisten an diesem Fall ausreden? Der Datenstick interessiere Sie nicht, wollten Sie mir weismachen, allenfalls als Spurenträger. Dass ich nicht lache! Und heute, was höre ich heute? Da verzapft die Staatsanwaltschaft das genaue Gegenteil. Dieses Kalifat komme sehr wohl als Tätergruppe in Frage. Verstehen Sie das unter Kooperation? Nein danke, Herr Wolf, da recherchiere ich lieber für mich und veröffentliche, was ich habe, ohne Rücksicht auf Sie und Ihren Ermittlungsstand.« Ihre Wangen glühten wie die eines Racheengels – Wolf hatte keinen Zweifel, dass sie meinte, was sie sagte. »Kooperation, lieber Herr Wolf, ist nämlich keine Einbahnstraße, merken Sie sich das. So, und jetzt entschuldigen Sie mich, ich habe zu tun!« Sie machte Anstalten, den Raum zu verlassen.

Schnell wie der Wind war Wolf auf den Beinen und an der Tür, um ihr den Rückweg zu versperren. »Augenblick, Madame, so einfach kommen Sie mir nicht davon. Was reden Sie da von der Staatsanwaltschaft?«

»Sagen Sie bloß, Sie wissen nichts von der Pressekonferenz? Da komm ich nämlich gerade her.«

»Schneidewind?«

»Genau der.«

»Warten Sie bitte einen Moment.« Er ging zum Telefon und wählte Sommers Nummer. »Ich bin's noch mal, Ernst. Weißt du etwas von einer Pressekonferenz, die Schneidewind gegeben haben soll, gerade eben, vor wenigen Minuten? ... Ja, spinnt der Mann jetzt vollends? ... Gut. Gib mir bitte gleich Bescheid. Ich habe gerade Frau Winter hier.« Er legte auf.

Nachdenklich mit der Linken sein Barett nach hinten schiebend, ließ er sich in seinen Schreibtischstuhl fallen, während Karin Winter mit bissigem Gesichtsausdruck, die Hände in die Hüften gestemmt, vor ihm stand und auf eine Erklärung wartete. Nach kurzem Brüten raffte er sich wieder hoch. Aus dem nahe stehenden Büroschrank zauberte er eine Flasche hervor, verborgen hinter einem unauffälligen Ordner mit der Aufschrift »Sonderfälle«.

»Pastis gefällig?«, fragte er Karin Winter. Als sie dankend ablehnte, goss er sich einen ordentlichen Schluck davon in seine Tasse. Die milchig-hellbraune Farbe des Getränks verriet, dass es mit Wasser verdünnt worden war. »Entschuldigen Sie, aber ich brauche das jetzt«, murmelte Wolf.

»Tun Sie sich keinen Zwang an.« Sie zögerte kurz, ehe sie fortfuhr: »Hab ich das eben richtig verstanden? Sie wussten überhaupt nichts von dieser Pressekonferenz?«

»So isses. Eine einsame Entscheidung des schneidigen Herrn Schneidewind! Natürlich gehört die Unterrichtung der Medien zu seinem Aufgabenbereich. Allerdings wäre eine vorherige Abstimmung mit dem Leiter der Kripo oder dem zuständigen Dezernat außerordentlich hilfreich – schon in seinem ureigensten Interesse.« Wolf schüttelte den Kopf. »Dieser Mann schaufelt sich noch sein eigenes Grab.«

Karin Winter, plötzlich neugierig geworden, zog sich einen Stuhl vor Wolfs Schreibtisch und nahm Platz. »Wie meinen Sie das?«

Wolf nahm einen satten Zug aus seiner Tasse und leckte sich anschließend genüsslich die Lippen. Als er eben zu einer Antwort ansetzen wollte, läutete das Telefon. Diesmal dauerte das Gespräch nur wenige Sekunden.

»Das war Sommer, er ist stocksauer«, erklärte Wolf. »Auch er war nicht über die Pressekonferenz informiert. Dabei hat er noch kurz zuvor mit Schneidewind gesprochen und ihm von Rottmanns Entführung erzählt. Über die Beweggründe des Staatsanwaltes kann ich nur spekulieren. Für mich jedenfalls steht inzwischen fest, dass es sich bei den Nachrichten des Kalifats um eine Finte handelt. Wir sollen auf eine falsche Fährte gelockt werden. Ich rate Ihnen darum: Schweigen Sie die Sache besser tot …«

»Während meine Kollegen ins offene Messer laufen, meinen Sie? Das gefällt mir.« Sie lachte spitzbübisch.

Jo erschien kurz unter der Tür, sie nickte Karin zu. »Wir sind dann so weit, Chef. Bitte geben Sie uns Bescheid, wenn Sie fertig sind.« Schon war sie wieder weg.

»Tut mir leid, Madame, mit mehr kann ich im Augenblick nicht dienen. Alles Weitere ein andermal.« Langsam, aber sicher schob Wolf Karin Winter in Richtung Tür. »Das mit den gezinkten Karten können Sie aber ganz schnell vergessen.« Jetzt grinste auch er.

Übertrieben schuldbewusst senkte Karin den Kopf. »Ich hoffe, Sie können mir noch einmal verzeihen!« Sie öffnete die Tür, schloss sie aber gleich darauf wieder. »Ach ja, was ich noch sagen wollte: Haben Sie schon das Neueste von Biotecc gehört?«

Wolf, hellhörig geworden, holte tief Luft. »Nun schießen Sie schon los. Aber denken Sie daran, ich hab wenig Zeit.«

Karin Winter zog eine Schnute. »Entschuldigen Sie, ich will mich ja nicht aufdrängen.«

»Nun seien Sie doch nicht gleich eingeschnappt. Lassen Sie's schon raus.«

Sie strahlte ihn an, als sei nichts gewesen. »Vielleicht haben Sie von dem Tankerunglück am Samstag vor der galicischen Küste gehört ...«

»Nein. Was ist damit?«

»Na was wohl? Eine Umweltkatastrophe, wie sie im Buche steht. Schon jetzt sollen Tausende von Tonnen Rohöl ausgelaufen sein, die ganze Suppe schwappt auf die Küste zu. Und nun die gute Nachricht: Angeblich soll die Reederei, unter deren Flagge der Supertanker läuft, bei Biotecc angeklopft haben. Die Rettung der Mainau hat sich wohl herumgesprochen. Seit gestern jedenfalls rauscht der Biotecc-Börsenkurs steil nach oben.«

»Schön für die Rottmanns. Also dann, Frau Winter, bis zum nächsten Mal.«

***

Der Haldenhof gilt als eines der Highlights am Bodensee, zumindest was die Aussicht über den See betrifft. Hoch über Sipplingen an der Südkante eines bewaldeten Bergrückens gelegen, ist der Gasthof im Sommer ein außerordentlich beliebter Touristentreffpunkt. Nun aber, Ende November, lag er im Winterschlaf.

Bei der Anfahrt hatte sich der Glatzköpfige gleich mehrfach verfahren, hatte sogar – wenn auch unfreiwillig – dem Pumpspeicherwerk der Bodensee-Wasserversorgung einen Kurzbesuch abgestattet.

»Wieso, zum Teufel, hat es auch ausgerechnet der Haldenhof sein müssen«, schimpfte er. Welch hirnrissige Idee! Er verstand ja, dass Studer keine Zeugen dabeihaben wollte, schließlich zogen ihre beiden Dienstherren, obgleich derselben Familie angehörend, nur äußerst selten an einem Strang. Zu seiner Verwunderung hatte Studer genau darauf abgehoben und einen Burgfrieden ins Spiel gebracht, da es gelte, ab sofort alle Kräfte zu bündeln, um den Seniorchef unbeschadet freizubekommen. Was ein Gespräch unter Kollegen quasi zwingend erforderlich mache.

Armer Studer, wenn du wüsstest!

Noch immer kicherte der Glatzköpfige hämisch in sich hinein, als er endlich den Haldenhof erreichte. Suchend sah er sich um. Das Gelände wirkte wie ausgestorben, Parkplatz und Terrassen waren leer, Türen und Läden der Gebäude fest verrammelt. Eine Handvoll zänkischer Raben schienen die einzigen Lebewesen weit und breit. Auch von Studer fehlte jede Spur. Erst als er ein paar Meter weiterfuhr, bemerkte er dessen Wagen.

Der Glatzköpfige stellte den Motor ab und machte sich auf den Weg. Er glaubte zu wissen, wo sich Studer aufhielt: bei der Aussichtskanzel gleich hinter dem Haldenhof.

Studer, der gnadenlose Kämpfer – von wegen! Für ihn war der Kerl nichts weiter als ein hoffnungsloser Romantiker – ein Warmduscher, wie das heute hieß.

Zu seiner Überraschung fand er jedoch die Aussichtskanzel leer. Eben wollte er wieder kehrtmachen und zum Parkplatz zurückkehren, als Studer wie aus dem Boden gewachsen hinter ihm stand. Der Schreck stand dem Glatzköpfigen ins Gesicht geschrieben. Lauter als nötig fuhr er Studer an: »Warum meldest du dich denn nicht, verdammt noch mal!«

Der Hüne schenkte ihm nur ein mildes Lächeln. »Höre ich da ein schlechtes Gewissen heraus?« In seinem kehligen Schwyzerdütsch wirkte die Frage doppelt provokant.

»Ach, quatsch nicht rum! Lass uns lieber gleich zur Sache kommen, ich hab wenig Zeit. Also, was willst du?«

Er hatte vergeblich versucht, sich an Studer vorbeizudrücken. So nah an dessen Gorillaarmen fühlte er sich mehr als unbehaglich. Sein Standort war aber auch zu exponiert; ein Fingerschnipsen Studers hätte ausgereicht, ihn ohne viel Federlesens in die Tiefe zu befördern.

Doch Studer stand der Sinn offenbar nicht nach Handgreiflichkeiten. Mit nachdenklicher Miene drehte er sich um und schlug den Weg in Richtung Parkplatz ein. Dem Glatzköpfigen blieb nichts anderes übrig, als ihm zu folgen.

Für ihn war Studer ein einziger Widerspruch. Wie anders sollte man die hünenhafte Statur auf der einen und das zuweilen recht kindhafte Gemüt auf der anderen Seite bezeichnen? Wie vertrug sich ein kompromissloser Kampfeswille mit den immer wieder geäußerten gutmenschlichen Moralvorstellungen? Oder der Job eines Bodyguards mit dem Habitus eines emeritierten Professors? Na ja, Letzteres konnte der Glatzköpfige gerade noch nachvollziehen. Immerhin war Studer nicht irgendein Hanswurst, sondern Vertrauter und Beschützer eines mächtigen Großindustriellen. Dass er, vermutlich in Abstimmung auf seinen schwarzen Kinnbart, beständig in schwarzen Klamotten herumlief und sich nicht entblödete, eine randlose Brille mit Fensterglas zu tragen, war am Ende nicht mehr als das Tüpfelchen auf dem i.

Für ihn stand jedenfalls fest: Solchen Typen musste man mit Vorsicht begegnen.

Nachdem sie ein paar Schritte nebeneinanderher gegangen waren, setzte Studer endlich zu einer Erklärung an. »Du weißt, warum ich dich um dieses Treffen gebeten habe. Letzte Nacht haben Unbekannte am Bodensee-Airport den Chef entführt – ich nehme an, du kennst den genauen Hergang?«

»Kenn ich. Und weiter?«

»Nun, wir wissen noch immer nichts über die Täter und ihre Ziele, obwohl sie Rottman seit fast zwölf Stunden in ihrer Gewalt haben. Ich gehe inzwischen davon aus, dass es ihnen nicht um Lösegeld geht.«

»Wie bitte? Was bringt dich zu dieser abwegigen Annahme?«

»Wieso abwegig?«

»Weil … weil zwölf Stunden noch keine Zeit sind. Man weiß doch, wie das läuft: Je mehr Stunden bis zur Forderung eines Lösegeldes verstreichen, desto mürber werden die Erpressten … so sehe jedenfalls ich das.«

»Trotzdem wäre es wichtig zu wissen, welche anderen Gründe außer einer Erpressung eventuell dahinterstecken könnten. Was vermutet ihr?«

Erstaunt sah ihn der Glatzköpfige an. »*Wir?* Warum fragst du das mich und nicht Leschek?«

»An den komm ich im Moment nicht ran, also frag ich dich.«

Der Glatzköpfige wurde unsicher. Worauf wollte Studer eigentlich hinaus? War er misstrauisch geworden? Wie viel wusste er? Vermutlich wäre es das Beste, das Gespräch unter irgendeinem Vorwand abzubrechen, ehe er sich noch die Zunge verbrannte.

»Ich bin für so was die falsche Adresse, Jacques, tut mir leid. Wie gesagt, du musst mit Leschek oder Alex sprechen. Wenn ich gewusst hätte, um was es geht, hätte ich dir das gleich am Telefon gesagt.«

Studer tat, als hätte er die Antwort nicht gehört. »Wenn Rottmann irgendetwas zustößt, trage ich die Schuld. Ich habe mich auf dem Flughafen einfach dämlich benommen. Übertölpelt wie einen Anfänger haben sie mich ... ich kann's immer noch nicht fassen!« Bekümmert schüttelte er den Kopf.

Da war es wieder, dieses Gutmenschentum, diesmal angereichert mit Selbstmitleid. Oder war sein Getue nur eine Masche? Was, wenn es Studer gar nicht um eine gemeinsame Strategie ging? Wenn er etwas ganz anderes im Schilde führte? Aber was?

Inzwischen waren sie wieder bei ihren Wagen angelangt. Hektisch löste der Glatzköpfige die Zentralverriegelung und war bereits im nächsten Moment eingestiegen. Als die Wagentür zufiel, atmete er erleichtert auf. Gerade noch mal gut gegangen, dachte er.

Und Studer? Der war einfach stehen geblieben und starrte ihn durch die Scheibe hindurch unverwandt an, bis ein spöttisches Lächeln über seine Gesichtszüge huschte.

Dieses Lächeln war es, was dem Glatzköpfigen die Augen öffnete. Blitzartig wurde ihm der eigentliche Anlass der Zusammenkunft klar. Wie kann man nur so blöd sein!, fluchte er innerlich. In Wirklichkeit war das Gerede vom Bündeln der Kräfte nur ein Vorwand gewesen, ein Mittel zum Zweck – zu dem Zweck nämlich, ihn von Rottmann und der Jacht bei Bodman wegzulocken. Und er war arglos in die Falle getappt!

Verdammt, er hatte Studer sträflich unterschätzt!

Ziemlich sicher beschatteten ihn Studers Leute schon seit Stunden.

Und vermutlich hatten sie Rottmann längst befreit.

Oh Gott, was war er doch für ein Riesenarschloch!

Doch für Selbstmitleid war keine Zeit, jetzt galt es zu retten, was noch zu retten war. Fieberhaft suchte er nach einem Ausweg. Sollte er Studer ausschalten ... oder schnell zur Jacht zurückkehren? Er entschied sich für Ersteres und griff heimlich nach dem kleinen Derringer, den er am rechten Fußgelenk stets mit sich führte. Er wollte Studers überhebliches Lächeln ausknipsen, ihn abknallen wie einen räudigen Hund – als der Hüne überraschend an die Scheibe klopfte. Erschrocken fuhr der Glatzköpfige zusammen. Mit zitternden Fingern kurbelte er das Fenster einen Spalt weit herunter.

Es war das Letzte, was er in seinem Leben tat, denn ganz plötzlich hatte Studer selbst eine Waffe in der Hand. Noch ehe der Glatzköpfige reagieren konnte, steckte Studer den Lauf durch den Fensterspalt. Als er abdrückte, war es, als würden tausend Sonnen explodieren: Im Wageninneren wurde es gleißend hell, und ein Blitz jagte wie ein irrlichternder Derwisch durch die Kabine, immer rauf und runter und rundherum, bis er nach schier endlosen Sekunden mangels Sauerstoff erstickte und Qualm und Gestank aus allen Ritzen quoll.

Vergeblich versuchte Studer, einen Blick in das Wageninnere zu erhaschen. Es war nichts zu erkennen. Achtlos warf er die großkalibrige Signalpistole auf den Boden und stieg in seinen Wagen. Dort zog er die hautfarbenen Latexhandschuhe aus und legte sie auf den Beifahrersitz. Er würde sie später in einen Gully werfen.

Dann fuhr er mit unbewegtem Gesicht davon.

***

Kaum hatte sich die Tür hinter Karin Winter geschlossen, klopfte jemand dagegen. Es war Jo.

»Denkst wohl, ich hätte euch vergessen?«, empfing er sie murrend.

»Das würde ich nie annehmen, Chef. Nein, es geht um etwas anderes: Da war ein Anruf für Sie, muss was Privates gewesen sein. Ein Mann mit südbadischem Dialekt. Er wollte nur mit Ihnen sprechen.«

»Wie kommst du darauf, dass es etwas Privates gewesen sein könnte?«

»Nun, der Mann hieß Wolf, genau wie Sie.«

»Wolf?«

»Ja. Ein Verwandter vielleicht? Oder haben Sie uns gar einen Sohn verschwiegen?« Sie kicherte belustigt, wurde aber sofort wieder ernst, als Wolf mit den Händen auf dem Rücken zum Fenser ging und mit verschlossenem Gesicht zum Himmel aufblickte. »Äh … also, wir wären dann bereit«, verabschiedete sie sich.

Als Wolf zwei Minuten später zu ihnen stieß, schien er den Vorfall bereits vergessen zu haben. »Habt ihr Kaffee und vielleicht was zu Futtern? Immerhin ist jetzt Mittagszeit«, meinte er und legte einen Stapel Unterlagen auf den Tisch.

»Kaffee ja, Futter nein«, beschied ihn Jo und füllte seinen Becher.

»Ich sehe schon, das D1 ist auch nicht mehr, was es mal war«, seufzte Wolf und ließ sich gegenüber von Jo und Terry auf einen der Stühle fallen.

»Ich könnte einen Lkw für Sie beschaffen, Chef«, bot sich Terry an.

»Donnerwetter, du lernst schnell«, stellte Wolf anerkennend fest und fischte einen Geldschein aus einer Tasche. »Hier, ich halt euch frei. Für jeden einen, das muss reichen; ein voller Bauch studiert nicht gern. Und beeil dich, uns läuft langsam, aber sicher die Zeit davon.«

Schon drei Minuten später war Terry wieder zurück, bald roch es durchdringend nach Leberkäs.

»Jo, du fängst an«, bestimmte Wolf mit vollem Mund. »Also, was haben wir?«

»Immerhin eine erste heiße Spur!« Jo wirkte richtig aufgekratzt. Sie legte ihren Wecken auf einer Serviette ab, um ungehindert vortragen zu können. »Den Kollegen im Labor ist es gelungen, die verfremdete Stimme des anonymen Anrufers beim ›Seekurier‹ zu identifizieren.«

»Jetzt bin ich gespannt.«

»Halten Sie sich fest: Es war Dieter Leschek … *unser* Leschek! Endlich kommen wir voran, Chef.«

Wolf blickte skeptisch. »Wie kommst du darauf? Spuckt die Stimmanalyse jetzt schon Namen aus?«

»Ganz einfach. Ich hab unter einem Vorwand Alex Rottmann angerufen und mich von ihm mit Leschek verbinden lassen. Das Gespräch habe ich mitgeschnitten. Mayer zwo hat bei einem

Stimmvergleich unseren Freund Leschek herausgefiltert, jeder Zweifel ist ausgeschlossen.«

»Eine ziemlich krumme Tour«, knurrte Wolf, und doch war eine gewisse Hochachtung in seiner Stimme nicht zu überhören. »Hoffentlich erfährt Schneidewind nichts davon.«

»War ein Schuss ins Blaue und nicht ganz legal, das muss ich zugeben. Aber schließlich heiligt der Zweck die Mittel. Der Mann ist übrigens mehrfach vorbestraft, hier hab ich seine Akte.«

»Oha! Sehr gut! Sonst noch was?«

»Ja, und das ist fast noch besser: Vor wenigen Minuten hat der Geschäftsführer der Bregenzer Bootsvermietung zurückgerufen, dem hatte ich ein Foto von Leschek geschickt, hier aus der Akte. Er hat den Mann sofort wiedererkannt. Kein anderer als Leschek hat die ›Luisa‹ gechartert.«

»Sieh mal einer an! Leschek ist also Suhrbier ... warum wundert mich das nicht?«

»Damit dürfte seine Deadline abgelaufen sein – oder reicht das noch nicht für eine Festnahme?«, wollte Terry wissen.

»Jetzt hör endlich auf mit dieser verdammten Anglo-Manie«, platzte Wolf der Kragen, »sonst ... sonst wirst du ... *immediately outgesourct*!«

Doch so schnell ließ sich Terry nicht ins Boxhorn jagen. »Seit wann gibt es eine Dienstverordnung, die den Gebrauch gängiger Fremdwörter verbietet?«, maulte er zurück.

Für einen Moment war Wolf perplex. Der Junge wusste sich seiner Haut zu wehren. Respekt.

»Wo er recht hat, hat er recht«, stieß Jo ins gleiche Horn, um sich anschließend direkt an Terry zu wenden: »Trotzdem wäre es gut, du würdest dich etwas zurücknehmen. Weniger ist oft mehr – da denke ich wie der Chef. Stell dir vor, er würde uns ständig mit französischen Ausdrücken beharken, nur weil er gut Französisch spricht.«

»Im Übrigen«, fuhr Wolf einigermaßen besänftigt fort: »Ob wir einen Haftbefehl bekommen, muss sich erst noch zeigen. So weit sind wir noch nicht. Was ist mit der Fahndung nach Studer? Schon was eingegangen?«

»Leider nein«, bedauerte Terry.

»Dafür haben die Hamburger endlich reagiert.« Jo hielt eine

Akte hoch. »Nach ihren Angaben waren Kauder und Abul ganz gewöhnliche Kriminelle. Mit religiösem Fanatismus hatten die nie was am Hut, mit islamistischem schon gar nicht. Zumindest enthält ihre Akte keine diesbezüglichen Einträge, und auch eine Befragung der Nachbarn hat diesbezüglich nichts ergeben. Demnach lagen Sie richtig mit Ihrer Vermutung, Chef. Der Islamistenspuk war nur vorgeschoben.«

Wolf nickte grimmig, ohne sein Kauen zu unterbrechen. »Wurde Rottmanns Wagen schon gefunden?«, fragte er.

»Ja. Vor einer Stunde. In Konstanz, ganz in der Nähe des Münsters. Der Wagen wird gerade von der KTU auseinandergenommen.«

Mitten in die aufkommende Stille hinein schrillte Wolfs Handy. Er hatte sich kaum gemeldet, da bildete sich eine steile Falte zwischen seinen Brauen. »Wo, sagtest du, ist das?«, hakte er nach. »Okay, wir kommen.« Dann unterbrach er die Verbindung.

»Eine brennende Motorjacht, die Wapo-Kollegen sind bereits vor Ort. Der Haftbefehl für Leschek muss leider warten. Jo, du kommst mit. Und du, Terry, fährst derweil nach Friedrichshafen.« Er sah kurz auf die Uhr. »Ja, die Zeit reicht: Gegen vierzehn Uhr sollen die beiden Piloten am Flughafen eintreffen. Nimm sie noch einmal gründlich in die Mangel – bin gespannt, ob sie Rottmanns Angaben bestätigen. Und nimm dein Notebook mit – du kriegst doch hoffentlich ein Phantombild hin?«

»Phantombilder gehören gewissermaßen zu meinen Kernkompetenzen – mit oder ohne Notebook«, gab Terry kichernd zurück. Und an Jo gewandt fügte er hinzu: »Man kommt sich dabei ... wie soll ich sagen? ... ein bisschen wie Gott vor – wenn du verstehst, was ich meine, liebe Kollegin.«

»Jetzt spinnt er vollends.« Jo lachte lauthals auf und tippte sich an die Stirn. Dann ging sie zur Tür. »Ich besorg uns schon mal einen Dienstwagen, Chef. Wo geht's eigentlich hin?«

»Nach Bodman. Dort nehmen wir den Uferweg in Richtung Marienschlucht.«

Schon von Sipplingen aus waren am Südufer wabernde Rauchschwaden zu erkennen. Dennoch dauerte es noch eine gute halbe Stunde, bis sie den Überlinger See umfahren und gleich hinter Bodmann den Uferweg erreicht hatten.

Nach wenigen Metern kam ihnen dort ein Löschzug entgegen, dicht gefolgt von einem Rettungswagen. Auf dem schmalen Weg hatte Jo Mühe, an den Fahrzeugen vorbeizukommen. Wolf nutzte die Gelegenheit, sich im Vorüberfahren kurz nach der Lage vor Ort zu erkundigen.

»Wir sind raus, eure Kollegen von der Wapo haben den Brand bereits gelöscht«, berichtete der Floriansjünger.

Wenig später versperrte ein Streifenwagen die Weiterfahrt: Sie hatten den gesuchten Ankerplatz erreicht. Die Jacht lag etwa dreißig Meter querab, an den Längsseiten hatten zwei Polizeikreuzer festgemacht. Ein am Ufer bereitliegendes Zodiac-Schlauchboot brachte sie hinüber.

Der Schiffsführer begrüßte sie mit einem freundlichen Nicken. »Gut, dass ihr da seid. Der Fall gibt uns Rätsel auf.«

»Ein etwas ungewöhnlicher Ankerplatz«, überlegte Wolf. »Was treibt einen Skipper ausgerechnet hierher, noch dazu in dieser Jahreszeit? Sind Menschen zu Schaden gekommen?«

»Das ist ja das Komische: Uns wurde gesagt, eine Jacht stünde in Flammen. Als wir ankamen, brannte der Kahn innen lichterloh, aber niemand war zu sehen, weder hier an Bord noch am Ufer. Zunächst schien alles viel schlimmer, als es tatsächlich war. Wir konnten das Feuer mit Bordmitteln löschen. Zum Glück war die Kabinentür geschlossen, sodass die Flammen nicht genügend Sauerstoff bekamen.«

»Können wir rüber?«

»Aber Vorsicht bitte. Ich geh mal voraus.« Mit einem großen Schritt wechselten sie die Seiten.

Das Innere der Kabine bot ein absolut uneinheitliches Bild. Während Eingangsbereich und Pantry vom Feuer einigermaßen verschont geblieben waren, wiesen der Schlafbereich und insbesondere die Nasszelle erhebliche Zerstörungen auf, wobei nicht auf Anhieb zu erkennen war, was auf das Konto des Feuers und was auf das der Löscharbeiten ging. Über allem lag ein schmieriger Rußfilm, und es stank penetrant nach verbranntem Kunststoff.

Vorsichtig bewegten sich Wolf und Jo durch die Kabine.

»Wollt ihr die Spusi rufen?«, fragte der Schiffsführer von der Tür her.

»Schon geschehen«, beschied ihn Wolf und starrte interessiert auf ein undefinierbares Knäuel am Boden, als Jo einen scharfen Pfiff ausstieß.

»Chef, kommen Sie mal?« Aufgeregt wies sie auf ein zerknülltes Seidentuch in dezentem Streifendesign, das verdeckt in einer Nische neben der Pantry lag. »Schauen Sie sich die eingestickten Initialen hier an ... klingelt da was bei Ihnen?«

Wolf ging in die Knie, um das Corpus Delicti aus der Nähe zu betrachten, wobei ihm fast das Barett vom Kopf gerutscht wäre.

»Ein E und ein R«, quetschte er hervor, während er die obligatorische Kopfbedeckung mit der Linken festhielt. »Fast zu schön, um wahr zu sein!« Ächzend richtete er sich wieder auf. »Und schau mal dort am Boden ... passt das nicht wunderbar zusammen?«

Ihre Euphorie hatte auch den Schiffsführer herbeigelockt. Zusammen mit Jo starrte er auf das Knäuel am Boden.

»Was soll das sein?«, fragte er verdutzt.

»Ich tippe auf Klebeband.«

»Klebeband? Was für Klebeband?«

»Nun, Paketband eben. Wird in einschlägigen Kreisen gerne zum Fesseln von Geiseln benutzt ... davon hast du doch sicher schon gehört, oder?«, frotzelte Wolf.

»Wie ... du meinst ...«

»Ja, ich bin mir ziemlich sicher! Die Länge der Streifen, ihre gerollte Form, dazu die Art, wie man sie ab- beziehungsweise aufgeschnitten hat ... Das alles spricht dafür, dass auf der Jacht bis vor Kurzem jemand gefangen gehalten wurde. Als man ihn fand – oder soll ich sagen: befreite? – schnitt man ihm natürlich zuerst die Fesseln durch.«

»Und um Spuren zu verwischen, hat man den Kahn angezündet?«, fragte Jo zweifelnd. »Das ergibt doch gar keinen Sinn. Warum sollte man jemanden befreien und anschließend die Spuren der Entführer vernichten? Weshalb wurde er überhaupt festgehalten und von wem?«

Der Schiffsführer nickte heftig. »Genau. Und was ihr euch auch fragen solltet: Wieso lief diese Befreiung eigentlich an euch vorbei?«

»Herrgott, fragt mich was Leichteres. Trotzdem sieht mir das Ganze verdammt nach einem Durchbruch aus.«

»Ihr Wort in Gottes Ohr, Chef. Dann hätten wir wenigstens einen der beiden Fälle vom Tisch.«

Scheinbar überrascht hob Wolf den Kopf. »Wie kommst du darauf, dass wir es mit zwei Fällen zu tun haben?«

***

»Selbst wenn ich den Learjet nehme: Ich kann frühestens morgen früh vor Ort sein, schneller geht's nicht. Bis dahin müsst ihr ohne mich auskommen. Sollte sich die Lage weiter zuspitzen, ruft mich an, ich bin Tag und Nacht erreichbar. Ende.«

Alex Rottmann knallte den Hörer zurück auf die Gabel und goss sich etwas Tee nach, bevor er seine Sekretärin rief. Als sie eintrat, stand er am Fenster und sah auf die Werksanlagen hinab.

»Lindchen, ich werde dringend in La Coruña gebraucht. Lass alles stehen und liegen und ruf ›NetJets‹ an. Ich will wissen, welche Maschine sie uns zur Verfügung stellen können. Start am Airport Friedrichshafen, Landung in La Coruña morgen früh gegen sechs Uhr. Falls es Rückfragen gibt: Ich bin für eine Viertelstunde oder so in Dr. Strattons Labor.«

Während Heidelinde Damerow wortlos nickte und wieder im Vorzimmer verschwand, griff Alex nach seinem Pager und machte sich auf den Weg.

Um Stratton vom regulären Forschungsbetrieb etwas abzuschirmen, war sein Labor in einem etwas abseitsliegenden Gebäudeteil untergebracht worden. Dort arbeiteten ihm zwei Assistentinnen zu.

Alex passierte den Sicherheitscheck vor dem Laboreingang. Als die Tür aufsprang, betrat er den strahlend hell erleuchteten Versuchsraum. Stratton hantierte im Hintergrund an einer Zentrifuge und wandte sich gleich darauf wieder seinem Arbeitstisch zu, um am Bildschirm die Prüfergebnisse zu kontrollieren und mit einer Liste zu vergleichen.

»Wie läuft's, Dr. Stratton?«

Stratton zuckte zusammen, bevor er sich umwandte. »Ach, Sie sind's! Sie haben aber auch eine Art, einen zu erschrecken!« Er lächelte etwas gequält.

»Wie sieht's aus, sind die Ergebnisse inzwischen positiv?«

»Leider nein! Die Nebenwirkungen haben sich eher noch verstärkt. Ich hab Sie gewarnt, Herr Rottmann. So geht das nicht ...«

»Ach was! Zeigen Sie mal her!« Alex nahm Stratton die Liste aus der Hand. »Ich werde das mitnehmen. Wo ist die Mappe mit den Unterlagen über die Versuchsreihen?«

»Unter Verschluss!«

»Wie, unter Verschluss ... was soll das heißen?«

»Das soll heißen, dass ich die Unterlagen nicht aus der Hand gebe. Schauen Sie in meinen Arbeitsvertrag. Dort steht, dass ich Ihnen regelmäßig Bericht erstatte und dass wir über eine angemessene Nutzung meiner Arbeiten verhandeln, wenn die Versuchsreihen abgeschlossen sind. Bis dahin verbleiben alle Auswertungen bei mir. Mit Ihrem Einsatz Sonntagnacht sind Sie bereits viel zu weit vorgeprescht.«

»Aber bei den Nebenwirkungen muss Ihnen ein Fehler unterlaufen sein, Stratton!«

Der Wortwechsel wurde lauter, schon hoben die beiden Assistentinnen die Köpfe.

»Mir ist ganz sicher kein Fehler unterlaufen! Eine Marktreife scheint mir im Augenblick ferner denn je. Tut mir leid!«

Alex brauste auf: »Verdammte Scheiße! Muss man denn alles selber machen ...«

Diesen Vorwurf wollte Stratton nicht auf sich sitzen lassen, offenbar war er sich seines Stellenwertes voll bewusst. In der Tat zählte der Molekularbiologe zu den wenigen Forschern, die sich durch ihre Arbeit mit Schweröl und dessen Derivaten weltweit einen Namen gemacht hatten. Erst vor knapp einem halben Jahr hatte ihn der alte Rottmann aus Berkeley/Kalifornien an den Bodensee geholt und ihm die zentrale Leitung der FE.23-Forschung übertragen. Seitdem verging kein Tag, an dem sich Alex und Stratton nicht kabbelten.

So war es nicht weiter verwunderlich, dass Stratton aufsprang, seinen weißen Arbeitsmantel auszog und ihn demonstrativ über die Stuhllehne warf. »Wenn Sie meinen, dass Sie dann schneller Erfolg haben – bitte sehr!«, antwortete er aufgebracht.

»Aber nein, so war das nicht gemeint«, ruderte Alex postwendend zurück. Zu spät war ihm aufgegangen, dass er mit seiner unbedachten Äußerung sein Lieblingsprojekt gefährden könnte. »So war das wirklich nicht gemeint, entschuldigen Sie meine Impulsivität, Dr. Stratton. Bin heute wohl mit dem falschen Fuß aufgestanden. Bitte machen Sie weiter, ich bin sicher, Sie kriegen das hin.«

In diesem Augenblick vernahm er hinter sich ein Räuspern. »Äh ... Herr Rottmann ...«

Ungehalten fuhr Alex herum. Unter der Tür stand Lindchen, verlegen lächelnd wies sie auf Karin Winter, die der Auseinandersetzung mit offensichtlichem Interesse gefolgt war.

»Was soll das? Wie lange steht ihr schon hier?«, fauchte Alex die beiden an.

»Entschuldigen Sie, Herr Rottmann. Frau Winter wollte Sie nur kurz etwas fragen, und da dachte ich –«

»Ja, ich bin auch gleich wieder weg«, warf Karin ein. »Haben Sie eine Sekunde für mich, Herr Rottmann ... unter vier Augen, wenn's recht ist?«

Mit einer unwilligen Handbewegung forderte Alex Lindchen zum Verschwinden auf. Danach fasste er Karin grob am Arm und zog sie hinter sich her, hinaus auf den Flur. Als die Labortür zugefallen war, herrschte er sie halblaut an: »Sag mal, spinnst du, einfach hier aufzukreuzen? Hast du auch nur die leiseste Ahnung, was bei uns gerade abgeht?« Er schlug, die Hand noch immer an ihrem Ärmel, den Weg Richtung Verwaltungsgebäude ein.

»Bitte beruhige dich, genau darauf zielt ja meine Frage«, antwortete sie beinahe flüsternd. »Ich habe soeben erfahren – bitte frag mich jetzt nicht, von wem – dass man deinen Onkel entführt hat. Offen gestanden bin ich hier, um die Nachricht von dir bestätigt zu bekommen. Und um dich zu fragen, ob die Entführung nach deiner Einschätzung etwas mit dem geplanten FE.23-Einsatz vor der galicischen Küste zu tun hat – darüber hat sich mein Informant leider nicht näher ausgelassen.«

Alex blieb wie vom Donner gerührt stehen, kaum dass sie den Satz zu Ende gebracht hatte. Seine Augen verengten sich zu schmalen Schlitzen. »Woher weißt du das von Galicien?«, fragte er gepresst und sah sich vorsorglich nach eventuellen Lauschern um.

Karin lächelte ihn nur spöttisch an. »Schon mal was von Informantenschutz gehört?«

»Also gut«, meinte er widerwillig und ging weiter, »dann schlage ich dir folgenden Deal vor ...«

»Nach dem Motto ›Eine Hand wäscht die andere‹, was? Oh nein, mein Lieber, darauf kann ich verzichten. Stell ich meine Fragen eben jemand anderem – ich finde schon einen willigen Informanten.«

»Und? Danach stehst du ja doch wieder hier auf der Matte und bittest mich um Bestätigung.« Er lachte ironisch. »Sei nicht albern, Karin – du weißt, ich bin deine einzige kompetente Quelle. Ich könnte mich ... ja, ich könnte mich sogar zu einer Information hinreißen lassen, nach der sich deine Kollegen die Finger lecken würden. Was hältst du davon?«

»Tut mir leid, mein Lieber, aber so läuft das nicht. Lass es mich noch einmal sagen: Ich gebe meine Informanten niemals preis, und damit basta!«

Inzwischen hatten sie das Bürogebäude erreicht. Alex hielt Karin die Tür auf. »Also gut, dann keine Namen ... aber doch wenigstens eine kleine Andeutung, das würde mir schon reichen. Ich muss unbedingt wissen, durch wen diese Interna über FE.23 an die Öffentlichkeit gelangt sind! Wir reden hier schließlich über Geheimnisverrat, darauf steht Gefängnis.«

Während Karin noch unentschlossen an ihrer Unterlippe nagte, begann Alex' Pager schrill zu piepen. Er entschuldigte sich und sah auf die Anzeige, bevor er rasch zu einem Telefon ging.

»Was gibt's?«, meldete er sich harsch, um nach kurzem Zuhören nachzuhaken: »Ich habe also die Wahl zwischen einer Cessna Bravo und einer Hawker 750XP? Wie ist die Reichweite der Cessna? ... Das ist schlecht! Das geht nicht ohne Zwischenlandung. Dann buche die Hawker, und zwar one-way. Und lass es dir per Fax bestätigen.« Er legte auf, ohne eine Antwort abzuwarten.

Mittlerweile war Karin offenbar zu einem Entschluss gekommen, denn als er zu ihr zurückkehrte, fragte sie vorsichtig: »Welcher Art ist denn die Information, nach der sich meine Kollegen angeblich die Finger lecken?«

Mit einem schnellen Schritt trat er vor sie hin und fasste sie an den Hüften. »Na siehst du, ich wusste doch, dass man mit dir reden kann.«

Sie schüttelte ihn ab. »Das ist keine Antwort auf meine Frage. Also?«

»Nicht hier«, flüsterte er und schob sie im Vorübergehen in eines der Konferenzzimmer. Bevor er weitersprach, vergewisserte er sich, dass die Gegensprechanlage ausgestellt war. »Hier haben die Wände Ohren«, erklärte er. »Was die Entführung angeht: Ja, es trifft zu, dass mein Onkel gestern von zwei unbekannten Männern entführt wurde. Einzelheiten darf ich leider nicht weitergeben, nur so viel: Die sofort eingeschaltete Polizei hat bislang noch keine Spur, weder vom Chef noch von den Tätern. So, jetzt bist erst mal du dran, meine Liebe – du weißt ja, wie so was läuft: Leistung und Gegenleistung, Zug um Zug.« Er kicherte kurz, wurde aber sofort wieder ernst. »Sag mir, wer in meinem Laden den Mund nicht halten konnte!«

»Na dann! Zunächst die gute Nachricht: Meine Informationen stammen nicht aus dem Hause Biotecc, auch nicht über Umwege. Solltest du also einen Verdacht gegen irgendeinen Mitarbeiter hegen, dann lass ihn fallen ... den Verdacht, meine ich. Ich habe nicht die geringste Ahnung, wer die Meldung bezüglich des FE.23-Einsatzes in Galicien in die Welt gesetzt hat. Ich selbst habe davon mehr zufällig von einem Kollegen bei der ›Wirtschaftswoche‹ erfahren. Zu diesem Zeitpunkt kann die Nachricht aber längst nicht mehr neu gewesen sein. Und sie lässt sich auch nicht zurückverfolgen. Sie hatte sich bereits zu einem Selbstläufer entwickelt – was nicht weiter verwundert bei dem rapiden Anstieg des Biotecc-Aktienkurses.«

Alex, der aufmerksam zugehört hatte, setzte sich rittlings auf einen Stuhl und legte nachdenklich das Kinn auf seine Arme. Nach einer Weile hob er den Kopf und suchte Karins Blick. »Wir hatten uns, was dieses Projekt angeht, eigentlich zur Geheimhaltung entschlossen ... die Konkurrenz schläft nicht, du verstehst. Je länger ich jedoch darüber nachdenke, desto richtiger finde ich es, damit offensiv an die Öffentlichkeit zu gehen. Also. Meine Antwort ist: Ja, ich kann den Einsatz in Galicien bestätigen, und du kannst darüber schreiben. Details kann ich allerdings noch keine liefern, außer dass ich heute Nacht selbst nach La Coruña fliegen werde.«

»Rechnest du mit einem vergleichbaren Erfolg wie am Bodensee?«

»Schwer zu sagen. Unser Produkt ist neu, es kam bei der Mainau zum ersten Mal zum Einsatz – unter realen Bedingungen, meine ich. Aber wenn es die Mainau vor einer Katastrophe bewahrt hat – warum dann nicht auch die galicische Küste? Andererseits sind die Anforderungen dort ungleich höher. Während es sich vor der Mainau um eine vergleichsweise kleine Menge Dieselöl handelte, haben wir es bei dem in Spanien geplanten Einsatz mit Schweröl in geradezu gigantischen Mengen zu tun.« Alex wiegte den Kopf hin und her, als plagten ihn Zweifel. »Die ›Prestige‹ hat über siebzigtausend Tonnen Schweröl geladen, das muss man sich mal reinziehen! Sollte die Ladung komplett ins Meer fließen, weiß ich nicht, ob wir da noch was ausrichten können. Die Folgen wären nicht auszudenken! Hinzu kommt, dass am Unglücksort derzeit widrige Wetterbedingungen herrschen, bis zu Windstärke zehn, dazu sechs Meter hohe Wellen.«

»Mit anderen Worten: Der Einsatz birgt ein hohes Risikopotenzial. Andererseits bedeutet er für Biotecc die einmalige Chance, in die Spitzengruppe der Branche vorzustoßen und den Bilanzgewinn auf einen Schlag zu vervielfachen – in wenigen Tagen von null auf hundert – sehe ich das richtig?«

»Warten wir's ab. Eines allerdings solltest du nicht außer Acht lassen: Was gut ist für Biotecc, ist auch gut für die Bodenseeregion – und damit für den ›Seekurier‹!«

Karin lächelte dünn. »Du siehst den ›Seekurier‹ wohl als Sprachrohr eures Unternehmens.«

»Nun, wie heißt es doch so schön: Mitgegangen, mitgefangen. Eine wohlwollende Berichterstattung über Biotecc hilft beiden Seiten, so läuft das nun mal.« Er dachte kurz nach. »Vielleicht solltest du die Auswirkungen der Katastrophe in Spanien mit eigenen Augen sehen, um das Biotecc-Engagement richtig einordnen zu können.«

»Du wirst lachen, das habe ich tatsächlich schon erwogen.«

»Warum tust du's dann nicht? Du bist eingeladen. Ich fliege heute Nacht mit einem gecharterten Jet nonstop nach La Coruña; auf einen Passagier mehr oder weniger kommt es dabei nicht an. Den Rückflug musst du allerdings selbst arrangieren. Bei mir ist noch völlig unklar, wie lange ich bleibe. Überleg's dir.«

»Nun … ich hör mich nicht Nein sagen«, antwortete Karin

nach kurzem Zögern. »Allerdings muss ich erst meinen Chefredakteur fragen. Wann brauchst du Bescheid?«

»Sagen wir neunzehn Uhr?«

»Gebongt. Ich melde mich.«

Alex begleitete sie zu ihrem Wagen. Beim Einsteigen hielt er sie kurz zurück. »Äh, was du da mitgekriegt hast bei deiner Ankunft ... diese Auseinandersetzung mit Dr. Stratton meine ich ... ich kann doch davon ausgehen, dass du das absolut vertraulich behandelst, ja?«

»Welche Auseinandersetzung?«

Lächelnd winkte er ihr nach.

***

»Sag mal, hast du sie noch alle? Wir sind eine Zeitung für den Bodenseeraum, und du willst mir eine Live-Reportage über einen blöden Ölteppich vor der spanischen Küste verkaufen? Ich fass es nicht!« Matuschek hatte sich in Rage geredet, er war ernstlich entrüstet.

Karin blieb die Ruhe selbst. »Der ›blöde Ölteppich‹, wie du dich auszudrücken beliebst, zählt schon jetzt zu den größten Umweltkatastrophen dieses Jahrhunderts, Tendenz weiter wachsend. Doch darum geht es allenfalls am Rande ...«

»So ... worum geht es noch?«

»Ich dachte, das wäre deutlich geworden. Um ein Unternehmen vor unserer Haustür, quasi ein Aushängeschild der Region, das mit innovativer Forschungsarbeit die Insel Mainau vor einer Ölpest bewahrt hat und sich nun, kaum drei Tage später, anschickt, die Welt vor einer unendlich größeren Katastrophe zu bewahren. Nenn mir einen Grund, Jörg, weshalb wir uns an dieses öffentlichkeitswirksame Projekt nicht dranhängen sollten.«

»Sag mir nur eins: Hat Alex Rottmann dir diesen Floh ins Ohr gesetzt?«

»Er hat mir lediglich den kostenlosen Mitflug angeboten ...«

»Dacht ich's mir doch.« Matuschek lächelte giftig.

»Du kannst dir deine Häme sparen. Auf die Idee, mir die ganze Chose vor Ort anzusehen und darüber für den ›Seekurier‹ zu berichten, bin ich von ganz allein gekommen, stell dir vor. Notfalls nehme ich eben Urlaub und ziehe das auf eigene Kosten durch. Dann allerdings kann ich meine Artikel darüber auch anderen Blättern anbieten.«

»Und was ist mit deinen laufenden Projekten hier bei uns? Dem immer noch unaufgeklärten Ölanschlag vor der Mainau, den islamistischen Terroristen, der Rottmann-Entführung? Sollten uns diese Fälle nicht näherliegen?«

»Wart's ab – vielleicht gibt es da Zusammenhänge, von denen wir im Augenblick noch gar nichts ahnen. Und lass mich eines noch einmal klarstellen: Ich fliege nicht *wegen*, sondern *trotz* Alex Rottmann nach Galicien, ob du mir das abnimmst oder nicht.« Sie war bereits auf dem Weg zur Tür, als sie sich noch einmal umdrehte. »Ich habe da nämlich einen ganz bestimmten Verdacht … Ich hoffe bloß, dass ich mich irre!«

»In Gottes Namen … dann zieh das Ding durch«, rief er ihr hinterher. »Aber ich will ständig auf dem Laufenden gehalten werden, hörst du?«

9

Endlich schien Bewegung in den Fall zu kommen – es war, als hätte der Brand auf der Jacht eine Wende markiert. Ungeduldig hatten Wolf und Jo das Eintreffen der Kollegen abgewartet, um die Spurensuche in der ausgebrannten Kabine in die richtigen Bahnen zu lenken. So trafen sie erst gegen zwei Uhr wieder in der Polizeidirektion ein.

Die nächsten Schritte schienen vorgezeichnet: Wolf wollte beim Staatsanwalt einen Haftbefehl gegen Leschek erwirken, während Jo die Aufgabe zufiel, den Kollegen von der KTU »ein wenig auf die Füße zu treten«, wie Wolf es nannte. Bezogen auf Rottmanns Entführung war die Faktenlage nämlich mehr als dürftig – zu dürftig, als dass sich aus ihr bereits konkrete Ermittlungen hätten ableiten lassen. Rottmanns Wagen, allenfalls noch die Aussage der beiden Jetpiloten, an denen Terry gerade dran war – mehr hatten sie nicht. Das erklärte denn auch die Bedeutung, die Wolf einer sorgfältigen Untersuchung von Rottmanns Mercedes auf Spuren beimaß.

Während er seine Unterlagen für Schneidewind zusammentrug, dachte er an die Nachricht, die er bei seiner Rückkehr auf seinem Schreibtisch vorgefunden hatte. *»Drei Anrufe für Sie von einem Herrn Wolf aus Freiburg. Er bittet dringend um Rückruf, eventuell Übermittlung Ihrer Handynummer.«* Das hatte auf dem Zettel der Kollegin aus der Zentrale gestanden; die Worte »Wolf aus Freiburg« waren dick unterstrichen. Was steckte dahinter? Mit Sicherheit nichts Erfreuliches. Kurzerhand verdrängte er den Gedanken an die Notiz. Erst war Schneidewind dran, dann würde man weitersehen.

Gerade wollte er seine Akte nehmen und zur Tür gehen, als das Telefon schrillte. Rangehen oder ignorieren? Und wenn es sich wieder um einen dieser Anrufe aus Freiburg handelte? Unschlüssig ließ er ein paar Sekunden verstreichen, ehe er nach dem Hörer griff.

»Kriminalobermeister Straub vom Revier Ludwigshafen«, meldete sich eine gemütlich klingende Stimme. »Ich stehe hier auf dem Haldenhof vor einem ausgebrannten Fahrzeug. Ihr solltet euch das mal ansehen.«

Wolf kannte Straub flüchtig; der Kollege hielt, was seine Stimme versprach, wenngleich er diesmal ein leichtes Vibrato herauszuhören glaubte. »Ist der Wagen leer?«

»Eben nicht! Da sitzt einer drin ... vielleicht ist es auch eine Sie, so genau lässt sich das nicht mehr feststellen. Ich tippe auf Fahrzeugbrand mit Todesfolge, mindestens. Allerdings kommt mir Verschiedenes etwas spanisch vor, aber das müsst ihr euch selbst ansehen.«

»Wer hat euch verständigt?«

»Ein Tourist. Ist vor einer halben Stunde mehr zufällig am Haldenhof vorbeigekommen, kam von Sipplingen hoch. Um diese Jahreszeit ist die Gegend hier wie ausgestorben. Der Mann ist noch hier, seine Personalien haben wir.«

»Festhalten bitte. Wir kommen. Ende.«

Noch unter dem Eindruck des Gehörten kramte Wolf nach seinen Gitanes. Nachdem er eine angesteckt hatte, wählte er die Nummer der KTU.

»Wolf hier. Ist Jo bei euch? Dann gib sie mir mal bitte«, verlangte er und blies einen Rauchkringel in die Luft. Als sie sich meldete, erklärte er: »Wir müssen umdisponieren. Auf dem Haldenhof steht ein ausgebranntes Auto samt Fahrer ... oder dessen Überresten. Schneidewind muss leider noch etwas warten. Schwing die Hufe.«

Zwei Minuten später stand sie vor ihm, das Gesicht vom schnellen Laufen gerötet – ein durchaus hübscher Kontrast zu ihren schwarzen Locken. »Warum können wir nicht das eine tun, ohne das andere zu lassen, Chef ...?«

»Ich verstehe nicht ...«

»Ist doch ganz einfach: *Sie* gehen zum Haldenhof – *allein*! Währenddessen versuche ich bei Schneidewind mein Glück.«

»Kommt nicht infrage.«

»Darf ich wissen, warum? Denken Sie, ich kann unser Anliegen dem Staatsanwalt gegenüber nicht nachdrücklich genug vertreten, oder was?«

»Du hättest es mit Schneidewind zu tun, vergiss das nicht.«

»Ja und? Was kann schon passieren? Sollte er sich meinen Argumenten verschließen oder sonst wie zickig sein, können Sie ja nach Ihrer Rückkehr immer noch intervenieren, notfalls zusammen mit Sommer. Also, was ist?«

Wolf zögerte. Er kannte Schneidewind gut genug, um ihm – zumindest in bestimmten Situationen – jegliche Objektivität abzusprechen. Möglicherweise hing das aber auch mit seiner eigenen Person zusammen – und vielleicht gelang es ja Jo tatsächlich, dem Staatsanwalt Lescheks Verhaftung schmackhaft zu machen? Argumente dafür gab es schließlich genug, und ihre Anschuldigungen waren sämtlich beweisbar.

»Also gut, wenn du dir das antun willst. Im Grunde hast du recht, wir würden deutlich schneller vorankommen. Na, dann drück ich dir mal die Daumen.«

Gemessen an seiner Fläche war der Parkplatz vor dem Haldenhof so gut wie leer. Ein blau-weißer Streifenwagen mit laufendem Blaulicht und offen stehenden Türen, aus denen in gewissen Abständen Funkverkehr quäkte, daneben ein roter Audi mit der Aufschrift »Notarzt«, das war alles. Außer dem ausgeglühten Kleinwagen natürlich, der wie der sorgfältig drapierte Mittelpunkt einer Waldbühne wirkte. Leichter Brandgeruch lag über dem Areal, das von milder Spätherbstsonne beschienen wurde.

Einer der Streifenpolizisten, ein Mann wie ein Kleiderschrank, kam auf Wolf zu, schon von Weitem streckte er ihm die Hand entgegen.

»Hauptkommissar Wolf, wenn ich nicht irre? Hallo, ich bin Kriminalobermeister Straub. Wir kennen uns von einem früheren Fall, flüchtig jedenfalls. Gut, dass Sie da sind …«

»Waren wir nicht schon mal beim Du?«

»Soll mir recht sein. Dann lass uns gleich rübergehen.« Im Gehen wies er auf Wolfs Barett. »An dem Ding da hab ich dich wiedererkannt«, sagte er lachend.

Wolf lächelte zurück, er mochte Straubs offene Art.

Straub machte ihn zunächst mit seinem Kollegen und dem Notarzt bekannt. »Den Doc haben wir vielleicht etwas vorschnell dazugeholt. Eigentlich hätte selbst ein Blinder mit Krückstock auf Anhieb erkennen müssen, dass da nichts mehr zu machen war.«

Bei dem Kleinwagen handelte es sich um einen hellen Smart. Wolf versuchte, einen Blick durch die blinden Scheiben in das Wageninnere zu werfen, konnte aber nicht viel erkennen. »Wundert mich, dass die Karre nicht in die Luft geflogen ist«, brummte er.

»Ich vermute, das Feuer im Innenraum ist durch Sauerstoffmangel erstickt, bevor der Tank explodieren konnte«, sagte Straub.

»Feuer im Innenraum«, wiederholte Wolf gedankenverloren und setzte zu einer Umrundung des Kleinwagens an. Plötzlich machte er einen schnellen Schritt auf die Beifahrertür zu und bückte sich, um einen am Boden liegenden Gegenstand genauer zu betrachten. »Und was ist das hier?«, wollte er wissen. Die beiden anderen traten hinzu.

»Eine Signalpistole, wie man sie auf dem See verwendet, bei Notfällen oder so«, erläuterte Straubs Kollege eifrig.

»Wir haben nichts angerührt, alles liegt noch so, wie wir es vorgefunden haben«, kam Straub Wolfs Frage zuvor.

»Nicht ganz«, mischte sich jetzt der Notarzt ein, ein schmaler Mann in den Dreißigern mit abgespanntem Gesicht. »Ich musste natürlich die Fahrertür öffnen, um mir den Mann genauer anzusehen.«

»Es ist also ein Mann?«

»Zweifelsfrei – auch wenn das Feuer nicht mehr viel von ihm übrig gelassen hat. Hier, überzeugen Sie sich selbst.« Mit einem Papiertuch fasste der Arzt an den Griff der Beifahrertür und zog sie auf. Sofort stieg Wolf der widerliche Geruch verbrannten Fleisches in die Nase. Reflexartig zuckten alle ein paar Schritte zurück – außer dem Notarzt, der, ohne eine Miene zu verziehen, die Tür wieder schloss.

Mitten in die entstandene Stille hinein stellte Wolf die Frage, die sie alle bewegte: »Was, denkt ihr, mag hier passiert sein?« Um Antwort heischend schweifte sein Blick von einem zum anderen.

Die beiden Streifenpolizisten ließen dem Notarzt den Vortritt. Der sah auf seine Armbanduhr. »Also gut, aber ich muss mich kurz fassen, eigentlich sollte ich längst wieder unterwegs sein. Zunächst zum Opfer: Ich denke, der Mann hat nicht viel mitgekriegt. Meine Diagnose: schlagartige Bewusstlosigkeit durch akuten Sauerstoffmangel. Den Anzeichen nach dürfte der Tod vor ungefähr drei Stunden eingetreten sein. Die eigentliche Todesursache ... nun, da tippe ich auf ein epidurales Brandhämatom, auf gut Deutsch: einen Hitzeschock. Genaueres muss die Obduktion ergeben.«

»An Ihnen ist ein Gerichtsmediziner verloren gegangen«, meinte Wolf anerkennend.

Der Notarzt winkte ab. »Hab ans Studium ein paar Semester Forensik drangehängt, war dann aber nicht so mein Ding. Ein ziemlich blutiges Handwerk, die Gerichtsmedizin.«

»Kann ich verstehen«, sagte Straub nickend.

»So viel zum Opfer«, fuhr der Notarzt fort. »Für weit spannender halte ich aber eine ganz andere Frage: Wieso hatte der Mann keine Gelegenheit mehr, den Wagen zu verlassen? Bei einem normalen Brand wäre das sicher kein Problem gewesen. Präziser gefragt: Wie ist das Feuer überhaupt entstanden, und was hat die ungeheure Hitzeentwicklung verursacht – haben Sie *dafür* eine Erklärung, meine Herren? Schließlich ist das *Ihr* Metier.« Jetzt war er es, der die Umstehenden der Reihe nach ansah.

»Ooch, Sie sind grad so schön in Fahrt, Doc – machen Sie ruhig weiter«, ermunterte ihn Wolf. »Wie ich Sie einschätze, haben Sie sich auch darüber schon den Kopf zerbrochen, stimmt's?«

»Manchmal denke ich: Hätteste mal lieber Kriminalistik statt Forensik als Zweitfach genommen«, bestätigte der Notarzt, sein Gesicht hellte sich etwas auf. »Na ja, Spaß beiseite. In diesem Fall muss man nur zwei und zwei zusammenzählen, nämlich einmal die Signalpistole«, er deutete auf die großkalibrige Waffe am Boden, »und dann das hier.« Er umrundete den Smart und wies auf den schmalen Spalt zwischen dem oberen Türrahmen und dem leicht heruntergekurbelten Fenster. »Es muss eine zweite Person beteiligt gewesen sein. Der- oder diejenige hat die mit Leuchtmunition geladene Pistole einfach durch den Schlitz hier gesteckt und abgedrückt. Sehen Sie diesen halbrunden Rußhof hier auf dem Glas? Der dürfte dabei entstanden sein. Bei normalem Gebrauch, das heißt im Freien, lässt sich mit einer Signalpistole kein großes Unheil anrichten. In dem engen Innenraum eines Kleinwagens jedoch muss die kurzzeitige Hitzeentwicklung nach Auslösen des Schusses höllisch gewesen sein. Was weiter kein Wunder ist, immerhin reicht die Sprengkraft einer Patrone aus, den

Leuchtsatz wie eine Rakete in eine Höhe von gut hundert Metern zu treiben, um dort noch eine ganze Weile brennend hängen zu bleiben.«

»Das würde den Zustand der Leiche hinreichend erklären«, bestätigte Wolf. »Was Sie sagen, deckt sich voll und ganz mit meinen Überlegungen. Die Konsequenz daraus – sollten wir recht behalten – ist wohl allen klar, ja?«

»Wir haben es hier mit Mord zu tun«, antwortete Straub mit düsterer Miene.

Als der Notarzt Anstalten machte, sich zu verabschieden, hielt Wolf ihn kurz zurück. »Eine Frage hätte ich noch.« Er ging um den Wagen herum und öffnete die Fahrertür, sich dabei mit der Linken die Nase zuhaltend. »Bitte sehen Sie sich den Leichnam noch einmal genauer an – den Kopf, meine ich. Lässt sich feststellen, wie es um den Haarwuchs des Mannes bestellt war?«

Verdutzt sah ihn der Notarzt an, auch den Streifenpolizisten stand ein Fragezeichen ins Gesicht geschrieben.

Wolf wurde deutlicher: »Also gut, im Klartext: Kann es sein, dass der Mann eine Glatze hatte?«

Da endlich schien der Notarzt zu kapieren. Er beugte sich nach vorn, um den entstellten Kopf des Brandopfers in Augenschein zu nehmen. Schon nach wenigen Augenblicken richtete er sich wieder auf und lief zu seinem Wagen. Triumphierend hielt er bei der Rückkehr eine Lupe hoch. »Wie weiland Sherlock Holmes – und das im digitalen Zeitalter«, rief er munter und versuchte es erneut.

Wenig später verkündete er: »Alles deutet darauf hin, dass der Mann kahl war. Selbst in diesem Zustand müssten verkohlte Haarreste, zumindest aber normal große Haarwurzeln zu erkennen sein. Eindeutig Glatzenträger, würde ich sagen.«

»Hab ich's mir doch gedacht«, nickte Wolf zufrieden. Er begab sich zur Frontseite des Smart und bückte sich, um das Kennzeichen näher in Augenschein zu nehmen. Zwar hatte das Nummernschild infolge der Hitze seine Farbe fast vollständig verloren. Durch die Prägung der Buchstaben und Ziffern ließ sich das Kennzeichen jedoch eindeutig bestimmen. Er notierte die Nummer.

»Was ist so wichtig daran, ob der Mann kahl oder behaart war?«, wollte Straub wissen, und auch die anderen schauten Wolf fragend an.

»Der Mann könnte ein alter Bekannter von uns zu sein.« Er holte sein Handy hervor und wählte Jos Nummer. »Ja, ich bin's. Sag Mayer zwo, er soll zum Haldenhof kommen, sobald er auf der Jacht fertig ist. Sieht so aus, als hätte unser Glatzkopf den Löffel abgegeben.« Er gab ihr das Kennzeichen des Smart durch. »Stell bitte fest, auf welchen Namen der Wagen zugelassen ist. Und ein Foto des Halters wäre gut. Beides möglichst vorgestern, du verstehst schon. Ich bin in spätestens einer halben Stunde zurück.«

Nachdem er das Gespräch beendet hatte, wandte er sich noch einmal an Straub. »Habt ihr Flatterband dabei? Dann sperrt den Tatort besser großräumig ab – nicht dass uns noch ein zufällig vorbeikommender Wanderer wichtige Spuren zertrampelt. Und wartet das Eintreffen der Spusi ab, ja? Ich muss dringend weiter.«

Noch während Wolf den Dienstwagen hinter der Polizeidirektion abstellte, schlug die Turmuhr des nahen Münsters halb vier. Im Vorübergehen warf er gewohnheitsmäßig einen Blick auf sein Fahrrad, das er, wie jeden Morgen, neben dem Hintereingang abgestellt hatte. Alles paletti. In der Halle wandte er sich ohne Umschweife nach links und stieg die Treppe hinauf.

Kurz darauf stand er mit rasselndem Atem vor seinem Schreibtisch und starrte überrascht auf ein Formular, das Jo gut sichtbar dort niedergelegt hatte. War das die Möglichkeit? Er traute seinen Augen nicht: Hatte es das Teufelsmädchen doch tatsächlich geschafft, Schneidewind den Haftbefehl für Leschek aus den Rippen zu leiern. Er beschloss, sich zuerst einen kleinen Pastis zu genehmigen, bevor er der Sache auf den Grund ging.

Er hatte die Flasche gerade wieder im Regal verstaut, da stand Jo überraschend unter der Tür. »Einen Kaffee, Chef?«

»Danke, nein. Erst holen wir uns Leschek. Hast du den Halter des Smart schon festgestellt und ein Foto von ihm beschafft?«

»Liegt beides auf Ihrem Schreibtisch. Haben Sie's wieder vergraben?«

»Hier liegt aber nichts«, knötterte er.

Jo trat hinzu und hob eine Mappe hoch, unter der ein Blatt mit einem angehefteten Fotoabzug zum Vorschein kam. »Hier«, sagte sie und drückte ihm die Unterlagen in die Hand. »Es ist tatsächlich der Typ, der gestern Nachmittag im City-Parkhaus den Audi aufgebrochen hat. Nehmen wir's mit?«

»Na klar. Der Smart, der in Ludwigshafen vom Hotelparkplatz gefahren ist, hatte Terry zufolge dieselbe helle Farbe wie das ausgebrannte Fahrzeug. Und ich glaube nicht an Zufälle, besonders dann nicht, wenn verkohlte Leichen involviert sind. Sag mal, ist Terry eigentlich schon zurück?«

»Noch nicht, hat aber angerufen. Die Phantombilder der beiden Entführer seien im Kasten, meinte er. Seine Wortwahl. Außerdem sei die ›Session‹ mit den beiden Piloten super verlaufen.«

»Also eines muss man dem Jungen lassen«, brummte Wolf, der mit Behagen seinen Pastis schlürfte. »Er legt sich mächtig ins Zeug. Das gefällt mir.«

Jo warf ihm einen forschenden Seitenblick zu, ehe sie fortfuhr: »Ach ja, auf einen Punkt hat Terry besonders hingewiesen. Angeblich soll dem alten Rottmann unmittelbar vor der Entführung die Bezeichnung FE.23 entschlüpft sein, und zwar im Zusammenhang mit dem Wort ›Kniehorn‹ – was immer das heißen soll.«

»Davon hat uns Alex Rottmann aber nichts erzählt ... Was Neues von der KTU?«

»Nichts Entscheidendes. Zwar konnten die Kollegen in Rottmanns Mercedes jede Menge Fingerabdrücke und Mikrospuren sicherstellen, allerdings enthielten die Datenbanken von BKA und LKA keine Entsprechung. Es ist wie so häufig: Das verdammte Zeug bringt uns erst weiter, wenn wir die Täter gefasst haben.«

»Klage nicht, immerhin hast du den Haftbefehl bekommen. Ich hatte da ehrlich gesagt so meine Bedenken, schließlich hat Schneidewind seine eigene Sicht der Dinge, ganz besonders im laufenden Fall.« Plötzlich begann Wolf zu kichern. »Möchte gar zu gerne wissen –«

Das Klingeln des Telefons unterbrach ihn. Straub war dran.

»Entschuldige, wenn ich störe, aber es scheint mir wichtig. Diese Signalpistole da am Boden hat mir keine Ruhe gelassen ... nein, ich hab sie nicht angefasst! Aber mir fiel die Seriennummer auf, da hab ich einfach mal nachgefragt, auf wen die Waffe registriert ist.«

»Sehr gut. Hätte ich auch selber draufkommen können. Und?«

»Auf die Biotecc AG, gehörte wohl zur Ausrüstung der firmeneigenen Jacht. Den Antrag hat damals Alexander Rottmann unterschrieben. Vielleicht hilft euch das weiter?«

»Und ob. Gut gemacht, vielen Dank.«

Nachdenklich legte er den Hörer auf. Ein paar Sekunden vergingen, ehe er sich wieder auf Jo konzentrieren konnte. »Wo waren wir ... ah ja! Ich möchte gar zu gerne wissen, wie du das mit Schneidewind angestellt hast. Erzähl!«

»Ooch«, winkte Jo scheinbar gelangweilt ab, »nichts einfacher als das. Mit ein bisschen Psychologie kann eine Frau jeden Mann um den Finger wickeln, wenn sie will. Auch einen Schneidewind.« Sie lachte silberhell.

»Du machst mir Angst.«

»Na gut, Sie vielleicht ausgenommen, Chef. Jedenfalls ist Schneidewind ein ganz schöner Schürzenjäger. Der Kerl hat doch tatsächlich versucht, mich anzumachen.«

»Guter Gott, da tun sich ja Abgründe auf!«

»Nicht wahr? Zunächst mal hab ich ihm eingehend unsere Ermittlungsergebnisse dargelegt und ihn gebeten, sich beim diensthabenden Richter um die Ausstellung eines Haftbefehls für Leschek zu bemühen. Anfangs sah es auch ganz so aus, als würde er mitziehen. Als er jedoch merkte, dass ich auf seine Avancen nicht einging, reagierte er plötzlich ablehnend, zweifelte die Beweisfähigkeit unserer Tatvorwürfe an und teilte mir harsch mit, er sehe sich außerstande, unserer Bitte zu entsprechen.«

»Aha! Und jetzt kommt die Psychologie ins Spiel, richtig?«

»So ist es. Ich hab ihm unverblümt gesagt, dass wir bereits mit seinem Nein gerechnet hätten. Da hätten Sie ihn sehen sollen! Erst hat er mich ganz erstaunt angestarrt. Dann hat er gefragt, wie ich darauf komme. Ich ließ durchblicken, wir hätten von vornherein wenig Hoffnung gehabt, dass er sich gegen den Richter durchsetzen könne –«

»Settele, nicht wahr?«

»Genau! Da war er geradezu entrüstet. Und als ich dann noch eins draufsetzte und behauptete, wir könnten ja – gewissermaßen als Notlösung und unter Umgehung der Staatsanwaltschaft – eine Verhaftung auf dem Wege des ›rechtfertigenden Notstandes‹ erwirken, da flippte er vollends aus, das konnte er nicht auf sich sitzen lassen. Ob ich an seinem Durchsetzungsvermögen zweifeln würde? Einen Haftbefehl zu bekommen hinge ausschließlich von der Faktenlage ab, von nichts sonst, und vielleicht müsse man ihm die einfach verständlicher darlegen. Der langen Rede kurzer Sinn: Nach nochmaligem Vortragen exakt derselben Fakten erklärte er sich plötzlich bereit, mit dem Richter zu sprechen, und zwar sofort, schließlich sei der Fall äußerst dringend. Dazu murmelte er etwas von drohender Flucht und Verdunkelungsgefahr … Jedenfalls, was soll ich Ihnen sagen: Zehn Minuten später hatte ich den Wisch.«

»Und künftig einen Verehrer mehr, oder wie?«

»Oh nein, das ist nicht zu befürchten, im Gegenteil: Bei Schneidewind hab ich's in Zukunft wohl gründlich verschissen.«

»Wieso das?«, fragte Wolf breit grinsend.

»Als ich den Haftbefehl in Händen hielt, habe ich beiläufig erwähnt, ich würde in Kürze heiraten und mein Lebensgefährte wäre *so was* von eifersüchtig … ach ja, und außerdem Landesmeister im Kung-Fu.«

»Kenne ich den Kerl etwa?«

Jo spielte die Empörte. »Da werfe ich mein junges Leben in die Waagschale, und was tun Sie? Statt mir dankbar zu sein, machen Sie sich lustig über mich …«

»Ist ja gut! Jetzt lass uns fahren.«

»Wohin?«

»Wohin wohl? In die Höhle des Löwen.«

Kaum eine Viertelstunde später betraten sie das Biotecc-Verwaltungsgebäude. Als Wolf die distinguiert tuende Dame hinter dem Tresen bat, umgehend zu Alexander Rottmann vorgelassen zu werden, erntete er lediglich einen gelangweilten Blick.

»Haben Sie einen Termin?«, fragte sie von oben herab.

»Nein, haben wir nicht.«

»Tut mir leid, dann glaube ich nicht, dass Ihnen Herr Rottmann zur Verfügung stehen kann.« Pikiert hob sie die Augenbrauen.

Wolf kam sich vor, als hätte er ein Sakrileg begangen. Doch er hatte weder Zeit noch Lust, sich hinhalten zu lassen. Langsam beugte er den Oberkörper nach vorn und sah dem Zerberus in die Augen. Ohne die Stimme zu heben, antwortete er: »Hören Sie, es ist mir egal, ob Herr Rottmann gestört werden darf oder nicht. Ich brauche seine Aussage, und zwar sofort! Also melden Sie uns an. Oder müssen wir erst mit Blaulicht und einem Mannschaftswagen hier anrücken?«

Es schien, als hätte er den richtigen Ton getroffen. Mit jedem seiner Worte war die Dame eine Spur blasser geworden. Fahrig sah sie sich um und strich mit der Linken über ihre streng nach hinten gekämmten Haare, bevor sie mit der Rechten zum Telefon griff.

Wenig später wurden sie in Alex Rottmanns dezent, aber teuer eingerichtetes Büro geführt, in dem sich – Zufall oder Absicht? – auch Dieter Leschek befand. Als Wolf und Jo eintraten, unterbrachen die beiden ihr Gespräch. Während Leschek einen Schritt zurücktrat, verharrte Alex Rottmann auf der Stelle. Er gab sich wenig Mühe, seine Verärgerung zu verbergen.

»Ich kann nur hoffen, dass Sie einen verdammt guten Grund dafür haben, mich schon wieder zu belästigen, Herr Kommissar«, warf er ihnen anstelle einer Begrüßung entgegen. »Haben Sie meinen Onkel gefunden?«

»Leider nein, Herr Rottmann –«

»Dann wüsste ich nicht …«, fuhr Alex Rottmann Wolf brüsk ins Wort.

»Wenn Sie mich ausreden lassen würden, wüssten Sie's! Inzwischen ermitteln wir nämlich in einem Mordfall! Ja, Sie haben recht gehört. Und ich darf erwarten, dass Sie die Ermittlungen in dieser Sache nicht behindern, ist das klar?«

Nach kurzem Schweigen steckte Alex Rottmann zurück. »Heißt das, mein Onkel ist tot? Ermordet?« Seine Stimme bekam einen schrillen Unterton.

»Nein«, ergriff nun Jo das Wort. »Aber wir vermuten zwischen der Entführung und dem Mord gewisse Zusammenhänge. Bitte sehen Sie sich einmal dieses Bild hier an. Kennen Sie den Mann?« Sie reichte ihm das vergrößerte Passfoto des Smartfahrers.

Alex Rottmanns Blick irrte zwischen Jo und Wolf hin und her, bevor er die Augen zusammenkniff und auf das Foto starrte. Kopfschüttelnd reichte er es an Leschek weiter.

Wolf studierte derweil akribisch dessen Gesicht. Und tatsächlich, Lescheks Lider schienen kaum merklich zu zucken, so als hätte er den Glatzköpfigen auf dem Bild erkannt. Wolf war sicher, dass er sich das nicht nur eingebildet hatte, auch wenn Leschek nun ostentativ den Kopf schüttelte und das Bild an Wolf zurückgab.

»Wer soll das sein?«, wandte sich Alex Rottmann an Jo.

»Dieser Mann ist heute Vormittag auf dem Haldenhof ermordet worden – in seinem Wagen, einem Smart.«

»Bedauerlich. Aber wo ist der Zusammenhang mit der Entführung meines Onkels?«, erwiderte Alex Rottmann kalt.

Wolf ließ ihn nicht lange im Unklaren. »Es wurde eine auf Ihren Namen zugelassene Signalpistole als Tatwaffe ermittelt, Herr Rottmann. Haben Sie dafür eine Erklärung?«

Nach dieser Eröffnung schien Alex Rottmann wie vom Donner gerührt. »Sie machen Witze! Mit einer Signalpistole erschossen? Wie soll das gehen?«, fragte er misstrauisch.

»Wo wird die von Ihnen erworbene Signalpistole aufbewahrt?«, überging Jo seine Frage.

»Na wo wohl? Auf unserer Jacht.« Er wandte sich an Leschek. »Fahr zum Liegeplatz und schaff das verdammte Ding herbei. Und beeil dich, du weißt, meine Maschine wartet nicht.«

Mit einem lässigen »Okay, Boss!« wollte Leschek zur Tür gehen, als ein Zuruf von Wolf ihn stoppte.

»Später, Herr Leschek. Zunächst haben wir auch an Sie ein paar Fragen. Keine Sorge, reine Routine.«

»Sie bleiben dabei«, übernahm Jo wieder das Wort, »dass Sie am vergangenen Sonntag nicht in Wasserburg waren?«

Grinsend winkte Leschek ab. »Das sind doch olle Kamellen, Frau Kommissarin. Nein, ich war nicht in Wasserburg, hab ich doch schon gesagt. Sonst noch Fragen?«

»Allerdings«, entgegnete Wolf ruhig. »Lassen wir einmal beiseite, dass ein Zeuge Sie zur fraglichen Zeit in der Marina von Wasserburg an Bord der ›Luisa‹ gesehen haben will … Sie erinnern sich: Das ist die Jacht, die in der Nacht zum Montag vor der Mainau explodierte.«

Unruhig trat Leschek von einem Bein auf das andere und zog die Nase hoch. »Worauf wollen Sie hinaus?«

»Das will ich Ihnen sagen, Herr Leschek ... oder soll ich Sie lieber Suhrbier nennen?«

Während Alex Rottmann ungläubig auf Leschek starrte, wurde dessen Gesicht zunehmend ausdrucksloser. »Was sollen diese Fisimatenten?«, fragte er lauernd.

»Richtig. Vielleicht drücken Sie sich etwas deutlicher aus, Herr Kommissar«, forderte auch Alex Rottmann.

Wolf ließ die beiden einige Sekunden zappeln. »Wieso Fisimatenten?«, erklärte er dann ruhig. »Der Bootsverleiher aus Bregenz, bei dem Sie am Sonntag die ›Luisa‹ gechartert haben, hat Sie eindeutig wiedererkannt. Und er ist zu einer Gegenüberstellung bereit. Sieht schlecht aus für Sie, Herr ... Suhrbier.«

»Ich verstehe nicht ... um was geht es hier eigentlich?« Verständnislos irrte Alex Rottmanns Blick zwischen Wolf und Leschek hin und her.

»Es geht darum, dass das von Herrn Leschek gecharterte Boot die Ölpest vor der Mainau nicht nur zufällig und auch nicht als Folge der Explosion verursacht hat«, erklärte Jo ungerührt. »Unsere Ermittlungen haben ergeben, dass das Dieselöl vorsätzlich in den See gepumpt wurde. Und nun sagen Sie bloß nicht, Sie hätten mit alldem nichts zu tun, Herr Leschek. In diesem Fall bräuchten Sie nämlich eine verdammt gute Erklärung dafür, weshalb Sie unmittelbar nach der Tat die Medien und Gott weiß wen angerufen haben. Oder haben Sie geglaubt, wir kämen Ihnen nicht auf die Schliche? Der ›Seekurier‹ zeichnet eingehende Anrufe auf – und unsere Techniker konnten Ihre Stimme eindeutig identifizieren.«

»Hören Sie –«

»Einen Moment noch, wir sind gleich fertig.« Wolf gedachte, Leschek den Todesstoß selbst zu versetzen. »Um die Ermittlungsbehörden auf eine falsche Fährte zu locken, haben Sie Ihre Handlanger Abul und Kauder kurzerhand zu einer islamistischen Zelle erklärt. Dazu hat dieser Mann da«, er wies auf das Bild des Glatzköpfigen, »entsprechende Flugblätter im Zimmer von Abul und Kauder deponiert – *ein* Delikt von mehreren, die wir ihm – und damit auch Ihnen – posthum nachweisen werden.«

»Ja, aber ... warum sollte Leschek das tun?«, fragte Alex Rottmann verwirrt, ohne zu ahnen, dass Wolf ihn noch bis vor wenigen Minuten zum engeren Kreis der Täter gezählt hatte. Von diesem Verdacht rückte er inzwischen aber mehr und mehr ab.

»Vermutlich, um sich lieb Kind bei Ihnen zu machen«, beantwortete er Alex Rottmanns Frage. »Irgendwann hätte er die Formel von FE.23 vermutlich an einen Ihrer Konkurrenten verhökert. Soweit ich weiß, hat er dieses Projekt ja seit Langem begleitet.«

»Wussten Sie eigentlich, dass Herr Leschek mehrfach vorbestraft ist?«, hieb Jo in die gleiche Kerbe. »Offenbar haben Sie eine Schlange an Ihrem Busen genährt.«

Inzwischen war der sonst so überhebliche Leschek zusehends blasser geworden. »Alles Quatsch, Chef, glauben Sie denen kein Wort ...«, redete er beschwörend auf Alex Rottmann ein.

Doch bei dem schienen Wolfs Argumente endlich Wirkung zu zeigen. Ohne auf Leschek zu achten, fragte er kühl: »Und welche Konsequenzen hat das jetzt alles?«

Wolfs Antwort ließ nicht lange auf sich warten. »Herr Leschek, ich habe hier einen richterlichen Haftbefehl gegen Sie. Ich muss Sie bitten, mit uns zu kommen. Gleichzeitig mache ich Sie darauf aufmerksam, dass alles, was Sie von jetzt an sagen –«

Er schaffte es nicht mehr, die Formel zu Ende zu sprechen. Ein Stuhl flog zur Seite, schon stand Leschek hinter Alex Rottmann und legte diesem den linken Arm um den Hals, während er gleichzeitig, weiß Gott woher, eine Waffe zückte und sie Alex Rottmann an die Schläfe hielt.

Wenn es noch eines Beweises bedurft hätte, den jungen Rottmann von jeglicher Mittäterschaft freizusprechen, damit wäre er erbracht, dachte Wolf. Vorausgesetzt, die Signalpistole lässt sich plausibel erklären – und Lescheks Alibi, nach dem er sich Sonntagnachmittag in Basel aufgehalten haben will.

»Niemand rührt sich«, kommandierte Leschek schneidend, »oder ihr habt den hier auf dem Gewissen – ich hab ohnehin nichts mehr zu verlieren!«

Wolf zweifelte nicht daran, dass die Waffe entsichert war und Leschek rücksichtslos von ihr Gebrauch machen würde. Ihm wurde klar, dass sie einen Fehler gemacht hatten. Während sie lange Erklärungen abgegeben hatten, hatte Leschek den Teilnahmslosen gemimt und dabei insgeheim einen Plan geschmiedet – den

Plan, sich mit Alex Rottmanns Hilfe der Verhaftung zu entziehen. Wie's aussah, ging seine Rechnung sogar auf!

»Werfen Sie Ihre Dienstwaffe auf den Boden, beide, los! ... Und jetzt die Handys! ... So, und nun gehen Sie rückwärts zu dieser Tür dahinten, der linken ... ein bisschen flotter, wenn ich bitten darf. Gut so ... Und keine Sorge, das ist nur die Kaffeeküche. Selbst wenn es etwas länger dauern sollte, dort sind Sie gut versorgt. Rein mit Ihnen, und schließen Sie die Tür.«

Kaum hatte Wolf die Tür hinter sich zugezogen, da drehte Leschek auch schon den Schlüssel im Schloss um. Damit waren sie vorerst außer Gefecht gesetzt – genauer: zum Stillhalten verdammt, denn jeder Befreiungsversuch konnte mit Alex Rottmanns Tod enden.

Und falls sie daran noch Zweifel gehabt haben sollten, so wurden sie ihnen im nächsten Moment genommen. »Zwei eingesperrte Bullen, welche Genugtuung, hihi!«, kicherte Leschek höhnisch und fuhr mit lauter Stimme fort: »Hören Sie, ich rate Ihnen gut, sich die nächsten fünf Minuten ruhig zu verhalten, wenn Ihnen etwas an Rottmanns Leben liegt. Danach können Sie Lärm machen, so viel Sie wollen.«

»Leschek, seien Sie doch vernünftig!«, ließ sich Wolf durch die Tür vernehmen. »Sie haben keine Chance, und das wissen Sie auch! Geben Sie auf, noch ist es nicht zu spät ...«

Wieder dieses Kichern, vermischt mit heftigem Schniefen. »Ach kommen Sie, Herr Kommissar, was bedeutet ein kleiner Vorsprung für mich gegen ein Menschenleben? Auf diese Weise machen wir beide ein Geschäft, finden Sie nicht?«

***

Terry war kurz nach vier vom Flughafen zurückgekehrt. Er nahm die Notebooktasche von der Schulter und sah sich um. Die Tür zu Wolfs Büro war nur angelehnt, der Schreibtisch ebenso leer wie der von Jo. Er hatte vor kaum einer Viertelstunde noch mit ihr telefoniert, aber die Vögel schienen in der Zwischenzeit ausgeflogen zu sein. Ausgerechnet jetzt, wo er dem Chef sein Meisterstück präsentieren wollte: die Phantombilder der beiden Rottmann-Entführer.

Er sah sich kurz auf seinem Schreibtisch um; vielleicht hatten die Herrschaften ja die Güte gehabt, ihn über ihr Verschwinden zu informieren.

Er hatte richtig kalkuliert: Auf seiner Tastatur lag ein Zettel: *»Sind bei Biotecc, Leschek festnehmen. Kümmere dich bitte um erneuten Ortungsversuch von Studers Handy bei der KTU. Jo.«*

»So eine Kacke aber auch!«, schimpfte er zornig. Ausgerechnet jetzt, wo er bei einer Verhaftung hätte dabei sein können, war er am falschen Ort und mit lästigen Botengängen beauftragt.

Doch Moment mal ... warum für eine simple Handy-Ortung die Kollegen der KTU bemühen? Mit denen war derzeit ohnehin nicht gut Kirschen essen. Arbeitsüberlastung! Außerdem hätte er dann seine eigene Ortungssoftware ja völlig umsonst angeschafft – und er hasste Verschwendung! Bei dieser Gelegenheit könnte er die beiden Phantombilder auch gleich durch die LKA-Datenbank für biometrische Erkennung laufen lassen – wenn er Glück hatte, gab es eine Entsprechung. Der Chef würde Augen machen, da war er sich sicher. Wurde langsam auch Zeit, dass er die Katze aus dem Sack ließ!

So kam es, dass er kaum zwanzig Minuten später wieder im Wagen saß und nach Nußdorf bretterte.

Er stellte den Wagen auf dem Besucherparkplatz ab und wollte sich auf den Weg zum nahen Verwaltungsgebäude machen, als von oben ein scharfer Pfiff ertönte. Irritiert suchte er die Front der Fenster ab, bei der einsetzenden Dämmerung kein leichtes Unterfangen. Schließlich nahm er in einem der Rechtecke heftiges Winken wahr, jemand rief ihn mit seinem Namen. Zu seiner Verwunderung erkannte er Wolfs Stimme.

»Terry, lass dich in Alex Rottmanns Büro bringen – und beeil dich!«, rief er halblaut herab, dann war sein Kopf bereits wieder verschwunden.

Was war jetzt das? Verstohlen sah sich Terry um, doch niemand war zu sehen – offenbar hatte den Vorgang niemand mitbekommen.

Mit raumgreifenden Schritten eilte er dem Eingang zu. Am Empfang wies er sich aus und verlangte, zu Alexander Rottmann geführt zu werden. Er sei, fügte er nebulös hinzu, zur Unterstützung seiner Kollegen herbestellt worden. Die Angestellte musterte ihn misstrauisch, bevor sie zum Telefon griff. Nach kurzer Wartezeit kehrte sie zurück. »Tut mir leid, aber seine Sekretärin ist gerade nicht am Platz. Ich könnte Ihnen den Weg zu seinem Büro beschreiben, da finden Sie leicht selbst hin. Ihre Kollegen sind ja bereits dort.«

Wenig später fuhr er mit dem Aufzug in den dritten Stock, in dem der Anzeigetafel nach die Geschäftsleitung residierte. Von Sekunde zu Sekunde wurde Terry nervöser. Für Wolfs Verhalten fehlte ihm jede Erklärung. Was mochte da oben bloß vorgefallen sein? Als der Aufzug endlich hielt, stürmte er auf den Flur hinaus – und prallte prompt mit einer jungen Frau zusammen.

»Zum Büro von Alexander Rottmann, rechts oder links?«, herrschte er sie an.

»Rechts, dann abermals rechts, die zweite Tür«, gab sie verwundert zurück. »Kann ich Sie hinbringen? Ich bin seine Sekretärin.«

Doch Terry war bereits unterwegs. »Alexander Rottmann, Geschäftsführer, Leiter der Forschungsabteilung«, stand neben der angegebenen Tür. Nichts wie rein, dachte er hektisch. Pro forma klopfte er an, fast gleichzeitig riss er die Tür auf und trat über die Schwelle – wo er wie angewurzelt stehen blieb.

Zusammen mit Heidelinde Damerow, die ihn inzwischen eingeholt hatte, starrte er auf das Bild, das sich ihnen bot: Auf dem Boden, wie hingestreut, zwei metallschwarze Gegenstände, für Terry unschwer als Polizeiwaffen erkennbar; dicht daneben zwei Mobiltelefone und einige Meter weiter ein umgeworfener Stuhl.

Doch das, was die beiden erwartet hatten: Fehlanzeige. Kein Rottmann, kein Leschek, kein Wolf, keine Jo. Aber halt – war das nicht die Stimme seines Herrn und Meisters, wenn auch dumpf, als befände er sich in einem anderen Raum?

Ein anderer Raum?

»Wir sind hier drin. Schließ endlich die Tür auf, verdammt noch mal!« Diesen Tonfall kannte Terry inzwischen zur Genüge – kein Zweifel, es war Wolf.

Am hinteren Ende des Raumes befanden sich zwei identische Türen.

Terry rannte zur linken und drehte den Schlüssel um. Um ein Haar hätte er die Tür an den Kopf bekommen, so schnell wurde sie von innen aufgedrückt. Mit hochrotem Kopf stürmte Wolf in den Raum, dicht gefolgt von Jo.

Kaum dass er wieder in dem Büro stand und die erschrockenen Gesichter von Terry und Rottmanns Sekretärin erblickte, bellte Wolf: »Wurde aber auch Zeit! Habt ihr Rottmann und Leschek gesehen?«

Unisono schüttelten beide den Kopf.

»Wo stehen die Autos der Mitarbeiter?«, fragte Wolf Rottmanns Sekretärin.

»Im Untergeschoss gibt es eine Tiefgarage.«

»Wer parkt dort?«

»Die Geschäftsleitung, leitende Mitarbeiter der Verwaltung und des Marketings ... und die Mitarbeiter der Sekretariate.«

»Auch Leschek?«

»Ja, auch Leschek.«

Wolf eilte bereits zur Tür, als ihm seine Waffe und das Handy einfielen. Schnell nahm er beides an sich.

»Jo und Terry, ihr kommt mit mir«, bestimmte er. »Frau Damerow«, er machte eine kurze Pause, irritiert darüber, dass ihm ihr Name eingefallen war, »Sie rufen bitte den Empfang und den Pförtner an. Falls Leschek das Gelände verlassen hat – in welchem Fahrzeug auch immer –, geben Sie uns sofort Bescheid.«

Knapp eine Minute später standen sie in der Tiefgarage. Zu Wolfs Überraschung waren die Lichtverhältnisse hier unten recht gut. Ähnlich musste es sich mit der Beschäftigungslage des Unternehmens verhalten: Die überwiegende Zahl der Stellplätze war trotz der vorgerückten Tageszeit noch immer belegt.

»Leschek hat sich allein davongemacht – davon gehen Sie doch aus, Chef, oder?«, flüsterte Jo. »Dann müssten wir hier irgendwo Rottmann finden – ich hoffe, lebend. Wie sollen wir's angehen?«

»Ich nehme den Abschnitt geradeaus, du den linken, Terry den rechten. Seht auch unter den Fahrzeugen nach. Aber seid vorsichtig; noch können wir nicht sicher sein, dass Leschek weg ist. Also los.«

Sie wollten gerade starten, als Heidelinde Damerow neben ihnen auftauchte – völlig außer Atem, vermutlich hatte sie die Treppe genommen. »Leschek hat vor fünf Minuten das Werksgelände verlassen, offenbar allein«, keuchte sie. »Er hat noch dem Pförtner zugewinkt, aber der hatte ja keine Ahnung …«

Wolf bedeutete Terry und Jo per Handzeichen, schon mal ohne ihn anzufangen. »Schon gut«, sagte er, als er sich wieder Heidelinde Damerow zuwandte. »Ihm ist kein Vorwurf zu machen. Hat er wenigstens mitgekriegt, in welche Richtung Leschek davonfuhr?«

Bedauernd schüttelte sie den Kopf. »Das lässt sich von seiner Position aus nicht einsehen, dazu ist die Entfernung zur Hauptstraße zu groß.«

»Gut. Sie warten hier am Eingang, während wir die Tiefgarage durchsuchen. Sollten Mitarbeiter zu ihrem Fahrzeug wollen, halten Sie sie bitte zurück, ja?«

Plötzlich kam Wolf eine Idee. »Wissen Sie zufällig, wo Leschek seinen Stellplatz hatte?«

Vage deutete sie ans Ende des mittleren Blocks. »Irgendwas mit fünfzig … zweiundfünfzig oder dreiundfünfzig, glaube ich.«

Wolf ging in die angegebene Richtung – und wurde schneller fündig als erhofft. Er stieß einen scharfen Pfiff aus. Im Nu waren Jo und Terry bei ihm. Sie bückten sich zu der am Boden liegenden Gestalt hinunter. Es war Alex Rottmann. Und er lebte. Wolf fasste ihm in den Nacken und hob seinen Kopf leicht an, prüfte den Puls und tätschelte seine Wangen. Stöhnend öffnete Alex Rottmann die Augen und versuchte, sich aufzurichten. Als sich Wolfs Hand feucht und seltsam klebrig anfühlte, nahm er sie hoch; sie war voller Blut. Alex Rottmann hatte eine kräftige Platzwunde am Hinterkopf davongetragen. Leschek musste ihn, kaum dass er seinen Wagen erreicht hatte, durch einen Schlag mit einem stumpfen Gegenstand, vermutlich seiner Waffe, außer Gefecht gesetzt haben. Das war nicht weiter verwunderlich: Alex Rottmann hatte ausgedient, konnte Leschek nicht mehr nützen – im Gegenteil, er hätte nur seine Flucht behindert.

»Jo, besorg dir von der Personalabteilung ein Foto von Leschek und gib ihn in die Fahndung. Aber ruf zuvor einen Rettungswagen, Rottmann muss ins Krankenhaus«, verlangte Wolf.

»Keinen Rettungswagen …«, lispelte Alex Rottmann kaum hörbar. »Bringt mich in mein Büro. Lindchen, hol Dr. Harm.«

»Herr Rottmann …«, versuchte es Wolf noch einmal.

»Nein, nein, es geht schon wieder, alles okay … Bringt mich in mein Büro.«

Inzwischen hatten ihm Jo und Terry geholfen, sich aufzurichten. Vorsichtig betastete er seinen Hinterkopf. »Dieses verdammte Schwein!«, fluchte er.

Heidelinde Damerow beugte sich über ihn. »Was ist mit Ihrem Flug, Herr Rottmann? Soll ich die Maschine absagen?«

»Nein! Ich muss unter allen Umständen nach La Coruña. Und falls Karin Winter anruft: Sag ihr, es bleibt alles wie besprochen.«

***

Bereits vor einer Stunde war die Nacht hereingebrochen. Wolf fröstelte auf seinem Fahrrad. Ein scharfer Wind blies ihm ins Gesicht, er spürte, die ersten Nachtfröste kündigten sich an.

Was für ein Tag! Er konnte sich nicht erinnern, jemals einen so heiklen und gleichzeitig verworrenen Fall gehabt zu haben. Sonntagnacht die Ölpest vor der Mainau – damit hatte alles angefangen. Danach war es Schlag auf Schlag gegangen! Drei Tote in nur sechsunddreißig Stunden; eine Jacht in die Luft gesprengt, eine andere in Brand gesteckt, dazu eine Entführung und eine bewaffnete Geiselnahme, um nur mal die wichtigsten Ereignisse zu nennen … von dem Intermezzo mit den angeblichen Islamisten einmal ganz abgesehen. Was würde als Nächstes kommen?

Immerhin, mit Leschek zeichnete sich erstmals ein Täter ab, gab es so etwas wie ein Motiv. Gut möglich, dass schon morgen alles ganz anders aussah. Aber Teufel noch mal: Jetzt würde er erst mal seinen Feierabend genießen, einen Pastis trinken, sich eine Gitanes reinziehen und sich um Fiona kümmern. Dann würde er weitersehen.

Ächzend nahm er sein Fahrrad hoch und trug es die paar Stufen zum Abstellraum hinunter, bevor er sich an den Aufstieg zu seiner Wohnung machte. Wie üblich verzichtete er auf das Treppenhauslicht, der von außen eindringende Widerschein einer Straßenlaterne reichte ihm aus.

Gerade hatte er den vorletzten Treppenabsatz erreicht, als er stutzte. War es Einbildung – oder kauerte da, nur wenige Stufen über ihm, eine dunkle Gestalt vor seiner Tür, ein konturloser Schatten, bewegungslos und in der herrschenden Dunkelheit kaum auszumachen? Sollte er wieder mal ein Rendezvous vergessen haben? Karin Winter hatte ihn einmal auf diese Weise empfangen. Doch was da vor ihm saß, war keine Frauengestalt, dafür war die Statur entschieden zu kräftig. Ein Mann also. Aber wer?

»Guten Abend, Vater«, grüßte der Schatten.

Wolf erstarrte mitten in der Bewegung, blieb wie angewurzelt stehen, die Rechte um das Geländer gekrallt, bevor er laut und vernehmlich die Luft ausstieß. »Du?«, stieß er mit belegter Stimme hervor.

»Was blieb mir anderes übrig? Auf meine Anrufe hast du ja nicht reagiert.«

»Und? Was willst du?«, fragte Wolf nach längerem Schweigen.

»Mit dir reden.«

»Ich wüsste nicht, was es zwischen uns zu reden gäbe.«

»Ganz der alte Sturkopf! Aber gut. Wenn es dich tröstet: Ich bin nicht gekommen, um mit dir unsere Vergangenheit aufzuarbeiten. Es ist etwas vorgefallen, über das ich mit dir reden muss.«

»Sprich!«

»Hier, im Treppenhaus?«

Wolf überlegte kurz, bevor er die letzten Stufen vollends hochstieg und seinen Schlüssel hervorzog. »Also gut. Komm rein.«

Er machte Licht und legte an der Garderobe seine Sachen ab, ohne sich um seinen unerwarteten Gast zu kümmern. »Wie geht's Arne?«, fragte er über die Schulter zurück.

»Schön, dass du dich wenigstens noch an *ihn* erinnerst.« Mit einem Seitenblick auf Wolfs Barett fügte er hinzu: »Deine frankophile Neigung scheinst du ebenfalls noch nicht abgelegt zu haben, wie ich sehe.«

»Warum sollte ich? Und was Arne betrifft: Er trägt an dem ganzen Schlamassel ja wohl die geringste Schuld.«

»Welche Schuld meinst du? Die Schuld, die du mir all die Jahre über eingeredet hast? Was weißt du denn schon … im Grunde hat dich doch gar nicht interessiert, was wirklich passiert ist.«

»Darf ich dir etwas anbieten, Henning?«

»Wie? Nein danke … Ich bin wegen Arne hier.«

Wolf, der gerade dabei war, sich einen Pastis einzugießen, hielt inne und sah ihn an … und plötzlich wusste er, an wen ihn Arnes buschige Augenbrauen die ganze Zeit erinnert hatten. »Was ist mit Arne?«

»Also, wie soll ich sagen …«

»Oder soll ich einen Kaffee kochen?«

»Nein danke, ich bin gleich wieder weg. Es ist so … Arne hat in letzter Zeit immer häufiger nach dir gefragt, weiß der Kuckuck, warum. Vor ungefähr zwei Wochen hat er von deiner Tätigkeit bei der Kripo in Überlingen erfahren … hat wohl heimlich nachgeforscht …«

»Ganz der Vater. Du arbeitest doch noch als Zielfahnder für das LKA, oder?«

»Ja. Warum?«

»Nur so. Bitte red weiter.«

»Da gibt's nicht viel zu reden. Arne hatte die Vorstellung, uns zusammenführen zu können. Nach so vielen Jahren seien die Gründe für unser Zerwürfnis olle Kamellen, meinte er, wir sollten uns gefälligst wie erwachsene Menschen benehmen. Als ich ihm keine Hoffnungen machte, hat er damit gedroht, dich aufzusuchen.«

Zum ersten Mal verschwanden die senkrechten Falten auf Wolfs Stirn. »Er wollte mich weichkochen, nehme ich an! Donnerwetter, gewieftes Kerlchen. Scheint ihn ja ganz schön umzutreiben, die Sache. Wie alt ist er jetzt genau?«

»Zweiundzwanzig. Und die ›Sache‹, wie du es nennst … ach, was soll's. Ich merke schon, du bist uneinsichtig wie eh und je. Jedenfalls bin ich gekommen, um dich zu warnen – nicht dass du überrascht bist, wenn eines Tages plötzlich dein Enkel vor dir steht und dich mit Fragen löchert.«

»Schon passiert«, antwortete Wolf seelenruhig und weidete sich an Hennings verblüfftem Gesichtsausdruck.

»Was soll das heißen? War Arne etwa bei dir?«

»Was heißt *›war‹*? Er ist es *noch*, zumindest für die nächsten drei Wochen.«

»Das versteh ich jetzt nicht …«

»Da gibt es nicht viel zu verstehen. Gestern fing ein Praktikant bei uns an, von der Polizeifachhochschule in Villingen-Schwenningen auf besonderen Wunsch hierher vermittelt. Als ich seinen Namen hörte, hab ich mir nichts dabei gedacht. In der Polizeidirektion lässt er sich mit Terry anreden. Und Rösch ... mein Gott, wie sollte ich darauf kommen, dass er Veronikas Namen angenommen hat?«

»Weiß er, dass du weißt?«

»Keine Ahnung. Auf alle Fälle will ich ihm Zeit geben, sich zu erklären. Ist übrigens ein heller Kopf, dein Arne ... na ja, bis auf die Manie mit den Anglizismen. Aber die werden wir ihm auch noch austreiben.«

Für einen kurzen Moment erhellte ein Lächeln Hennings Gesicht. Gleich darauf war es schon wieder vorbei. »Und was wirst du ihm antworten, wenn er dir Fragen stellt? Fragen nach dem Grund der Eiszeit und ob wir uns wieder vertragen?«

Eine Ewigkeit verstrich, während der Wolf sein Glas absetzte und mit verschlossener Miene ans Fenster trat, um in die Nacht hinauszustarren. Endlich drehte er sich um und sah seinen Sohn offen an. »Ich weiß nicht, was ich antworten werde. Aber ich verspreche dir, ich werde darüber nachdenken.«

***

Einen Trolley hinter sich herziehend, durchquerte Alex Rottmann mit kurzen, schnellen Schritten die Abfertigungshalle des Friedrichshafener Flughafens. Sein Ziel: Die VIP-Lounge im hinteren Teil des Gebäudes.

Glücklicherweise hatte sich die Verletzung am Hinterkopf als weniger schwerwiegend herausgestellt als ursprünglich befürchtet. Der handtellergroße Verband, den Dr. Harm ihm verpasst hatte, ließ sich gut unter einer Seglermütze verbergen. Er sah auf die Uhr: gerade mal acht vorbei. In weniger als einer Minute würde er den Baselern gegenübersitzen ... Heureka!

Dabei hatte es zeitweise gar nicht rosig ausgesehen. Der Vorfall mit Leschek hatte seine gesamte Planung über den Haufen geworfen. Und wer konnte wissen, ob der Kerl ihm nicht doch noch auf andere Weise ans Leder wollte? Niemand kannte Lescheks Gefährlichkeit besser als er. Nein, er musste sich so rasch als möglich aus der Schusslinie bringen. Trotz Terminproblemen war es ihm gelungen, den Abflug seiner Chartermaschine auf einundzwanzig Uhr vorzuverlegen. Was den Flieger anbetraf, so war das Glück auf seiner Seite gewesen: Seit Mittag stand die Maschine auf Parkposition, und auch eine Crew hatte sich rechtzeitig eingefunden. Und Karin? Die war, wie es schien, so geil auf die Vorgänge an der galicischen Küste, dass sie jeden noch so kurzfristigen Termin akzeptiert hätte.

Fast wäre sein Plan dennoch gescheitert: Ausgerechnet die Baseler waren in Terminnot gekommen. Doch am Ende hatten sie das gemeinsame Projekt als so essenziell eingestuft, dass sie dem Treffen am Flughafen zugestimmt hatten.

Und da vorne saßen sie auch schon!

Mit ausgestreckter Hand ging Alex auf die beiden Männer zu, die an einem der etwas abseitsstehenden Tischchen vor einem Notebook und zwei leeren Gläsern saßen und sich bei seinem Erscheinen erhoben. Beide waren um die fünfzig Jahre alt und trugen dunkle, gut geschnittene Businessanzüge mit dezenten Seidenkrawatten. Damit waren die äußerlichen Gemeinsamkeiten aber auch schon erschöpft. Denn während der eine von ihnen, Phillipp Tobler, sich durch ungewöhnlich grobe Gesichtszüge und eine beeindruckende Körpergröße auszeichnete, fiel Beat Frutiger neben schlankem Wuchs vor allem durch akkurat geschnittene silbergraue Schläfen auf, die ein ebenmäßiges, solariumgebräuntes Gesicht umrahmten und seiner Erscheinung etwas Weltmännisches verliehen.

»Ich bitte um Nachsicht, meine Herren, aber ich wurde aufgehalten«, entschuldigte sich Alex und stellte seinen Trolley ab. »Widrige Umstände, Sie kennen das ja. Und danke, dass Sie dieses Treffen möglich gemacht haben.«

Beat Frutiger schenkte ihm ein nachsichtiges Lächeln. »Ich bitte Sie, Alex, wegen der paar Minuten …«

»Bitte lassen Sie uns gleich zur Sache kommen, meine Herren«, drängte Phillipp Tobler. »Zunächst aber eine Formfrage, Alex, ehe wir tiefer einsteigen: Wir dürfen doch weiterhin davon ausgehen, dass Sie ausreichend legitimiert sind und für alle Gesellschafter sprechen, oder?«

»Haben Sie auch nur den geringsten Anlass, meine Legitimation anzuzweifeln?«, entgegnete Alex schärfer als gewollt.

Tobler wechselte einen vielsagenden Blick mit Frutiger, ehe er antwortete: »Nun, ich will ehrlich sein, Alex: Uns ist da ein merkwürdiger Vorfall zu Ohren gekommen, der sich heute Nachmittag in Ihrer Chefetage ereignet haben soll und der ... wie soll ich sagen ... zu gewissen Zweifeln Anlass gibt.«

Für einen kurzen Moment war Alex sprachlos. Auf welche Weise war der Kerl an diese Information gekommen? Bei ihren zahlreichen Vorgesprächen hatte er ihn als einen mit allen Wassern gewaschenen Anwalt kennen- und fürchten gelernt, als beinharten Verhandlungspartner, der die Interessen seines Auftraggebers bedingungslos verfolgte. Dass er so weit gehen würde, seine Gesprächspartner ausspionieren zu lassen, wäre ihm allerdings im Leben nicht eingefallen.

Er beschloss, dieser Sache kein größeres Gewicht beizumessen – vorerst wenigstens! Vermutlich würde ihn eine wortreiche Verteidigung nur noch tiefer reinreiten. »Da sind Sie aber einer Ente aufgesessen, mein Lieber«, winkte er lässig ab. »Bei dem angeführten Vorfall, den ich keinesfalls in Abrede stellen will, handelte es sich in Wirklichkeit um die Verfehlung eines unbotmäßigen Angestellten, von dem wir uns zwischenzeitlich getrennt haben. Gegen den Mann wird polizeilich ermittelt. Reicht Ihnen das?«

»Lassen wir's dabei«, sagte Frutiger nach kurzem Zögern. »Viel wichtiger ist die Frage, wie Sie unser gemeinsames Projekt voranzubringen gedenken. Um es rundheraus zu sagen: Liegen wir noch innerhalb des gesteckten Zeitrahmens?«

»Davon können Sie ausgehen. In einer knappen Stunde hebt meine Maschine ab. Morgen früh werde ich vor Ort sein und die Sache selbst in die Hand nehmen.«

»Sehr gut. Wann rechnen Sie mit einem Abschluss?«

»In längstens zwei Tagen.«

»Können wir davon ausgehen«, warf Tobler ein, »dass Sie die einzelnen Stadien exakt dokumentieren?«

Alex setzte ein süffisantes Lächeln auf. »Das wird kaum nötig sein, mein Lieber. Schalten Sie einfach Ihren Fernseher ein. Sie wissen doch: Bilder sagen mehr als tausend Worte. Ich gebe Ihnen Brief und Siegel, dass unser Projekt spätestens morgen Abend in aller Munde sein wird, desgleichen die detaillierte Bewertung von FE.23. Vertrauen Sie einfach den internationalen Experten.« Und als ritte ihn der Teufel, fügte er mit verbindlichem Lächeln hinzu:

»Außerdem ... wie ich Sie kenne, haben Sie längst Ihre eigenen Leute vor Ort, geben Sie's ruhig zu. Ich kann Sie sogar verstehen. Bei einer Investition in der vereinbarten Höhe geht man ungern ein Risiko ein, nicht wahr?«

Das Lächeln erwidernd, wechselten Tobler und Frutiger erneut einen Blick, bevor sie das Notebook zusammenklappten und sich erhoben.

»Okay, Alex, dann sind Sie jetzt am Zug – viel Erfolg!«, wünschte Beat Frutiger und verabschiedete sich. »Die Verträge liegen unterschriftsreif in meinem Tresor.«

Auch der Anwalt drückte Alex die Hand und hielt sie einige Sekunden länger fest als nötig. »Dieses Treffen hat nie stattgefunden, sind wir uns da einig?«

»Ich weiß von keinem Treffen«, gab Alex lächelnd zurück.

Als Karin Winter die VIP-Lounge betrat und Alex Rottmann im Gespräch mit zwei Männern sah, stellte sie ihren Trolley ab, zog unauffällig ihr Handy aus der Tasche und schoss ein paar Bilder – schließlich konnte man nie wissen!

Danach ließ sie sich an einem freien Tisch am anderen Ende des Raumes nieder. Sie winkte dem Kellner, um einen Kaffee zu ordern – wer konnte schon wissen, wie lange die da drüben noch zu quatschen gedachten? Doch noch ehe sie ihre Bestellung aufgeben konnte, verabschiedeten sich die beiden Männer, und Alex marschierte zur Theke. Nachdem er ein paar Worte mit dem Barkeeper gewechselt hatte, goss dieser aus einer Kognakflasche einen Doppelten in einen Schwenker. Alex kippte den Drink hinunter und marschierte wieder an seinen Platz zurück.

Sieh an, dachte Karin – hat da jemand seinen Frust hinuntergespült? Oder etwas gefeiert? Na ja, sie würde es herausbekommen, der bevorstehende Flug war lang genug. Sie griff nach ihrem Trolley und ging zu ihm rüber.

Als Alex sie näher kommen hörte, hob er den Kopf und blickte ihr misstrauisch entgegen. »Oh, ich hab dich gar nicht kommen sehen – bist du schon länger da?«

»Nein, eben erst gekommen«, log sie und setzte sich ihm gegenüber. Er schien erleichtert aufzuatmen. Als er sie zur Begrüßung auf die Wangen küsste, rümpfte sie die Nase. »Puh, du hast eine Fahne!«, bemerkte sie und schob ihn von sich. »Ein Glück, dass du nicht selbst hinter dem Steuerknüppel sitzt.«

»Wie könnte ich, ich muss mich doch während des Fluges meines Gastes annehmen«, sagte er grinsend.

»Untersteh dich, ich habe zu arbeiten; schließlich flieg ich nicht zu meinem Vergnügen mit.«

»Na gut, schlaf ich eben allein!«, entgegnete er scheinbar resigniert und zog sein Handy heraus. »Wollen mal sehen, ob die Herren Piloten ihre Vorbereitungen schon abgeschlossen haben. Oder spricht etwas dagegen, dass wir früher starten?«

***

Nur wenige hundert Meter über der nachtschwarzen Costa da Morte – auf gut Deutsch: der »Todesküste« – setzte die Hawker zwei Stunden später zur Landung an. Wegen der ablandigen Winde hatte der Anflug aus Westen erfolgen müssen. Der Pilot hatte die Maschine darum zunächst auf den Atlantik hinausgezogen und dort eine steile Linkskurve eingeleitet. Erst als ihre Schnauze wieder nach Osten zeigte, war die Hawker in den Sinkflug übergegangen.

Fast schien es, als würde der Vogel mitten im Lichtermeer von La Coruña landen. Karin stockte der Atem; Häuser, Straßen und Autos waren zum Greifen nah. Kurz vor dem Aufsetzen entschied sich der Pilot dann anscheinend doch noch für die Piste. Befreit atmete Karin auf, als die Maschine ausrollte. Langsam wich die Anspannung aus ihrem Körper.

Der Aeropuerto de Alvedro lag nur wenige Kilometer südlich des Stadtzentrums. Das Auschecken ging erfreulich flott vonstatten, und noch ehe Karin recht zur Besinnung kam, hielt ihr Alex auch schon die Hand hin.

»Das war's dann, Mädchen. Mach's gut. Ich hab's eilig. Ein dringendes Meeting, du verstehst.«

»Was, jetzt noch, eine Stunde vor Mitternacht?«, staunte sie.

»Tja, Öl, das aus einem leck geschlagenen Tanker läuft, kennt nun mal keine Nachtruhe. Kann man dich erreichen? Wie lange bleibst du überhaupt?«

»Keine Ahnung. Ein spanischer Bekannter hat mir für diese

Nacht ein Hotel besorgt. Alles Weitere findet sich. Übrigens würde ich gerne ein Interview mit dir machen ... nicht hier und heute natürlich, sondern irgendwo draußen an der Küste, du weißt schon, wo das Inferno am größten ist. Bist du einverstanden?«

»Ruf mich an, meine Handynummer hast du ja.«

Nochmaliges Händeschütteln, gefolgt von Küsschen auf die Wange – dann zogen beide ihres Weges. Nach wenigen Metern drehte sich Karin noch einmal um. »Wo wohnst du eigentlich?«, rief sie Alex nach.

»Am Ende der Welt«, rief er über die Schulter zurück. Ein meckerndes Lachen begleitete seine Worte, und er eilte mit erhobenem Arm von dannen.

Noch während sich Karin den Kopf über seine Antwort zerbrach, hörte sie, wie jemand ihren Namen rief. Vor ihr stand plötzlich ein junger Mann, ein Schüler fast noch, das markante, sonnengebräunte Gesicht von einem wilden Haarschopf umrahmt. Fragend sah er sie an. »Du bist Karin, *verdad*?«, formulierte er in flüssigem Deutsch. »Ich bin José. Pablo schickt mich. Er lässt sich entschuldigen, kann erst morgen früh hier sein. Ich soll dich zum Hotel bringen.« Schon griff er freundlich grinsend nach ihrem Koffer.

»Moment mal, nicht so hastig!«, wehrte sie ab und klopfte ihm auf die Finger. »Wo ist Pablo?«

»In Muxía.«

»Muxía?«

»Ja, eine Stadt an der Küste. Die Ölpest, *sabes*?«

Langsam begriff Karin, offenbar hatte alles seine Richtigkeit. Als sie wenig später das Flughafengebäude verließen, erlebte sie eine weitere Überraschung: Während die Temperaturen in Überlingen derzeit kurz über der Null-Grad-Marke herumkrebsten, lagen sie hier in La Coruña gut fünfzehn Grad darüber. Und das zu dieser nachtschlafenden Zeit – phantastisch!

Überhaupt schienen hier die Uhren ein bisschen anders zu ticken. So war José nicht wie erwartet mit einem Wagen erschienen, sondern verfrachtete sie kurzerhand auf den Sozius seiner Enduro. Mit der einen Hand krampfhaft ihren Koffer festhaltend, die andere Halt suchend um Josés Brust gelegt, so brausten sie rasch der Innenstadt zu. Trotz der späten Stunde herrschte noch immer lebhafter Verkehr. Irgendwann zog der Frachthafen an Karin vorüber, die Altstadt kam, José bog nach links in eine Gasse ab – und das Ziel ihres Horrortrips schien erreicht.

»Hier ist dein Hotel, Hotel ›La Palma‹. Pablo entschuldigt, er hat nichts *confortable* ... äh, nichts Besseres für dich gefunden, es sind zu viele Leute in der Stadt. Die Ölpest, *sabes*. Warte, ich helfe dir.«

»Danke, das schaff ich schon allein. Hat Pablo gesagt, wie es weitergeht?«

»Morgen früh, acht Uhr. Wir holen dich ab, okay?«

»Okay, José. Und danke fürs Bringen. Bis morgen also.«

»Bis morgen.«

10

Wie kam der Kerl dazu, ihn ständig zu treten, noch dazu in den Bauch … immerzu in den Bauch? Warum gelang es ihm nicht, ihn abzuwehren? Wie er es auch anstellte, stets schlug er ins Leere, das Treten hörte nicht auf, vielmehr schien es sich zu einem Trommelfeuer zu steigern. Ein unangenehm schriller Ton mischte sich darunter, der beständig an- und abschwoll und sich durch nichts unterbinden ließ – bis sich der Nebel unversehens lichtete und er zu sich kam.

Ungestüm fuhr Wolf hoch. Hatte er alles nur geträumt? Natürlich, so musste es sein.

Nun endlich erkannte er auch den Übeltäter: seine Katze Fiona. Sie hatte mal wieder versucht, es sich auf seinem Bauch gemütlich machen und durch beständiges Treten mit den Vorderpfoten ihr Lager bereitet, um sich schließlich zusammengerollt darauf niederzulassen. Bis er sie mit einer heftigen Armbewegung hinabgefegt hatte.

Erleichtert fiel er auf das Kissen zurück. Jetzt war ihm auch die Ursache des Schrillens klar. Es war das Telefon!

Da das Geräusch noch immer nicht enden wollte, tastete er träge nach dem Hörer und meldete sich. Dabei streifte sein Blick die Leuchtziffern auf dem Wecker: zehn vor fünf. Was, zum Teufel, konnte den Anrufer dazu treiben, ihn zu dieser unchristlichen Zeit aus dem Schlaf zu klingeln?

»Morgen, Leo«, dröhnte der Kollege von der Bereitschaft. »Entschuldige, wenn ich dich aufgeweckt habe, aber es gibt da was, was dich interessieren dürfte …«

»Nicht so laut«, mahnte Wolf schläfrig. »Hat das nicht Zeit bis später?«

»Sie haben Leschek.«

»Welchen Leschek?«

»Den, nach dem ihr fahndet … du erinnerst dich?«

Erneut fuhr Wolf aus seinem Kissen hoch.

»Vor einer Stunde«, fuhr der Kollege fort, »wollte er bei Lindau die Grenze passieren, da haben sie ihn festgenommen. War ganz schön renitent, der Typ. Am Vormittag wird er nach Überlingen überstellt. So, mein Lieber, jetzt kannst du weiterpennen.«

Wolf legte wortlos auf. »Armleuchter«, brummte er verärgert.

Der vergangene Abend fiel ihm wieder ein: der überraschende Besuch seines Sohnes, die ebenso kurze wie fruchtlose Debatte, sein schlechtes Gewissen danach … aufgewühlt hatte er sich noch einmal angezogen, sich eine Gitanes angesteckt und den Weg in Richtung See eingeschlagen. Als es fröstelig wurde, hatte er sich ins Restaurant Jehle gesetzt und kurzerhand eine Portion Geschnetzeltes mit Reis bestellt, dazu einen Hagnauer Müller-Thurgau, dem alsbald ein zweiter gefolgt war, später sogar ein dritter.

Ah ja … das war die Erklärung für seine Alpträume! Und den schweren Kopf.

Stöhnend erhob er sich und wankte ins Bad.

Eineinhalb Stunden später stieg er hinter der Polizeidirektion vom Bike, wie Terry seinen Drahtesel vermutlich bezeichnet hätte. Obwohl der SWR für diesen Morgen Regen vorhergesagt hatte, war kein Tropfen gefallen. Glück muss der Mensch haben, dachte Wolf und machte sich an den Aufstieg zu seinem Büro.

Es hatte den Anschein, als wäre seine Glückssträhne noch nicht zu Ende. Auf seinem Schreibtisch fand er zwei KTU-Berichte, die er kurz überflog, sowie ein Kuvert, das ein Blatt mit ausgeschnittenen Druckbuchstaben enthielt. Im ersten Moment fühlte er sich an einen Fernsehkrimi erinnert. Es dauerte seine Zeit, bis er den Text entziffert hatte. Umso größer war danach seine Verwunderung.

»Kriegen Sie raus, wofür Biotecc vor zwei Tagen 320.000,– Euro nach Spanien transferiert hat«, stand da. Nichts weiter – kein Datum, kein Absender und ziemlich sicher auch keine Fingerabdrücke.

Er wollte das Schriftstück eben zur Seite legen, da trudelten Jo und Terry ein. »Hier, seht euch das an!«, meinte Wolf und hielt ihnen das Blatt hin.

»Was soll der Scheiß?«, fragte Terry, als er das Pamphlet gelesen hatte.

»Das frag ich mich auch, Chef«, hieb Jo in dieselbe Kerbe. »Wie soll das gehen? Schneidewind würde uns was husten, sollten wir mit Verweis auf diesen Wisch einen Durchsuchungsbeschluss oder eine Genehmigung zur Konteneinsicht beantragen.«

»Keine Frage. Aber ist euch eigentlich schon aufgefallen, dass wir mit zunehmender Häufigkeit auf den Namen Biotecc stoßen?«

»Oder gestoßen werden«, wandte Jo ein.

»Meinetwegen auch gestoßen werden – äh, haben wir eigentlich schon Kaffee?«

»Sie sind gut! Wer sollte den Ihrer Meinung nach gekocht haben?«, entgegnete Jo vorwurfsvoll. »Sie haben uns ja gleich bei unserem Eintritt überfallen.«

»Ich könnte welchen aus dem Automaten holen«, bot sich Terry an.

»Oh nein, alles, bloß das nicht«, winkte Jo ab und machte sich an der Kaffeemaschine zu schaffen.

Wenig später saßen sie an Wolfs Besprechungstisch. »Dann lasst uns jetzt den wirklich wichtigen Dingen Aufmerksamkeit schenken«, eröffnete Wolf. »Ich habe hier die vorläufigen Untersuchungsberichte von der KTU über die in Brand gesetzte Jacht bei Bodman und den Anschlag auf dem Haldenhof. Offenbar lagen wir richtig mit unserem Verdacht, dass die Jacht als Aufenthaltsort des entführten und immer noch verschwundenen Erich Rottmann diente. Interessanterweise fanden die Kollegen Fingerabdrücke eines anderen seit geraumer Zeit verschwundenen Bekannten von uns, nämlich –«

»Halt, lassen Sie mich raten, Chef: Studer?«, fuhr Jo dazwischen.

Wolf nickte anerkennend. »Richtig kombiniert. Sieht so aus, als habe Studer seinen Chef da herausgehauen.«

»Und aus Rache das Schiff angezündet?«

»Wohl kaum.«

»Wieso hat sich der alte Rottmann dann nicht längst gemeldet? Warum bleibt er trotz seiner Befreiung in der Versenkung? Revierkämpfe? Oder treibt Studer ein falsches Spiel?«

»Darüber, liebe Kollegin, können wir nur spekulieren. Irgendjemand muss von Rottmanns Abwesenheit profitieren – doch wer? Aber weiter im Text. Der zweite Bericht enthält Angaben zum Mord an dem Glatzköpfigen. Der Bericht bestätigt den Tatverlauf, den wir bereits auf dem Haldenhof vermutet hatten. Die Signalpistole wurde durch die leicht geöffnete Seitenscheibe in den Smart geführt und abgefeuert, das bestätigen sowohl die Schmauchspuren wie auch die chemische Untersuchung der Geschossrückstände im Wagen und an der Signalpistole.«

Währenddessen hatte Jo Milch und Zucker besorgt und goss Kaffee in die Tassen. »Beides im Prinzip nichts Neues«, stellte sie beiläufig fest. »Immerhin eine Bestätigung, dass wir mit unseren bisherigen Ermittlungen nicht danebenlagen.«

»So ist es. Was haben wir noch?«

»Zwei Dinge«, begann Terry. »Das Labor hat gestern bestätigt, dass die Zusammensetzung des von der ›Luisa‹ in Wasserburg getankten Dieseltreibstoffs identisch ist mit dem Ölfilm vor der Mainau. Und das Zweite: Ich habe gestern nach meiner Rückkehr vom Flughafen die Phantombilder der beiden Entführer durch die Biomet-Datenbank des LKA gejagt. Und was soll ich Ihnen sagen …« Für einen Moment schien sich Terry an den gespannten Gesichtern von Wolf und Jo zu weiden. »Ich habe eine positive Rückmeldung bekommen – zumindest über einen der beiden Täter …«

»Und damit rückst du erst jetzt raus?«

»Entschuldigen Sie, Chef, aber nach den Ereignissen gestern Abend ist das irgendwie auf der Strecke geblieben. Darf ich trotzdem weitermachen?«

»Besser spät als nie«, knurrte Wolf missmutig.

Terry griff nach einem Ausdruck und las laut ab: »Andy Warholl, mit zwei L am Schluss, fünfunddreißig, aus Meck-Pomm stammend, genauer: aus Warnemünde. Vorbestraft, unter anderem wegen schwerer Körperverletzung und illegalen Waffenbesitzes. Allerdings liegen die Straftaten bereits einige Jahre zurück.«

»Wie hoch ist die Fehlerquote bei der Bilderkennung?«

»Maximal zehn Prozent.«

»Na, das ist doch schon was. Nicht schlecht, Terry!«, lobte Jo.

»Ach ja, eh ich noch eins auf den Deckel kriege: Die Ortung von Studers Handy war wieder negativ. Sieht ganz so aus, als hätte er das Ding ausgeschaltet.«

Wolf räusperte sich: »Na gut. Dann bereite schon mal die Fahndung nach den beiden Entführern vor.« Er lehnte sich in seinem Sitz zurück, als ihm noch etwas einfiel. »Und stell die Bilder mitsamt dem Namen dem ›Seekurier‹ zur Verfügung.«

»Und was ist mit mir, Chef?«, brachte sich Jo in Erinnerung. Just in diesem Augenblick klingelte Wolfs Telefon. Nachdem er seinen Namen genannt hatte, beschränkte er sich im Wesentlichen aufs Zuhören. Ab und an machte er sich Notizen. Dann legte er auf.

»Larifari«, winkte er ab, als er Jos fragenden Blick sah. »Vor einer Stunde hat man einen Toten in seinem Wagen gefunden, auf der Sipplinger Seestraße. Als Todesursache hat der herbeigerufene Notarzt zunächst Herzstillstand festgestellt. In der Zwischenzeit sind dem Mann jedoch Zweifel gekommen, und da unklare Todesursachen meldepflichtig sind, fordert er nun eine eingehende Untersuchung, notfalls eine Obduktion.«

»Wie begründet er seine Zweifel?«, fragte Jo.

»Am rechten Fuß des Toten hat er zwischen zwei Zehen so etwas wie eine Einstichstelle entdeckt – auffällig genug, um ihn misstrauisch zu machen.«

»Sind solche peniblen Untersuchungen bei Notärzten üblich?«, wollte Terry wissen.

»Normalerweise nicht, dafür fehlt denen meistens die Zeit. In diesem Fall lag es wohl daran, dass ein Schnürsenkel des Toten offen war. Das kam dem Notarzt etwas merkwürdig vor, und so hat er ihm Schuh und Socke ausgezogen.«

»Hatte der Tote denn das Alter, um an einem Herzstillstand zu sterben?«

»Ein Herzstillstand kann dich in jedem Alter ereilen. Aber wenn du schon fragst: Der Mann war zweiundfünfzig, Amerikaner, wahrscheinlich auf der Durchreise. Von Beruf Molekularbiologe. Und jetzt lasst uns weitermachen.«

Bei der Berufsbezeichnung war Jo wie elektrisiert hochgefahren. »Moment mal, Chef … sagten Sie eben ›Molekularbiologe‹?«

»Ja, warum?« Es war nicht zu überhören, dass Wolf das Thema gerne hinter sich gelassen hätte.

»Ich überlege gerade … Sie sagten doch eben selbst, dass wir in letzter Zeit immer häufiger auf den Namen Biotecc stoßen, nicht wahr? Wie heißt denn der Tote?«

Wolf sah auf seine Notizen. »Stratton, Paul Stratton. Schon mal gehört?«

Jo schüttelte den Kopf. »Trotzdem, einen Anruf wäre es wert. Moment, das haben wir gleich.«

Sie zog ihr Handy hervor und tippte eine Nummer ein. »Ja, guten Tag, mein Name ist Louredo. Kann ich bitte Herrn Stratton sprechen, Paul Stratton? ... Ah ja, ich verstehe. Ein Krankheitsfall in seiner Familie vielleicht? Ach, er hat hier gar keine! Gut, kann man nichts machen. Ich melde mich später noch mal. Danke.«

Sie unterbrach die Verbindung und blickte triumphierend auf. »Na, wer sagt's denn! Die Dame in der Biotecc-Zentrale eröffnete mir gerade, Dr. Stratton sei heute noch nicht an seinem Arbeitsplatz erschienen – ganz gegen seine sonstige Gewohnheit übrigens und ohne sich zu entschuldigen. Dabei sei er mit seiner Arbeit regelrecht verheiratet, meinte sie. Merkwürdig, nicht wahr?«

»Da hast du recht«, antwortete Wolf und sprang so heftig auf, dass ihm beinahe das Barett vom Kopf geweht wäre. »Komm mit, Jo, wir fahren nach Sipplingen. Du, Terry, kannst dich derweil um die Fahndung nach den Entführern kümmern. Wir treffen uns in etwa anderthalb Stunden hier wieder. Auf geht's, Leute!«

***

Karin Winter saß, den Arm über ihren Trolley gelegt, in der Halle des kleinen Altstadthotels – zumindest hatte die Besitzerin den putzigen Vorraum mit der Miniaturrezeption als solche bezeichnet – und wünschte sich, Pablo würde möglichst bald auftauchen und sie erlösen.

Die Nacht war eine einzige Katastrophe gewesen – kein Wunder, dass sie sich wie gerädert fühlte. José hatte recht gehabt: Das Hotel gehörte eindeutig zur schlichteren Sorte. Ihr Zimmer war zwar sauber, aber bedrückend eng gewesen. Doch das war nicht der Grund für ihre Missstimmung.

Gleich nach ihrer Ankunft hatte sie sich aufs Bett gesetzt und die Bilder, die sie in der Friedrichshafener VIP-Lounge gemacht hatte, per MMS an Manu geschickt – mit der Bitte, eine Kopie davon an Matuschek weiterzuleiten. Sollte er sich um die Identifizierung der beiden Männer kümmern. Ehe sie sich versah, war sie eingenickt, wenn auch nicht für lange: Eine Horde wild gewordener Mopeds hatte sie aufgeschreckt. In unregelmäßigen Abständen hatte sich das höllische Inferno wiederholt – mit ein Grund, weshalb sie ihren Aufenthalt in diesem Haus so rasch als möglich vergessen wollte.

Kurz nach acht ertönte draußen ein Hupen. Erleichtert nahm Karin ihren Koffer und verließ das Hotel.

Pablo! Da stand er, freundlich lachend, die Arme zur Begrüßung ausgebreitet. Schon fühlte sie sich mit lautem Hallo an seine Brust gedrückt. Anschließend stellte er ihr eine junge Frau vor, die sich so lange im Hintergrund gehalten hatte.

»Meine Freundin Elena.«

»Hallo, Elena, freut mich.« Erneute Umarmung, bevor sich Karin suchend umsah: »Und wo ist José?«

»Ah, José ... der hat eine Spezialaufgabe übernommen. Er wird später zu uns stoßen«, erläuterte Pablo und verstaute Karins Koffer – in einem Auto, wie sie erleichtert bemerkte.

Normalerweise dauert die Fahrt von La Coruña nach Muxía eine knappe Stunde. Diesmal waren sie mehr als doppelt so lange unterwegs. Dabei hatten sie noch Glück gehabt: Einen Teil der Strecke konnte sich Pablo mit seinem Landrover an einen Kleinbus der *Guardia Civil* dranhängen, der mit Blaulicht und Sirene die Fahrbahn für sie frei zu räumen schien.

Wiederholt hatte Karin den Versuch gemacht, Pablo und Elena auf das Geschehen draußen vor der Küste anzusprechen; jedes Mal wurde sie auf später vertröstet. »Besser, du verschaffst dir erst mal einen Überblick über das, was hier abgeht«, hatte Pablo mit düsterer Miene erklärt.

Ihr erstes Zusammentreffen fiel ihr wieder ein. Vor gut einem Jahr hatte sie einen Aufenthalt auf La Gomera dazu genutzt, für den »Seekurier« einen Artikel über die Waldbrandgefahr auf den Kanaren zu schreiben. Bald war sie bei ihren Recherchen auf Pablo gestoßen. Als Mitglied der P.N.E., dem spanischen Zweig einer internationalen Vereinigung engagierter Naturschützer, hatte er sich für sie als wertvoller Ratgeber erwiesen. Danach war die Verbindung wieder abgerissen. Als jedoch vor wenigen Tagen die

Havarie der »Prestige« vor der galicischen Küste bekannt wurde und sich abzeichnete, dass Karin wegen der Zusammenhänge mit Biotecc vor Ort recherchieren würde, hatte sie sofort an Pablo gedacht und ihn kurz entschlossen angerufen. Zu ihrer Überraschung stellte sich heraus, dass er sich aus demselben Anlass bereits in La Coruña aufhielt. Spontan hatte er sich bereit erklärt, sie unter seine Fittiche zu nehmen.

Das ständige Stop-and-go brachte Karin wieder in die Gegenwart zurück. War schon das erste Drittel des Weges – immerhin eine gut ausgebaute Autobahn! – völlig überfüllt gewesen, so hatte das Gewühle auf der nachfolgenden Etappe eher noch zugenommen. Die schmale Landstraße, die sich in endlosen Kurven durch die wilden Berge der Costa da Morte schlängelte, glich einer Heerstraße. Lastwagen, Planierraupen, Militärtransporter und Traktoren mit schaufelbewaffneten Trupps auf den Hängern kamen ihnen entgegen oder schwammen mit ihnen dem Meere zu. Karin hatte den Eindruck, als herrschte an der Küstenfront permanenter Schichtwechsel. Dazwischen immer wieder neugierige Landbewohner und Gaffer aus der Stadt, die »nur mal eben einen Blick in die schwarze Hölle« werfen wollten – alles in allem ein unbeschreibliches Durcheinander.

In Vimianzo, dem letzten nennenswerten Ort vor ihrem Ziel Muxía, machten sie eine kurze Pause. Wie das ganze Dorf, so war auch die Bar an der Hauptstraße total überfüllt. Ehemals weiß gekleidete Helfer, jetzt über und über mit schwarzem Teer bekleckst und einen durchdringenden Ölgeruch verbreitend, tranken stehend ihren Espresso oder ihr *cerveza*. Auch Soldaten und einige Fotoreporter hatten sich zu einer kurzen Rast eingefunden; es wurde in vielen Sprachen parliert.

Neben Karin unterhielt sich eine kleine Gruppe Männer in deutscher Sprache. Es stellte sich heraus, dass sie zum Technischen Hilfswerk gehörten und aus Köln stammten.

»Wie sieht's da vorn aus?«, fragte Pablo ihren Wortführer und deutete dabei vage nach Westen.

»Frag lieber nicht, es ist die reinste Sisyphusarbeit! Nachdem die Armee gestern endlich Soldaten angekarrt hat, kommen wir seit Tagen zum ersten Mal wieder ins Hinterland, um frische Luft zu schnappen. Der Gestank macht dich fertig – und dass du kein

Ende siehst! Mehrfach hatten wir schon einen Strandabschnitt sauber, da verölte die Flut alles wieder aufs Neue, sogar noch schlimmer als zuvor. Die Küstenbewohner hier tun mir echt leid! Wir fahren ja irgendwann wieder weg, aber deren Existenz ist für lange Zeit im Eimer, fürchte ich.«

»Wo seid ihr eingesetzt?«

»In einem Strandabschnitt westlich von Muxía.«

»Habt ihr dort den Helikopterlandeplatz bemerkt?«

»Klar, der ist nicht zu übersehen ... und vor allem nicht zu überhören. Gestern ist wohl noch eine Maschine dazugekommen.«

»Ah ja, interessant«, nickte Pablo zufrieden.

Sie wünschten den Männern alles Gute und gingen wieder nach draußen. Während sich Pablo an seinem Landrover zu schaffen machte, fragte Elena Karin: »Weißt du übrigens, dass keine zwanzig Kilometer von hier der berühmteste Ort der Todesküste liegt?«

»Du meinst das Kap Finisterre, das Ende Europas, nicht wahr?«

»In der Antike hat man es sogar für das Ende der Welt gehalten.«

»Moment mal ... das Ende der Welt, sagst du?« In Karins Kopf hatte etwas klick gemacht. »Kann es sein, dass man in La Coruña ein Hotel danach benannt hat?«

»Klar doch, das ›Finisterre‹. Ziemlich teurer Schuppen, fünf Sterne, soweit ich weiß. Warum fragst du?«

»Ooch, nichts weiter. Ist mir gerade so eingefallen.« Das also hatte Alex gemeint, als er ihr nachrief, er wohne am Ende der Welt, überlegte sie.

»Wenn man den Leuchtturm des Kaps besucht«, plapperte Elena weiter, »könnte man tatsächlich meinen, am äußersten Rand der Erdscheibe zu stehen. Aber das ist ... wie sagt man bei euch? ... eine Ente.« Sie kicherte. »Heute weiß man, dass der westlichste Zipfel Europas in Wirklichkeit etwas weiter nördlich liegt, am weithin unbekannten Kap Touriñán.«

Pablo, der sich gerade wieder zu ihnen gesellte, hatte die letzten Worte mitbekommen. »Lasst uns etwas Näherliegendes besprechen. Rund einen Kilometer vor Muxía befindet sich links von der Straße ein kleines, aufgelassenes Gehöft. Dort hat Biotecc sein Helikopter-Einsatzzentrum eingerichtet. Sie beladen die Maschinen vor jedem Flug mit großen Behältern, vermutlich Chemikalien, die dort in einem streng bewachten Schuppen gelagert werden.«

»FE.23«, bestätigte Karin.

»Du kennst das Zeug?«

»Sie haben es bei uns am Bodensee entwickelt. Vor wenigen Tagen wurde es zum ersten Mal in der Praxis getestet – vor unserer Haustür übrigens.« Sie schilderte kurz den Einsatz von FE.23 vor der Mainau. »Wie weit ist es noch bis zu unserem Ziel?«, wollte sie abschließend wissen.

»Etwa zwanzig Minuten. Wir fahren so nah ran, wie es geht, sodass wir alles beobachten können, ohne aufzufallen.«

»Natürlich haben wir starke Ferngläser dabei«, ergänzte Elena.

Kurz vor Muxía bog Pablo links in einen Feldweg ein. Endlich waren sie dem Verkehrsinferno entronnen! Nach holprigen zweihundert Metern endete der Weg abrupt an einem Wasserloch. Mit einiger Mühe konnte Pablo wenden, bevor er den Wagen abstellte.

Bereits beim Aussteigen fiel Karin der widerlich intensive Ölgeruch auf, der wie eine Glocke über dem Landstrich lag. Davon abgesehen war die ausgesuchte Stelle für Beobachter geradezu ideal. Das abwechslungsreich gegliederte Gelände fiel zur Küste hin stetig ab. In gut einem Kilometer Entfernung ließ sich im Morgendunst das Meer ausmachen.

Etwas unterhalb ihres Standortes lagen in einem Abstand von vielleicht dreihundert Metern mehrere Gehöfte. In einem von ihnen herrschte reger Betrieb. Ein Pulk unterschiedlichster Fahrzeuge stand herum, Menschen liefen hin und her, auf dem freien Platz vor dem Hauptgebäude stand ein Hubschrauber mit laufenden Rotoren. Vier Mann schleppten einen Behälter zu der Maschine und brachten ihn an einer Aufhängung an. Dann liefen sie gebückt zurück, und der Heli zog hoch, Richtung Küste.

»Manchmal fliegen auch Beobachter mit aufs Meer hinaus«, bemerkte Elena. »Wir vermuten, Geschäftspartner oder Interessenten.«

Pablo nahm einen Kompass zur Hand und versuchte eine Peilung. »Der Kurs stimmt, dort liegt die ›Prestige‹.« Er hielt Karin eines der Ferngläser hin. »Hier, willst du dir das da unten einmal genauer ansehen? Vielleicht entdeckst du ja ein bekanntes Gesicht.«

Karin stellte das Glas auf ihre Augen ein, ehe sie den Biotecc-Stützpunkt anvisierte. Das Gehöft machte einen ziemlich verwahrlosten Eindruck. Es wunderte sie nicht, dass die früheren Besitzer aufgegeben hatten. Dieser kargen Landschaft etwas abzutrotzen setzte mehr als Gottvertrauen voraus.

Karin versuchte zunächst, sich auf die Akteure zu konzentrieren – ein schwieriges Unterfangen, da sie ihr entweder den Rücken zukehrten oder scheinbar planlos durcheinanderwuselten. »Tut mir leid, ich kann niemanden erkennen«, sagte sie bedauernd – bis sie sich gleich darauf selbst korrigierte: »Halt, was ist das? Ah, jetzt erkenne ich sie. Die Gauß-Rottmann kommt gerade aus dem Schuppen dort links ... und die noblen Herren in ihrem Gefolge sind ganz sicher nicht zum Arbeiten hier. Könnten die Geschäftspartner sein, von denen ihr gesprochen habt. Und da ist auch Alex Rottmann, der das FE.23 entwickelt hat. Scheint ein paar Helfern Anweisungen zu geben. Jetzt schaut er Richtung Meer ... ah, von dort fliegt gerade ein zweiter Heli heran.«

»Unsere Befürchtungen scheinen sich zu bestätigen«, nickte Pablo verbissen. »Offenbar versuchen die Chemieleute, den Teufel mit diesem ... diesem Dingsda ...« Das richtige Wort wollte und wollte ihm nicht einfallen.

»Beelzebub«, half Karin aus.

»... genau, den Teufel mit dem Beelzebub auszutreiben – so heißt es doch bei euch, nicht wahr?«

»Wie meinst du das?«

»Nun, manche sehen die Ölkatastrophe dort draußen als ein gutes Mittel zum Zweck, um die Tauglichkeit der Biotecc-Entwicklung unter Beweis zu stellen.«

»Dagegen ist doch eigentlich nichts zu sagen, oder?«

»Von wegen. Indem man eine Katastrophe verhindert, wird gleichzeitig eine neue produziert. Denen geht es nicht um Schadensminimierung, sondern vor allem um geschäftliche Interessen.«

Karin nickte. »Da könnte was dran sein. Dafür spricht auch, dass das Einsatzmittel nach meiner Kenntnis noch nicht ausreichend auf eventuelle Nebenwirkungen getestet wurde.

»Wie's den Menschen hier geht und dass möglicherweise das

ganze ökologische Gefüge dieses Küstenabschnittes vor die Hunde geht, scheint die Herrschaften nicht zu interessieren«, fügte Elena hinzu.

»Business as usual. Und wer weiß«, fuhr Pablo düster fort: »Vielleicht ist das alles ja nur die halbe Wahrheit? Stellt euch nur mal vor, der Schrotttanker dort draußen wäre gar nicht verunglückt.«

»Sondern?«

»Nun, vielleicht hat ja jemand ein bisschen nachgeholfen ... könnte doch sein, oder?«

Für eine kurze Weile herrschte Sprachlosigkeit. »Das ... das wäre ja geradezu monströs«, stammelte Karin mit aufgerissenen Augen. »Was bringt dich zu dieser Vermutung?«

»Vergiss es gleich wieder. Es ist nicht mehr als ein Gedanke, der sich durch nichts beweisen lässt – bis jetzt zumindest. Und ich hoffe, das bleibt auch so.«

Karin trat auf ihn zu. »Was soll das heißen, Pablo? Hast du Informationen, die in diese Richtung gehen? Dann gib sie mir, bitte.« Als sie sein Zögern bemerkte, schüttelte sie den Kopf. »Das wäre wirklich zu ungeheuerlich. Ich traue den Rottmanns ja einiges zu, aber so was – nein, so was nicht! Niemals! Man muss sich das mal vorstellen: Eines Geschäftes wegen siebenundsiebzigtausend Tonnen Rohöl ins Meer fließen zu lassen ... unvorstellbar! Wer so was tut, muss durch und durch amoralisch sein.«

»Pah, Moral! Wo's um Millionen geht, bleibt die Moral fast immer auf der Strecke.«

»Im Übrigen halte ich so was für gar nicht durchführbar«, fuhr Karin fort. »Moderne Tanker haben doch alle denkbaren Sicherheitsvorkehrungen, um genau das zu verhindern, oder? Da müsste schon einer mit 'ner Kanone draufhalten, denke ich.«

»Moderne Tanker haben das vielleicht. Aber hast du auch nur die geringste Ahnung davon, wie viele altersschwache Riesenkähne in einwandiger Bauweise noch über die Weltmeere schippern?«, erregte sich Pablo. »Und genau zu dieser Sorte gehört die ›Prestige‹. Das ist kriminell!« Er ging ein paar Schritte hin und her, um sich abzureagieren.

»Und was wollt ihr dagegen tun?«

»Die Frage ist nicht, was wir dagegen tun *wollen*, sondern was wir tun *können.* Auf jeden Fall zu wenig. Schon jetzt handelt es sich um die größte Umweltkatastrophe, die die Welt je gesehen hat – die ›Exxon Valdez‹ und das BP-Unglück im Golf von Mexiko eingeschlossen. Und sie wird mit jedem Tag schlimmer.«

»Siehst du da nicht ein bisschen zu schwarz, Pablo? Noch ist ja nicht erwiesen, dass deine Befürchtungen zutreffen, immerhin hat es bei uns am Bodensee ganz gut geklappt. Was macht dich eigentlich so sicher, dass sich Biotecc auf einem Irrweg befindet?«

»Namhafte Biochemiker, darunter Professor Ramirez von der Universidad Rey Juan Carlos in Madrid, sind der Überzeugung, dass das Verfahren nicht funktionieren *kann.* Nicht nur wegen falsch interpretierter chemischer Reaktionen, sondern vor allem deshalb, weil die Meere zusätzlich zum Öl auch mit unvorstellbaren Mengen an Chemikalien belastet würden.«

»Selbst wenn du recht hast: Was wäre die Alternative? Kennst du einen anderen Weg, um der Katastrophe Herr zu werden?«

Pablo knurrte nur etwas Unverständliches.

Bestrebt, das Gespräch wieder in sachlichere Bahnen zu lenken, fragte Karin: »Habt ihr eigentlich noch weitere Leute hier?«

»Wir sind zu sechst. Morgen stoßen noch zwei weitere Helfer zu uns. Im Grunde machen wir hier drei Dinge. Erstens: Wir dokumentieren die Schäden durch das auslaufende Öl. Das machen andere Stellen zwar auch, aber wir verlassen uns lieber auf unsere eigenen Beweise. Zweitens: Wir wollen ermitteln, wie sich der Unfall abgespielt hat – falls es denn einer war. Und drittens wollen wir wissen, wer dafür verantwortlich ist und ob dahinter ein Manipulationsversuch stecken könnte.«

»Und wieso macht *ihr* das? Die regionalen Behörden und vor allem eure Politiker müssten doch das größte Interesse daran haben, die Zusammenhänge aufzuklären?«

»Hör mir auf mit denen!«, winkte Pablo ab. »Das ist die Enttäuschung meines Lebens. Unsere Politiker versuchen, die Katastrophe kleinzureden. Dazu wird auf die Medien massiv Einfluss genommen. In keinem Fernsehkanal wirst du Worte wie ›Ölpest‹ oder ›schwarze Flut‹ hören, da reden sie bestenfalls von auslaufendem Öl. Und obwohl an der Küste jede Hand dringend gebraucht wird, war von der Armee, die doch eigentlich zum Schutze des Landes unterhalten wird, bis gestern nicht viel zu sehen.

Geschweige denn, dass sich Regierungsmitglieder vor Ort blicken lassen oder wenigstens ausreichend Mittel bereitstellen. Einzig der König hat kurz vorbeigeschaut.«

»Wie wollt ihr als kleiner Verband da etwas ausrichten?«

»Unterschätze den organisierten Umweltschutz nicht. Wir sind international gut vernetzt und haben großen Rückhalt in der Bevölkerung, vor allem auch in der Tourismusindustrie. Wo ein Wille ist, ist immer auch ein Informant. Wenn wir nicht so viele Freunde und Sympathisanten in den Amtsstuben sitzen hätten, könnten wir in der Tat einpacken.«

Karins Handy klingelte. Nur mit Mühe erkannte sie Matuscheks verzerrte Stimme. »Scheint ja ein ganz heißes Ding zu sein, was da bei euch läuft …«, brüllte er in den Hörer.

»Was meinst du? Geht es um die Bilder vom Flughafen?«

»Ja. Bei dem kleineren der beiden Männer handelt es sich um den CEO eines Basler Pharmariesen, Beat Frutiger. Der zweite ist Phillipp Tobler, der Syndikus des Konzerns. Näheres einschließlich der Hintergründe bei deiner Rückkehr.«

»Ist gut, danke.« Sie kappte die Verbindung. Dann richtete sie ihr Fernglas erneut auf das Gehöft. Plötzlich schnappte sie sichtbar nach Luft. »Sagt mal … was ist denn das?«, rief sie aufgeregt und versuchte, das Bild schärfer zu stellen. »Das ist doch … na klar, das ist José! Es sei denn, er hätte einen Doppelgänger.« Im höchsten Maße überrascht sah sie Pablo an.

Elena lachte hell auf, und auch in Pablos Gesicht breitete sich ein Grinsen aus. »Wie sollten wir sonst rauskriegen, was da unten abläuft?«, erwiderte er. »Es war gar nicht so schwer, ihn als Hilfskraft einzuschleusen. Du weißt doch: Beziehungen sind alles. Wie heißt das doch gleich bei euch …«

»Vitamin B, meinst du.«

»Richtig. Klingt gesund, nicht wahr? Ich rechne übrigens in Kürze mit einer Nachricht von ihm – sofern es seine Situation erlaubt, natürlich.«

Je länger der Vormittag dauerte, desto wärmer wurde ihnen. Die spätherbstliche Sonne knallte unerwartet stark vom Himmel. Karin hatte eine leichte Mütze aufgesetzt und hielt sich weitgehend im Schatten der Sträucher auf. Elena ging zwischendurch zum Wagen, holte eine Schachtel Müsliriegel und einige Flaschen

Mineralwasser und verteilte sie. Dann fiepte Pablos Handy. Er meldete sich mit einem kurzen *»Sí?«* Nach ungefähr einer halben Minute beendete er das Gespräch, ohne ein weiteres Wort von sich gegeben zu haben. Mit nachdenklicher Miene wandte er sich den anderen zu. »Es war José. In einer Stunde wird er bei uns sein, dann erfahren wir, was da unten abgeht.«

»Das war alles?«, fragte Elena ungläubig.

»Er sagte noch, die Rottmann habe getobt, weil ihnen nur drei Hubschrauber zur Verfügung stünden. Ihrer Meinung nach gehe alles viel zu langsam ... ja, und dass der junge Rottmann hochgradig misstrauisch sei. Deswegen wolle er kein längeres Gespräch riskieren.«

Karin sah auf die Uhr. »Okay, in einer Stunde, so gegen zwölf also. Und wie geht es danach weiter?«

»Kommt drauf an, was du vorhast.«

»Ich?«

»Ja. Willst du Alex Rottmann deine Aufwartung machen? Ihn interviewen vielleicht und Fotos machen?«

»Aber klar doch, jetzt noch mehr als ohnehin schon. Immerhin hegt ihr einen schlimmen Verdacht gegen ihn, damit werde ich ihn konfrontieren. Bin gespannt, was er dazu sagt. Zuvor aber sollten wir an die Küste fahren – das heißt, sobald wir mit José gesprochen haben.«

***

Paul Stratton war heute früh um sechs am Steuer seines Porsche 911 gestorben. Ein Pendler, der jeden Morgen diese Stelle der Seestraße passierte, hatte ihn gefunden – genauer gesagt: Er war der Erste gewesen, der sich behindert gefühlt und ihn gemeldet hatte.

»Der Mann hat wohl nicht alle Tassen im Schrank«, hatte er sich bei seinem Anruf in der Ludwigshafener Wache ereifert. »Steht ohne Warnblinker bei laufendem Motor auf der Hauptstraße herum, einfach so, mitten im Berufsverkehr. Wo gibt's denn so was?«

Kriminalobermeister Straub, der Wolf und Jo am Fahrzeug erwartete, konnte die Angaben des Pendlers nur bestätigen. Der Wagen hatte bei seinem Eintreffen tatsächlich mit laufendem Motor auf der Fahrbahn gestanden und den Verkehr blockiert. Es hatte sich bereits ein ordentlicher Rückstau entwickelt. Von dem Aufruhr um ihn herum anscheinend völlig unberührt, saß der Fahrer mit geschlossenen Augen hinter dem Steuer, den Kopf an die Nackenstütze gelehnt, als ob er schliefe. Straub klopfte zunächst ans Fenster. Als er keine Reaktion bemerkte, öffnete er die Fahrertür und tippte dem Mann an die Schulter. Zu seiner Überraschung kippte der Kopf des Fahrers seitlich weg.

Spätestens in diesem Moment war ihm wohl klar geworden, dass hier etwas ganz und gar nicht stimmte. Er hatte seinen Kollegen gebeten, den Verkehr kurz sich selbst zu überlassen und den Notarzt zu verständigen, während er ein paar Fotos schoss, dann mit Ölkreide die Position des Wagens auf der Fahrbahn markierte und ihn anschließend von der Fahrbahn schob, damit der Verkehr wieder rollen konnte. Dann hatten sie auf den Notarzt gewartet und schließlich auf dessen Anraten die Kripo verständigt.

»Hier sind die Papiere des Toten und ein Zettel mit der Handynummer des Notarztes. Der musste gleich weiter«, schloss Straub seine Ausführungen. »Ach ja«, fügte er noch hinzu, »dieses Medikament hier hab ich in einer Collegemappe im Auto gefunden. ›Digitalis‹. Leider ist das Röhrchen leer.«

Obwohl in der medizinischen Terminologie nicht sonderlich bewandert, konnte Wolf der Packung immerhin entnehmen, dass es sich um ein starkes Herzmittel handelte.

»Okay«, ordnete er an, »wir machen Folgendes: Du, Jo, gehst in Strattons Wohnung. Wenn die Angabe in seinem Ausweis stimmt, dann muss die irgendwo da oben liegen.« Vage deutete er bergwärts. »Konzentrier dich vor allem auf seine Medikamente; schreib auf, was da rumliegt. Wenn du auf Rezepte oder anderen ärztlichen Schriftwechsel stößt, bitte alles mitbringen. Melde dich, wenn du fertig bist, ich lass dich abholen.«

»Sie fürchten, er hat das falsche Medikament genommen?«

»Ich fürchte gar nichts. Ich möchte lediglich eine Verwechslung oder eine falsche Dosierung ausschließen können. Was euch betrifft«, damit wandte er sich an die beiden Streifenpolizisten, »ihr sorgt bitte dafür, dass der Porsche zur KTU nach Überlingen geschleppt wird. Ohne den Fahrer natürlich, den lasst ihr in die

Pathologie im Kreiskrankenhaus bringen. Ich informiere Dr. Reichmann über den Neuzugang, außerdem den Arbeitgeber des Mannes. Alles klar, Kollegen?«

Schon eine Minute später befand sich Wolf wieder auf der Rückfahrt nach Überlingen. Nach seinem Eintreffen in der Polizeidirektion erkundigte er sich, ob Leschek bereits überstellt worden war. Er warte im Vernehmungsraum, teilte ihm die Zentrale mit.

»Soll ruhig noch etwas schmoren«, grummelte er und machte sich auf den Weg in sein Büro, wo er sich erst mal eine Gitanes ansteckte.

Während er vor sich hin paffte, informierte er telefonisch Franzi Reichmann und Biotecc. Danach rief er Terry zu sich.

»Im Vernehmungsraum wartet Leschek auf uns. Komm mit.«

Terry war hocherfreut, und er zeigte es auch.

»Freu dich mal nicht zu früh«, dämpfte Wolf seine Erwartungen. »Deine Rolle wird sich auf das Bedienen des Aufnahmegeräts und das Zuhören beschränken ... Learning by Doing, du verstehst schon. Verdammt, jetzt fange ich auch noch mit diesem Scheißenglisch an.«

»Da sehen Sie mal, Chef: Manchmal kommt man ohne das Zeug einfach nicht aus«, sagte Terry grinsend. »Ich gehe schon mal das Equipment vorbereiten.«

Nun konnte sich auch Wolf ein Grinsen nicht verkneifen. Dann wurde er wieder ernst. »Merk dir gut, was Leschek sagt, aber lass dich nicht zu einer Antwort hinreißen, hörst du?«, rief er Terry hinterher, doch der hatte den Raum bereits verlassen.

»Tja, so schnell kann's gehen«, meinte Wolf anstelle einer Begrüßung.

Leschek saß mit übergeschlagenen Beinen am Besprechungstisch vor dem vergitterten Fenster und blickte ihm regungslos entgegen. Auf der gegenüberliegenden Seite des Tisches hatte Terry Platz genommen. Er war dabei, etwas auf ein Blatt Papier zu skizzieren; Wolf vermutete, dass es sich um ein Porträt Lescheks handelte.

»Der Rekorder ist bereit, Chef«, teilte er beiläufig mit.

Wolf nickte dem uniformierten Kollegen neben der Tür kurz

zu, bevor er an der Stirnseite des Tisches auf einem Stuhl Platz nahm. Nach seiner Einschätzung hatte Leschek den Platz vor dem Fenster mit Bedacht gewählt. Sollten die Vernehmer ruhig ins Helle starren, mochte er gedacht haben. Diesen Gefallen gedachte er ihm nicht zu tun!

Er schaltete das Tonbandgerät ein, nannte Datum und Uhrzeit und zählte die Namen der Anwesenden auf. Doch statt sich danach an Leschek zu wenden, vertiefte er sich zunächst in einige mitgebrachte Papiere – eine Taktik, mit der er schon mehr als einem Untersuchungsgefangenen die Zunge gelockert hatte. Leschek jedoch blieb weiterhin stumm wie ein Fisch. Immerhin rückte er näher an den Tisch heran. Wolf wertete es als ein Zeichen aufkeimender Nervosität.

»Zu Beginn muss ich Sie fragen, ob Sie einen Anwalt wollen«, brach Wolf endlich das Schweigen. Als Leschek verneinte, fuhr er fort: »Tja, mit Ihrem Ausraster bei Rottmann gestern Abend haben Sie sich ohnehin vollends in die Scheiße geritten. Bewaffnete Geiselnahme, noch dazu unter den Augen der Polizei ... mein lieber Scholli! Das bringt Ihnen gut und gerne zehn Jahre – die anderen Delikte gar nicht mitgerechnet.«

Ein bösartiges Grinsen spielte um Lescheks Mund, schon wollte er aufspringen, als sein Blick auf den Uniformierten fiel. Der hatte seine Haltung zwar kaum verändert, dennoch war unübersehbar, dass es an ihm kein Vorbeikommen gab. Umso wütender blaffte er nun zurück: »Sie Klugscheißer! Wie hätten *Sie's* denn angefangen, hä? Hatte ich 'ne Wahl? Irgendwie musste ich mich doch wohl aus dieser Situation befreien, oder?«

Wolf setzte ein überhebliches Lächeln auf. Sein Plan war, Leschek zu provozieren – und er schien aufzugehen. »Wenn Sie *das* ›befreien‹ nennen ... bitte schön. Ich jedenfalls versteh darunter etwas anderes.«

»Ach, wissen Sie was? Behalten Sie Ihre klugen Ratschläge für sich und stellen Sie endlich Ihre verdammten Fragen, damit wir's hinter uns bringen. Bei Vernehmungen hält sich der Spaßfaktor für mich nämlich in Grenzen.«

»Oh, da muss ich Sie korrigieren, mein lieber Herr Leschek –«

»Und den ›lieben Herrn Leschek‹ können Sie sich auch sparen«, fiel er Wolf ins Wort.

Doch der ließ sich nicht so leicht aus der Ruhe bringen. »Jedenfalls handelt es sich hier nicht um eine Vernehmung, sondern lediglich um eine Art Anhörung«, fuhr er in gemütlichem Plauderton fort. »Bei Kapitalverbrechen – und eine bewaffnete Geiselnahme fällt zweifellos darunter – muss in der Regel zu einer Vernehmung nämlich der Staatsanwalt hinzugezogen werden.«

Leschek horchte auf. »Etwa Schneidewind?«, fragte er.

Wolf versuchte, sich seine Überraschung nicht anmerken zu lassen. Zögernd nickte er. »Sie kennen Staatsanwalt Schneidewind?«

»Kennen wäre zu viel gesagt.« Leschek grinste abfällig. »Kann ich eine Zigarette haben?«

»Nein, tut mir leid. Erst die Arbeit, dann das Vergnügen. Fangen wir bei Kauder und Abul an: Weshalb sollten die beiden für Sie das Öl in den See pumpen? Sie handelten doch auf Ihre Anweisung, oder wollen Sie das bestreiten?« Wie erwartet blieb Leschek stumm, sodass Wolf nachsetzte: »Ich hätte außerdem gerne gewusst, woher das ANNM stammt, das Sie als Sprengstoff verwendet haben, um diese unliebsamen Zeugen anschließend zu beseitigen?« Auch die neuerliche Frage quittierte Leschek mit Schweigen.

»Na gut«, seufzte Wolf, »ich kann Sie nicht zu einer Antwort zwingen. Schade, es hätte mir die Arbeit etwas erleichtert.«

»Tja, so hat jeder sein Päckchen zu tragen«, erwiderte Leschek hämisch.

»Wobei das Ihre deutlich schwerer wiegt, will mir scheinen. Aber bitte, wenn Sie nicht mit uns kooperieren wollen ... *Ihr* Schaden!« Mit bedauerndem Unterton fügte Wolf hinzu: »Dabei wissen Richter kooperatives Verhalten bei der Bemessung des Strafmaßes sehr wohl zu würdigen. Na ja, um die Beweise, die uns noch fehlen, mach ich mir jedenfalls wenig Sorgen. Sie und Ihre gedungenen Helfershelfer haben ja massig Spuren hinterlassen. Zudem sind einige Leute sicher ganz wild darauf, gegen Sie auszusagen. Alexander Rottmann zum Beispiel, ihr bisheriger Arbeitgeber und gleichzeitig Hauptgeschädigter in der laufenden Sache. Ich kann ihm nicht verdenken, dass er sich getäuscht und hintergangen fühlt –«

»Moment mal ...« Leschek war aufgesprungen. »Hab ich das eben richtig verstanden? Sagten Sie ›Hauptgeschädigter‹? Sie sind wohl etwas neben der Kappe, Mann!«

»Oh, keineswegs. Oder wollen Sie bestreiten, dass Sie in die Details der Entwicklung und praktischen Anwendung des neuen Biotecc-Produktes FE.23 eingeweiht waren? Und dass Sie im Begriff waren, vertrauliche Informationen über diese Neuentwicklung an ein anderes Unternehmen weiterzugeben – gegen Bares, versteht sich?« Wolf hoffte, dass Leschek seine Finte nicht auf Anhieb als solche erkannte.

»Wer zum Teufel behauptet das? Rottmann etwa?« Aufgebracht schüttelte Leschek den Kopf, dass sein Pferdschwanz nur so hin und her flog. »*So* läuft das also ... jetzt durchschaue ich das Spiel. Oh nein, Herr Kommissar, da muss ich Sie enttäuschen: Mit mir haben Sie garantiert den Falschen am Wickel.«

»Ich bitte Sie, Herr Leschek, die Beweise gegen Sie sind erdrückend, Leugnen macht keinen Sinn ...«

»Beweise für Werkspionage und Geheimnisverrat?«

Wolf wand sich etwas. »Nun, was diesen Punkt betrifft, da bedarf es noch einiger Abklärungen. Aber ich bin sicher, dass uns die Angaben von Biotecc auch in diesem Punkt rasch weiterbringen ...«

»Pff! Alles kalter Kaffee, was die Ihnen erzählen. Ich versichere Ihnen noch einmal: Mit mir setzen Sie aufs falsche Pferd. Fragen Sie doch mal Alex Rottmann, welche Bewandtnis es mit dem Ölteppich vor der Insel Mainau wirklich auf sich hatte und wieso die Jacht in die Luft fliegen musste. Und vor allem, wer die Kontakte zu dem von Ihnen zitierten Baseler Unternehmen tatsächlich geknüpft hat.«

Wolf lächelte dünn. »Soso, in Basel sitzen die Herrschaften also.«

Zu spät bemerkte Leschek seinen Fehler. »Aber Sie selbst sagten doch –«

»Ich sprach lediglich von einem anderen Unternehmen. Aber lassen wir das. Wissen Sie, es macht wenig Sinn, Herrn Rottmann auf die von Ihnen angeführten Punkte anzusprechen. Sie glauben doch nicht im Ernst, dass auch nur einer der tausend Betriebsangehörigen gegen Rottmann aussagen würde! Ja, wenn Sie Ihre Angaben etwas präzisieren könnten, uns Ross und Reiter nennen würden, nicht nur hier bei der Anhörung, sondern vor allem später vor Gericht ...« Wolf ließ den Rest des Satzes in der Luft hängen.

Leschek lächelte süffisant. »Ich soll für Sie den Kronzeugen machen … meinen Sie das?«

»Ooch, Kronzeuge … welch hehres Wort! Sagen wir, wir machen einen kleinen Deal: Sie weihen uns in die tatsächlichen Zusammenhänge, die Urheber und ihre Motive ein – wenn es denn welche geben sollte.«

»Und dann? Was hab ich davon?«

»Wenn Sie zur Klärung des Falles und zur Aufdeckung der Hintergründe beitragen, würde sich das bei der Strafbemessung sicherlich positiv auswirken. Ein, zwei Jährchen früher aus dem Knast, das ist doch was, oder? Natürlich kann ich Ihnen hier und jetzt nichts Genaues versprechen, das muss, wie bei solchen Deals üblich, mit der Staatsanwaltschaft und dem Richter ausgehandelt werden. Aber wenn es wirklich, wie Sie behaupten, andere Tatbeteiligte gibt, für die Sie als Alleintäter den Kopf hinhalten sollen, dann gibt's da ja wohl nicht viel zu überlegen, oder?«

Leschek war während Wolfs Rede aufgestanden und unter gelegentlichem Schniefen ein paar Schritte auf und ab gegangen. Plötzlich hob er den Kopf: »Wie wär's jetzt mit einer Zigarette?«, fragte er lauernd.

Wolf griff in seine Tasche und reichte ihm seine Gitanes, zusammen mit einem Feuerzeug. »Wenn's der Wahrheitsfindung dient. Bitte, bedienen Sie sich.«

Es dauerte eine geraume Weile – genauer gesagt zwei Zigarettenlängen –, bis Leschek mit sich ins Reine gekommen war. Nachdem er die zweite Zigarette endlich im Ascher ausgedrückt und wieder Platz genommen hatte, zog er noch einmal die Nase hoch, bevor er entschlossen nickte. »Also gut, ich mache mit.«

Wolf lehnte sich erwartungsvoll zurück. »Na, dann schießen Sie mal los.«

»Wie … jetzt? Guter Mann, Sie haben sie wohl nicht alle!«, antwortete Leschek scharf. »Hören Sie: Ich verlange präzise Zusagen, bevor ich auspacke. Organisieren Sie das gefälligst. Aber lassen Sie um Gottes willen Schneidewind aus dem Spiel! Wenn schon, dann will ich mit dem leitenden Oberstaatsanwalt sprechen, darunter läuft gar nichts –«

Leschek wurde von einem Klopfen an der Tür unterbrochen. Es war Jo. Wortlos reichte sie Wolf einen Zettel. Nachdem er ihn kurz überflogen hatte, zerfurchte sich seine Stirn. Dann besann er sich wieder auf Leschek. »Ich denke, das lässt sich machen. Gut, das war's dann fürs Erste, Sie hören von mir«, beschied er den überraschten Leschek. Mit einem Nicken bedeutete er dem uniformierten Kollegen, Leschek in seine Zelle zu bringen.

Erneut nahm Wolf den Zettel zur Hand. Auch Terry, von Neugierde geplagt, versuchte, einen Blick darauf zu erhaschen. Beiden war anzusehen, dass sie sich keinen rechten Reim darauf machen konnten.

»Versteh ich nicht«, gab Wolf offen zu und kratzte sich, ohne das Barett abzunehmen, fahrig am Kopf.

»Folgendes, Chef«, klärte Jo ihn auf: »Vor einer guten halben Stunde wurde am östlichen Tunnelausgang der Bahnlinie Singen–Markdorf eine männliche Leiche gefunden. Der Mann ist wohl von einem Eilzug überfahren worden – das zumindest vermuten die Kollegen, die als Erste am Unglücksort eintrafen. Und jetzt kommt's: Sie haben bei der übel zugerichteten Leiche eine Kreditkarte auf den Namen Erich Rottmann gefunden. Da sowohl Größe und Statur des Mannes als auch seine Kleidung passen, müssen wir davon ausgehen, dass es sich tatsächlich um den entführten Biotecc-Boss handelt.«

»Ja, zum Teufel noch mal, ist es nun Rottmann oder ist er es nicht? Ich meine, der Mann ist doch bekannt wie ein bunter Hund, der muss doch leicht zu identifizieren sein.«

»Leider nicht, Chef. Die Bundesbahn hat diesmal nämlich überraschend gründlich gearbeitet – von seinem Gesicht ist nicht viel übrig geblieben.«

In Wolfs Gehirn blitzte ein Gedanke auf, flüchtiger noch als ein Wimpernschlag. Doch so schnell er gekommen war, so schnell war er wieder entschwunden. Dabei war sich Wolf absolut sicher, dass er mit dem eben Gehörten zusammenhing. Doch zurück blieb nur das unbestimmte Gefühl, einen winzigen Moment lang der Lösung ganz nahe gewesen zu sein. Ärgerlich, aber nicht zu ändern.

»Haben Sie mir überhaupt zugehört, Chef?«, fragte Jo ungeduldig.

»Aber ja doch. Ist die Spusi schon vor Ort?«

»Seit einer Viertelstunde. Mayer zwo hat die Leiche freigegeben, und ich habe veranlasst, dass sie zur gerichtsmedizinischen Untersuchung ins Kreiskrankenhaus geschafft wird. Dr. Reichmann ist bereits verständigt.«

»Aber könnte es nicht sein, dass es sich um einen Suizid handelt?«, wollte Terry wissen.

»Ein Entführungsopfer, das Selbstmord begeht? Wie soll das zusammenpassen?« Jos ironischer Unterton war nicht zu überhören. An Wolf gewandt, fuhr sie im selben Atemzug fort: »Nun sagen Sie doch auch mal was, Chef.«

»Ich grüble noch. Aber eines scheint mir sicher: Ein Selbstmord scheidet aus – nicht im Anschluss an eine Entführung. Das ergibt einfach keinen Sinn. Was aber dann? Was wollten die Täter damit bezwecken?«

Terry kniff überrascht die Augen zusammen. »Sie verwenden den Terminus ›Täter‹. Dann ist es für Sie also ausgemacht, dass es sich um eine Gewalttat handelt?«

»Definitiv ... nur das Warum gibt mir Rätsel auf. Wieso machen die das? Ich komm einfach nicht dahinter.« Grüblerisch kaute Wolf auf seiner Unterlippe. Warum nur, zum Teufel, war ihm der Gedanke entglitten, der ihn, seiner vagen Erinnerung nach, auf die richtige Spur hätte führen können? Er wusste: Eine Antwort darauf ließ sich nicht erzwingen. Noch einmal rief er sich den Auslöser in Erinnerung. Was hatte Jo gesagt? »Die Bundesbahn hat diesmal nämlich überraschend gründlich gearbeitet – von seinem Gesicht ist nicht viel übrig geblieben.«

Abermals formte sich ein Gedanke – und wieder entschwand er, bevor er sich fassen ließ. Um Zeit zu gewinnen, fragte er Jo: »Was meint eigentlich Mayer zwo dazu?«

»Der hüllt sich in Schweigen, auch über die Spurenlage – Sie kennen ihn ja. Ein Abschiedsschreiben wurde jedenfalls nicht gefunden.«

»Also gut! Fahr hin und sieh dich gründlich um. Und nimm Terry mit. Ich treibe in der Zwischenzeit jemanden auf, der die Leiche identifizieren kann. Sobald wir sicher sind, müssen wir Rottmanns Verwandtschaft informieren.«

»Sie denken daran, dass die sich zurzeit vermutlich komplett in Galicien aufhält?«

»Aber sicher … an die Rottmanns denke ich noch aus ganz anderen Gründen, vor allem an Alex«, brummte Wolf vieldeutig. »Ach ja: Vorläufig kein Wort an die Presse.«

Jo und Terry waren bereits unter der Tür, als ein Zuruf von Wolf sie noch einmal zurückholte. »Hat sich eigentlich in der Wohnung von Stratton etwas ergeben?«, fragte er Jo.

»Leider nichts, was für unsere Ermittlungen relevant gewesen wäre. Falls Sie Details wissen wollen: die stehen in meinem Bericht. War's das, Chef?«

»Ja. Seht zu, dass ihr endlich wegkommt.«

11

José nahm einen langen Zug aus der Wasserflasche. Vor wenigen Augenblicken erst war er von seiner Enduro gestiegen, verschwitzt und von einer grauen Staubschicht überzogen. Nun stand er, mit der Flasche in der Hand, an den Landrover gelehnt und entspannte sich, während ihn die anderen erwartungsvoll ansahen.

»Komm schon, erzähl! Was läuft da unten ab?« Pablo schien Josés Bericht kaum erwarten zu können.

»Also: Biotecc will einen Weg gefunden haben, die Folgen von ... von einer Ölpest nicht nur, wie sagt man: zu minimieren, sondern sogar zu verhindern. Zumindest sagen sie das über ihr neues Produkt. Die Beobachter sind ... ja, begeistert vom Ergebnis, hab ich selbst gehört. Diese Leute arbeiten übrigens für einen Großkonzern in Bale... Basel, meine ich. Und noch etwas hab ich gehört: Die internationalen Mineralölkonzerne haben Biotecc bei ihren Forschungsarbeiten mit beträchtlichen Mitteln unterstützt.«

»Sagt wer?«

»Sagt die Chefin von Biotecc. Hab zufällig ein Gespräch zwischen ihr und einem Beobachter mit angehört. Hat wahrscheinlich gedacht, ich verstehe kein Deutsch.«

»Ist doch klar«, erklärte Pablo. »Je stärker Roh- und Schweröl aus havarierten Tankern die Meere verschmutzt, desto schärfer werden die weltweiten Öltransporte reglementiert. Logisch, dass die Mineralölkonzerne genau das mit allen Mitteln verhindern wollen. Es würde ihnen das ganze Geschäft versauen.«

»Ja, aber ... hätten dann nicht gerade *sie* allen Grund, die Forschung auf diesem Gebiet zu fördern?«, überlegte Karin. »Angenommen, das Biotecc-Verfahren bewährt sich: Wer sollte ernsthaft etwas dagegen haben, wenn auslaufendes Öl auf diesem Weg unschädlich gemacht wird?«

»Es *kann* nicht funktionieren, ich habe die Gründe ja schon erläutert. Warum sollten unabhängige Wissenschaftler dagegen anreden, wenn sie keine berechtigten Zweifel hätten? Jedermann wäre glücklich, wenn man die Weltmeere vor Katastrophen dieser Art schützen könnte. Trotzdem sind sie sicher, dass es sich bei dem angeblichen Wundermittel in Wirklichkeit um einen gigantischen Schwindel handelt. Überleg doch mal selbst: Die Entwicklung solcher Verfahren mündet in Geschäftsabschlüssen, von deren Dimension wir uns keine Vorstellung machen können. Umso höher dürfte die Versuchung für die Biotecc-Leute sein, Ergebnisse vorzuspiegeln, die es so gar nicht gibt ... und genau da liegt die Katze begraben ...«

»Der Hund, meinst du«, korrigierte ihn Karin, bevor sie mit nachdenklicher Miene fortfuhr: »Da könntet ihr recht haben. Wie ihr wisst, hat Biotecc die Rechtsform einer Aktiengesellschaft. Also hat das Unternehmen, wie jede andere Aktiengesellschaft auch, entsprechend seinem aktuellen Börsenkurs einen bestimmten Handelswert. Nun ist es aber ein offenes Geheimnis, dass jeder Börsenkurs bis zu einem gewissen Grad beeinflussbar, um nicht zu sagen manipulierbar ist ...«

»Ah, ich verstehe«, wurde sie von Elena unterbrochen. »Du meinst, dass jede Erfolgsmeldung, die einen Umsatz- und Gewinnsprung erwarten lässt, sich in einem steigenden Börsenkurs niederschlägt, ist es so?«

»Erfasst! Also noch mal im Klartext: Wenn Biotecc mit seiner Neuentwicklung Erfolg hat, steigt automatisch der Wert des Unternehmens.«

»Okay. Langfristig aber doch nur, wenn sich das Produkt als nachhaltig erweist, also keine ... keine Dings ist ... äh, wie nennt ihr das?«

»Eintagsfliege?«

»Genau ... wenn es sich nicht nur um eine Eintagsfliege handelt.«

»Richtig. Aber was ist, wenn die Biotecc-Leute auf Nachhaltigkeit pfeifen? Wenn sie nur auf das schnelle Geld aus sind?«

»Du meinst, den Kurs in die Höhe treiben, egal wie, und dann schnell verkaufen?«

»Könnte doch sein, oder?«

In diesem Augenblick passierte etwas höchst Eigenartiges: Auf dem Hang hinter Karin spritzten feine Staubfontänen hoch, verbunden mit einem hohen, kaum hörbaren Sirren; so schnell die Fontänen sich gebildet hatten, so schnell fielen sie auch wieder in sich zusammen. Verwundert hatten Pablo und Elena um sich geblickt, ohne allerdings dem Vorgang weitere Beachtung zu schenken. Erst als sich das Ganze wiederholte, deutlich näher diesmal und von einem trockenen »Plopp« begleitet, wurde Pablo plötzlich lebendig.

»Runter, sofort runter!«, rief er ihnen zu, gleichzeitig klappte er wie ein Taschenmesser zusammen. Als Karin seiner Aufforderung nicht gleich Folge leistete, zog er sie unsanft zu sich herab.

»Was soll das?«, fragte sie ungehalten.

»Wir werden beschossen«, gab er halblaut zur Antwort und spähte beim Versuch, den unsichtbaren Schützen zu entdecken, hinter dem Busch hervor, der ihnen als Deckung diente.

»Frag nicht, warum ... aber irgendwie hab ich damit gerechnet«, flüsterte José dicht neben Karin.

Erneut hörten sie dieses »Plopp« und das Sirren danach, das an einen Schwarm wild gewordener Bienen erinnerte und ihnen einen kalten Schauer über den Rücken jagte.

»Die schießen mit Schrot«, rief Pablo. »Am besten, ihr geht hinter dem Landrover in Deckung.« Der Standort des Schützen war nicht auszumachen; er konnte hinter jedem Busch, hinter jedem Felsblock lauern.

Es trat eine kurze Pause ein, während der Karin und Elena zu José hinter das Auto huschten. »Sie wechseln ihren Standort«, vermutete José. »Wir sollten von hier verschwinden, je schneller, desto besser.«

Pablo wandte sich um. »Genau das ist es, was sie wollen. Wirf mir bitte mal deine Mütze zu, Karin – aber pass auf, dass du deine Deckung nicht verlässt.«

Wortlos kam sie seiner Bitte nach, ebenso wortlos suchte Pablo einen Stock, auf dessen Spitze er die Mütze setzte und sie langsam über das Buschwerk schob. Was er befürchtet hatte, trat prompt ein: Ein neuerlicher Schuss fegte die Mütze vom Stock, von mehreren Schrotkugeln getroffen segelte sie zu Boden.

»Die haben sie wohl nicht alle! Meine schöne Mütze«, fauchte Karin und hielt die Kopfbedeckung gegen das Sonnenlicht. Sie war von mehreren Schrotkörnern förmlich durchsiebt. Trotz des

Ernstes der Lage musste Karin lachen. »Schaut mal, wie ein Schweizer Käse!«

Beunruhigender als die Durchschüsse war allerdings etwas anderes: Diesmal war das »Plopp« mehr von rechts gekommen. Also wurden sie von mindestens zwei Mann beschossen – wahrhaftig keine rosigen Aussichten. Pablo nahm mit zwei, drei schnellen Schritten ebenfalls hinter dem Landrover Deckung – ein zweifelhafter Schutz, denn sobald sich ihre Gegner weiter hangaufwärts bewegten, wären sie deren Feuer schutzlos ausgeliefert.

»Ich komm da nicht mit. Warum machen die das?«, fragte Karin verständnislos. »Die sind doch in offizieller Mission hier, da kann man doch keine Leichen brauchen.«

José kaute auf seiner Unterlippe, bevor er antwortete: »Vielleicht habe ich Erklärung. Chefin hat mit Alex geflüstert, über mich. Hat gemerkt, dass ich viel mitgehört habe, auch über ... wie heißt das? Nebenwirkungen. Das war kurz bevor ich Camp verlassen habe.«

Karin bekam große Augen. »Jetzt versteh ich. Wir stehen deren Erfolg im Wege«, nickte sie, und nach kurzem Nachdenken fügte sie mit gezwungenem Lächeln hinzu: »Ich nehme an, ihr führt keine Waffen mit euch?«

»Wo denkst du hin? Wir sind Naturschützer, keine Söldner.« Nach einer kurzen Pause fuhr Pablo fort: »Ich schlage vor, ihr klettert in den Wagen und legt euch auf den Boden. Dann springe ich hinters Steuer – und ab geht die Post. Wird eine verdammt holprige Fahrt werden, aber wenn wir's bis zur Hauptstraße schaffen, sind wir in Sicherheit. Ich hoffe nur, dass die Karosserie des Wagens und die Scheiben die Schrotkugeln abhalten.«

Karin hatte sich halb erhoben, ihre schussbereite Kamera in der Hand. Schnell zog sie mit dem Zoom das Gelände vor ihnen näher und machte ein paar Bilder, ohne sich mehr als absolut nötig aus der Deckung zu wagen. Dann wandte sie sich Pablo zu, und ein Grinsen schlich sich in ihr Gesicht. »Moment noch, ehe wir abhauen ... ich hab da eine Idee. Wollen doch mal sehen, ob der Spuk nicht bald ein Ende hat!« Sie nahm ihr Handy und tippte eine Nummer ein.

»Was hast du vor?«, fragte Elena.

»Ich werde Alex Rottmann davon überzeugen, dass es besser

für ihn ist, wenn er seine schießwütigen Handlanger zurückpfeift ... denn mit denen haben wir es ja wohl zu tun. Ansonsten rufen wir die *Guardia Civil.* Und das dürfte seinen feinen Geschäftsfreunden vermutlich gar nicht gefallen.«

Nun hellten sich auch Pablos Gesichtzüge etwas auf. »Könnte klappen«, pflichtete er bei.

Karin musste nicht lange warten. »Ein Glück für dich, Alex, dass du gleich dran bist. Jetzt hör mir mal gut zu ... Nein, *du* hörst *mir* zu, verdammt noch mal: Du hast die Wahl ...«

***

Es war kurz nach eins, Wolf grummelte der Magen. Kein Wunder, dachte er, bei dem kümmerlichen Frühstück heute Morgen. Die paar Tassen Kaffee zwischendurch machten, bildlich gesprochen, den Bock auch nicht fett, im Gegenteil!

Der Vormittag war wie im Flug vergangen, ein Ereignis hatte das andere gejagt. Die letzten Tage hatten bereits ihre Spuren hinterlassen; das Herumstochern im Nebel und die ständig zunehmenden Verwicklungen zerrten an den Nerven. Er fragte sich wieder mal, wie lange er sich das noch antun wollte. Andere in seinem Alter genossen längst ihren Ruhestand. Vielleicht sollte er ... ach was, das waren Gedanken, die ihn nicht weiterbrachten, Punktum! Erst mal musste er was zwischen die Zähne bekommen, je früher, desto besser.

Erneut sah er auf die Uhr. Um Viertel vor zwei war er mit Franzi Reichmann verabredet, also blieb ihm noch eine gute halbe Stunde. Kurz entschlossen lud er sich selbst zu einer Fischsuppe ein – und er wusste auch schon, wo: Bei den Knoblauchs in der Löwenzunft, direkt an der Hofstatt, dem Überlinger Marktplatz. Bis dorthin hatte er nur zwei, drei Minuten zu gehen, und genauso schnell wäre er anschließend wieder zurück. Mit dem Dienstwagen ließ sich dann immer noch rechtzeitig das am Stadtrand liegende Kreiskrankenhaus erreichen, in dem Franzi ihre gerichtsmedizinischen Untersuchungen durchführte.

Er informierte kurz den Kollegen von der Bereitschaft, bevor er in seinen Mantel schlüpfte und sich auf den Weg machte.

Natürlich hatte die Esserei etwas länger gedauert als geplant. So kam es, dass er erst um kurz vor zwei seinen Wagen vor dem Hauptgebäude des Krankenhauses abstellte. Wenigstens war die Fischsuppe exzellent gewesen, das war ihm die kleine Verspätung wert; beim Gedanken daran leckte er sich noch jetzt die Lippen!

Beschwingt eilte er die Treppen ins Untergeschoss hinab, durchmaß im Stechschritt den dämmrigen Vorraum und wollte eben die Tür zu den Pathologieräumen aufstoßen, als er ein verhaltenes Schluchzen vernahm. Überrascht sah er sich um. Auf einer Bank saß eine zusammengekrümmte Gestalt. Eine Frau mittleren Alters mit hochgesteckten Haaren, in einen dunkelgrauen Tuchmantel mit Pelzkragen gekleidet, das Gesicht von einem zusammengeknüllten weißen Taschentuch verdeckt.

»Verzeihung, sind Sie Frau Mattheis, Hilde Mattheis?«, sprach er sie an. Er hatte Erich Rottmanns Hausdame in die Pathologie bestellt, da sie nach seiner Kenntnis momentan die Einzige war, die den alten Rottmann zweifelsfrei identifizieren konnte – falls es sich überhaupt um diesen handelte. Franzi hatte bereitwillig zugestimmt, mit den gerichtsmedizinischen Untersuchungen erst nach der Identifizierung zu beginnen, da sie sich erst einmal mit dem toten Stratton beschäftigen wollte. Dennoch war er überrascht, dass die Frau um mehr als eine halbe Stunde zu früh erschienen war. Nun, vermutlich hatte sie die Ungewissheit zu Hause nicht länger ertragen.

Mit tränenumflorten Augen sah die Frau zu ihm auf und nickte.

»Ich bin Hauptkommissar Wolf von der Kripo, wir haben miteinander telefoniert. Kommen Sie, ich bringe Sie rein.«

Franzi Reichmann kam ihnen entgegen. »Frau Mattheis, nehme ich an. Guten Tag.« Sie reichten sich die Hand.

»Sie wissen, warum wir Sie hergebeten haben, Frau Mattheis?«, fragte Wolf in beruhigendem Tonfall. »Wir hätten gerne darauf verzichtet, aber leider scheinen Sie derzeit die Einzige zu sein, die Herrn Rottmann identifizieren kann. Sie wissen sicher, dass sich Frau Gauß-Rottmann und ihr Sohn momentan im Ausland aufhalten. Was denken Sie, Frau Mattheis, wird es gehen?«

Sie schien zunächst unschlüssig, schluchzte mehrfach hörbar auf, bevor sie die Zähne zusammenbiss. »Ja, es muss wohl«, kam es flüsternd zurück, begleitet von einem angedeuteten Nicken.

»Dann kommen Sie.« Franzi Reichmann führte sie zu einem der Edelstahltische, auf dem sich unter grünem Tuch ein menschlicher Körper abzeichnete. »Herr Rottmann trägt noch die Kleidung, in der man ihn gefunden hat«, erläuterte sie. »Bitte sehen Sie sich alles in Ruhe an. Insbesondere bitten wir Sie, neben Kleidung und Schmuck vor allem auf besondere körperliche Merkmale zu achten, soweit sie Ihnen bekannt sind, also Narben, Warzen, Hautflecken, Tätowierungen, eventuelle Verletzungen und so weiter.« Sie machte Anstalten, das Tuch zurückzuschlagen, als sie noch einmal innehielt. »Ja, fast hätte ich's vergessen ... es tut mir leid, aber Sie können sein Gesicht nicht sehen. Die Verletzungen, die ihm der Zug im Kopfbereich zugefügt hat, sind ... sie sind erheblich, das möchten wir Ihnen gerne ersparen.«

Franzi rollte das grüne Tuch langsam von unten her auf. Ein Paar edle, wenn auch stark verstaubte schwarze Lederhalbschuhe kamen zum Vorschein – zweifellos englische Maßarbeit, wie Wolf neidisch feststellte –, gefolgt von einer anthrazitfarbenen Hose, die im Unterschied zu den Schuhen einen außerordentlich derangierten Eindruck machte und im Bereich des rechten Knies sogar ein Loch aufwies. Sie wurde von einem schwarzen Gürtel aus Krokodilleder mit silberfarbener Schnalle gehalten, in dem Wolf das Emblem von Biotecc zu erkennen glaubte. Den Abschluss bildete ein schwarzes Sakko mit einem weißen Hemd darunter, das zur Hälfte aus der Hose hing – ob durch den Unfall oder den Transport in die Pathologie verursacht, war nicht zu erkennen. Am rechten Handgelenk trug der Tote einen silbernen Zeitmesser der Schaffhausener Uhrenschmiede IWC, am Ringfinger einen Siegelring mit eingraviertem Wappen. Im Revers des Sakkos steckte eine kleine, unscheinbare Anstecknadel. Die wenigen sichtbaren Hautpartien beschränkten sich auf die Hände und einen schmalen Streifen oberhalb der Socken; der Farbton der Haut glich dem des Hemdes – beinahe weiß.

Mit versteinertem Gesicht starrte Frau Mattheis auf den vor ihr liegenden Leichnam. Inzwischen hatte sie ihr Taschentuch sinken lassen, vorübergehend schienen ihre Tränen versiegt. Mit bemerkenswerter Sanftheit umfasste die sonst so resolute Franzi ihre Schultern, und in der Tat schien Frau Mattheis dadurch ein wenig Kraft zu sammeln. Sie wirkte gewillt und auch in der Lage, die von ihr verlangte Identifizierung vorzunehmen, so gut sie es eben vermochte.

Eingehend betrachtete sie die Kleidung des Toten und nahm den wenigen Schmuck unter die Lupe, bevor sie ihre Augen auf der linken Hand des Toten ruhen ließ. Dann musste sie, vermutlich vom Ergebnis ihrer Prüfung überwältigt, das Taschentuch wieder an die Augen führen. Sie nickte, während sie ins Leere starrte.

»Ja, er ist es«, stammelte sie kaum hörbar.

»Sie wollen sagen, es ist zweifelsfrei Erich Rottmann?«

»Ja. Auf alle Fälle trägt er seine Sachen, auch der Körperbau stimmt, soweit ich das beurteilen kann. Freilich … ohne sein Gesicht zu sehen … Aber hier, sehen Sie selbst – hier, am linken Daumen, diese kleine Schnittwunde da: Die hat er sich bei der Pflege seiner geliebten Orchideen zugezogen, ich hab ihm selbst das Pflaster drübergeklebt. Er züchtet nämlich Phalaenopsis, müssen Sie wissen …«

Und als hätte sie erst jetzt die ganze Tragweite ihrer Aussage begriffen, sank ihr Kopf an Franzis Brust, und sie wurde von heftigem Schluchzen geschüttelt, bis sie sich plötzlich abwandte und mit schnellen kurzen Trippelschritten aus dem Raum stürzte – so rasch, dass ihr Franzi kaum zu folgen vermochte.

Wenig später kehrte Franzi allein wieder zurück. »Ich habe sie in eine Taxe gesetzt, die Frau ist ja völlig durch den Wind«, erklärte sie.

»Kann man verstehen«, stimmte Wolf nickend zu. »Immerhin können wir jetzt davon ausgehen, dass es sich bei dem Leichnam tatsächlich um Erich Rottmann handelt. Hmmm …«

»Was denken Sie, Leo?«

»Ich weiß nicht … für mich macht der Tod von Rottmann keinen Sinn. Wieso sollte jemand sein Entführungsopfer umbringen? Tot ist dieser Mann doch völlig wertlos! Warum aber dann der ganze Aufwand? Wer riskiert für nichts und wieder nichts Kopf und Kragen? Ich komme einfach nicht dahinter.«

Irgendetwas Entscheidendes mussten sie übersehen haben. Wieder fiel Wolf der Gedanke ein, den er nicht hatte fassen können. Verdammter Mist! Vielleicht hätte die Rückkehr der beiden Rottmanns ja einen erhellenden Effekt? Sie hatten ihre Ankunft in

Friedrichshafen für morgen Nachmittag in Aussicht gestellt. Bis dahin blieb genügend Zeit, zusammen mit dem leitenden Oberstaatsanwalt und dem Richter eine Kronzeugenregelung festzuklopfen, die Leschek akzeptieren konnte. Spätestens dann würde sich Alex Rottmann verdammt warm anziehen müssen.

Der Zusammenhang der Werksspionage mit Rottmanns Entführung und dessen unerklärlichem Tod allerdings wollte sich Wolf noch immer nicht erschließen. Wieso sollte Alex Rottmann ein Interesse daran haben, seinen Onkel zu entführen oder gar um die Ecke zu bringen? Weit und breit ließ sich auch nicht der Ansatz eines Motivs erkennen. Ratlos kratzte er sich am Kopf, ohne sein Barett abzunehmen. Wie hatte Jo gesagt? »Von seinem Gesicht ist nicht viel übrig geblieben ...«

Von seinem Gesicht?

Moment mal ... sollte etwa ... Plötzlich wusste Wolf, was ihn die ganze Zeit über so gequält hatte ... der Gedanke war so naheliegend, dass er sich wunderte, nicht schon viel früher darauf gekommen zu sein.

Erich Rottmann war nicht entführt worden, weil man ein Lösegeld erpressen wollte, sondern weil er den Plänen der Entführer im Wege stand. Dummerweise hatten ihn seine Leute inzwischen befreit, sodass die Entführer sich gezwungen sahen, seinen Tod vorzutäuschen, um an ihren Plänen weiterhin festhalten zu können. Das dort vorne auf dem Sektionstisch war nicht Erich Rottmann, sondern ein anderer Mann, der Rottmann von der Statur her glich!

Fragte sich nur: Wie sahen die Pläne aus, die Rottmann hätte verhindern können? Ganz klar, sie mussten mit seinem Unternehmen zusammenhängen. Folglich würden auch seine Gegner dort zu suchen sein. Und Rottmann wusste das! Das war wohl auch der Grund, weshalb er sich noch immer nicht aus der Deckung traute.

»Kommen Sie, Leo«, brach unvermittelt Franzi in Wolfs Gedanken, »halten wir uns zunächst an die Fakten. Wir haben hier einen Toten. Mit an Sicherheit grenzender Wahrscheinlichkeit ist es Erich Rottmann, der von einem Zug überfahren und von einer Familienangehörigen – als solche möchte ich Rottmanns Haushälterin einmal bezeichnen – identifiziert worden ist. Es gibt darüber hinaus keinerlei Hinweis auf eine Gewalttat, keine Fesselung, keine Hämatome. Und schon gar nicht auf einen Suizid. Zumindest nach dem jetzigen Stand. Aber ehrlich gesagt rechne ich nicht mehr mit gravierend neuen Erkenntnissen ...«

Wolf nickte abwesend.

»So, und jetzt lassen Sie uns zu unserem zweiten Toten kommen: Paul Stratton«, fuhr Franzi fort. »Viel kann ich Ihnen dazu noch nicht sagen, ich stehe mit meinen Untersuchungen noch ganz am Anfang ...«

»Im Grunde interessiert mich nur eines, Franzi.« Wolf machte eine Kunstpause, um seinen Worten mehr Gewicht zu verleihen. »Ist Stratton Ihrer Meinung nach an Herzstillstand gestorben oder wurde ihm etwas gespritzt?«

»Sie spielen auf die Einstichstelle zwischen Strattons Zehen an, stimmt's?«

»Auf was denn sonst? Und sagen Sie jetzt nicht, die habe mit seinem Tod nichts zu tun.«

»Warum sollte ich?« Franzi grinste frech.

»Wie jetzt ... was soll das heißen?«, fragte Wolf konsterniert.

»Das soll heißen, dass der Notarzt recht hatte. Stratton ist ziemlich sicher an der Überdosis eines Barbiturats gestorben, das hat die erste Bluntuntersuchung ergeben. Aber wie gesagt –«

»Ich weiß, Ihre Untersuchungen sind noch nicht abgeschlossen«, warf Wolf ein. Er hatte erfahren, was er wissen wollte. »Ach Franzi, ich könnte Ihnen einen Schmatz geben!«

»Sie immer mit Ihren leeren Versprechungen«, winkte sie lachend ab.

Bevor Wolf etwas erwidern konnte, klingelte sein Handy. Verärgert über die Unterbrechung nahm er das Gerät ans Ohr. »Jetzt nicht«, bellte er hinein.

»Na, großer Meister, wie kommen Sie voran?«, fiel Karin Winters Stimme wie mit Krakenarmen über ihn her. Ausgerechnet jetzt!

»Ach, Sie sind's! Tut mir leid, Frau Winter, es geht jetzt wirklich nicht. Wie wäre es, wenn ich nach Dienstschluss in der Redaktion vorbeischaue ... gegen sechs? Da sind Sie doch noch da, oder?«

Karin kicherte. »Klar bin ich da ... aber nicht da, wo Sie denken. Ich bin in Galicien, falls Ihnen das was sagt.«

»Sie sind wo?« Wolf war perplex. Am liebsten wäre er auf einen Stuhl gesunken. Leider gab es weit und breit keine Sitzgelegenheit.

»Der Tankerunfall ... die ›Prestige‹, Sie erinnern sich? Hier läuft bereits seit ein paar Tagen tonnenweise Rohöl ins Meer. Es ist unbeschreiblich, was hier abgeht. Dagegen war die poplige Ölpest vor der Mainau das reinste Nasenwasser.«

»Aber die Retter sind doch ebenfalls nah – oder irre ich mich?«

»Keineswegs – falls Sie auf Biotecc anspielen. Allerdings ist noch lange nicht raus, wer hier am Ende wen rettet.« Sie kicherte hell. »Ich sag Ihnen, ich bin da einer ganz heißen Kiste auf der Spur. Wenn auch nur die Hälfte von dem wahr ist, was man sich hier erzählt, dann könnte Ihr Fall bald eine ungeahnte Wendung nehmen.«

»Moment mal ... was hat mein Fall mit den Ereignissen vor der galicischen Küste zu tun?«

»Nicht jetzt, Herr Wolf, und schon gar nicht am Telefon. Oder, wie die Einheimischen hier sagen: *Tranquilo!*, ganz ruhig bleiben. Morgen fliege ich wieder zurück, dann können wir reden; bis dahin hoffe ich, alles verifiziert zu haben. Eines versichere ich Ihnen aber schon jetzt: Sie werden fassungslos sein.«

»Wenn Sie das sagen! Gehe ich übrigens recht in der Annahme, dass Alex Rottmann in Ihrer Geschichte eine herausragende Rolle spielt?«

»Hören Sie mir auf mit dem! Es hätte nicht viel gefehlt, und der Kerl hätte uns über die Klinge springen lassen. Wir sind ihm wohl zu sehr auf die Pelle gerückt.«

»Wer ist wir?«

Karin Winter lachte kurz auf. »Meine Verbündeten und ich ... Sie kennen die Leute nicht. Aber ohne sie hätte ich einpacken können. Ganz ehrlich, Herr Wolf, hier geht es zu wie im Krieg, und in gewisser Weise ist es auch einer ... ein Krieg gegen die schwarze Pest, wie die Leute hier sagen. In diesem Augenblick sind wir auf dem Weg zur Küste, umgeben von Tausenden von Helfern und der halben spanischen Armee. Es ist unvorstellbar – und ziemlich aussichtslos! Und bei Ihnen ... was tut sich da?«

»Nicht viel, sieht man einmal davon ab, dass wir drei weitere Tote haben.«

»Wie bitte?«, rief sie in schrillem Diskant. »Wer?«

»Sie werden es nicht glauben: Neben diesem ominösen Glatzkopf …«

»… der uns den Stick von den angeblichen Islamisten zugespielt hat?«

»Genau. Außerdem hat es Erich Rottmann erwischt, den Biotecc-Boss. Vom Zug überfahren, Näheres kann ich noch nicht sagen.«

»Ich bin platt! Und der Dritte?«

»Ein gewisser Dr. Stratton, arbeitet für Biotecc –«

»Stratton? Paul Stratton?«, unterbrach sie ihn aufgeregt.

»Sie kennen den Mann?«

»Als ›kennen‹ würde ich das nicht bezeichnen. Ich wurde rein zufällig Zeugin einer Auseinandersetzung zwischen ihm und Alex Rottmann, in Strattons Biotecc-Labor. Es ging wohl um die Nebenwirkungen eines Produktes. Es fiel kein Name, aber inzwischen würde es mich ehrlich gesagt nicht wundern, wenn von FE.23 die Rede war. Die beiden haben sich ordentlich gekabbelt, Stratton wollte alles hinschmeißen, daraufhin hat Alex klein beigegeben. Der Mann ist übrigens erste Sahne. In seinem Fach, meine ich. Hab mich im Internet schlaugemacht.«

»Interessant! Haben Sie sonst noch etwas Erhellendes aufgeschnappt?«

»Nein … oder doch: Als ich hinzukam, sagte Stratton gerade, er würde die Unterlagen über die Versuchsreihe bis zu deren Ende unter Verschluss halten. Alex war ganz schön sauer, als er merkte, dass ich Zeuge ihrer Auseinandersetzung geworden war … richtiggehend gekocht vor Wut hat er.«

»Hm … ist doch komisch, dass ausgerechnet Sie immer im richtigen Moment am richtigen Ort sind! Wie machen Sie das nur?«

»Ach, sparen Sie sich Ihren Sarkasmus …«

»Nein, ganz im Ernst, Frau Winter«, bekräftigte Wolf, »schließlich profitiere ich von Ihrer Spürnase. Bitte lassen Sie rasch von sich hören, sobald Sie zurück sind; Sie können mich zu jeder Tages- und Nachtzeit erreichen. Und passen Sie auf sich auf, ja?«

Er unterbrach die Verbindung und überlegte einen Moment,

bevor er eine neue Nummer wählte. »Leo hier, hallo, Ernst. Können wir uns sprechen? Möglichst schnell bitte, die Sache duldet keinen Aufschub ... Gut, in einer Viertelstunde bin ich bei dir.«

Nun erst fiel ihm auf, dass er sich noch immer in der Pathologie befand. »Entschuldigen Sie, Franzi«, sagte er an die Gerichtsmedizinerin gewandt, die sich während seines Telefonates in einen Nebenraum zurückgezogen hatte und nun, eine Hand auf dem Rücken, wieder den Sezierraum betrat.

»Sie sehen aus, als kämen die Dinge langsam in Fahrt«, bemerkte sie.

»So ist es, Franzi – wird aber auch höchste Zeit! Erinnern Sie sich noch an unseren Abend im Comturey-Keller? Da hat die ganze Chose angefangen – dabei ist das gerade mal drei Tage her! Drei verdammt lange Tage, in denen der Fall beständig eskalierte, ohne dass wir seiner Lösung auch nur einen Schritt nähergekommen wären. Jetzt endlich hab ich das Gefühl, der Knoten ist geplatzt ...« Hektisch sah er auf die Uhr. »Oh, ich muss los, Sommer erwartet mich. Franzi, wir sehen uns. Und vielen Dank für die Information.«

»Sie sind mir einer«, antwortete sie vorwurfsvoll und brachte eine Flasche mit dunkelgelbem Inhalt hinter ihrem Rücken hervor. »Jetzt wollte ich Sie mit einem Pastis überraschen ...«

Bedauernd zuckte Wolf mit den Schultern. »Das ist ewig schade, wirklich, Franzi. Aber leider: Dienst ist Dienst ...«

»Kaffee, Leo?«

»Immer.« Wolf hatte an der rückwärtigen Seite von Sommers Schreibtisch Platz genommen.

Er hatte kaum ausgesprochen, da erschien Frau Bender und stellte eine dampfende Tasse vor ihn hin. »Schwarz, ohne Zucker, richtig?«, sagte sie. Es klang eher wie eine Feststellung denn wie eine Frage.

»Danke. *Ihr* Gedächtnis möchte ich haben«, gab Wolf freundlich lächelnd zurück.

Als Sie die Tür wieder hinter sich geschlossen hatte, fasste Sommer seinen Besucher ins Auge. »Also, Leo?«

»Sieht so aus, als wäre der Knoten geplatzt«, wiederholte Wolf.

In knappen Sätzen schilderte er die Ermittlungsergebnisse des heutigen Tages, bevor er an seiner Tasse nippte.

Nachdenklich lehnte sich Sommer zurück. »Leschek will also den Kronzeugen machen, sagst du. Und wie soll der Deal aussehen? Es wird doch einen Deal geben, oder irre ich mich da?«

»Die Frage ist eher, wer den Deal mit ihm aushandelt. Schneidewind will Leschek jedenfalls nicht als Vertreter der Staatsanwaltschaft akzeptieren, das hat er unmissverständlich zum Ausdruck gebracht.«

»Interessant. Und warum?«

»Das hat er für sich behalten. Aber wenn du mich fragst ...« Den Rest des Satzes ließ Wolf in der Luft hängen. Er stand auf, ging ans Fenster und starrte in den Himmel.

»Komm schon, Leo, raus mit der Sprache.«

Wolf wandte sich abrupt zu Sommer um. »Wir schlachten gerade eine heilige Kuh, Ernst, ist dir das klar?«

Sommer winkte ab. »Noch wissen wir nicht, ob sie schlachtreif ist«, erklärte er. »Also?«

Wolf druckste herum, bevor er sich zu einer Antwort entschloss. »Für mich steht eindeutig fest – wenngleich ich es nicht beweisen kann –, dass Schneidewind die Ermittlungen in unserem Fall in eine bestimmte Richtung lenken wollte. Und jetzt frag ich dich: warum?«

»Du meinst, jemand hat ihn gekauft.«

»Zumindest können wir es nicht ausschließen. Warum sonst sollte Leschek darauf bestehen, Schneidewind aus dem Fall herauszuhalten?«

»Hmm ... da magst du recht haben.« Jetzt erhob sich auch Sommer, nachdenklich stellte er sich neben Wolf. »In der Tat: Falls dein Verdacht zutrifft, steht Schneidewind aufseiten der Männer, die Leschek verraten will. Leschek bekäme ein Problem. Schneidewind würde sich auf keinen Deal einlassen, und Leschek weiß das nur zu genau. Im Gegenteil, Schneidewind würde alles tun, um einen Mann, der ihn enttarnen könnte, mundtot zu machen.«

»Nicht unbedingt. Er könnte Leschek ja auch manipulieren.«

»Manipulieren?«

»Ja. Er könnte, wenn er sich selbst bedroht fühlt, Leschek beeinflussen, nur bestimmte Fakten preiszugeben. Das wäre für beide effektiver, als sich einem Deal zu verweigern, denke ich.«

»Da kannst du recht haben«, meinte Sommer nachdenklich. »Ich brauche wohl nicht zu fragen, auf wessen Gehaltsliste Schneidewind deiner Meinung nach steht, nicht wahr?«

»Biotecc«, antwortete Wolf, ohne zu überlegen.

»Das ist mir zu schwammig! Ein Unternehmen kann niemanden bestechen. Dahinter stehen immer Individuen … Menschen, die einen Nutzen davon haben! Wer fällt dir dazu ein?«

»Eigentlich nur einer: Alexander Rottmann. Bestechen, korrumpieren, vertuschen – das würde zu dem Bild passen, das ich von ihm habe … und auch Karin Winters Meinung von ihm entsprechen.«

»Gut, Leo. Aber du weißt selbst: Spekulieren bringt uns nicht weiter. Um dem bösen Verdacht nachzugehen, brauchen wir Fakten, harte Fakten, egal woher – notfalls von Leschek. Mit anderen Worten: Wir sollten die Chance nutzen und ihm den erforderlichen Deal anbieten, das heißt, sofern der Preis vertretbar ist. Ich werde gleich mit Dr. Seliger darüber sprechen; mit dem verstehe ich mich ganz gut, der legt nicht gleich jedes Wort auf die Goldwaage. Sobald ich Näheres weiß, melde ich mich, okay?«

Kaum in sein Büro zurückgekehrt, griff Wolf zum Telefon und wählte die Nummer des Landeskriminalamts in Stuttgart.

»Wolf hier von der Kripo Überlingen. Würden Sie mich bitte mit der Zielfahndung, Hauptkommissar Wolf, verbinden … Nein, Sie haben sich nicht verhört: *Mein* Name ist Wolf … und ich möchte, dass Sie mich mit *Ihrem* Herrn Wolf verbinden, Hauptkommissar Henning Wolf. Ich bin sein Vater.« Endlich schien sie's gefressen zu haben.

Gleich darauf vernahm er die Stimme seines Sohnes. »Hallo, Vater, schön, dass du anrufst. Hast du dir unser letztes Gespräch noch einmal durch den Kopf gehen lassen? Können wir reden?«

»Ja, wir können reden, aber nicht hier und nicht jetzt. Lass mir noch einen oder zwei Tage Zeit, ich muss erst unseren aktuellen Fall zum Abschluss bringen –«

»Der terroristische Anschlag vor der Insel Mainau, dazu Entführung und Brandstiftung – ich habe davon gehört«, wurde er von seinem Sohn unterbrochen. »Drei Tote, wenn ich mich recht entsinne.«

»Fünf! Inzwischen sind es fünf Tote. Wenn das so weitergeht ... aber lassen wir das. Warum ich dich anrufe – die Sache ist die: Du kannst mir helfen. Hör zu ...«

***

So überraschend, wie sie begonnen hatte, war der Beschuss von Pablos Gruppe eingestellt worden. Karins Anruf bei Alex hatte sich als Volltreffer erwiesen. Falls es überhaupt noch eines Beweises bedurft hätte, dass die Schützen in seinem Auftrag gehandelt haben – damit hat er ihn erbracht, dachte Karin, da mochte er seine Beteiligung noch so vehement bestreiten. Warum aber hatte er sich überhaupt dazu hinreißen lassen? Warum wollte er sie hier weghaben, selbst auf die Gefahr hin, dass Menschenleben zu beklagen waren?

So oder so, sie hatten genug gesehen und ihre Fahrt nach Muxía fortgesetzt. Zwei Stunden nach Erreichen der Küstenregion hatte sie die Nachricht erreicht, Alex Rottmann habe das Camp mit einem Hubschrauber in östlicher Richtung verlassen. Sie wussten, sein Ziel konnte nur La Coruña heißen, und beschlossen, ihren Aufenthalt in Muxía umgehend abzubrechen und ebenfalls in die Provinzhauptstadt zurückzukehren.

Der Kontrast zwischen Küste und Provinzhauptstadt konnte kaum größer sein: Dort das nach Öl stinkende Muxía, die mit klebrig-schwarzer Masse überzogenen Küstenregionen mit ihren nun von Helfern statt von Urlaubern bevölkerten Badebuchten, die verendeten Seevögel und Fische – und hier die quirlige Großstadt, mit ihrem urbanen Leben in frischer Seeluft, Straßen und Märkten voller schlendernder Touristen und geschäftiger Coruños. Überall herrschte heitere Gelassenheit.

Unterwegs hatten sie sich einige Zeitungen besorgt, aus denen Pablo, der das Steuer inzwischen José überlassen hatte, vorlas und die Artikel erregt kommentierte.

»Ich kann es nicht glauben«, schimpfte er gerade. »Hört mal, was der Korrespondent von ›El País‹ dazu schreibt: *Während jetzt schon 165 Strände verseucht sind und ein Ölsee, vergleichbar mit der Fläche der Insel Mallorca, auf die Küste zuschwappt, der bereits Tausende Fischer und Muschelzüchter brotlos gemacht hat, nimmt Mariano Rajoy, stellvertretender Ministerpräsident und Regierungssprecher, das spanische Fernsehen an die Kandare. ›Unsere Regierung zwingt uns, die Katastrophe kleinzureden‹, so ein Sprecher von TVE.*« Pablo schnaubte wütend. »Und jetzt kommt's: *Unabhängig von der staatlichen Desinformationspolitik gab die Polizei von La Coruña eine Meldung heraus, der zufolge drei Männer im Zusammenhang mit der Explosion auf dem inzwischen gesunkenen Supertanker ›Prestige‹ festgenommen wurden. Bei den Verhafteten sollen insgesamt 320.000,– Euro in großen Scheinen sichergestellt worden sein. Nach mehreren Verhören gaben sie zu, mit einer Sprengladung den Untergang der ›Prestige‹ herbeigeführt und auf diese Weise die gigantische Ölpest ausgelöst zu haben.*«

Ernüchtert ließ Pablo die Zeitung sinken. Sekundenlang waren nur die Fahrgeräusche zu hören.

Ganz plötzlich wurde auch Karin von grenzenloser Müdigkeit übermannt. Haltlos ließ sie den Kopf nach hinten sinken und schloss für einen kurzen Moment die Augen. Nicht anders dürfte Don Quichotte empfunden haben, dachte sie, als er vergebens gegen Windmühlen kämpfte.

»Was wirst du jetzt tun?«, platzte Elena in ihre Gedanken. Auch Pablo hob den Kopf und sah sie an, als warte er gespannt auf Karins Antwort.

»Na was wohl? Ich werde mir Alex Rottmann vorknöpfen. Er hat mir ein Interview versprochen – und ich will es haben. Jetzt erst recht! Bin gespannt, wie er sich da herauslavieren will.« Sie bemühte sich, kämpferische Zuversicht auszustrahlen. »Wo finde ich eigentlich dieses ›Hotel Finisterre‹?«

Pablo sah aus dem Fenster, um sich zu orientieren. »Es liegt ganz in der Nähe. Wir bringen dich hin.«

Karin nickte stumm. Wenig später hielten sie vor einem eintönig wirkenden sechsstöckigen Betonkasten, der einzig durch seine etwas erhöhte Lage über der Stadt beeindruckte.

Karin reagierte enttäuscht. »Das soll das hochgelobte Sternehotel sein?«, zweifelte sie.

»Wart's ab. Innen herrscht der pure Luxus, du wirst schon sehen«, meinte José mürrisch. Es waren die ersten Worte, die Karin seit ihrer Abfahrt in Muxía von ihm hörte; bis dahin hatte er nur finster vor sich hingebrütet.

Sie sah auf die Uhr. »Oh, so spät schon? Ich fürchte, das Interview muss noch etwas warten, es wird Zeit, dass ich ein paar Bilder nach Deutschland maile. Habt ihr eine Idee, wo sich das bewerkstelligen lässt?«

»Unser Hotel liegt ganz in der Nähe, komm einfach mit«, antwortete Elena.

»Ich lass euch jetzt mal allein, wir sehen uns später«, meinte José und verließ eilig den Landrover.

»Um acht im ›Don Miguel‹«, rief ihm Pablo hinterher, bevor er sich hinter das Steuer setzte.

Na wartet, meine lieben Freunde, dachte Karin bei sich. Spätestens dann werdet ihr die Katze aus dem Sack lassen müssen. Sie war sicher, dass die drei mehr über die Hintergründe des Tankerunglücks wussten, als sie bisher rausgelassen hatten.

***

Kurz nach fünf Uhr traf Alex vor dem »Finisterre« ein. Großzügig entlohnte er den Taxifahrer, der ihn von dem am Stadtrand liegenden Hubschrauberlandeplatz hergefahren hatte. Kaum hatte er seinen Fuß in das Hotelfoyer gesetzt, kam der Chefportier auf ihn zugeschossen.

»Ah, Señor Rottmann, schön, Sie zu sehen«, flötete er mit seinem maskenhaften Lächeln. »Ich hoffe, Sie hatten einen erfolgreichen Tag. Hier, bitte, die Karte zu Ihrer Suite.« Nachdem er sich verstohlen umgesehen hatte, fuhr er mit gedämpfter Stimme fort: »Und was Ihre Bestellung von heute früh angeht, Señor Rottmann: Ich habe alles Gewünschte für Sie veranlasst. Die … äh, die Ware befindet sich bereits auf Ihrem Zimmer. Ich hoffe, es ist alles zu Ihrer Zufriedenheit ausgefallen.«

»Danke, Felipe.« Er drückte dem Portier einen Fünfzigeuroschein in die Hand und wandte sich den Aufzügen zu.

Wenig später öffnete er die Tür zu seiner Suite – und hielt überrascht inne. Wahrhaftig, Felipe schien ein Händchen für die Wünsche seiner Kunden zu haben. Auf dem Boden verstreut lagen achtlos hingeworfene Kleidungsstücke, als wäre eine Spur in den angrenzenden Salon gelegt worden. Frauenstimmen wehten zu ihm herüber, vermischt mit ausgelassenem Kichern und Gläserklirren.

Alex konnte gerade noch die Tür hinter sich schließen, da war er auch schon von drei halb nackten Mädchen umringt. Während die Erste ihm ein Glas mit perlendem Inhalt an den Mund führte und ihn gestenreich zum Trinken aufforderte, drängte die Zweite sich von hinten an ihn heran und ließ ihre flinken Finger um seine Brustwarzen kreisen. Mit jeder Drehung wurden sie ein wenig steifer; prickelnde Wonneschauer jagten durch Alex' Körper. Unterdessen fasste die Dritte ihm ungeniert in den Schritt, um ohne Scheu sein rasch anschwellendes Glied zu betasten. Kichernd stieß sie eine Salve spanischer Worte hervor – offenbar teilte sie den beiden anderen Damen das Ergebnis ihrer Bemühungen mit. Die Ausgelassenheit der drei Grazien verstärkte sich, Alex konnte sich kaum der tastenden Hände erwehren.

Verdammt, die Gören ließen ja wirklich nichts anbrennen!

Er schätzte die Mädchen auf höchstens achtzehn Jahre, Schülerinnen, des Deutschen offenbar nicht mächtig. Das tat der Sache jedoch keinen Abbruch. Was er mit ihnen vorhatte – und wofür sie fürstlich bezahlt wurden –, verstand man überall auf der Welt, auch ohne Worte. Weitaus wichtiger waren ihm andere Attribute, und in dieser Hinsicht wurden seine Erwartungen mehr als bedient: Alle drei waren prächtig gewachsen – und bildhübsch dazu! Wohlgefällig ließ er seinen Blick über die schlanken Körper gleiten. Zufrieden mit dem Ergebnis trank er sein Glas bis zur Neige leer, um es anschließend – in einem Anflug von Übermut – über die Schulter nach hinten zu werfen. Für die Mädchen war das so etwas wie ein Signal zum Angriff.

»Moment, meine Lieben, nicht ganz so stürmisch!«, versuchte er sich ihrer zu erwehren. Er wollte das Spiel in die Länge ziehen und verhindern, dass er allzu früh kam. Doch da hatten die Mädchen sein Vorhaben bereits vereitelt: Mit vereinten Kräften fühlte er sich zu einem Diwan gezogen und kurzerhand hintenübergeworfen.

Schneller, als er denken konnte, wurde ihm das Hemd aufgeknöpft, die Krawatte abgenommen, sein Gürtel geöffnet – bis er, einzig mit einem Slip bekleidet, willenlos vor den Mädchen lag, bereit, sich ihnen mit Haut und Haaren auszuliefern. In deren Bemühungen hinein klingelte unvermittelt ein Mobiltelefon.

Alex brauchte eine Weile, bis er in die Wirklichkeit zurückfand. Kein Zweifel: Das verdammte Schrillen kam aus der rechten Seitentasche seines Sakkos.

Das durfte nicht wahr sein! Ausgerechnet jetzt! Mit einem Schlag war seine Stimmung dahin. Fluchend rappelte er sich auf und schob wenig zimperlich die Mädchen beiseite, bis er schließlich an das Handy gelangte. Dann legte er beschwörend den linken Zeigefinger an die Lippen, in der Hoffnung, dass die Gören das Zeichen verstanden.

»Ach du bist's, Mutter ...«, antwortete er gereizt, nachdem er sich schließlich gemeldet hatte. »Ich verstehe nicht ... was soll das heißen? Willst du mich unter Druck setzen? Solche Dinge brauchen ihre Zeit.«

Bei den ersten Sätzen schon war er unruhig geworden, die Anwesenheit der Mädchen und ihr Getuschel machten ihn nervös. »Augenblick mal, ich bin gleich wieder da«, unterbrach er den Redefluss seiner Mutter und legte die freie Hand auf die Sprechmuschel. Mit finsterer Miene wandte er sich an die Mädchen. »Zieht euch an und verschwindet, aber ein bisschen plötzlich!« Unmissverständlich wies sein Arm zur Tür.

Auch in diesem Punkt erwiesen sich die Mädchen als Profis – wenige Sekunden später waren sie verschwunden. Der Teufel mochte wissen, wo sie sich ihre Fummel überstreiften.

»Entschuldige die Unerbrechung ...«

»Du hast doch nicht etwa Damenbesuch?«, kam es misstrauisch zurück.

»Wo denkst du hin, Mutter!«

»Sähe dir ähnlich! Also: Wie laufen deine Gespräche? Was sagt Dr. Herterich zu den Verträgen? Du weißt, wir müssen heute noch zu Potte kommen, ich habe für morgen Vormittag Rückflüge gebucht.«

»Alles bestens, Mutter, wir kommen voran.«

»Geht's ein bisschen genauer?«

Alex verzog das Gesicht. »Doch nicht jetzt. Du musst dich gedulden.« In diesem Moment klopfte es an der Tür. »Wer ist da?«, brüllte er.

»Roomservice.«

»Ich habe nichts bestellt.«

»Eine Aufmerksamkeit der Direktion für Sie.«

Das Telefon in der Hand, betätigte Alex missmutig den Türöffner, bevor er auf dem Absatz kehrtmachte und in den Salon zurückkehrte. »Stellen Sie's auf den Tisch«, rief er über die Schulter zurück.

Als er das Telefon wieder ans Ohr hob, stellte er fest, dass die Verbindung unterbrochen worden war. Trotz mehrmaligen Hallo-Rufens blieb die Leitung tot. Merkwürdig. Ein Funkloch? Hier in der Stadt? Unmöglich.

Jetzt erst fiel ihm auf, dass er das Schließen der Tür nicht gehört hatte. Voll böser Ahnungen drehte sich um – und blickte in die Mündung einer Pistole.

***

Anerkennend ließ Karin den Blick durch Elenas Zimmer schweifen. Es war nicht nur größer als ihre Bleibe in der vergangenen Nacht, sondern auch heller und hübscher eingerichtet. Pablo hatte sich erboten, drei Pizzen zu besorgen – bis am Abend im »Don Miguel« das Essen auf den Tisch kam, würden noch Stunden vergehen.

Unterdessen hatte Karin ihre E-Mail verschickt und wartete nun auf Manus Rückruf. Der ließ nicht lang auf sich warten.

»Hallo, Karin, wie läuft's?«

»Erzähl ich dir morgen. Hast du die Bilder, die ich dir geschickt habe, überprüft?«

»Hab ich. Verdammt wilde Gegend, muss ich schon sagen. Aber zum Thema: Aus der Bildserie ließen sich mit einiger Mühe die Gesichter der beiden Schützen herausfiltern. Die Visagen sehen den beiden Rottmann-Entführern verblüffend ähnlich, ganz besonders die eine …«

»Moment – woher weißt du, wie die aussehen?«

»Ganz einfach: Von den Phantombildern, die uns dein Kommissar Wolf geschickt hat. Von einem der beiden war auch ein Foto dabei. Und der Name: Andy Warholl.«

»Ach sieh mal einer an! Schick mir die Bilder gleich auf mein

Handy. Und danke, Manu, du hast mir sehr geholfen. Alles Weitere dann nach meiner Rückkehr. Tschau!«

Kaum hatte Karin ihr Gespräch beendet, kehrte Pablo zurück. Er stellte drei flache Kartons auf den Tisch, aus denen es verführerisch duftete. Während sie schweigend aßen, betrachtete Karin die Phantombilder auf ihrem Display.

Pablo ließ die Bemerkung fallen, Karin könne, wenn sie wolle, ebenfalls in diesem Hotel übernachten. Es sei überraschend ein Zimmer frei geworden, wie der Besitzer auf seine Rückfrage versichert habe.

»Das ist gut, hier gefällt's mir«, äußerte sich Karin erfreut. »Jetzt muss ich lediglich noch einen Platz in der ersten Maschine nach Friedrichshafen oder Stuttgart ergattern.«

»In dieser Jahreszeit klappt das sicher, du wirst schon sehen.« Elena versuchte, Zuversicht auszustrahlen, was ihr gründlich misslang.

»Willst du mir nicht sagen, was dich bedrückt?«, fragte Karin.

»Ach, nichts Bestimmtes«, winkte sie ab. »Es ist nur … es kommt im Moment so viel zusammen.«

***

Für einen Moment setzte Alex' Herzschlag aus. Blitzartig war ihm bewusst geworden, welch unverzeihlichen Fehler er begangen hatte. Im Vertrauen auf die Hotelroutine hatte er einen Fremden in seine Räume gelassen – er, der Übervorsichtige, der Berechnende, der alles mehrmals im Vorfeld prüfte und abwog und jede noch so schwierige Situation zu kontrollieren wusste.

Doch für Selbstvorwürfe war es jetzt zu spät. Er zwang sich zur Ruhe und sah sich den Eindringling hinter der Pistole an, einen jungen Mann, kaum älter als siebzehn, achtzehn Jahre, mit wettergegerbtem Gesicht, von einem dunklen Haarschopf umrahmt. In den ausgestreckten Händen hielt er die entsicherte Waffe, mit der er Alex zu einem Sessel dirigierte.

»Was willst du?« Alex hatte in den Augen des jungen Mannes ein Flackern bemerkt und versuchte nun, durch aufgesetzte Gelassenheit seine eigene Angst zu überspielen.

»Sie! Ich will Sie!«, stieß der junge Mann halblaut hervor.

»Ich versteh dich nicht …«

»Sie sollen ›Sie‹ zu mir sagen … ich bin kein Kind mehr.« Er senkte seine Stimme zu einem Flüstern: »Ich werde Sie töten, wie Sie meinen Vater getötet haben!« Sein Deutsch war flüssig, mit einem leichten spanischen Akzent.

Er ließ sich Alex gegenüber in einen Sessel sinken. Dem lief es inzwischen eiskalt über den Rücken … offenbar hatte er es mit einem Psychopathen zu tun! Ja nicht klein beigeben, keine Schwäche zeigen, ermahnte er sich. Abermals unternahm er einen Versuch, die Situation in den Griff zu bekommen. »Ich verstehe nicht – ich soll deinen … Ihren Vater getötet haben? Wie meinen Sie das? Ich kenne Ihren Vater überhaupt nicht.«

»Um so schlimmer. Wahrscheinlich wissen Sie nicht einmal, wovon ich rede, wahrscheinlich halten Sie mich für verrückt. Und doch sind Sie der Mörder meines Vaters.«

»Wie kommen Sie darauf? Ich habe Ihren Vater nie gesehen, geschweige denn, dass ich ihn getötet hätte. Das Ganze ist nichts als ein entsetzlicher Irrtum.«

»Kein Irrtum! Ihre Leute haben ihn erschossen, als sie den Tanker sprengten, die ›Prestige‹. Weil er sich mit seinem Fischerboot zufällig in der Nähe aufhielt und Zeuge des Attentats wurde.«

»Hören Sie …«

»*Sie* haben den Auftrag zu dem Attentat erteilt, aus bloßer Gewinnsucht, kalt und unbarmherzig. Und genauso werden Sie sterben, das hab ich geschworen. Ich wollte, dass Sie das wissen, bevor ich abdrücke.«

Plötzlich war Alex wild entschlossen, dem Spuk ein Ende zu bereiten und gleichzeitig seine Angst zu besiegen. Der Einsatz war hoch: Es ging um nichts weniger als sein Leben. Doch er musste es versuchen. Langsam erhob er sich und streckte die Hand aus. »So, mein Junge, ich würde sagen, du gibst mir jetzt die Waffe und verpisst dich, dann will ich den Vorfall vergessen. Versau dir nicht dein weiteres Leben wegen einer unbewiesenen Behauptung …«

Der junge Mann war ebenfalls aufgesprungen. »Gehen Sie weg!«, rief er mit schriller Stimme.

Doch Alex ging unbeirrt weiter. Jetzt wollte er es wissen. Er wollte mit seinem kaltblütigen Auftreten dem Eindringling den Schneid abkaufen – und übersah dabei, dass er ihn in die Enge trieb, ihm keinen Ausweg mehr ließ. Er hatte den jungen Mann fast erreicht, als dieser aus einem der Sessel ein Kissen hochriss, es vor die Pistole hielt und abdrückte.

Vermutlich entging Alex nur durch einen Zufall dem Tod.

Nur Sekundenbruchteile vor dem Schuss war an der Tür ein lautes Pochen zu hören gewesen, gefolgt von der Aufforderung: »Aufmachen, Polizei!« Immerhin, Alex' Unterbewusstsein reagierte darauf. Reflexartig schlug er die Waffe zur Seite und spürte kurz ein Brennen an der linken Hüfte ... ein Streifschuss vielleicht, nicht weiter schlimm. Ohne lange zu fackeln, griff er blitzschnell zu und entwand seinem Gegenüber die Waffe.

Währenddessen war mit dem Jungen eine seltsame Wandlung vor sich gegangen. Als wäre er soeben einer großen Gefahr entronnen, rannte er zur Tür, riss sie auf und empfing die eindringenden Polizisten mit einem Schwall spanischer Worte, die Alex nur teilweise verstand: »Ein Glück, dass Sie kommen ... da hinten ist er. Vorsicht ... bewaffnet ... wollte mich erschießen ...«

Die Polizisten, drei kräftige Männer in der grünen Uniform der *Guardia Civil*, stürmten an ihm vorbei. Ehe Alex bis drei zählen konnte, hatten sie ihm die Pistole abgenommen und Handschellen angelegt.

»Moment mal, meine Herren«, protestierte Alex, »Sie haben den Falschen festgenommen. *Ich* bin es, der überfallen wurde ... von dem jungen Mann, der Sie hereingelassen hat. Sie müssen ihn festhalten ... halten Sie ihn fest!«

Die Polizisten jedoch ließen sich nicht aus der Ruhe bringen. Während einer von ihnen Alex' Pass verlangte, hinderten ihn die anderen daran, dem jungen Mann nachzusetzen. Es dauerte einige Minuten, bis sich einer der Männer endlich zur Eingangstür bequemte. Gleich darauf kam er achselzuckend zurück. Dem folgenden Stakkato konnte Alex lediglich entnehmen, der *hombre*, der sie eingelassen hatte, sei inzwischen verschwunden, *desgraciadamente*.

Nachdem der eine Beamte Alex' Pass ausgiebig studiert und das Passfoto mehrfach mit seinem Gesicht verglichen hatte, zog er ein Schriftstück aus der Tasche, das er Alex unter die Augen hielt. Sodann setzte er ein amtliches Gesicht auf und verkündete in leidlich gutem Deutsch: »Herr Alexander Rottmann, wir haben internationalen Haftbefehl gegen Sie, wegen Beteiligung an Kapitalverbrechen, ausgestellt von deutsche Kriminalpolizei in Uber... äh, Überlingen. Sie sind festgenommen und sind ... äh, werden noch heute Nacht nach Uber ... nach Deutschland ausgeliefert. Hiermit ist Haftbefehl vollstreckt. Bitte machen keine Schwierigkeiten und folgen Sie – wie sagt man bei Ihnen? widerstandslos. *Vamos* ...«

»Ich möchte meinen deutschen Anwalt anrufen. Sofort!«

»Später, in Deutschland. Bitte, Señor.«

Nachdem sie ihre Fotos geschossen und gehört hatte, wie der Polizist von der *Guardia Civil* Alex Rottmann den internationalen Haftbefehl vorlas, räusperte sich Karin. Misstrauisch fuhren die Polizisten herum. Von der Ausübung ihrer Pflichten in Anspruch genommen, war ihnen die Anwesenheit einer Zuschauerin völlig entgangen – ebenso deren unauffälliges Hantieren mit einer Kamera.

»Karin ... du?«, stotterte Alex verblüfft.

Sie reagierte nicht darauf. »Entschuldigen Sie, meine Herren, darf ich erfahren, was hier gespielt wird?«

»Wer sind Sie? Wie kommen Sie herein?«, fragte der Chef der Truppe in grimmigem Ton und ging drohend auf sie zu.

»Ganz einfach: Durch die offene Tür hinter mir«, gab Karin freundlich zurück. »Ich bin von der Presse, hier ist mein Ausweis. Eigentlich bin ich gekommen, um mit Herrn Rottmann ein Interview zu führen. Dass Sie meinen Besuch so spannend gestalten, hätte ich freilich nicht gedacht.« Sie lächelte unverbindlich.

Der Polizist prüfte Karins Presseausweis, nachdem er seinen Kollegen wegen der offen gelassenen Tür mit einem vernichtenden Blick gestreift hatte.

»Tut mir leid, Señora Winter, aber Sie sind umsonst gekommen. Herr Rottmann kann Ihnen kein Interview mehr geben. Und jetzt muss ich Sie bitten, die Suite zu verlassen.« Damit drängte er sie zur Tür.

Doch kaum hatte sie sich ein paar Schritte entfernt, da schien ihm noch etwas einzufallen. »Ah, Augenblick noch, Señora Winter«, rief er sie zurück. »Haben Sie jungen Mann gesehen, knapp zwanzig, schwarzhaarig, braun gebrannt, etwa ein Meter achtzig groß? Oder Sie sind ihm draußen begegnet?«

Ohne rot zu werden, schüttelte sie den Kopf. »Tut mir leid, ich habe niemanden gesehen.« Hätte der Polizist auch nur entfernt geahnt, wie sehr sie seine Frage verwirrte, er hätte sie ohne Zögern mitgenommen.

So aber zermarterte sie sich den Kopf, um hinter die Geschehnisse zu kommen. Wieso war José an ihr vorbeigestürzt, kurz bevor sie den Eingang der Suite erreichte? Kopflos hatte er gewirkt, geradezu panisch. Ohne ein Zeichen des Wiedererkennens war er davongerannt.

Doch vor was?

Die wichtigste Frage aber war: Welches Geheimnis verband José mit Alex Rottmann? Auf die Antwort darauf war sie jetzt schon gespannt!

***

Wolf fühlte sich irgendwie unbehaglich, und das ärgerte ihn. Zwar war ihm das Parkhotel St. Leonhard alles andere als fremd, eine Zeit lang hatte er sich hier mehr oder weniger regelmäßig mit Sommer zum Essen getroffen. Doch das war in der wärmeren Jahreszeit gewesen, draußen auf der Terrasse und in legerer Kleidung. Damals hatte er nichts dabei gefunden, neben all den feinen Schlitten sein Fahrrad abzustellen und wie selbstverständlich die Hotellobby zu durchqueren.

Nicht so heute. Da fand er sich in dem Fünfsterneschuppen irgendwie fehl am Platz, ohne dass er einen Grund dafür hätte angeben können.

Da er keine Ahnung hatte, in welchem der Restaurants Ernst Sommer und Dr. Seliger ihn erwarteten, wandte er sich an eine der Damen an der Rezeption.

»Ganz einfach, Herr Wolf: Sie finden den Herrn Oberstaatsanwalt und den Kriminalrat in Restaurant 1, hier entlang bitte. Die Herren haben einen Tisch am Fenster, Sie können die beiden gar nicht verfehlen«, gab sie ihm freundlich Auskunft.

Woher kannte sie seinen Namen? Hatte Sommer ihr gesteckt, dass sie noch einen Gast erwarteten? Natürlich, so musste es gewesen sein. Der Tisch jedenfalls war eine Wucht: unmittelbar vor einem großen Fenster, das den Blick über den gesamten See bis hinüber nach Lindau und Bregenz frei gab. Natürlich war in der Nacht vom Wasser wenig bis gar nichts zu erkennen. Würden nicht unzählige Lichtinseln die Ufer des Sees säumen, niemand hätte einen Blick darauf verschwendet.

Wolf entschuldigte sich kurz, als er den Tisch erreichte. Doch Seliger winkte ab. »Denken Sie sich nichts dabei, Herr Wolf. Genau genommen waren wir ein bisschen zu früh da, nicht wahr, Ernst? Ach, übrigens: Nehmen Sie auch einen Meersburger Weißherbst?«

Wolf warf einen Blick auf die funkelnden Römer. »Lassen Sie mich raten: ein Spätburgunder Rosé, Jahrgang 2008?«, mutmaßte er grinsend, während er sich seines Mantels entledigte.

»Gewonnen. Also, was ist ... sind Sie dabei?«

»Sag Ja«, flachste Sommer, »Dr. Seliger hält uns heute frei. Ich vermute, es ist das schlechte Gewissen gegenüber der arbeitenden Bevölkerung.« Nun musste auch der Oberstaatsanwalt lachen.

Wenig später war denn auch Wolf versorgt, und da Seliger offenbar nichts vom Dampfplaudern hielt, kam er rasch zur Sache.

»Zunächst die Fakten, meine Herren ... ich fang mal mit Leschek an«, begann er und wandte sich Wolf zu. »Sie müssen dem Mann ja einen gehörigen Schrecken eingejagt haben. Allerdings kann ich ihn verstehen. Nicht zu Unrecht fürchtet er, dass die Anwälte von Biotecc und ganz speziell Alexander Rottmann ihn regelrecht unterbuttern könnten. Das war schließlich auch der Grund dafür, dass wir mit Leschek schnell einig wurden. Der langen Rede kurzer Sinn: Der Mann bleibt dabei, den Kronzeugen zu machen. Im Gegenzug haben wir ihm eine Strafverkürzung und gewisse Vergünstigungen während der Haftzeit angeboten. Ersparen Sie mir die Einzelheiten des Deals ... je weniger Sie darüber wissen, desto besser.«

»Nur eines: Sind bei dem Handel neue Fakten, die prozessrelevant sein könnten, auf den Tisch gekommen?«

»Gedulden Sie sich bis morgen früh, Herr Wolf, bis dahin haben Sie meinen Bericht.«

»Ich ...« Wolf kam nicht mehr dazu, den Satz zu beenden. Sein Handy klingelte. »Nicht dass ich vergessen hätte, das verdammte

Ding auszuschalten«, erklärte er mit betretener Miene. »Ich erwarte aktuelle Informationen über die Rottmanns, wissen Sie?«

»Aus Galicien?«

Wolf nickte, ehe er das Gespräch annahm. »Ach, Sie sind's ... nein, nein, so war das nicht gemeint. Was gibt's? ... Ein Überfall, sagen Sie? Wurde er verletzt? ... Ah, verstehe. Und Sie haben das alles mit angesehen? ... Wie? Sagen Sie das noch mal: Wie viel soll da geflossen sein? Die Summe kommt mir irgendwie bekannt vor. Okay, wir werden das überprüfen. Sonst noch was? ... Ach, sieh mal einer an, die beiden Entführer! Danke, dass Sie mich verständigt haben. Wann sind Sie wieder zurück? ... Gut, bis morgen also. Ich grüße Sie.«

Er beendete das Gespräch und sah abwechselnd auf seine beiden Gegenüber. »Wenn stimmt, was ich soeben erfahren habe, dann dürften wir vor dem endgültigen Durchbruch stehen, meine Herren.« Er nahm einen Schluck Wein, um sich zu sammeln, ehe er fortfuhr: »Vor zwei Stunden hat die spanische Polizei Alex Rottmann in seinem Hotel in La Coruña festgenommen. Morgen früh wird er nach Deutschland überstellt. Allerdings ist unmittelbar vor der Verhaftung ein junger Mann in seine Suite eingedrungen und hat auf ihn geschossen, ihn aber nur leicht verletzt. Ich denke, dass wir morgen Verlässliches darüber erfahren. Wie Sie ja beide wissen, befindet sich ein Zielfahnder des LKA vor Ort.« Wolf machte eine kurze Pause, ehe er fortfuhr. Es ging niemanden etwas an, dass es sich bei diesem Zielfahnder um seinen Sohn handelte. »So viel dazu. Und nun zu Punkt zwei: Wie mir meine Informantin weiterhin mitteilt –«

»Kann es sein, dass ich die Dame kenne?«, wurde er von Sommer schmunzelnd unterbrochen.

Auch in Seligers Gesicht hatte sich ein Lächeln geschlichen. »Verstehe! Diese Journalistin ... wie heißt sie doch gleich?«

»Tut absolut nichts zur Sache«, entgegnete Wolf ungehalten. »Etwas anderes ist viel wichtiger: Sie ist sich sicher, in Galicien die Entführer von Erich Rottmann gesehen zu haben – im direkten Umfeld der Rottmanns.«

»Wie ... Rottmanns Entführer arbeiten für die Rottmanns? Hab ich das richtig verstanden?«, fragte Seliger staunend.

»Sieht ganz so aus. Morgen mehr dazu. Jetzt aber zu Punkt

drei, und der schlägt dem Fass den Boden aus: Der Unfall des Riesentankers soll gar kein Unfall gewesen sein.«

In diesem Augenblick wurde ihr Essen gebracht – für Sommer und Seliger hätte der Moment nicht ungünstiger sein können. Kaum hatte die Bedienung das Essen serviert und den Tisch wieder verlassen, da beugte sich Seliger aufgeregt nach vorn. »Was meinten Sie eben mit ›kein Unfall gewesen‹?«

»Genau das, was Sie vermuten, Dr. Seliger: Das Leck soll absichtlich herbeigeführt worden sein.«

Sekundenlang herrschte Stille, niemand rührte sich. Endlich kam von Sommer die erste Reaktion: »Das wäre ja … ungeheuerlich wäre das!«

»Kennen Sie Einzelheiten?«, wollte Seliger wissen, nachdem er erst mal tief Luft geholt hatte.

»Es soll sich um einen Sprengstoffanschlag handeln. Die ›Prestige‹ ist wohl in der Zwischenzeit gesunken. Ihre Ladung – siebzigtausend Tonnen Rohöl, das muss man sich mal vorstellen! – ist demnach komplett ins Meer geflossen.«

Seliger überlegte kurz. »Sie meinen also, Biotecc steckt auch da mit drin? Nein, das kann ich nicht glauben!«

»Jedenfalls wird die Sache inzwischen in der spanischen Presse als Anschlag behandelt. Angeblich wurden bereits drei Tatverdächtige festgenommen, die eine große Geldsumme mit sich führten, so hoch, dass der Verdacht naheliegt, es könnte sich um den Lohn für die Tat handeln.«

»Ungeheuerlich!«, murmelte Sommer noch einmal.

»Allerdings sind wir, um wirklich weiterzukommen, auf Ihre Hilfe angewiesen, Dr. Seliger.«

»Nun lassen Sie die Katze schon aus dem Sack, mein lieber Wolf!«

»Wir brauchen eine Genehmigung zur Konteneinsicht bei Biotecc, einschließlich der Gesellschafterkonten. Die Summe, die in Spanien sichergestellt wurde, beträgt dreihundertzwanzigtausend Euro und entspricht ganz genau dem in einem anonymen Schreiben an uns genannten Geldbetrag. Es wird darin nicht explizit gesagt, aber nach Lage der Dinge weiß ich nun, dass in dem Schreiben eine Verbindung des Tankerunglücks zu Biotecc unterstellt wird. Doch nur wenn sich die Herkunft der dreihundertzwanzigtausend Euro zweifelsfrei auf Biotecc oder ihr nahestehende Personen zurückführen lässt, wird unsere Vermutung zur Gewissheit. In diesem Fall bin ich mir übrigens ziemlich sicher, dass noch weitere Beträge auftauchen werden, die mit unserem Fall in Zusammenhang stehen.«

»Und Sie meinen, so kommen wir an den oder die Täter ran? Verstehe.« Seliger nickte. »Aber ich sag Ihnen gleich, meine Herren, das wird nicht einfach. Wir reden hier schließlich nicht über die Kassenprüfung bei einem Schützenverein, wenn Sie verstehen, was ich meine.« Plötzlich schien ihm etwas einzufallen. »Möglicherweise müssen wir sogar die Steuerfahndung hinzuziehen ... ja, richtig, so könnte es laufen.«

Ein Ober näherte sich ihrem Tisch. »Darf ich fragen, ob etwas nicht zu Ihrer Zufriedenheit ist, meine Herren?«

»Sie meinen, weil wir nicht schon längst essen?«, fragte Sommer freundlich. »Sehr aufmerksam von Ihnen, aber ich kann Sie beruhigen. Wir haben uns dummerweise an einem Problem festgebissen ... ein unverzeihlicher Fehler, den wir sofort korrigieren werden. Lasst es euch schmecken, liebe Kollegen!«

»Dann wünsch ich den Herren recht guten Appetit!«

»Danke.«

Tatsächlich sprachen sie in der Folge eifrig dem Essen zu, bis Seliger schließlich das Besteck sinken ließ. »Um auf Ihre Forderung bezüglich der Konteneinsicht zurückzukommen, Herr Wolf: Kommen Sie gleich morgen früh in mein Büro, ich lasse die Genehmigung für Sie vorbereiten. Und bitte halten Sie mich über jede Nachricht auf dem Laufenden.«

Wolf und Sommer nickten mit vollem Mund.

Nur fünf Minuten später brach Seliger abermals das Schweigen und hob sein Glas. Er wirkte erleichtert. »Immerhin kann ich den Medien jetzt endlich brisante Informationen in Aussicht stellen, eh die mich steinigen. Darauf sollten wir trinken. Prost, meine Herren!«

Auch Wolf hob sein Glas, ohne jedoch zu trinken. Ihn beschäftigte noch etwas anderes. »Nichts liegt mir ferner, als Ihre Freude zu trüben, Dr. Seliger. Nur ... wie kommen Sie in dieser Sache mit Schneidewind klar? Ich meine, schließlich war das ja ursprünglich sein Fall?«

»War, mein Lieber, die Betonung liegt auf ›war‹! Dr. Schneidewind ist derzeit wegen interner Ermittlungen beurlaubt – aber hängen Sie das um Gottes willen nicht an die große Glocke. Jedenfalls haben wir Ihre Hinweise aufgegriffen und gewisse Nachforschungen angestellt. Deshalb auch meine Idee, die Steuerfahndung einzuschalten. Möglicherweise werden von gewissen Konten ja nicht nur Leute bezahlt, die Tanker in die Luft sprengen ...«

12

An diesem Morgen fühlte sich Karin alt und verbraucht, und sie wusste auch, weshalb. Am Abend zuvor war es spät geworden. Drei Stunden lang hatten sie im »Don Miguel« auf José gewartet – vergebens. Auch telefonisch war er nicht zu erreichen gewesen, und ohne José wollte Pablo nicht reden. »Du musst das verstehen: Es ist seine Geschichte«, hatte er gemeint und weitere Erklärungen strikt abgelehnt. Schließlich war sie unverrichteter Dinge in ihr Hotel zurückgekehrt und hatte sich frustriert in ihr Bett geworfen.

Um kurz vor fünf war sie ächzend aufgestanden und mit einer Taxe zum Flughafen gefahren. Um Viertel vor sechs hatte sie die Frühmaschine nach Madrid bestiegen, gut vierzig Minuten später fand sie sich im Transitraum des Flughafens Barajas wieder. Der Kaffee, den man ihr vorsetzte, hatte schal und bitter geschmeckt, sodass sie froh war, als endlich ihr Weiterflug nach Stuttgart aufgerufen wurde.

Matuschek würden die Augen überlaufen, wenn er ihre Spesenbelege abzeichnen musste – und doch konnte sie sich keinen Vorwurf machen. Trotz des Umweges über Madrid und Stuttgart würde sie mehrere Stunden gewinnen, das war die höheren Reisekosten allemal wert. Sie wusste, er würde sich schnell wieder beruhigen, wenn er erst erfuhr, was sie im Gepäck hatte! Und wenn er spitzkriegte, dass die liebe Konkurrenz um Tage hinterherhinkte und ihre Informationen im Gegensatz zu ihm ausnahmslos aus zweiter Hand bezog. Hoffentlich war Manu nachher am Flughafen pünktlich zur Stelle, sonst würde ihr ganzer Zeitplan durcheinandergeraten!

Ihre Sorge erwies sich als unbegründet; bereits von Weitem winkte ihr Manu zu, als sie sich in Stuttgart dem Ausgang näherte, und schon wenig später waren sie auf der Bodenseeautobahn in Richtung Singen unterwegs.

Manu war eine sichere Fahrerin. Beruhigt holte Karin ihr Handy hervor und gab Pablos Nummer ein. Er meldete sich sofort.

»*Hola*, mein Freund! Wollte nur sagen, ich bin planmäßig in Stuttgart gelandet. Hat sich José inzwischen bei euch gemeldet?« Als Pablo verneinte, fuhr sie fort: »Willst du mir nicht endlich sagen, was eigentlich los ist? Wie soll ich den Multis das Handwerk legen, wenn du mir wichtige Informationen vorenthältst? ... Hallo, bist du noch da?«

Natürlich war er noch da. Schwer atmend verharrte er am anderen Ende der Leitung, offenbar unschlüssig, ob er Karin einweihen sollte. Schließlich gab er sich einen Ruck und erzählte in wenigen Sätzen, was er wusste. Als eine Reaktion ausblieb, rief er nun seinerseits ihren Namen.

»Ja, ich bin noch dran. Entschuldige bitte, aber das musste ich erst verdauen. Trotzdem, es ist gut, dass du mich eingeweiht hast, es wird meine Nachforschungen erheblich erleichtern. Ach ja, noch was: Hast du etwas über die Gauß-Rottmann erfahren?«

»Die hat vor genau zwanzig Minuten La Coruña verlassen, an Bord eines Schweizer Privatjets, voraussichtliche Ankunftszeit in Friedrichshafen elf Uhr dreißig.«

Sie bedankte sich und bat ihn, sich bei veränderter Sachlage sofort zu melden. Dann beendete sie das Gespräch.

»Drück auf die Tube«, rief sie Manu zu. »Wir müssen spätestens um halb zwölf in Friedrichshafen am Flughafen sein – je früher, desto besser.«

»Aye, aye, Sir, soll mir recht sein. Vorausgesetzt, die Karre macht mit.« Begeistert drückte Manu das Gaspedal durch.

Unterdessen war Karin bereits mit dem nächsten Anruf beschäftigt. »Herr Wolf, nur damit Sie's wissen: Ich bin wieder im Lande!« Wolfs Antwort beschränkte sich auf ein unbestimmtes Knurren. »Ich hab zwar nicht erwartet, dass Sie vor Begeisterung gleich Luftsprünge machen«, fuhr sie ihn an, »aber etwas mehr Enthusiasmus hätte ich mir schon gewünscht.«

»Entschuldigen Sie, meine Liebe, aber ich muss im Moment auf zu vielen Hochzeiten gleichzeitig tanzen. Wenn ich das recht sehe, haben also inzwischen alle Überlinger das Gelobte Land im Süden verlassen – bis auf Ulla Gauß-Rottmann.«

»Falsch! Um elf Uhr dreißig wird sie in Friedrichshafen landen. Und Sie ... sind Sie der Lösung unseres Falles nähergekommen?«

»Es läuft ganz gut«, gab er brummend zurück. »Wann kann ich Sie treffen?«

»Vermutlich heute Nachmittag, ich melde mich.« Schon wollte sie das Gespräch beenden, als sie noch etwas nachschob: »Vielleicht kann ich der Gauß-Rottmann zuvor noch einige erhellende Informationen entlocken? Mal sehen.« Sie kicherte kleinmädchenhaft, bevor sie den Aus-Knopf drückte.

***

Wolf hatte ein Wechselbad der Gefühle hinter sich. Schon beim Frühstück hatte ihn Jo mit der Nachricht überrascht, der »Seekurier« habe über Erich Rottmanns Tod berichtet. Wer, zum Teufel, hatte ihnen das gesteckt? Kaum zehn Minuten später kam ein zweiter Anruf: Auch andere Blätter machten mit derselben Meldung auf, SWR1 war die Nachricht sogar eine Sondersendung wert. In einem schienen sich die Berichte allerdings merkwürdig ähnlich: Außer dem Hinweis auf einen Selbstmord am Tunnelausgang enthielten sie kaum mehr als heiße Luft.

Dann war er wie vereinbart um kurz vor acht bei Seliger aufgekreuzt. Nur um von dessen Sekretärin gesagt zu bekommen, der Herr Oberstaatsanwalt sei außer Haus und hätte darum gebeten, in der bewussten Sache vorerst nichts zu unternehmen.

Wolf konnte sich zwar keinen Reim darauf machen, doch er kannte Seliger gut genug, um seine Entscheidung zu respektieren. Falls die fraglichen dreihundertzwanzigtausend Euro tatsächlich geflossen waren, würde Seliger sie auch aufspüren, ebenso wie den Geldgeber, der die Transaktion veranlasst hatte.

In der Direktion eilte er schnurstracks in das Büro seiner beiden Kollegen. »Leute, lasst alles stehen und liegen, wir müssen nach Nußdorf«, knurrte er.

Während Terry interessiert den Kopf hob und auf eine weitere Erklärung wartete, fuhr Jo ungerührt fort, ihren Bericht zu tippen. »Biotecc?«, fragte sie, ohne die Stimme zu heben.

»Wir müssen das Geheimnis um diesen Warholl lüften. Ich habe das Gefühl, der Kerl spielt so eine Art Schlüsselrolle.«

»Chef, ich bin dermaßen im Rückstand mit meinen Berichten … könnten Sie nicht mit Terry allein …«

»Du hast recht, eigentlich ist das Männersache.«

»Moment mal, darum geht's doch gar nicht …«, widersprach Jo. Doch Wolf war bereits draußen, selbst Terry hatte Mühe, ihm zu folgen.

Wenig später betraten sie das Verwaltungsgebäude des Unternehmens und steuerten zielsicher die Anmeldung an. Wolf sparte sich diesmal die Vorlage seines Dienstausweises, er verlangte, Heidelinde Damerow zu sprechen. Wortlos ging die Dame hinter dem Tresen zu einem Telefon – mit diesem ruppigen Polizisten wollte sie sich nicht noch ein weiteres Mal anlegen.

Heidelinde Damerow war überrascht, offenbar war die Nachricht von der Verhaftung ihres Chefs noch gar nicht bis zu ihr durchgedrungen. »Was kann ich für Sie tun, meine Herren?«

Wolf zog ein Foto aus der Tasche und legte es vor sie hin.

»Wer soll das sein?«, fragte sie.

»Sie erkennen den Mann nicht wieder?«

»Müsste ich?«

»Nun, nach unserer Kenntnis arbeitet er wie Sie für die Biotecc AG.«

»Tut mir leid, aber ich kann unmöglich alle Kollegen kennen. Wissen Sie seinen Namen?«

»Warholl, Andy Warholl heißt der Mann«, klärte Terry sie auf.

»Ja …«, antwortete sie gedehnt. »Jetzt, wo Sie's sagen, meine ich, ihn schon mal gesehen zu haben. Was ist mit ihm? Warum fragen Sie nicht im Personalbüro nach?«

Wolf ignorierte ihre Frage. »Als Chefsekretärin verfügen Sie doch sicher über ein Organigramm des Unternehmens?«

Wortlos erhob sie sich und verließ das Besprechungszimmer. Kurz darauf kehrte sie mit einem Ordner zurück, dem sie ein gefaltetes DIN-A3-Blatt entnahm. »Bitte. Darf ich fragen, was das alles soll?«

Anstatt zu antworten, vertiefte sich Wolf in den Organisationsplan. »Wenn ich das richtig sehe, ist Herr Warholl dem Fahrerpool zugeordnet, nicht wahr? Wen fährt er denn?«

»Fahrerpool?«, fragte Heidelinde Damerow ungläubig und zog den Plan zu sich ran. »Komisch. Meines Wissens wird der Kollege für Sicherheitsaufgaben eingesetzt … oder so ähnlich.«

Terry mischte sich ein. »Nun, das eine schließt das andere ja nicht aus. Bitte überlegen Sie: Mit wem oder was bringen Sie ihn in Verbindung, wenn Sie an ihn denken?« Anerkennend sah Wolf zu ihm hinüber. Aus ihm würde einmal ein guter Ermittler werden, da war er sicher.

»Ich sagte doch schon ...«

»Bitte. Es ist wichtig!«

Während sie auf das Foto starrte, kaute sie auf ihren Lippen. Schließlich gab sie sich einen Ruck. »Also gut! Ich habe ihn schon des Öfteren am Steuer eines der Wagen gesehen, mit denen Mitglieder der Geschäftsleitung gefahren werden.«

»Wer genau?«

»Frau Gauß-Rottmann, die Chefin.«

»Hat er ausschließlich mit Frau Gauß-Rottmann zu tun? Oder ist er hin und wieder auch für ein anderes Mitglied der Geschäftsleitung tätig?«

»Meines Wissens arbeitet er nur für sie. Aber wollen Sie mir nicht sagen –«

Plötzlich hatte es Wolf eilig. »Tut mir leid, aber wir müssen los. Es ist wichtig, dass wir mit Ulla Gauß-Rottmann sprechen, am besten fangen wir sie gleich am Flughafen ab. Danke, Frau Damerow, Sie haben uns sehr geholfen.«

Verwundert sah ihnen Heidelinde Damerow nach. »Da ist noch was, Herr Kommissar«, rief sie ihm hinterher, »vielleicht sollten Sie sich zur Sicherheit noch die Privatanschrift der Chefin notieren.«

Wolfs Fuß stockte. »Was soll ich mit der?«

»Mit Frauen kennen Sie sich wohl nicht so gut aus, was? Natürlich wird sie vom Flughafen aus zuerst nach Hause fahren, sich frisch machen. Deshalb!«

»Donnerwetter! Ich höre?«

Sie nannte eine Adresse im Überlinger Westen. »Das ist doch in der Nähe der Buchinger-Klinik?«, vergewisserte er sich. Und als sie nickte, fügte er hinzu: »Ich werde Sie für einen Orden vorschlagen, Frau Damerow. Nochmals tausend Dank.«

Vor dem Besprechungszimmer holte Wolf erst einmal tief Luft. Ihm war nicht wohl bei dem Gedanken, dass Karin Winter im Alleingang mit der Gauß-Rottmann sprach. Wenn sie sich da mal nicht verhob! Todsicher schwamm im Kielwasser der Gauß-Rottmann auch Andy Warholl ins Land, und der machte mit Schnüfflern sicher kurzen Prozess.

»Auf geht's, Terry, hau dich hinters Steuer.«

»Aber gerne. Wohin soll's gehen?«

»Zunächst zurück in die Polizeidirektion. Ich muss wissen, ob Biotecc tatsächlich in die Sprengung des Supertankers verwickelt war. Wie lange wirst du anschließend zum Flughafen Friedrichshafen brauchen?«

»Eine Dreiviertelstunde. Mit Blaulicht eine halbe.«

»Also Blaulicht. Was ist, wieso stehst du noch hier herum?«

Für den Aufenthalt in der Polizeidirektion gab sich Wolf maximal fünfzehn Minuten – in dieser kurzen Spanne müssten sich zumindest die allerdringlichsten Dinge erledigen lassen, dachte er.

Da wäre die Einvernahme von Alex Rottmann, der vergangene Nacht in Hennings Begleitung nach Friedrichshafen zurückgeflogen und von dort nach Überlingen verbracht worden war – der wohl leichteste Teil der Übung, da er ohne seinen Anwalt vermutlich nicht aussagen würde.

Aber Wolf wollte sich den Bericht seines Sohnes anhören, zumindest in der Kurzfassung, denn immerhin hatte Henning nicht nur Alex Rottmann von La Coruña nach Überlingen eskortiert, sondern auch vor Ort mit den spanischen Ermittlern gesprochen.

Außerdem musste er mit Seliger Kontakt aufnehmen, um so schnell wie möglich den alles andere als uneigennützigen Spender der dreihundertzwanzigtausend Euro in Erfahrung zu bringen. Der Oberstaatsanwalt hatte nun wahrlich Zeit genug gehabt, die Konten der Rottmanns zu überprüfen.

Den letzten Punkt konnte Wolf zuerst abhaken. Noch auf der Rückfahrt in die Polizeidirektion rief er bei Seliger an, der ihm mitteilte, dass die Leute von der Steuerfahndung fündig geworden waren. Der gesuchte Betrag war einem Sonderfonds entnommen worden – und zwar in bar –, der auf den blumigen Namen »Fördermittel zur Anbahnung neuer Geschäftskontakte« lautete. Auf das Konto dieses Fonds hatten ausschließlich zwei Leute Zugriff: Ulla Gauß-Rottmann und Alex Rottmann.

Diese Auskunft war leider nur halb so präzise, wie Wolf sie sich erhofft hatte. Zumindest aber schien sie die direkte Beteiligung der Rottmanns an der Ölkatastrophe in Galicien zu bestätigen.

Wolfs Aufenthalt im Vernehmungsraum, bei dem er zum ersten Mal in offizieller Funktion mit seinem Sohn zusammentraf, dauerte gerade mal eine Minute. Wie erwartet, lehnte Alex Rottmann jegliche Stellungnahme ab, ehe er nicht mit seinem Anwalt gesprochen hatte – und das konnte dauern, denn dieser Anwalt, ein bekannter Strafverteidiger, steckte mitten in einer Verhandlung im Stuttgarter Oberlandesgericht.

»Ooch, lassen Sie sich nur Zeit«, winkte Wolf scheinbar gelassen ab, »es eilt nicht ... jetzt nicht mehr!« Vogel, friss oder stirb! Sollte sich der junge Rottmann seinen eigenen Reim auf das plötzliche Desinteresse an seiner Person machen.

Zusammen mit Henning verließ Wolf den Vernehmungsraum. Was er draußen erfuhr, bestätigte seine schlimmsten Befürchtungen. Als offiziell für diesen Fall vom LKA abgestellter Zielfahnder hatte Henning – Deckname: Grimmig, eine Verballhornung von Isegrim, dem Fabelnamen des Wolfes – mit den zuständigen spanischen Ermittlern gesprochen. Sein Bericht war die reinste Horrorgeschichte!

Demnach hatten sich im Morgengrauen des vergangenen Samstags drei Männer – ein Deutscher und zwei Spanier – in einem Motorboot der »Prestige« genähert. Unbemerkt von der Besatzung des Supertankers, war es einem von ihnen trotz schwerer See gelungen, sich per Scooter an die Fahrlinie des Tankers ziehen zu lassen. Als der Koloss an ihm vorüberzog, brachte er an der Bordwand eine Haftladung an, die kurz darauf gezündet wurde und ein Loch von etwa vier Quadratmetern in die Außenhaut riss. Dummerweise hatten die Täter ein in Sichtweite liegendes Fischerboot zu spät bemerkt. Um sich den unliebsamen Augenzeugen vom Hals zu schaffen, töteten sie den Fischer. Bei der anschließenden Durchsuchung des Bootes unterlief ihnen ein zweiter Fehler: Sie übersahen die Anwesenheit eines weiteren Zeugen. In höchster Not hatte sich José, der achtzehnjährige Sohn des Fischers, in der stinkenden Bilge versteckt. Er war es denn auch, der im Zusammenwirken mit einer Gruppe international engagierter

Naturschützer der spanischen Polizei die entscheidenden Hinweise auf die Täter gegeben hatte.

Anerkennend hieb Wolf seinem Sohn die Rechte auf die Schulter. »Du hast uns sehr geholfen, Henning«, lobte er. »Wenn alles läuft wie geplant, fassen wir heute noch die Hintermänner. Drück uns die Daumen.«

»Und dann?«, wollte Henning wissen.

»Ich weiß, worauf du anspielst«, gab Wolf ernst zurück. »Gib mir noch etwas Zeit. Ich für meinen Teil bin jedenfalls ganz zuversichtlich. Wäre doch gelacht, wenn wir die Kuh nicht vom Eis brächten, was?« Er lächelte unsicher.

In Wahrheit hatte Hennings Besuch das Eis längst zum Schmelzen gebracht, auch wenn er noch immer Mühe hatte, es zuzugeben. Zum Glück schienen seine Nachkommen aus anderem Holz geschnitzt – vor allem Terry, der ganz offensichtlich das Totschweigen nicht länger hinnehmen wollte und den ersten Schritt zur Aussöhnung tat. Wolf schämte sich, nicht selbst darauf gekommen zu sein. All die vergeudeten Jahre. Und warum? Nur weil Hennings Verhalten nicht in sein Weltbild passte! Noch während er seine Rechthaberei verfluchte, registrierte er erleichtert, dass Henning nickte.

Er verabschiedete sich von seinem Sohn und machte sich auf die Suche nach Terry, den er unter einem Vorwand ins Archiv geschickt hatte. Nach allem stand ihm jetzt der Kopf, nur nicht nach einem überraschenden Zusammentreffen von drei Generationen Wolf. Diese Sache musste behutsam angegangen werden.

***

Das Tor, durch das der schwarze Mercedes der S-Klasse mit dem Kennzeichen FN-BT – das BT stand für Biotecc – das Flughafengelände verlassen würde, war schnell ermittelt. Karin hatte da so ihre Quellen.

In einer Haltebucht, nur wenige Meter vom Tor der Flughafenausfahrt entfernt, stellte Manu um elf Uhr zwanzig den Wagen ab. In zehn Minuten sollte die Maschine auf der Landebahn aufsetzen. Demnach konnte der Mercedes frühestens um die Mittagsstunde die Haltebucht passieren. Karin und Manu würden ihm in gebührendem Abstand folgen und voraussichtlich eine Dreiviertelstunde später Nußdorf erreichen – falls alles wie geplant verlief und Ulla Gauß-Rottmann auf direktem Weg zu ihrem Firmensitz fuhr.

Endlich, kurz nach zwölf, öffnete sich das Tor, der schwere Mercedes geriet in ihr Blickfeld. In gebührendem Abstand folgten sie ihm.

Alles lief wie am Schnürchen – bis der vorausfahrende Wagen die Ausfahrten Nußdorf und Überlingen ignorierte und erst bei Goldbach die alte B 31 verließ. Karin reagierte überrascht; den Firmensitz als Ziel konnte sie damit vergessen. Fieberhaft überlegte sie Alternativen. Vielleicht das Villenviertel am westlichen Stadtrand? Dazu würde der gewählte Streckenverlauf passen, immerhin ersparte er einem die Durchquerung der engen Altstadt.

Und sie sollte recht behalten: Kaum hatte der Wagen die B 31 verlassen, bog er in Richtung Überlingen ab, überquerte kurz vor Erreichen des Bahnhofs die Gleise und fuhr die ansteigende Goldbacher Straße hinauf, bis er schließlich, unweit der Buchinger-Klinik, vor einem extravaganten Mehrfamilienhaus zum Stehen kam. In Karins Kopf blitzte eine Erinnerung auf: Hier musste die Gauß-Rottmann ihren Wohnsitz haben, ein Penthouse, wenn sie sich recht erinnerte.

Der Fahrer stieg aus, umrundete den Wagen und riss beflissen die rechte Hecktür auf. Plötzlich schlug Karin das Herz bis zum Hals. Diesen Mann kannte sie – es war einer der beiden Schützen, von denen sie mit Schrotkörnern beharkt worden waren. Na toll! Wie war doch gleich sein Name? Richtig, Andy Warholl. Wenn sie seine Anwesenheit hier richtig interpretierte, dann arbeitete er, anders als von ihr angenommen, nicht für Alex, sondern für Ulla Gauß-Rottmann. Beim Gedanken daran wurde ihr unbehaglich zumute. Trotzdem, da musste sie jetzt durch.

Dann ging plötzlich alles sehr schnell: Warholl schlug die Wagentür zu, betätigte die Zentralverriegelung, nahm zwei Reisetaschen aus dem Kofferraum und folgte seiner Chefin zum Hauseingang. Dort führte er eine Codekarte durch einen Schlitz, die Tür sprang auf, schon waren die beiden im Gebäudeinneren verschwunden.

»Jetzt aber nichts wie raus; und lass *mich* reden, wenn wir den beiden gegenüberstehen ... vergiss nicht: Du bist als meine Zeugin dabei«, stieß Karin hervor und sprang, dicht gefolgt von Manu, aus dem Wagen. Gerade noch rechtzeitig erreichten Sie die Tür, bevor sie zuschnappte. Sekunden später standen sie Ulla Gauß-Rottmann und Andy Warholl gegenüber, die in der marmorgefliesten Halle auf den Aufzug warteten.

Karin hätte nicht sagen können, wer überraschter war: Ulla Gauß-Rottmann, die jede Gefühlsregung geschickt verbarg und mit kalten Schlangenaugen auf die beiden Eindringlinge starrte ... oder Warholl, der sich nun vermutlich der Person gegenübersah, die er tags zuvor durch sein Zielfernrohr anvisiert hatte. Das Erkennen in seinen Augen war jedenfalls nicht zu übersehen. Karin hätte weiß Gott was darum gegeben, einen Blick hinter die Stirn dieses Menschen werfen zu können. Obwohl ... vielleicht wäre sie danach ihres Lebens nicht mehr froh geworden. Glomm da nicht auch etwas gänzlich Unbestimmbares in seinen Augen auf: Verblüffung? Erschrecken? Rachedurst? Sie nahm sich jedenfalls vor, auf der Hut zu sein und ihm keinen Moment lang den Rücken zuzukehren.

»Wie seid ihr hier reingekommen?«, fauchte Warholl drohend und machte einen Schritt auf die beiden Frauen zu. Karin konnte gar nicht so schnell schauen, wie er eine Waffe aus seinem Gürtel zog. »Verschwindet, aber ein bisschen dalli!«, fügte er hinzu und winkte mit dem Schießeisen in Richtung Ausgang.

Anders als ihr Begleiter blieb Ulla Gauß-Rottmann bemerkenswert cool. »Aber Doc ... warum denn mit Kanonen auf Spatzen schießen? Die Damen verlassen uns auch ohne Waffengewalt, stimmt's?« Mit diesen Worten nahm sie dem Verdutzten die Pistole ab und steckte sie in ihre Handtasche. Dann wandte sie sich Karin zu. »Was wollen Sie?«, fragte sie kalt.

»Mit Ihnen reden.«

»Es gibt nichts zu reden, und mit der Presse schon gar nicht. Wenn Sie Fragen haben, dann wenden Sie sich an unsere Presseabteilung. Und jetzt muss ich Sie bitten, das Haus zu verlassen!«

Karin kam nicht umhin, ihre Selbstsicherheit zu bewundern.

In diesem Augenblick ertönte ein Klingelzeichen, und der Lift ging auf; ein älteres Paar trat heraus und bewegte sich auf die Briefkästen neben der Eingangstür zu.

Karin, nicht unfroh über diese Entwicklung, nahm einen neuen Anlauf. »Ich war dabei, als die spanische Polizei im ›Finisterre‹ Ihren Sohn verhaftet hat – kurz nach dem Überfall, wenn Sie wissen, was ich meine.« Ulla Gauß-Rottmann sah aus, als wüsste sie nicht, ob sie Karins Aussage glauben sollte. Aber sie würde es ihr abnehmen – wie anders sollte Karin davon erfahren haben? In Wahrheit verfolgte Karin im Moment ohnehin nur einem Zweck: die Aufmerksamkeit des Paares am Briefkasten auf sich zu lenken und auf diese Weise Ulla Gauß-Rottmann zu zwingen, sie mit in ihre Wohnung zu nehmen.

Noch ehe die Biotecc-Chefin reagieren konnte, betrat ein weiteres Paar die Halle und steuerte auf den Aufzug zu. Ihr kommt mir gerade recht, dachte Karin. Betont laut und akzentuiert setzte sie ihre Fragerei fort: »Wenn es sich bei Herrn Warholl um *Ihren* Wachhund handelt: Hat er dann in *Ihrem* Auftrag auf uns geschossen? Und warum? Sollte er auf diese Weise lästige Zeugen beseitigen?«

Nun zeigte der Panzer der Gelassenheit erste Sprünge – was nicht weiter verwunderte, schließlich waren Enthüllungen dieser Art dem Nimbus einer erfolgreichen Managerin nicht allzu förderlich.

»Dann kommen Sie schon«, zischte Ulla Gauß-Rottmann und schob Karin und Manu in die Liftkabine – nur weg von den neugierig die Ohren spitzenden Nachbarn.

Sie hatten die elegant eingerichtete Penthousewohnung kaum betreten, als die Biotecc-Chefin ihren Bodyguard umgehend auf die Terrasse verwies – der bevorstehende Wortwechsel war wohl nicht für seine Ohren bestimmt.

»Kann ich wenigstens …?«, setzte er mürrisch zu einer Frage an und wies auf die neben dem Foyer liegende Küche.

»Bedien dich … und dann raus mit dir!«

Gleich darauf kehrte er aus der Küche zurück, eine halb volle Whiskyflasche und ein Glas in den Händen. Wortlos verzog er sich auf die Gartenterrasse, die nach Karins Auffassung eher einem Dschungel denn einem Garten glich.

Nun erst wandte sich Ulla Gauß-Rottmann Karin und Manu zu. »Sie werden verstehen, dass ich Ihnen nichts anbiete«, knurrte sie. »Machen wir's kurz: Um was geht es?«

***

Wolf drückte seine Gitanes aus und warf die Kippe aus dem Fenster. »Könntest ruhig noch etwas auf die Tube drücken«, beschied er Terry.

»Ja, wie denn, Chef? Meinen Sie, ich hätte einen Rennwagen unterm Arsch? Und könnten Sie bitte das Fenster wieder schließen?«

Murrend kam Wolf Terrys Bitte nach. In immer kürzeren Abständen sah er auf die Uhr. Plötzlich gab er sich einen Ruck.

»Wir drehen um.«

»Wie bitte?«, fragte Terry schrill.

»Dreh um, sag ich. Zurück nach Überlingen. Wir schaffen es nicht mehr rechtzeitig zum Flughafen. Wenn ich mir vorstelle, dass Karin Winter und die Gauß-Rottmann zusammentreffen, bricht mir der kalte Schweiß aus.«

»Okay. Da vorne kann ich wenden. Ich fahr auf der B 31 zurück bis zur Ausfahrt Aufkirch, richtig?«

Wolf nickte anerkennend. »Du könntest glatt als Überlinger durchgehen.«

»Das liegt an den Genen, Chef ... an Ihrer Ausbildung, mein ich natürlich.«

Wolf konnte ein Schmunzeln nicht unterdrücken.

***

Unaufgefordert hatte sich Karin in einem der weißledernen Designer-Dreisitzer niedergelassen, während Manu mit wachsamen Augen danebenstand und ihre Augen durch den üppig ausgestatteten Raum flitzen ließ.

Ohne sich auch nur im Geringsten um Ulla Gauß-Rottmanns Frage zu kümmern, schlug Karin aufreizend langsam die Beine übereinander und musterte abschätzig ihr Gegenüber. »Hautig«, so hatte ein Gewährsmann sie ihr einmal beschrieben – nun musste sie feststellen, dass das noch geschmeichelt war. Gewiss, die Frau war seit dem frühen Morgen auf den Beinen und hatte eine mehrstündige Rückreise hinter sich – wenn man das bedachte, wirkte sie sogar noch bemerkenswert frisch. Bei genauerem Hinsehen allerdings hatten ihr Alter – sie ging auf die sechzig zu – und ihr von übersteigertem Ehrgeiz geprägter Lebenswandel deutliche Spuren hinterlassen. Auch der bronzefarbene Teint konnte das nur notdürftig kaschieren. Dazu das permanente Bemühen um gesellschaftliche und unternehmerische Anerkennung – das alles erklärte den herben Zug um ihren Mund.

Mit zusammengekniffenen Augen sah Ulla Gauß-Rottmann auf Karin hinab. Schließlich ertrug sie das Schweigen nicht mehr. »Hat's Ihnen die Sprache verschlagen, oder was?«

»Keineswegs. Wie ich bereits sagte: Ich war bei Alex' Verhaftung zugegen …«

»Sparen Sie sich Ihre Wiederholungen und kommen Sie endlich zur Sache!«

»Sie haben recht: Die Einzelheiten dieser unrühmlichen Prozedur sollte ich Ihnen ersparen …« Aus den Augenwinkeln bemerkte Karin, dass Manus Augen wie gebannt an ihren Lippen hingen, während die Züge der Gauß-Rottmann zusehends versteinerten. »Genauso wenig dürfte Ihnen an der Schilderung des Besuches liegen, den Ihr sauberer Herr Sohn unmittelbar vor seiner Verhaftung hatte.« An dieser Stelle machte Karin eine kleine Kunstpause, um gleich darauf mit erhobener Stimme fortzufahren: »Und der ihn ums Haar das Leben gekostet hätte!«

»Woher wollen Sie das wissen? Waren Sie dabei?«

»Gewissermaßen. Ich habe Kontakt zu den Kreisen, die hinter diesem Besuch standen. Natürlich ist es nicht angenehm, für seine Taten geradestehen zu müssen, und schon gar nicht, wenn es sich um kriminelle Taten handelt.«

»Kriminell? Was faseln Sie da? Kommen Sie endlich auf den Punkt – oder verschwinden Sie!«

***

»Das darf doch nicht wahr sein! Komm Mädchen, geh ran«, schimpfte Wolf und trommelte mit den Fingern auf das Armaturenbrett, während Terry erneut zu einem Überholmanöver ansetzte. Die Winter ging schon seit einer halben Stunde nicht an ihr Telefon, und jetzt tutete ihm auch hier nur das Freizeichen ins Ohr. Endlich meldete sich Jo.

»Pass auf«, fiel er gleich mit der Tür ins Haus, »setz dich in deine Karre und fahr zu folgender Adresse.« Er nannte ihr die Straße und Hausnummer, die er von der Damerow erfahren hatte. »Wenn du dort bist, bleib einfach im Wagen sitzen und halte die Augen offen. Wir kommen nach, so rasch es geht. Ende.« Schon drückte er die Aus-Taste und konzentrierte sich wieder auf die vor ihnen liegende Strecke.

»Wovor haben Sie eigentlich Angst, Chef? Ich meine, was könnte denn schon groß passieren, wenn Frau Winter und die Gauß-Rottmann zusammentreffen?«

»Nicht viel. Außer dass dieser Warholl die Winter erschießt.«

***

Die Anspannung, mit der sich Ulla Gauß-Rottmann zur Ruhe zwang, war mit Händen zu greifen. Karin wusste, was sie tun musste, wollte sie sie zum Reden bringen. Sorgfältig legte sie sich ihre nächsten Worte zurecht. »Was muss das für ein Wechselbad der Gefühle für ihn gewesen sein«, fuhr sie fort. »Zuerst das Eindringen des jungen Fischers mit dem erklärten Ziel, Ihren Sohn für den Tod seines Vaters büßen zu lassen. Dann die rüde Verhaftung durch die spanischen Polizisten ... Und sollten Sie jetzt denken, viel schlimmer könnte es nicht kommen, dann befinden Sie sich auf dem Holzweg, verehrte Frau Gauß-Rottmann. In Wirklichkeit kommt es nämlich noch weit schlimmer, glauben Sie mir. Auch und gerade für Sie, Verehrteste. Denn Sie hängen voll mit drin.«

»Ah, jetzt verstehe ich ... darum geht es Ihnen also! Sie wollen mir drohen, mich erpressen? Da müssen Sie schon etwas früher aufstehen, meine Liebe!« Entschlossen ging Ulla Gauß-Rottmann zum Telefon und nahm den Hörer ab.

Verwundert schüttelte Karin den Kopf. »Was haben Sie vor?«, fragte sie gelassen.

»Die Polizei rufen, was sonst.«

Karins Kopfschütteln verstärkte sich. »Das darf nicht wahr sein! Sie haben noch immer nichts begriffen!«

»Dann drücken Sie sich gefälligst klarer aus!«, entgegnete sie schneidend. Unschlüssig hielt sie den Hörer in der Hand. Je länger der Wortwechsel dauerte, desto schneller ging ihr Atem, desto verräterischer zuckten ihre Augenlider. In gewisser Weise ähnelte Rottmanns Schwägerin einem Vulkan unmittelbar vor dem Ausbruch, ein Zustand, der Karin nicht nur gelegen kam, sondern den sie bewusst herbeigeführt hatte. Genau das war ihr Plan: die Frau zum »Ausbruch« zu bringen, sie so lange zu provozieren, bis sie die Beherrschung verlor und zu reden begann. Auch Manu schien diese Strategie gutzuheißen, jedenfalls nickte sie Karin ermutigend zu.

Und endlich, endlich tat ihr Rottmanns Schwägerin den Gefallen!

»Was wissen denn Sie«, rief sie plötzlich mit sich überschlagender Stimme. »Haben Sie auch nur die geringste Vorstellung davon, was es heißt, jeden Tag aufs Neue vor einem selbstherrlichen Autokraten buckeln zu müssen ... sich für das Unternehmen abzustrampeln, dessen Namen man trägt? Und sobald man ein kleines Stückchen vom Kuchen abhaben will, bekommt man auf die Finger geklopft. Gehorchen oder verschwinden, das war die Maxime meines Schwagers, eine Alternative gab es nicht. Und verschwinden, wieder zurücktreten ins zweite Glied, in das Heer der Namen- und Besitzlosen ... das, meine Liebe, ist das Letzte, was ich will. Jetzt nicht mehr!«

Unvermittelt öffnete sich die Terrassentür, Warholl streckte den Kopf herein. »Alles in Ordnung, Chefin, oder brauchen Sie mich?«, fragte er mit etwas schwerer Zunge.

»Verschwinde!«, herrschte sie ihn an, ohne den Blick von Karin zu wenden.

Die war von der Unterbrechung alles andere als erbaut. Sie wusste, dass sie die Festung noch längst nicht sturmreif geschossen hatte – falls ihr das überhaupt gelingen würde.

»Sie Ärmste! Da kam es Ihnen ja vermutlich nicht ungelegen, dass Ihr Schwager unter unerklärlichen Umständen aus dem Leben schied.«

»Was wollen Sie damit andeuten?«, gab die Gauß-Rottmann lauernd zur Antwort.

»Na was wohl? Immerhin ist die Zeit der Fron für Sie damit beendet. Das allein wäre schon Grund genug, beim Ableben Ihres Bruders etwas nachzuhelfen, meinen Sie nicht?«

***

»Hier müsste es sein. Fahr mal langsam dran vorbei ... Ja, wir sind richtig, die Hausnummer stimmt. Ah, da vorn sehe ich Jos Beetle stehen.«

Sie hatten ihren Wagen kaum abgestellt, als Jo bei ihnen auf den Rücksitz schlüpfte.

»Wie lange stehst du schon hier?«, wollte Wolf wissen.

»Eine Viertelstunde.«

»Was Verdächtiges wahrgenommen?«

»Vor zehn Minuten kam ein Fußgänger an, ein Hüne von Mann. Hat die Haustür aufgeschlossen und ist in dem Haus verschwunden. Was Aufregenderes ist seitdem nicht passiert. Aber wollen Sie mir nicht endlich verraten, was eigentlich los ist, Chef?«

Wolf setzte sie mit wenigen Sätzen in Kenntnis.

»Und jetzt?«, wollte sie wissen.

»Jetzt versuchen wir, ohne Aufsehen zu erregen, ins Haus und in die Wohnung der Gauß-Rottmann zu gelangen. Sie und Warholl müssten längst hier sein, ebenso die Winter.«

»Falls es sich um die Penthousewohnung handelt – da hab ich Leute am Fenster gesehen. Außerdem hält sich jemand auf der Terrasse auf.«

»Vermutlich Warholl. Nehme an, die Gauß-Rottmann hat ihn rausgeschickt, damit er nichts mitbekommt. Also, auf was warten wir noch?«

Wolf stieg aus und ging auf das Gebäude zu, dicht gefolgt von Jo und Terry. Er drückte gegen die Eingangstür. Wie erwartet war sie verschlossen. Dem Klingeltableau nach wohnten fünf Parteien in dem Haus. Ganz zuoberst stand der gesuchte Name. Fragend sahen sie sich an.

Plötzlich grinste Terry. »Paket oder Blumen, Chef?«

»Paket«, gab Wolf zurück.

Terry drückte bei einer der Wohnungen im ersten Stock, Throm hießen die Leute. »Ein Paket für Throm«, rief er in das Haustelefon, nachdem sich eine blecherne Stimme gemeldet hatte. Gleich darauf schnarrte der Türöffner. Sie durchschritten die Halle, Terry holte den Aufzug, schon schwebten sie nach oben.

»Was tun wir, wenn uns die Gauß-Rottmann nicht öffnet?«

Wolf wollte eben zu einer Antwort ansetzen, als er unvermittelt stehen blieb.

»Was ist?«, wollte Terry wissen.

Wortlos wies Wolf auf die Eingangstür. Zu ihrer Verwunderung war sie nur angelehnt. »Man könnte fast meinen, wir würden erwartet«, flüsterte er. Dann gab er sich einen Ruck und schob die Tür gerade so weit auf, dass er hindurchschlüpfen konnte. Er befand sich in einem Vorraum, der linker Hand in eine offene Garderobe überging. Nach rechts erweiterte sich der Vorraum zu einem durch mehrere raumhohe Fenster erhellten Salon, von dem aus drei Türen sowie ein längerer Flur abgingen, vermutlich zu den dahinterliegenden Schlafräumen führend. Eine der Türen stand zur Hälfte offen, Stimmen drangen heraus, es schien ordentlich zur Sache zu gehen. Wolf legte den Finger an die gespitzten Lippen und bewegte sich geräuschlos auf die offene Tür zu.

***

Die Biotecc-Chefin für den Tod ihres Schwagers verantwortlich zu machen, noch dazu aus niedrigen Beweggründen – eine schlimmere Anschuldigung war kaum vorstellbar. Der Verdacht wog schwer. Doch die von Karin erhoffte Reaktion blieb aus, im Gegenteil.

»Oh nein«, winkte Ulla Gauß-Rottmann gelassen ab. »Niemand wird mich mit Erichs Tod in Verbindung bringen. Und wenn doch, rufe ich Sie als Zeugin auf. Sie können bestätigen, dass ich mich an seinem Todestag in Spanien aufgehalten habe. Tja, Pech gehabt, meine Liebe!« Ein hämisches Lächeln schlich sich in ihr Gesicht.

Du selbst würdest dir ohnehin nicht die Hände schmutzig machen, überlegte Karin; für solche »Arbeiten« hast du deine Leute – bis ihr einfiel, dass Warholl sich in der fraglichen Zeit gleichfalls in Spanien aufgehalten hatte. Nicht verzagen, ermahnte sie sich. Zum Glück gab es noch einen zweiten Ansatzpunkt.

»Und Dr. Stratton? Auch er soll nicht ganz freiwillig aus dem Leben geschieden sein, wie man hört. Warum wurde *er* getötet?«

»Wer behauptet das?«

»Es gibt Spuren, die das belegen; sie werden gerade ausgewertet«, bluffte Karin. »Schade eigentlich, vor allem, wenn man an FE.23 denkt. Stratton war ein fähiger Kopf. Zusammen mit Ihrem Sohn hätte er Biotecc weit nach vorn bringen können.«

Das saß! Die Stimme von Ulla Gauß-Rottmann nahm eine schrille Färbung an. »Woher wollen ausgerechnet Sie das wissen?«, bellte sie. »Stratton war ein Idiot, ein jämmerlicher Spießer. Wir hätten den Deal unseres Lebens machen können; aber nein, er musste den ehrsamen Wissenschaftler raushängen lassen. Seine Skrupel hätten uns beinahe das ganze Geschäft versaut. Wegen ein paar läppischer Nebenwirkungen wollte Stratton FE.23 nicht in Produktion gehen lassen … pah! Man kann im Leben nun einmal nicht alles haben. Wichtig war doch, ein schnell wirksames Mittel gegen Ölunfälle auf den Markt zu bringen; und dass es das ist, hat der erfolgreiche Einsatz vor der spanischen Küste eindeutig ergeben. Gegen die toxischen Spätfolgen hätten wir dann schon noch ein Gegenmittel gefunden. Von wegen ›fähiger Kopf‹ – dass ich nicht lache! Man soll niemandem etwas Schlechtes nachsagen, aber er hat bekommen, was er verdiente, basta!«

Selten zuvor hatte Karin sich in einem solchen Dilemma befunden. Von Anfang an hatte sie bei diesem Gespräch darauf hingearbeitet, Ulla Gauß-Rottmann die Maske der stets überlegenen, kühl berechnenden Managerin vom Gesicht zu reißen und ihre Verstrickung in die kriminellen Machenschaften rund um Biotecc offenzulegen. Dabei war sie bisher sogar erfolgreicher gewesen, als sie ursprünglich erwartet hatte. Doch nun, da ihr Ziel zum Greifen nahe war, plagten sie plötzlich Zweifel. War es möglich, dass sie den Bogen überspannte? Dass sie sich in Dinge einmischte, von denen sie nichts verstand? Womöglich würde ihr Wolf den Kopf abreißen, wenn er das spitzkriegte. Sollte sie das Gespräch abbrechen oder weitermachen?

Schnell warf sie einen Blick zu Manu hinüber; auch diesmal schienen sie sich einig zu sein: Weitermachen! Wer konnte wissen, ob diese Frau sich jemals wieder so weit aus der Deckung wagte? Noch einmal holte Karin tief Luft, ehe sie fortfuhr: »Warum geben Sie's nicht zu? Sie waren doch nur sauer, dass Stratton den Erfolg für sich beanspruchte – den Erfolg, der nach Ihrer Auffassung Ihrem Sohn zustand. War es nicht so?«

»Ach hören Sie doch auf! Mein Sohn ist eine Null, ein Aufschneider, ein jämmerlicher Versager«, entgegnete Ulla Gauß-Rottmann schneidend. »Bedauerlich, dass ausgerechnet ich als seine Mutter das sagen muss. Mehr als einmal hab ich gedacht: Das kann nicht dein Sohn sein ... nicht der! So schlaff, so nachgiebig, so unentschlossen.« Sie brachte ein verkniffenes Lachen zustande. »Er war sogar zu doof, um Strattons Aufzeichnungen zu kopieren. Nur bei den Weibern ließ er den großen Maxe raushängen.«

Einen Augenblick lang war Karin wie vor den Kopf geschlagen. Zwar hatte sie es insgeheim vermutet – mit dieser Aussage aber war es zur Gewissheit geworden: Nicht Alex war der »böse Bube«, wie sie lange angenommen hatte; nicht *er* hatte sie die ganze Zeit über an der Nase herumgeführt. In Wirklichkeit war er nichts weiter als ein Tarnobjekt gewesen, ein Werkzeug, eine Marionette – die Marionette seiner Mutter!

Sie und niemand sonst hatte von Anfang an hinter den verbrecherischen Plänen gesteckt ... sie und ihre Gier nach Geld und Macht!

Mit höhnischem Auflachen fuhr Ulla Gauß-Rottmann fort: »Nun fragen Sie sich, warum ich Ihnen das alles erzähle, nicht wahr? Freuen Sie sich nicht zu früh! Sie mögen es geahnt haben – aber was zählen schon Ahnungen, noch dazu vor Gericht? Die Herrschaften dort verlangen Beweise ... und die gibt es nicht, da hab ich vorgesorgt. Natürlich werde ich alles, was Sie hier gehört haben wollen, bestreiten«, und mit einem Blick auf Manu fügte sie hinzu: »Da kann auch Ihre Zeugin nichts dran ändern. Ohnehin wird in wenigen Tagen der ganze Spuk vorüber sein, dann bin ich weg, auf Nimmerwiedersehen verschwunden.« Mit theatralischer Geste breitete sie die Arme aus, als blicke sie in Glück verheißende Ferne.

Vermutlich hat sie sogar recht, dachte Karin, vergeblich bemüht, ihre Enttäuschung zu verbergen. Durchtrieben, wie das

Weib war, hatte sie ihren Abgang von langer Hand vorbereitet und alle Spuren sorgfältig getilgt ... zumindest erweckte es den Anschein.

Was konnte sie dem noch entgegensetzen? Vielleicht einen weiteren Bluff? »Wenn Sie sich da mal nicht irren«, versuchte sie ihr Glück. »Es gibt durchaus Beweise. Die Attentäter, die die Sprengladung auf der ›Prestige‹ angebracht und gezündet haben, sind inzwischen geständig. Sie schwören Stein und Bein, ihren Auftrag von Biotecc erhalten zu haben –«

»Ich bitte Sie!«, winkte Ulla Gauß-Rottmann kalt lächelnd ab. »Von Biotecc ja, das mag schon sein ... aber nicht von mir, von mir *persönlich*! Und solange man mir das nicht nachweisen kann, gilt die Unschuldsvermutung.«

»Na und? Natürlich haben die Täter den Auftrag selbst nicht von Ihnen erhalten. Aber Sie haben ihre Bezahlung veranlasst. In bar. Die spanische Polizei hat das Geld sichergestellt. Und glauben Sie mir, für die hiesige Kripo ist es ein Kinderspiel, die Scheine bis zu Ihnen zurückzuverfolgen – auch Banken sichern sich schließlich ab. Da gibt es Fingerabdrücke, Kontrollvermerke, Gesprächsprotokolle zuhauf. Und Zeugenaussagen! Nein, nein, solche Transaktionen hinterlassen immer Spuren.«

»Zeugenaussagen? Pah! Von welchen Zeugen denn?« Zum ersten Mal zeigte Ulla Gauß-Rottmann Unsicherheit.

Mein Gott, ich kann diese Frau nicht länger ertragen, dachte Karin. Höchste Zeit, dem Spuk ein Ende zu machen, ihr gewissermaßen den Gnadenschuss zu verpassen.

»Sie fragen nach Zeugen, verehrte Frau Gauß-Rottmann? Da fällt mir vor allem einer ein: Alex, Ihr Sohn, Ihr eigener Sohn! Oder glauben Sie, der wird für Sie ins Gefängnis wandern, während Sie bei den Reichen und Schönen dieser Welt die Biotecc-Millionen verjubeln? Oh nein, Verehrteste! Es heißt zwar, Blut sei dicker als Wasser, aber darauf würde ich nicht wetten. Alex wird Sie mit Freude in die Pfanne hauen, da bin ich mir sicher. Wie heißt es doch so schön: Der Apfel fällt nicht weit vom Stamm. Tja, meine Liebe, Ihre Tage in Freiheit sind gezählt.«

Wie Peitschenhiebe waren Karins Worte auf Ulla Gauß-Rottmann niedergeprasselt – und hatten die sonst so herrische Frau auf seltsame Weise verwandelt. Als hätte sie erst in dieser Sekunde die Aussichtslosigkeit ihrer Pläne begriffen, wich plötzlich die Farbe aus ihrem Gesicht, kraftlos fielen ihre Schultern nach vorn, sie wirkte fahrig und orientierungslos. Binnen weniger Sekunden war sie zu dem geschrumpft, was sie wirklich war: die von Gier und Missgunst zerfressene unbedeutende Schwägerin eines Tycoons, der ihr im Kampf um die Macht ihre Grenzen aufgezeigt hatte.

Haltlos fiel sie in einen der herumstehenden Sessel.

Nun hielt auch Wolf den Moment für gekommen, ins Rampenlicht zu treten. Mit den Worten »Es gibt noch einen weiteren Zeugen, mit dem Sie nicht gerechnet haben – nämlich mich!« trat er vor sie hin. Den Anwesenden schien es, als sei er aus dem Nichts aufgetaucht; Karin und Manu, denen Wolf im Vorübereilen kurz zunickte, sperrten Mund und Augen auf.

Wie von der Tarantel gestochen sprang Ulla Gauß-Rottmann auf. »Sieee? Wie lange sind Sie schon hier? Wer hat Sie reingelassen?«, fragte sie stockend und machte Anstalten, mit beiden Fäusten auf Wolf loszugehen. Doch Terry, der sich dicht hinter Wolf gehalten hatte, drückte sie wieder in ihren Sessel zurück.

»Schön ruhig bleiben«, ermahnte er sie.

Ihre Reaktion war nur zu verständlich. Spätestens bei Wolfs Erscheinen musste ihr klar geworden sein: Das Spiel war aus! Rien ne va plus!

»Wir sind nicht hier eingebrochen, falls Sie das meinen«, erklärte ihr Wolf. »Die Tür war freundlicherweise nur angelehnt, und so haben wir ein bisschen gelauscht. Gratuliere, Frau Winter, Sie haben die richtigen Fragen gestellt, und die Antworten darauf waren mehr als erhellend. Nur eines möchte ich von Ihnen gerne noch wissen, Frau Gauß-Rottmann: Warum haben Sie diese unsägliche Ölpest vor der Insel Mainau inszeniert? Schließlich sind Sie damit ein immenses Risiko eingegangen – und gemessen an der ungleich größeren Katastrophe vor der galicischen Küste war das doch geradezu ein Nasenwasser. Warum also?«

Während er sprach, hatte er aus den Augenwinkeln mitverfolgt, wie Jo ganz nach Absprache an der Terrassentür Stellung bezog, um Warholls mögliches Eingreifen im Keime zu ersticken.

Abfällig starrte Ulla Gauß-Rottmann ihn an, ihr Mund verzog

sich zu einem hämischen Grinsen. »Darauf können Sie sich wohl keinen Reim machen, was? Hab ich von einem einfachen Beamten auch nicht anders erwartet. Dann will ich Sie mal nicht länger auf die Folter spannen, mein Lieber: Das, was Sie die ›Ölpest vor der Mainau‹ nennen, war in Wahrheit nichts weiter als ein gigantischer PR-Gag! Er sollte uns bei den Mineralölmultis hoffähig machen. Und das hat er … ach, was sag ich, umschwirrt haben die uns wie die Motten das Licht. Und nicht nur die …« Sie stockte, als fürchte sie, zu viel zu verraten.

»… sondern auch Ihre liebe Konkurrenz, wollten Sie sagen«, vollendete Wolf den angefangenen Satz.

Erstaunt sah sie ihn an, um dann widerwillig zu nicken. »Jedenfalls waren, quasi aus dem Nichts, unsere Aktien plötzlich um den Faktor zehn gestiegen … und sie steigen weiter. Die Folgen dieser Hausse allerdings werden Sie wohl kaum ermessen können.«

»Klar … bin ja auch nur ein einfacher Beamter«, entgegnete Wolf spöttisch. Plötzlich bekam seine Stimme einen amtlichen Klang, er richtete sich auf und sah ihr voll ins Gesicht: »Machen wir dem Spiel ein Ende, Frau Gauß-Rottmann: Ich nehme Sie vorläufig fest wegen des Verdachts, an der Ermordung von Rolf Kauder und Ibrahim Abul sowie dem Molekularbiologen Paul Stratton und, nach dem momentanen Stand der Dinge, Ihrem Schwager Erich Rottmann beteiligt gewesen zu sein. Eventuelle weitere Straftaten mit Ihrer Beteiligung werden derzeit noch ermittelt. Ich mache Sie darauf aufmerksam, dass alles, was Sie von nun an sagen –«

»Ich bitte Sie, ersparen Sie mir diesen Sermon. Kann ich wenigstens ein paar Kleinigkeiten mitnehmen?«

Wolf zögerte kurz, dann nickte er. Sie nahm ihre Tasche und verschwand in dem Flur, der in die dahinterliegenden Räume führte.

Noch lange danach würde Wolf sich fragen, weshalb er sie nicht nach Waffen durchsucht oder ihr wenigstens einen Aufpasser mitgegeben hatte. Andererseits wusste niemand besser als er, dass nichts, rein gar nichts von dem hätte verhindert werden können, was dann geschah.

Kaum hatte Ulla Gauß-Rottmann den Raum verlassen, dröhnte ein Schuss durch das Penthouse, gefolgt von einem Poltern. Danach herrschte einen endlosen Augenblick lang lähmende Stille.

»Was war das?«, fragte Jo erschrocken; sie hatte, von dem Schuss angelockt, ihren Wachtposten an der Terrassentür verlassen und sich zu den anderen gesellt.

»Die Pistole von Warholl«, sagte Karin Winter tonlos. »Sie hatte seine Waffe in ihre Handtasche gesteckt.«

»Oh Gott!«

Als würde ein Bann von ihnen fallen, kam endlich Leben in alle Anwesenden. Sekunden später umstanden sie die am Boden liegende Ulla Gauß-Rottmann. Ihre schlaffe Hand hielt eine Pistole, daneben lag ihre Tasche, sie selbst gab keinerlei Lebenszeichen mehr von sich. Wolf ging in die Knie und fühlte nach ihrem Puls. Dann sah er hoch und schüttelte den Kopf. »Ruft den Notarzt, für alle Fälle«, sagte er an Jo gewandt.

»Nicht so hastig, liebe Freunde«, ertönte plötzlich eine fremde Stimme in ihrem Rücken. »Wie ich das sehe, ist ihr ohnehin nicht mehr zu helfen ... sie hat es so gewollt. Und nun dreht euch um, aber schön langsam, bitte.« Breitbeinig stand Warholl im Durchgang hinter ihnen, eine kleine, unscheinbare Damenpistole in der ausgestreckten rechten Hand. »Vorsicht, das Ding hier schießt wirklich, der Herr Hauptkommissar wird Ihnen das gerne bestätigen.« Er musste seinen Auftritt sorgsam vorbereitet haben, von einem Besäufnis auf der Terrasse war ihm jedenfalls nichts anzumerken.

»Sie haben sie wohl nicht alle!«, empörte sich Karin Winter. »Gerade eben hat sich Ihre Chefin erschossen, mit *Ihrer* Waffe – und nun kommen Sie da mit Ihrer lächerlichen Spielzeugpistole an ...«

»Ist sie nicht niedlich, meine kleine Lady? Die ideale Zweitwaffe. Man sieht sie kaum, solange sie in der Socke steckt.« Er lachte meckernd, wurde jedoch sofort wieder ernst. »So, Herrschaften, der gemütliche Teil der Veranstaltung ist damit beendet. Runter auf den Boden, alle, aber ein bisschen dalli, wenn ich bitten darf ... oder soll meine Lady nachhelfen?«

»Macht, was er sagt ... habt ihr nicht gehört?«, forderte Wolf seine Mitstreiter auf, die Warholl bislang wie die Schlange das Kaninchen angestarrt hatten. Schon machte er Anstalten, auf die Knie zu gehen, als er unvermittelt innehielt. »Was wollen Sie eigentlich erreichen, Warholl? Sie kommen nicht weit, glauben Sie mir. Unten warten –«

»Sei still, Opa. Und jetzt runter mit dir!« Ungehalten wedelte er mit der Waffe. Auch die anderen beeilten sich, seiner Aufforderung nachzukommen. Für das, was hinter seinem Rücken geschah, hatte Warholl dank der entstehenden Unruhe weder Augen noch Ohren – und so bemerkte er das drohende Unheil erst, als es bereits zu spät war. Eine hünenhafte, schwarz gekleidete Gestalt war von hinten an ihn herangetreten und presste ihm nun den Lauf eines Revolvers in den Rücken.

»Schluss mit den Spielchen«, knurrte der Hüne in kehligem Schwyzerdütsch. »Gib deine Lady her, Doc, du hast jetzt Sendepause, oder? Sonst bist du der Nächste, der übern Jordan geht!« Langsam griff er nach vorn, um dem wie versteinert dastehenden Warholl die Pistole abzunehmen. »So, und jetzt an die Wand mit dir! Mach die Beine breit!« Er tastete ihn nach weiteren Waffen ab, ohne fündig zu werden. »Sie haben doch sicher Handschellen dabei?«, fragte er in Richtung der Polizisten.

Jo trat neben ihn, und gleich darauf schnappte die Fessel zu.

Wolf, der sich zwischenzeitlich eine Zigarette angezündet hatte und genüsslich Ringe in die Luft blies, ergriff das Wort. »Herr Studer, nicht wahr?«

»So ist es. Keine Angst, ich verrate niemandem, dass ich soeben die Polizei herausgehauen habe«, antwortete der grinsend.

»Ich werd verrückt … *Sie* sind Studer?«, fragte Jo staunend. »Wie kommen Sie hierher … und warum gerade jetzt?«

»Nun, wie soll ich Ihnen das erklären?«

»Bleiben Sie einfach bei der Wahrheit.«

Mit zusammengekniffenen Augenbrauen musterte er Jo. »Verstehe. Einmal Gauner, immer Gauner, was? Ich weiß wohl, dass Sie mich zur Fahndung ausgeschrieben haben …«

»Wie das?«, warf Terry ein.

»Moment mal, Leute«, unterbrach Wolf. »Nun lasst uns mal auf den Punkt kommen. Herr Studer hat uns Warholl vom Hals geschafft. Der Kerl wäre sonst längst über alle Berge, und wir säßen hier fest. Ich denke, da ist es nur fair, wenn wir ihn erst mal erklären lassen, meint ihr nicht?«

»Ja, also«, fuhr Studer fort, während er seinen Revolver in den Gürtel steckte, »zunächst mal, wie ich hier reingekommen bin: Wir haben schon seit Langem einen Schlüssel zu dieser Wohnung …«

»Wir?«

»Ja, mein Chef, also Herr Rottmann, und ich. Ich wusste, dass seine Schwägerin heute aus Galicien zurückkehren wollte. Hab sie am Flughafen erwartet und bis zu Ihrer Ankunft hier beschattet. Als ich mitbekam, dass die beiden Damen von der Zeitung mit nach oben fuhren, da witterte ich Unheil … nicht zu Unrecht, wie sich gezeigt hat. Schließlich kenne ich diesen Zweig der Familie zur Genüge.«

»Wie kommt es, dass man Sie nicht entdeckt hat?«, fragte Wolf, während er einen Aschenbecher suchte.

»Ganz einfach: Ich hielt mich draußen in der Garderobe versteckt.«

Zwischenzeitlich hatte Wolf seine Kippe durch eines der Fenster entsorgt. »Also gut, Herr Studer.« Er nickte ihm zu. »Ich muss Sie leider dennoch bitten, uns zur Polizeidirektion zu begleiten. Fahndung ist schließlich Fahndung, das werden Sie verstehen.«

»Natürlich, ich habe bereits halbwegs damit gerechnet, oder? Wenn ich jedoch Ihre Aufmerksamkeit zuvor auf dieses Schreiben hier lenken dürfte … es wird Ihnen einiges erklären.« Jede hastige Bewegung vermeidend, zog Studer einen Brief aus der Innentasche seines Mantels und überreichte ihn Wolf.

Der öffnete ihn und begann zu lesen … und je länger er las, desto höher hoben sich seine Augenbrauen. Schließlich nickte er befriedigt.

»Was ist, Chef?«, fragte Jo, nun ebenfalls neugierig geworden.

»Genau«, stieß Karin Winter ins gleiche Horn, »wenn Sie uns gütigst an Ihrem Wissen teilhaben ließen, großer Meister?«

Wolf, der sichtlich Mühe hatte, gelassen zu bleiben, steckte den Brief in seine Innentasche. »Och, nichts weiter«, antwortete er beiläufig und verkniff sich ein Grinsen. »Biotecc lädt für sechzehn Uhr zu einer Pressekonferenz ein, drüben auf der Mainau, im Comturey-Keller.« Dort, wo die ganze Chose angefangen hat, wollte er hinzufügen, behielt es aber dann doch für sich.

»Selbstverständlich wurde auch Ihr Verlag eingeladen, Frau Winter«, beeilte sich Studer hinzuzufügen.

»Ja und? Was ist an dieser Einladung so überraschend?« Misstrauisch blickte Karin Winter auf Wolf. »Da steckt doch noch mehr dahinter. Also, raus mit der Sprache, Herr Wolf!«

Der hob beschwichtigend beide Hände. »Tut mir leid, mehr kann ich im Augenblick nicht sagen. Geduldet euch bis heute Nachmittag. Und was Sie betrifft, Herr Studer: Vielen Dank, dass Sie uns rausgehauen haben. Ohne Sie säßen wir jetzt ganz schön in der Tinte, oder?« Schmunzelnd fügte er hinzu: »Für ein umfangreiches Protokoll müssen Sie uns aber schon noch zur Verfügung stehen. Allerdings hat das Zeit bis nach der Pressekonferenz.«

***

Wolf reckte den Kopf und sah sich um. Der Comturey-Keller hatte sich kaum verändert. Wie sollte er auch, schalt er sich selbst einen Narren, schließlich waren noch nicht mal vier Tage vergangen, seit er mit Franzi und ihrem »Verein« hier den Abend verbrachte. Einen selten ereignisreichen Abend übrigens – nicht nur, weil an ihm jener Fall seinen Anfang genommen hatte, dessen endgültige Auflösung möglicherweise kurz bevorstand.

Zwar hatte Biotecc die Pressekonferenz außerordentlich kurzfristig angesetzt, dennoch war die Resonanz groß. Gut sechzig Journalisten hatte Wolf bisher gezählt, dazu drei Fernsehteams und einige Rundfunkreporter. Und obwohl der Zeiger seiner Uhr die Vier bereits überschritten hatte, trafen immer noch mehr Medienvertreter ein.

Wolf hatte in der Mitte des Saales Platz genommen, flankiert von Jo auf der linken und Karin Winter mit der jungen Volontärin namens Manu auf der rechten Seite. Terry hatten sie im Büro zurückgelassen, er sollte Berichte schreiben. Wolf hatte eigentlich gehofft, Henning hier anzutreffen – in gewisser Weise war er ja in diesen Fall involviert –, doch er konnte ihn nirgends entdecken. So richtete er seine Blicke auf das Podium mit dem Rednerpult, das diesmal, anders als am vergangenen Sonntag, am hinteren Saalende aufgebaut worden war. Vier Leute hatten dort Platz genommen. Einen von ihnen kannte er: Jacques Studer, seines Zeichens Rottmanns Bodyguard, Fahrer und Adjutant. Neben ihm drei agil wirkende Männer mittleren Alters in teuren grauen Anzügen und akkurat gebundenen Krawatten. Wolf tippte auf Anwälte oder Mitglieder der Unternehmensleitung. Zwischen ihnen und Studer war ein Stuhl leer geblieben, anscheinend wurde ein weiterer Teilnehmer erwartet.

Endlich, um zehn nach vier, erhob sich einer der grauen Männer. Mit erhobenen Händen bat er um Ruhe.

»Meine sehr geehrten Damen und Herren, verehrte Vertreter von Presse, Rundfunk und Fernsehen. Danke, dass Sie unserer Einladung so zahlreich gefolgt sind. Auftragsgemäß möchte ich Sie im Namen der Geschäftsleitung der Biotecc AG recht herzlich begrüßen. Mein Name ist Dr. Rauboldt, ich bin der Syndikus des Unternehmens ...«

»Kommt mir alles etwas merkwürdig vor, finden Sie nicht auch, Chef?«, flüsterte Jo hinter vorgehaltener Hand.

»Nun wart's doch ab!«

»Seien Sie versichert«, fuhr Dr. Rauboldt fort, »dass wir Sie aus guten Gründen hierhergebeten haben. Wie Sie wissen, sind wir gestern mit dem Tod unseres Firmengründers und geschäftsführenden Gesellschafters, Erich Rottmann, konfrontiert worden. Ich nehme an, Sie kennen die Einzelheiten. Umso überraschter werden Sie sein, wenn ich Ihnen nun verrate, wer ihn bei der heutigen Pressekonferenz vertreten wird.« Hier machte er eine Kunstpause, wohl um die Spannung zu steigern. In der Tat konnte er sich der ungeteilten Aufmerksamkeit der Anwesenden sicher sein. Die Kursentwicklung der Biotecc-Aktien war aufsehenerregend genug, nun wollte man etwas über die Hintergründe erfahren, die dazu geführt hatten. »Meine Damen und Herren! Begrüßen Sie mit mir zusammen ...«

Gleich werden die sich wundern, dachte Wolf – wie eine Bombe wird die Neuigkeit einschlagen. Obwohl, ihm konnte es wurscht sein, er war ja nur ein kleiner Beamter, zum Spekulieren mit Aktien hatte es bei ihm nie gereicht.

»... Herrn Erich Rottmann, unseren Firmengründer und Hauptgesellschafter!«

Sekundenlang herrschte atemlose Stille; niemand konnte sich

einen Reim auf das soeben Gehörte machen. Rottmann, bis eben noch tot, plötzlich wieder unter den Lebenden? Das klang wahrhaftig nach einem schlechten Witz! Doch wer sich verschaukelt fühlte, der wurde sogleich eines Besseren belehrt. Die Tür zu einem der angrenzenden Räume ging auf, und heraus trat leibhaftig der Biotecc-Boss Erich Rottmann. Trotz seiner sechsundsechzig Jahre sprang er leichtfüßig auf das Podium. Er deutete eine Verbeugung an, ehe Dr. Rauboldt ihm lange und kräftig die Hand schüttelte und wieder Platz nahm.

Die Spannung im Saal war mit Händen zu greifen. Nun lag es an Rottmann, sie aufzulösen. Dazu ließ er sich nicht zweimal bitten.

»Nein, meine sehr verehrten Damen und Herren, Sie sind nicht in einem Tollhaus gelandet«, begann er mit markiger Stimme, »niemand will einen Scherz mit Ihnen treiben, auch wenn es sich im ersten Augenblick so angehört haben mag. Für diesen Widerspruch gibt es eine ganz einfache Erklärung: Bei der Nachricht von meinem angeblichen Tod handelte es sich in Wirklichkeit um ein bedauerliches Missverständnis, das aufzuklären Teil dieser Pressekonferenz sein wird. Außerdem möchte ich eine Erklärung abgeben, den künftigen Status unseres Unternehmens betreffend. Bitte haben Sie jedoch Verständnis dafür, wenn ich im Anschluss daran auf weiterführende Fragen nicht eingehen kann. Ich hoffe, Sie werden mir das nachsehen.«

Er sah sein Publikum durchdringend an. »Zunächst zu der Meldung über meinen angeblichen Tod. Richtig ist, dass gestern Morgen in Überlingen, genauer am östlichen Tunnelausgang der Bahnlinie Singen/Markdorf ein Mann meines Alters und meiner Statur von einem Zug erfasst wurde. Wie Sie außerdem wissen, bin ich selbst vor zwei Tagen Opfer einer Entführung geworden, die eine Erpressung zum Ziel hatte. Bei der Identifizierung des Unfallopfers ging man, vor allem unter dem Eindruck der starken Verletzungen des Mannes im Kopfbereich, davon aus, es müsse sich bei dem Leichnam um den alten Rottmann handeln.« Auf seinem Gesicht breitete sich ein verschmitztes Lächeln aus. »Nein, meine sehr verehrten Damen und Herren, so schnell trete ich nicht ab. Wie Sie unschwer erkennen können, weile ich noch immer unter den Lebenden, und zwar als freier Bürger, wenn ich das hinzufügen darf – dank meinem treuen Mitarbeiter Jacques Studer hier, dem es gelungen ist, mich rechtzeitig aus den Händen der Entführer zu befreien.«

Raffiniert gemacht, musste Wolf neidlos anerkennen, während Studer sich erhob und ringsum tosender Beifall erscholl. Warum sollte Rottmann sich und seinem Unternehmen schaden, indem er die kriminellen Aktivitäten seiner eigenen Sippschaft an die große Glocke hängte?

Launig schloss Rottmann: »Im Grunde sind Sie also einer Ente zum Opfer gefallen, meine Damen und Herren, nicht mehr und nicht weniger. Ich kann nur hoffen, dass Sie diese Ente nicht selbst in die Welt gesetzt haben oder an ihrer Verbreitung beteiligt waren.«

Einige brachen in Lachen aus.

»Und nun zu der angekündigten Erklärung, die sich, wie bereits betont, auf den künftigen Status unseres Unternehmens bezieht. Erstens: Soweit in der jüngsten Vergangenheit Fusions- oder Verkaufsgespräche zwischen Mitgliedern unserer Geschäftsleitung auf der einen und Mitbewerbern auf der anderen Seite geführt worden sein sollten, sind diese ab sofort gegenstandslos. Lassen Sie es mich ganz klar sagen: Die Biotecc AG ist und bleibt ein selbstständig agierendes Unternehmen. Zweitens: Sollten Firmenangehörige, gleich welchen Standes, in der Vergangenheit nicht streng nach den hohen ethischen Grundsätzen unseres Hauses gehandelt haben, so wird die Geschäftsleitung alles tun, um eventuellen Schaden von den Beteiligten abzuwenden und die Verursacher zur Rechenschaft zu ziehen. Drittens: Die Biotecc AG wird mit Wirkung zum 1. Juli des kommenden Jahres in eine Stiftung, genauer in eine Unternehmensträgerstiftung mit Sitz in Überlingen am Bodensee umgewandelt. Selbstverständlich wird die Öffentlichkeit eingehend informiert, sobald eine rechtsfähige Satzung vorliegt.«

Er hob die Hände zu einer allumfassenden Geste. »Das war's, was ich Ihnen mitteilen wollte, meine sehr verehrten Damen und Herren – kurz und schmerzlos, wie es so meine Art ist. Wie Sie wissen, bin ich am Wasser groß geworden. Erlauben Sie mir deshalb einen seemännischen Vergleich, auch wenn es sich bei dem erwähnten Gewässer nur um den Bodensee handelt: Das Schiff namens Biotecc wird ab sofort wieder den gewohnt klaren Kurs steuern, dafür stehen der Kapitän und seine Crew mit ihrem Namen. Ich danke Ihnen.«

Wer geglaubt hatte, nun würde Stille einkehren, sah sich getäuscht. Im Gegenteil: Alle redeten durcheinander, Handys wurden gezückt und Meldungen durchgegeben, Fernsehmoderatoren agierten vor den Kameras und kommentierten das soeben Gehörte. Kurz, das Durcheinander hätte größer nicht sein können.

Als die größte Unruhe abgeklungen war und die Herren auf dem Podium bereits ihre Unterlagen zusammenpackten, erhob sich im Auditorium ein schlanker dunkelhaariger Mann. Mit erhobenem Arm die Einladung zur Pressekonferenz schwenkend, versuchte er, auf sich aufmerksam zu machen. Niemand beachtete ihn, bis Dr. Rauboldt mehr durch Zufall auf sein hartnäckiges Winken aufmerksam wurde. Er wechselte ein paar Worte mit Erich Rottmann, bevor er dem Dunkelhaarigen Sprecherlaubnis erteilte.

Wolf bezweifelte, dass sich gegen das Stimmengewirr überhaupt jemand durchsetzen könnte. Dem Dunkelhaarigen jedoch gelang das mühelos. Kaum hatte er mit Stentorstimme die ersten Worte geäußert, erstarb das Durcheinander und es wurde still.

»Heiner Brand von der Wirtschaftswoche«, stellte er sich vor. »Vielleicht gestatten Sie mir eine abschließende Frage bezüglich Herrn Rottmanns Entführung? Ich denke, es müsste auch in seinem Interesse liegen, in diesem Punkt die Öffentlichkeit zu mobilisieren.«

Der sichtlich unschlüssige Anwalt beriet sich kurz mit Erich Rottmann. Schließlich wandte sich Rottmann selbst dem Fragesteller zu. »Gut, diese eine Ausnahme also. Was möchten Sie wissen?«

»Mich interessiert der derzeitige Stand der Ermittlungen, also: Wer waren die Täter, wo wurden Sie gefangen gehalten, wie darf man sich Ihre Befreiung vorstellen? Wenn Sie uns dazu kurz etwas sagen könnten, bitte.«

Wolf war gespannt darauf, wie sich der Alte aus der Affäre ziehen würde.

»Tja ...«

Noch während sich Erich Rottmann eine Antwort zurechtlegte, beugte sich Jacques Studer zu ihm hinüber und flüsterte ihm etwas zu. Dabei wies er kurz mit dem Zeigefinger in Wolfs Richtung. Rottmann nickte, sein Gesicht hellte sich auf.

»Ah, ich höre gerade, dass wir den leitenden Ermittler dieses Falles, Hauptkommissar Leo Wolf von der Kripo Überlingen, unter uns haben. Wie ist es, Herr Hauptkommissar, möchten Sie nicht ein paar Worte dazu sagen? Ich meine, wer wäre kompetenter als Sie? Ihre Antwort würde auch mich als Hauptbetroffenen brennend interessieren.«

Im ersten Moment fühlte sich Wolf wie vom Schlag gerührt. Als dann noch, wie aus dem Boden gewachsen, sein Sohn vor ihm stand und ihm auffordernd zunickte, wurde er vollends konfus. Was sollte er denen sagen? Und wieso gerade er? Schließlich war doch die Biotecc AG Veranstalter der Pressekonferenz, sollten doch die ... bis er merkte, dass ihn die Anwesenden erwartungsvoll anschauten und es eigentlich kein Zurück mehr gab. Seine Rede vom vergangenen Sonntag fiel ihm ein, eben hier an diesem Ort. Und hatte er die Herausforderung nicht glänzend gemeistert? Na also!

»Also gut. Viel kann und darf ich Ihnen an dieser Stelle leider nicht sagen«, setzte er an, die Blitzlichter und die auf ihn gerichteten Fernsehkameras geflissentlich ignorierend. »Ich hoffe, Sie verstehen das, schließlich handelt es sich um laufende Ermittlungen. Außerdem gehört es, wie Sie wissen, zu den Aufgaben der Staatsanwaltschaft, die Medien zu informieren. Trotzdem will ich versuchen, Ihren Wissensdurst wenigstens im wichtigsten Punkt zu stillen, indem ich Ihnen verrate: Der Fall kann seit heute als aufgeklärt betrachtet werden, die Täter sind gefasst, die Tathergänge bekannt. Alles Weitere aber, insbesondere die genauen Fakten und die Namen der Beteiligten, erfahren Sie in Kürze von der Staatsanwaltschaft, bitte haben Sie noch etwas Geduld. Das wär's von meiner Seite. Danke.«

Sofort flogen weitere Hände hoch, Wolf winkte jedoch mit beiden Armen ab. Tut mir leid, kein weiterer Kommentar, bedeutete seine Geste, und dabei blieb er. Ohnehin hatte er sich schon viel zu weit aus dem Fenster gelehnt. Würde ihn nicht wundern, wenn er deswegen noch einen auf den Deckel bekam.

Erich Rottmann zog noch einmal das Mikrofon zu sich herüber

und bedankte sich bei Wolf, bevor er die Pressekonferenz offiziell für beendet erklärte. Wenig später lag das Podium verlassen da, eilig strebten die Medienvertreter dem Ausgang zu. Sie hatten die eigentliche Arbeit noch vor sich.

»Na bitte, geht doch«, lobte ihn Henning, der jetzt bei Jo und Karin Winter stand. »Und was hast du früher für ein Geschiss gemacht, wenn du mal ein paar Worte vor einem größeren Kreis reden solltest. Gib's zu, du wolltest dich nur zieren, stimmt's?« Belustigt lachte er auf, bis die Umstehenden einstimmten. Dann schien ihm etwas anderes einzufallen. »Sag mal, wo ist eigentlich dein Praktikant?«

»Hat im Augenblick Wichtigeres zu tun«, murmelte Wolf und zwinkerte ihm unmerklich zu. »Ach ja, darf ich euch Herrn Grimmig vorstellen?« Er legte seinem Sohn die Hand auf die Schulter. »Er ist Zielfahnder beim LKA, hat Alex Rottmann aus Galicien zurückgeholt und gleichzeitig als Verbindungsmann zur spanischen Polizei fungiert.« Unvermittelt sah er auf die Uhr: »Verdammt, schon halb fünf. Kein Wunder, dass mir der Magen in den Kniekehlen hängt. Was haltet ihr davon, wenn wir etwas essen gehen? Ihr seid herzlich eingeladen.«

»Gut gemeint, Herr Wolf, aber wir müssen passen. Die Arbeit ruft.« Karin Winter und Manu hatten es eilig, wegzukommen.

»Und ihr? Was ist mit euch?«, wandte sich Wolf an die beiden übrig Gebliebenen.

»Tut mir leid, Chef, ein andermal gern«, wehrte Jo ab, und ehe sich Wolf versah, stand er mit seinem Sohn allein da.

»Von mir aus gerne, ich hab zwei Tage frei«, gab der schmunzelnd zur Antwort.

»So lange hatte ich eigentlich nicht vor ... ach was, machen wir *open end,* wie dein Sohn jetzt sagen würde. Ich ruf Terry gleich an ... äh, ich meine natürlich Arne. Er soll zum Gasthof ›Kranz‹ nach Liggeringen kommen, das ist nur ein paar Kilometer von hier. Ich hab jetzt Lust auf Dinnele!«

Dinnele essen in Liggeringen, darauf hatte Wolf sich schon lange gefreut. Er aß die alemannische Variante des Flammkuchens für sein Leben gern, zumal die köstlich duftenden, mit Zwiebeln, Speck und tausend anderen leckeren Sachen belegten dünnen Fladen zu einer weithin bekannten Spezialität des »Kranz« geworden waren.

Sie hatten die knarrende Holztreppe erklommen und sich im oberen Stockwerk an die Balustrade gesetzt, an einen der kleinen, rustikalen Holztische, die so trefflich in das bäuerliche Ambiente passten. Von ihrem Platz aus genossen sie den freien Blick über die gut belegten Tische unter ihnen und über die offene Küche, in den eine junge Frau mit der Zubereitung des Teiges beschäftigt war, während zwei andere die ausgerollten Fladen mit den gewünschten Zutaten belegten, sie anschließend in den Ofen schoben und im Gegenzug die fertigen Dinnele herauszogen, auf Teller legten und in handliche Stücke schnitten.

»Was nehmen wir?«, fragte Henning, nachdem er ausgiebig die Karte studiert hatte.

»Das volle Programm.«

»Hä?«

»Das kennst du nicht? Ein Gedicht, sag ich dir. Du bekommst nacheinander vierzehn verschiedene Dinnele gereicht, in den unterschiedlichsten Geschmacksrichtungen: Speck, Zwiebeln, Spinat, Käse, Äpfel, Lauch, Knoblauch und was weiß ich nicht noch alles.«

»Hör schon auf!«, lachte Henning. »Als Vielfraß kenn ich dich gar nicht.«

»Probier's halt, du schaffst das schon.«

»Also gut. Aber ich möchte mit dem Essen noch warten, bis Arne bei uns ist.«

»Dann lass uns zunächst einen Krug von dem selbst gekelterten Most bestellen … und nach dem Essen genehmigen wir uns ein Cöxchen, das hilft bei der Verdauung.«

»Cöxchen?«

»So heißt hier der Apfelbrand aus Cox Orange.«

»Aha!«

Auf diese lapidare Antwort folgte eine Schweigeminute, in der sie die angenehm warme, in Schummerlicht gehaltene Gaststube auf sich wirken ließen und mit der Nase den aus der Küche aufsteigenden Wohlgerüchen nachschnupperten.

Nachdem sie ihre Bestellung aufgegeben hatten, räusperte sich Wolf. »Also, was unseren Zwist betrifft, Henning –«

»Nein, lass *mich* zuerst –«

»Nichts da, ich war es, der sich bockig benommen hat.«

»Da will ich dir allerdings nicht widersprechen, Vater.« Henning lächelte ironisch.

»Für mich war es ein Riesenschock, als ich von Veronikas Tod erfuhr, weißt du?«

»Denkst du etwa, uns hat das kaltgelassen?«, gab Henning spitz zurück.

»Entschuldige, so war das nicht gemeint. Außerdem stimmt es auch nicht ganz, es ist anders, als ich's gesagt hab. Viel mehr schockiert hat mich nämlich das, was zuvor passierte …«

»Du meinst, dass ich Veronika Knall auf Fall verlassen und dann auch noch die Kinder zu mir geholt habe? Ist es das?«

»Ja. Kannst du das verstehen?«

»Hast du dich jemals gefragt, warum? Ist dir auch nur einmal in den Sinn gekommen, dass es dafür gute Gründe geben könnte, dass das so etwas wie eine Notbremse war? Nein, hast du nicht. Du warst so in deinem Schmerz über Mutters Tod gefangen, dass wir dich gar nicht wirklich interessiert haben … war es nicht so?«

Die Getränke kamen; danach hingen sie eine Weile ihren Gedanken nach.

»Du hast recht, ich war ein verdammter Egoist«, begann Wolf aufs Neue. Er sprach leise und stockend, als weile er mit den Gedanken in der Vergangenheit. »Muttis Tod hat mich furchtbar mitgenommen, du kannst dir das nicht vorstellen. Eine Zeit lang habe ich sogar gedacht, ohne sie nicht mehr weiterleben zu können. Und doch … es ist wirklich so, wie der Volksmund sagt: Die Zeit heilt Wunden. Und vielleicht, wer weiß, heilt sie ja auch *unsere* Wunden?« Er zwang sich, die trüben Gedanken zu verscheuchen, und griff nach seinem Glas. Bereits nach dem ersten Schluck verzog er das Gesicht. »Puh … ich glaub, für heute ist das nicht ganz das Richtige.«

Immerhin, Henning lachte über seine unfreiwilligen Grimassen.

»Willst du mir erzählen, was damals wirklich passiert ist, Henning?«, schlug Wolf vor und fummelte verlegen an seinem Barett herum.

»Gleich. Erst will ich wissen, ob der Most wirklich so übel

schmeckt.« Henning setzte das Glas an und nahm einen Schluck, wälzte ihn nach Art der Weinkenner im Mund hin und her und schluckte ihn scheinbar genussvoll hinunter, krampfhaft bemüht, seine Gesichtszüge im Zaum zu halten. »Jooo«, versicherte er gedehnt, »schmeckt irgendwie … streng, würde ich sagen.« Er konnte sich das Lachen nur mühsam verkneifen. »Vielleicht sollten wir uns lieber einen ordentlichen Rotwein kommen lassen, was meinst du?«

»Du hast recht.« Wolf winkte der Bedienung.

»Tja, was ist passiert damals?«, begann Henning, als das Mädchen wieder weg war. »Eigentlich ist das schnell erzählt. Veronika war krank. Dachten wir zumindest. Depressionen! Natürlich war sie in ärztlicher Behandlung. Eines Tages riet mir unser Hausarzt, bei ihr ein Drogenscreening machen zu lassen. Ich dachte, ich hör nicht recht. Wieso Drogenscreening? Veronika und Drogen? Was sollte der Blödsinn? Kurz darauf kam die bittere Wahrheit ans Licht. Es war wie ein Schlag in die Magengrube: Veronika nahm tatsächlich Drogen, und das nicht nur gelegentlich … nein, sie war bereits hochgradig süchtig! Und ich … ich habe das nicht bemerkt, habe bis zuletzt an die Mär von den Depressionen geglaubt! Kurz darauf wurde der Chef des Fitnessstudios, in dem sie arbeitete, wegen Drogenhandels festgenommen und der Laden dichtgemacht. Als mir Veronika schließlich gestand, seit Monaten mit diesem Dealer eine Beziehung zu unterhalten, war das Maß endgültig voll. Ich habe mir die Kinder geschnappt und bin ausgezogen, nachdem sie eine Therapie strikt abgelehnt hatte. Noch am selben Tag hat sie sich den goldenen Schuss gesetzt. Das war's dann …«

Wolf lauschte, sichtlich aufgewühlt, den letzten Worten nach. »Auch du, mein Sohn Brutus«, murmelte er schließlich.

»Was willst du damit sagen?«

»Dass du nicht der einzige Polizeibeamte bist, dessen Familie zerbricht. Kein Wunder bei unseren Dienstzeiten und dem Dreck, in dem wir permanent wühlen. Warum hast du nie eine Andeutung mir gegenüber gemacht?«

»Ja, wie denn? Was hätte ich denn andeuten sollen? Dass ich als Polizist mit einer Drogensüchtigen verheiratet bin?«

Beruhigend drückte Wolf den Arm seines Sohnes. »Ist ja gut,

Henning, ich verstehe dich, glaub mir. Du hast richtig gehandelt, davon bin ich jetzt zutiefst überzeugt. Nein, nein, wenn sich jemand schämen muss, dann bin ich das. Nicht nur, dass ich von alldem nichts bemerkt habe … ich habe dich in meiner verdammten Selbstgerechtigkeit jahrelang geschnitten, alle Brücken zu dir und meinen Enkeln abgebrochen. Ein Glück, dass Arne die Initiative ergriffen hat, sonst wäre ich womöglich noch dumm gestorben. Nicht auszudenken …«

»Ah, da kommt er ja … kein Wort mehr zu dieser Geschichte, hörst du?«

Noch einmal drückte Wolf Hennings Hand, ehe er aufstand und Terry begrüßte. »Da bist du ja endlich. Wir kommen schier um vor Hunger.«

Falls er ein freudiges Hallo seines Enkels erwartet hatte, wurde er allerdings bitter enttäuscht. Mit offenem Mund starrte Terry auf den Mann neben Wolf. »Du hier? Ich fass es nicht!« war alles, was er herausbrachte. Entnervt ließ er sich auf einen der Stühle sinken.

»Ja, wie du siehst, geschehen noch Zeichen und Wunder«, erwiderte Wolf lachend. »Aber du wirst dich doch deshalb nicht grämen? Schließlich hast du die Familienzusammenführung eingefädelt, oder etwa nicht? Ein starkes Stück, das muss man dir lassen – sich bei mir als Praktikant einzuschleichen, nur um mich alten Esel wieder in die Spur zu bringen. Respekt, Terry – ich kann dich doch weiterhin so nennen? Ich muss mein Bild über die heutige Jugend wohl revidieren.«

Terry schien sich während Wolfs Rede einigermaßen gefasst zu haben. »Ach wissen Sie, Chef …«

»Aber nicht doch, mein Junge – das ›Sie‹ hat ausgedient. Ab sofort will ich versuchen, ein vollwertiger Großvater für dich zu sein. Das mit dem ›Chef‹ allerdings muss ich mir noch überlegen. Wenn du so weitermachst, wie du die erste Woche begonnen hast … mein lieber Scholli, dann kann es leicht sein, dass *du* bald der Chef hier bist. Na ja, kein Wunder, bei solchen Lehrmeistern, nicht wahr, Henning?« Wolf grinste seinen Sohn an, glücklich darüber, dass sie sich nunmehr wieder auf ihre Gemeinsamkeiten berufen konnten, statt alte Konflikte auszutragen. Unvermittelt nahm er Terry scharf ins Visier. »Sag mal, was ist eigentlich los mit dir – es kommt ja gar kein englisches Wort mehr über deine Lippen. Könnte es sein, dass wir dich bekehrt haben?« Er lachte dröhnend.

Die Bedienung unterbrach ihre Flachserei. Terry zeigte sich von den ihm unbekannten Dinnele anfangs wenig begeistert, doch sein Vater und Großvater konnten ihn schließlich dazu überreden.

Eine Viertelstunde später kamen die ersten Fladen, danach ging es Schlag auf Schlag, und bereits nach der vierten Variante mussten Wolf und Henning eine Pause einlegen, während der Letzterer den Grund seines späten Eintreffens auf der Pressekonferenz erklärte.

»Seliger sprach mich an, ihm fehlten noch ein paar Angaben zu meinem Bericht über Alex Rottmanns Überführung. Dabei hat er etwas fallen lassen, was dich brennend interessieren wird. Nach eingehender Überprüfung der Biotecc-Konten steht fest, dass noch weitere Gelder in dunkle Kanäle geflossen sind. Dreimal darfst du raten, an wen.«

»Kann's mir schon denken«, knurrte Wolf. »Fängt mit ›Sch‹ an … ›Sch‹ wie Scheißkerl.«

Henning klatschte sich auf den Schenkel. »Hatte Seliger also recht«, rief er belustigt. »Er meinte, ich müsste keinen Namen nennen, du wüsstest auch so, wer gemeint ist. Na gut, wenn du's also eh schon weißt … Aber jetzt kommt's: Schneidewind ist nicht der Einzige, den sich die Rottmanns gekauft haben. Unter anderem gehört ein gewisser Blatter oder Blattner dazu …«

»Sieh mal an, der Blattner-Schorsch. Deshalb hat sich der Sauhund so gegen die Islamisten starkgemacht.«

»Ach ja, und was den anonymen Hinweis auf die 320.000 Euro betrifft: Dahinter würde Studer stecken, soll ich dir sagen.«

»Sehr gut. Damit schließt sich das Bild.«

Inzwischen hatte auch Terry die Waffen gestreckt, zumindest vorübergehend. »Wirklich opulent, diese Dinnele«, stöhnte er und lehnte sich zurück.

Henning, der den zwischenzeitlich aufgefahrenen Hagnauer Spätburgunder versucht hatte, stellte mit Genießermiene sein Glas zurück. »Na, das ist doch was ganz anderes!«, verkündete er zufrieden. »Übrigens, Vater, ich soll dir noch etwas ausrichten, diesmal von Kriminalrat Sommer. Er hat einen Anruf von einem Dr. Reichmann erhalten …«

»*Einer* muss es heißen … Dr. Reichmann ist eine Frau«, korrigierte Terry ihn.

»Von mir aus. Jedenfalls hat die Obduktion des Rottmann-Doppelgängers wohl ergeben, dass der Dreiundsechzigjährige bereits tot war, als man ihn auf die Gleise legte. Auch die Schnittwunde am linken Daumen soll ihm erst nachträglich beigebracht worden sein. Inzwischen konnte der Mann anhand der Fingerabdrücke vom Erkennungsdienst identifiziert werden. Er ist in der Vergangenheit immer wieder durch Ladendiebstähle im Mannheimer Raum aufgefallen.«

»Die Rottmanns haben aber auch nichts ausgelassen«, brachte Terry die Sache auf den Punkt.

»Wundert dich das?«, spöttelte Wolf. »Wenn's um so viel Geld geht, kommt's auf eine Leiche mehr oder weniger nicht mehr an. Hauptsache, Erich Rottmann blieb für eine Weile von der Bildfläche verschwunden. Kein Wunder: Er war der Einzige, der ihnen die Suppe hätte versalzen können.«

Sein Handy klingelte, Karin Winter war dran. »Haben Sie schon die Nachrichten über die Entwicklungen auf dem Aktienmarkt gehört?«, wollte sie wissen. Wolf verneinte, dieses Thema war ihm schon immer suspekt gewesen.

»Wer, schätzen Sie, sind wohl die großen Verlierer des heutigen Börsentages?«, fuhr sie ungerührt fort.

»Hören Sie, wir sitzen gerade –«

»Richtig: Biotecc!«, unterbrach sie ihn. »Genauer gesagt: *vor allem* Biotecc! Was eigentlich nicht so richtig nachvollziehbar ist, denn die ganz große Katastrophe nach dem Untergang der ›Prestige‹ ist ausgeblieben – dank FE.23. Allerdings werden die Stimmen lauter, die auf erhebliche Nebenwirkungen des Mittels hinweisen und als Folge der Belastung mit Chemie einen regelrechten GAU für die betroffenen Flächen befürchten. Da wird man noch lange drüber streiten, denke ich, und das tut einem Börsenpapier selten gut. Übrigens dürfte Ihnen auch der Zweite im Bunde nicht ganz unbekannt sein: Ein großer Pharmakonzern aus Basel, Sie wissen, wen ich meine. Biotecc hat es jedoch besonders kalt erwischt, das Papier ist regelrecht in den Keller gerauscht. Was sagen Sie dazu, Herr Wolf?«

»Tja, was soll ich sagen? Geld verdirbt den Charakter – das ist alles, was mir dazu einfällt.« Und nach kurzem Überlegen fügte er hinzu: »Der Mangel an Geld macht ihn allerdings nicht automatisch besser. Also, meine Liebe, machen Sie's gut.«

Manfred Megerle
SEEFEUER
Broschur, 304 Seiten
ISBN 978-3-89705-612-1

»Die Story ist spannend und lässt die Finger des Lesers an den Seiten kleben.« Schwäbische Zeitung

»Eine spannende und actiongeladene Kriminalgeschichte aus der Bodenseeregion.« Südkurier Konstanz